Jens Lossau
Jens Schumacher

Der Ork-Sammler

W0237615

Fantasy-Thriller

Ein Fall für Meister Hippolit und Jorge den Troll

Dieser Titel ist auch als E-Book erhältlich:
ISBN 978-3-86762-272-1

Autoren: Jens Lossau und Jens Schumacher
Korrektorat: Oliver Hoffmann und Jörg Löhnerz
Layout und Satz: Oliver Graute
Umschlagillustration: Steffen Winkler

1. Auflage 2017
ISBN 978-3-86762-271-4
Gedruckt in der EU

www.feder-und-schwert.com

„Die Liebe bringt es fertig,
unsere Moral auf ähnliche Weise zu manipulieren,
wie das Feuer eine starke Eisenstange verbiegen kann."

– Albert Sánchez Piñol,
Pandora im Kongo

Prolog

Die Luft über der Ebene roch nach Pferd, Schweiß, verschüttetem Wein und Fäkalien. Klorski liebte das Geruchsgemisch. Während er ohne Eile einen Fuß vor den anderen setzte, sog er den ganz speziellen Duft in langen Zügen durch die Nase ein. Es war ein Duft voller Verheißung, ein Duft, der von Freiheit kündete – der Freiheit auszuziehen, einem Gegner mit dem Schwert den Schädel zu spalten und anschließend in seinem hervorsprudelnden Blut zu baden. Ein Duft, der seinem drögen Orkdasein Sinn verlieh.

Es war der Duft des Heerlagers.

Klorski verharrte, eine Hand auf dem Schwertknauf, und ließ den Blick über die nächtliche Steppe schweifen. Karst, Staub, ein paar verkrüppelte Büsche. Am Horizont die unregelmäßige Kette flacher Hügel, hinter der die Ewige Flamme von Torrlem den Nachthimmel mit einem beigebraunen Schimmer überzog. Sonst nichts.

Schnaubend setzte Klorski seinen Rundgang fort. Patrouillengang am Lagerrand – wer kam bloß auf solchen Blödsinn? Dachte General Ortlov wirklich, sie hätten hier, in der am dünnsten besiedelten Gegend Sdooms, mit Angriffen zu rechnen? Mit Spionen? Attentätern?

Lächerlich.

Klorski spuckte einen Batzen Rotz aus und trat ihn mit der Sohle seiner Sandale in den Staub. Im Weitergehen drehte er den Kopf und musterte, was im Schein des Mondes zu seiner Linken vom Lager zu erkennen war.

Sie mochten nur knapp dreitausend sein, ein Heer, das diese Bezeichnung kaum verdiente. Dennoch: Kein Strauchdieb – vorausgesetzt, es gäbe hier, in der unwirtlichen Ebene von Torr einen – hätte es gewagt, sich der Zeltstadt auch nur auf Pfeilschussweite zu nähern. Zu bedrohlich flackerten die Feuer zwischen den Zelten, zu streitlustig hallten die kehligen Gesänge der betrunkenen Männer, Trolle und Orks über das flache Land. In einem Königreich, das seit mehr als einem Zyklus keinen anständigen Krieg mehr gesehen hatte, war selbst ein mickriges Heer ein mächtiges Heer.

Klorski öffnete seinen Gürtelbeutel und fummelte einen handtellergroßen Fetzen pergamentartigen Materials daraus hervor. Er stellte die Laterne neben sich in den Kies und förderte mit der zweiten Hand einen Tabakbeutel zutage. Das schwarze Kraut, das er herausrieseln ließ, verteilte er gleichmäßig auf dem Fetzen, bevor er das Gebilde mit einer Sorgfalt, die für einen Ork mehr als beachtlich war, zu einer fingerdicken Röhre zusammenrollte. Er steckte sie in den Mund, nahm die Laterne wieder auf und gab sich mit dem darin lodernden, ölgetränkten Docht Feuer.

Dicke Schwaden beißenden Qualms stiegen zum nächtlichen Firmament empor. Klorski hustete kehlig, dann seufzte er lustvoll, während er sich wieder in Bewegung setzte. Es ging nichts über Boror-Kraut, gerollt in die getrocknete Haut einer Nachtglyme oder eines anderen köstlichen kleinen Piepmatzes. Bei Boshûda!

Klorski stammte aus Lyktien, einem kleinen Land, das im Südosten an Sdoom grenzte. Sein Vater hatte den Rang eines Bürdenmuffels bekleidet, das höchste öffentliche Amt seiner Heimat und zugleich das einzige. Seine Mutter war, wie die meisten Orkfrauen, erwerbslos gewesen, hatte sich hie und da durch Gelegenheitsprostitution ein paar Kaunaps verdient. Kurz nach Klorskis Geburt war sie dann Orakel geworden, unter Orks eine gleichermaßen angesehene wie lukrative Profession, die nicht allzu viele Frauen auszuüben in der Lage waren, setzte sie doch den regelmäßigen Konsum großer Mengen von Rauschmitteln voraus, ohne dass man dabei das Bewusstsein verlor.

Mit zwölf hatte sich Klorski, wie es unter Orks Brauch war, zur Armee gemeldet. Im Gegensatz zu Sdoom, diesem öden Land voller Langweiler und Feiglinge, existierte in Lyktien bereits seit Urzeiten ein Berufsheer, das unabhängig von der aktuellen politischen Lage unterhalten wurde. Dieses Heer stellte den Hauptgrund für die guten diplomatischen Beziehungen dar, die Lyktien trotz seiner eher bescheidenen Ressourcen und einer desaströsen Wirtschaft zu den meisten umliegenden Reichen pflegte. Letztere borgten sich das stehende Heer mit schöner Regelmäßigkeit aus, um militärische Konflikte auszufechten, und die lyktische Regierung ließ sich diesen Dienst mit ebenso schöner Regelmäßigkeit fürstlich vergüten.

Als drei Monate zuvor die Kunde von Unruhen an der nesnilinischen Grenze in Nophelet, der Hauptstadt Sdooms, eingetroffen war, hatte man daher umgehend Boten mit der Bitte um militärische Unterstützung nach Lyktien entsandt. Es gab Probleme, und zwar direkt vor der eigenen Haustür, an der südwestlichen Landesgrenze: Prinz Wunfrot, Sohn Birkhuns II., der seit gut vierzig Jahren über das benachbarte Nesnilinien herrschte, hatte seinen bettlägerigen Vater in einem Staatsstreich entmachtet. Als Abkömmling eines alten Barbarengeschlechts war der junge Wunfrot nicht nur ungestüm und von tief verwurzelten rassischen Dünkeln beherrscht, sondern auch gänzlich unbeeindruckt von den Hinweisen und Warnungen der königlichen Berater, die er gleich in der ersten Nacht seiner Regentschaft enthaupten ließ.

In der zweiten Nacht erklärte er Ybraltar, einem Nachbarland Nesniliniens, mit dem sein Großvater, Stoffan III., einst unter beträchtlichen wirtschaftlichen Zugeständnissen Frieden geschlossen hatte, den Krieg. Eine weitere Nacht später besann er sich darauf, dass ein breiter Streifen unbesiedelten Waldlandes zwischen Sdoom und Nesnilinien vor beinahe zwei Zyklen einmal zum Land seiner Väter gehört hatte. Sofort ließ er Lislott II., der Herrscherin Sdooms, eine rüde formulierte Depesche zukommen, sie solle die historischen Ansprüche seines Vaterlandes anerkennen und das Gebiet offiziell zurückgeben.

Als Königin Lislott ihm daraufhin in der ihr eigenen Direktheit ausrichten ließ, er möge sich die „historischen Ansprüche seines Vaterlandes dorthin schieben, wo nie die Sonne scheint", entsandte Prinz Wunfrot eine Horde Barbarenkrieger an die Landesgrenze und besetzte kurzerhand das in Rede stehende Gebiet.

Klorski stieß eine Rauchsäule aus und sah zu, wie sie von der milden nächtlichen Brise zerpflückt wurde. Er schüttelte den Kopf. Soweit er wusste, handelte es sich bei den Invasoren um einen höchst überschaubaren Haufen. Wohl, es mochten Barbaren sein, was bedeutete, dass ihre Kampfkraft rund dreimal so hoch anzusetzen war wie die einer zahlenmäßig vergleichbaren Streitmacht normaler Krieger. Dennoch verstand er nicht, wieso Königin Lislott nicht einfach das gesamte lyktische Heer angefordert hatte und die Störenfriede schon vor Zeniten im wahrsten Sinne des Wortes von der Landkarte gefegt hatte. Stattdessen hatten nur rund eineinhalbtausend Krieger unter der Leitung General Ortlovs den eisigen Pass von Helgarth überquert und waren nach Sdoom marschiert.

Vermutlich steckten wirtschaftliche Gründe dahinter, überlegte Klorski. Aufgrund der häufigen Nachfrage war das lyktische Heer mittlerweile nicht gerade billig, darüber hinaus galt Lislott II. als knauserig, was ungeplante Entnahmen aus dem Staatssäckel anbelangte. Aus diesem Grund hatte sie aus allen

Himmelsrichtungen kostengünstige Verstärkungstruppen für den Angriff auf die nesnilinischen Invasoren organisiert, darunter die xamenischen Verstärkungstruppen, auf die General Ortlov und seine Männer seit nunmehr fast zwei Zeniten hier, im Ödland eineinhalb Meilen südlich von Torrlem, warteten.

Noch relativ pünktlich waren die Soldaten aus Nophelet eingetroffen, knapp fünfhundert Mann, die Lislott von der königlichen Palast- und Stadtwache abgezogen und hergeschickt hatte, an einen Treffpunkt im Nirgendwo, den irgendein sesselfurzender Möchtegerngelehrter mit einem Wurfpfeil auf der Landkarte ermittelt zu haben schien. Einen knappen Zenit später kam eine Verstärkungseinheit aus Rogozhink, einer Provinz tief im Süden. Achthundert Soldaten, unter ihnen viele Xxamparr, grün geschuppte Echsenmenschen, die mit ihren scharfen Augen und geschickten Fingern exzellente Bogenschützen abgaben.

Damit waren sie jetzt knapp dreitausend Mann – genug, um loszuziehen und den nesnilinischen Narren die Knochen in so viele kleine Stückchen zu zerbrechen, dass man damit die gültigen Landesgrenzen auf voller Länge im Waldboden abstecken konnte.

Doch das ging nicht. Sie waren noch nicht komplett.

Boshûda allein wusste, wie es Lislott II. gelungen war, König Quinntur, den Herrscher Xamens, zu einer Beteiligung an einem Konflikt zu bewegen, der für ihn und sein Land weit im Norden gänzlich ohne Bedeutung war. Dennoch hatte er eingewilligt, eine Tausendschaft Oktolinger zu schicken.

Klorski hatte noch nie eines jener krakenartigen Wesen gesehen, die mächtige Militärthaumaturgen einst für kriegerische Auseinandersetzungen gezüchtet hatten. Wie die meisten Soldaten kannte er lediglich Gerüchte: dass die weißhäutigen, krakenartigen Kolosse keiner verständlichen Lautäußerung fähig seien, dass sie niemandem gehorchten als ihrem persönlichen Dompteur. Groß wie Löwenbären sollten sie sein, dabei schnell und hinterhältig wie Harschtippler. Und einen Bullenwolf rissen sie mit ihren acht klauenbewehrten Armen angeblich schneller in Stücke, als man „Verfluchter Mist!“ sagen konnte. Klorski ahnte, dass sich der Kampf an der Seite dieser günstig akquirierten Zusatzkräfte unter Umständen als noch aufreibender erweisen würde als die Zusammenarbeit mit Trollen.

Mit Bestimmtheit sagen konnte er dies freilich nicht, denn die verdammten Biester waren noch immer nicht hier. General Ortlov hatte bereits mehrere seiner gefürchteten Tobsuchtsanfälle hinter sich, denn nicht einmal eine Nachrichtenkrähe war bislang eingegangen, die Hoffnung hätte wecken können, die Einheit aus Xamen könnte sich wenigstens auf eine überschaubare Anzahl von Tagesmärschen genähert haben.

Klorski hob das Bein und ließ einen knatternden Furz entweichen. Er schnupperte mit Kennermiene in die kühle Nachtluft, dann ließ er der sauren Gaswolke einen Schwall Tabakqualm aus einer höher gelegenen Körperöffnung folgen.

Die ganze Operation war laienhaft durchdacht und schlecht ins Werk gesetzt, fand er. Aber das war kein Wunder. In den obersten Etagen der Regierungen saßen viel zu viele verweichlichte Menschen. Seit sie sich auf den Thronen und in den Beratergremien nahezu aller Länder Lorgonias breitmachten wie Ungeziefer, hatte es weder in Lyktien noch in erreichbarer Nähe einen ordentlichen Krieg gegeben. Erbärmlich!

Ein Geräusch zu seiner Rechten ließ Klorski innehalten. Irritiert blieb er stehen und suchte mit den Augen die Landschaft außerhalb des Lagers ab.

Es war eine klare Nacht, der zu drei Vierteln volle Mond sowie der kränkliche Schein der Grabstadt hinter dem Horizont ermöglichten eine gute Sicht.

Zwei Steinwürfe entfernt ragte eine Reihe verdorrter Dornbüsche aus dem Boden, mannshohe Gewächse mit fingerlangen Stacheln, die überall wucherten, sei es auf nacktem Stein oder in versengtem Wüstensand. Ein Stück links davon ragte ein verkrüppelter Baum in die Höhe wie das in Bewegung erstarrte Skelett einer bemitleidenswerten Drachenechse. Darüber hinaus gab es nichts zu sehen außer Geröll, Geröll und noch mehr Geröll.

Wahrscheinlich hatte er den Schrei einer Mantisraude gehört, überlegte Klorski, eines jener flugunfähigen Riesenvögel, die die Xxamparr als Reittiere benutzten. Ihr Korral lag zwar am anderen Ende des Lagers, aber hin und wieder trug der Wind den krächzenden, stets etwas verstört klingenden Ruf eines der Tiere über weite Strecken mit sich.

Klorski zuckte die Achseln und steckte sich die selbstgerollte Zigarre wieder zwischen die Lippen. Während er weiter der vorgegebenen Route folgte, kam ihm erneut die Sinnlosigkeit seines Tuns zu Bewusstsein.

Was gab es an einem Heerlager zu bewachen, bei Boshûda? Fürchtete Ortlov wahrhaftig Spione aus Nesnilinien, die sich einschleichen und ihre Truppenstärke auskundschaften könnten? Lachhaft! Die nesnilinische Grenze war über zweihundert Meilen entfernt, und der Intellekt der Barbaren reichte mit viel Mühe aus, einen Streithammer so zu schwingen, dass er nicht ihren eigenen Schädel traf. Sollten die Wachtposten, die Abend für Abend neu ausgelost wurden und in weitläufigen Abständen an den Grenzen der Zeltstadt entlangmarschierten, vielleicht verhindern, dass jemand das Lager *verließ?*

Nein, auch das war unsinnig. Das Heer bestand aus Freiwilligen, gut bezahlten Berufssoldaten, und der bevorstehende Kampf – so es je dazu kommen sollte – konnte kaum als sonderlich risikoreich bezeichnet werden. Auch gab es in weitem Umkreis keinerlei Vergnügungsmöglichkeiten. Die einzige Stadt, die sich in weniger als einem Tagesritt erreichen ließ, war Torrlem. An kaum einem anderen Ort in ganz Sdoom würde sich die Vergnügungssucht eines Soldaten weniger befriedigen lassen als in der Grabstadt.

Erneut riss ein Geräusch Klorski aus seinen Gedanken.

Er blieb stehen.

Diesmal war es ganz gewiss nicht der Ruf einer Mantisraude gewesen. Es hatte geklungen, als verlagere etwas Schweres kaum merklich sein Gewicht auf dem losen Geröll, welches die Zeltsiedlung nach allen Richtungen umgab. Und die Geräuschquelle schien eher nahebei als in weiter Ferne zu liegen.

Klorski klappte die ledernen Ohrenschützer seiner Kappe hoch, um besser lauschen zu können, und starrte konzentriert in die diesige Dunkelheit. War das Geräusch von der Buschreihe gekommen? Vielleicht war ein Tier in den Dornen hängengeblieben, ein Steppenfuchs möglicherweise.

Das Geräusch wiederholte sich nicht, daher ging er langsam weiter.

Vielleicht war das ja der Grund für die Patrouillengänge: Der General wollte vermeiden, dass bei Nacht Tiere ins Lager eindrangen und Unruhe stifteten. Zwar gab es in dieser Einöde kaum eine Kreatur, die größer als ein Beutelbär war, aber selbst so ein mickriges Vieh konnte einem Soldaten den wohlverdienten Schlaf rauben, wenn es im Herzen der Nacht plötzlich von außen an der Zeltbahn zu kratzen begann. Innerhalb von Sekunden konnte ein unübersichtlicher Tumult losbrechen, und jeder noch so grüne Fußsoldat wusste, wie nachhaltig nächtliche Fehlalarme der Truppenmoral schadeten.

Klorski zog seine Waffe, ein unterarmlanges Schwert aus lyktischem Stahl, und ließ versonnen den Daumen über die Schneide gleiten. Die Klinge war rau und schartig, wie er es liebte, verkrustet mit den schwarzen Überresten vom Blut irgendeines Tiers, das er vor Zeiten erschlagen hatte. Wie lange war das jetzt her?

Ein Grinsen breitete sich auf seinem warzenübersäten Gesicht aus, als ihm Erinnerungen an seine Jugend in Lyktien ins Gedächtnis kamen. Daheim, zu Beginn seiner Soldatenlaufbahn, hatte er in einer reinen Ork-Kohorte gedient – nicht so einem bunten, verweichlichten Haufen wie seiner jetzigen

Truppe, in der Orks allenfalls ein Viertel der Belegschaft ausmachten und wo sogar Trolle geduldet wurden. Damals hatten er und seine Kumpane gerne am frühen Morgen wilde Krügerschweine in den Hof der Kaserne getrieben. Was für ein Spaß, wenn die Kameraden halbnackt aus ihren Kojen hochgefahren und mit gezückten Säbeln über die quiekenden Biester hergefallen waren! Zum Frühstück hatte es dann Braten gegeben, und zwar nicht zu knapp.

Klorskis Grinsen wurde breiter. Tiere zu töten lag ihm. Es bereitete ihm Freude zuzusehen, wie sie blutend und zuckend dalagen und mit ihrem Lebenssaft die Erde düngten. Natürlich war das nichts im Vergleich zu jenem großartigen Moment im Kampf Mann gegen Mann, wenn der Gegner – ein denkendes Wesen, fähig, den Schmerz ganz bewusst wahrzunehmen – mit verdutzter Miene den Kopf senkte und feststellte, dass seine schönen Gedärme, eben noch ordentlich in der Bauchhöhle verpackt, plötzlich aus einer riesigen Schnittwunde bis auf den Boden herabbaumelten. Bei Boshûda, *dafür* waren Klingen gemacht!

Klorski knurrte, ein gutturaler Laut tief unten in der Kehle. Er wollte kämpfen! Töten, zerhacken, vernichten!

Das verstohlene Knirschen ertönte ein drittes Mal, ganz in seiner Nähe. Schlagartig stand sein Entschluss fest. Wusste der Himmel, wann die verdammten Achtarmigen aus Xamen endlich eintrafen – selbst wenn es schon morgen wäre, würden noch etliche Tage ins Land ziehen, bis er an der nesnilinischen Grenze endlich jemandem das Lebenslicht ausblasen könnte. Klorski aber verspürte *jetzt* den Drang, ein Lebewesen bluten zu lassen, und wenn es nur ein dreckiger Steppenfuchs war.

Lautlos trat er seinen Stumpen auf dem Boden aus und schlich mit gezückter Klinge los, in Richtung der Buschgruppe. Er war jetzt völlig sicher, dass sich dort etwas verbarg, irgendein Viehzeug, das in unregelmäßigen Abständen seine

Position veränderte. Ein paar Dutzend Schritte noch, dann würde er mehr wissen …

Klorski bemühte sich, beim Gehen möglichst wenige Geräusche zu verursachen. Doch die harten Sohlen seiner Schnürsandalen waren eindeutig nicht zum Anschleichen gemacht. Immer wieder knirschte der Kies verräterisch unter seinem Gewicht, viel lauter als die Geräusche, die das Tier verursacht hatte.

Noch zehn Schritte.

Klorskis Atem beschleunigte sich bei der Vorstellung, wie sein Schwert in das weiche Fleisch eindringen würde, das reißende Geräusch, wenn Fell und Haut und Muskelgewebe auseinanderklafften. Voller Vorfreude musterte er sein Schwert, dessen verdreckte Klinge im Mondlicht nicht den Hauch einer Reflexion hervorrief. Perfekt! Orks wussten, warum sie ihre Waffen niemals reinigten.

Ein anhaltendes Rieseln ertönte. Kurz dachte Klorski, er habe auf dem leicht ansteigenden Grund eine Kieslawine losgetreten. Doch ein rascher Schwenk mit der Laterne zeigte ihm, dass sich der Boden rings um seine Füße nicht bewegte.

Ruckartig hob er den Kopf.

Eine verstohlene Bewegung im linken Ausläufer der Buschreihe, wenig mehr als ein Schatten inmitten von Schatten. Sie endete im selben Augenblick, da auch das Rieseln verebbte.

Kein Zweifel, irgendetwas verbarg sich dort. Und es hatte bemerkt, dass er kam.

Was, wenn es kein Steppenfuchs war?

Umso besser, dachte Klorski und hob die Schwertspitze dicht unter die Nase, um den faulig-rostigen Blutgeruch zu inhalieren, der von dem Metall ausging. Vielleicht hauste in dieser von allen Göttern verlassenen Gegend ja ein Äquivalent zu den wilden Krügerschweinen seiner Heimat, und er konnte das Angenehme mit dem Nützlichen verbinden? Was würde General Ortlov wohl sagen, wenn man ihm morgen zum Frühstück einen fetttriefenden Schweineschinken vorsetzte? Mit herzlichen Grüßen von seinem getreuen Gefolgsmann Klorski?

Das Ding in den Büschen knurrte, leise und irgendwie verschleimt. Es klang, als ob jemand versuchte, zähen Durchfall durch eine zu enge Abortöffnung zu spülen.

Also kein Schwein, kombinierte Klorski. *Schade.*

Aber was dann?

Wie nahezu alle Angehörigen seiner Rasse war Klorski nicht *versiert*. Er vermochte einen übermächtigen Gegner nicht einfach einzuschläfern oder fortzuhexen, wie es ein schmalbrüstiger Thaumaturg möglicherweise gekonnt hätte. Doch das störte ihn nicht. Wie die meisten Orks kannte Klorski die Worte „Angst" und „Vorsicht" nur vom Hörensagen, aus den Gesprächen menschlicher Heergenossen am Lagerfeuer. Ganz gleich, was da in den Schatten saß – er würde das Biest lykischen Stahl schmecken lassen! Und wenn man es verspeisen konnte, würde er es verspeisen.

Noch fünf Schritte bis zu den ersten Ausläufern der Buschgruppe.

Erneut bewegte sich ein Umriss in den Tiefen der Schatten. Er war bedeutend größer, als Klorski angenommen hatte.

Das war nie im Leben ein Steppenfuchs!

Eine Wolke schob sich vor den Mond, Finsternis glitt über die Ebene wie etwas Lebendiges. Obwohl Klorski automatisch den Arm mit der Laterne in die Höhe reckte, verwandelte sich die Buschreihe binnen eines Augenblicks in eine einheitlich schwarze Wand. Der blasse Abglanz der Ewigen Flamme von jenseits des Horizonts reichte nicht aus, ihn Einzelheiten erkennen zu lassen.

Ein rhythmisches Knirschen wie von schweren Füßen auf Geröll übertönte plötzlich Klorskis Schritte, seinen erregt hechelnden Atem.

„Komm nur", murmelte er durch abgebrochene Zahnstümpfe. „Du wirst es noch bereuen, den alten Klorski erschrecken zu wollen.“ Er umklammerte den Griff seines Schwertes fester und machte einen energischen Schritt vorwärts.

Plötzlich ging alles ganz schnell.

Mit einem Heulen, wie es Klorski in Jahren des Kampfes gegen nahezu jeden erdenklichen Gegner noch nie gehört hatte, schoss etwas Riesenhaftes aus seiner Deckung hinter den Sträuchern hervor. Klorski erahnte eine Bewegung in der Finsternis, ein affenartiges, schlenkerndes Hüpfen, und ein dunkler Schemen verdeckte für Sekundenbruchteile den entfernten Widerschein der Grabstadt. Ein fremdartiger Geruch schoss ihm in die Nase, widerwärtig und stechend selbst nach den Maßstäben eines Orks, nach Verwesung und Tod und etwas sehr, sehr Altem.

Im selben Moment, da Klorski das Schwert hochriss, um dem unbekannten Angreifer einen Hieb dorthin zu verpassen, wo er dessen Gesicht vermutete, trat der Mond hinter den Wolken hervor. Klorski erstarrte in der Bewegung, sein Blick fuhr ungläubig nach oben – höher, noch höher …

Sein winselnder Schrei währte nur Sekundenbruchteile.

Eine stinkende Pranke schloss sich um seinen Schädel und drückte mit vernichtender Gewalt zu. Weiter unten traf etwas mit unvorstellbarer Wucht seine Brust, er hörte Knochen splittern – *seine* Knochen – und dann nichts mehr.

1

Jorge der Troll ließ sich tiefer in den bequemen Sessel sinken, schlug die Beine übereinander, kratzte sich das Kinn, die Wange, die Stirn, beugte sich nach vorne, atmete schnaufend aus, holte erneut tief Atem, hielt die Luft an, grunzte durch die Nase.

Er versuchte, es zu unterdrücken, aber jeder, der ihn sah, erkannte es schon aus weiter Entfernung: Jorge war nervös. Mehr noch, er stand kurz vor einer Panikattacke. Sein Blick glitt zu einem der ovalen Fenster des länglichen Raums. Draußen sah er Wolken und blauen Himmel. Irgendwo weit unten: Sdoom, mit seinen Flüssen und Feldern, Dörfern und Städten, mit seinen Menschen und köstlichen Tieren.

Der mit stählernen Querverstrebungen verstärkte Dielenboden unter seinen Füßen fühlte sich plötzlich schwammig an, aufgeweicht, wie mit glitschigen Algen bewachsen. Schweiß rann von seiner rasierten Stirn. In seinem Magen schien sich ein massiger Giftpilz aufzublähen.

Um sich abzulenken, lenkte er seinen Blick vom Fenster fort, zu der alten Frau hinüber, die neben ihm saß. Sie hatte seit dem Abflug selig vor sich hin geschnarcht, jetzt jedoch starrte sie Jorge mit großen Augen an.

Sie war mindestens siebzig, ihr Gesicht bestand aus einem verzweigten Gitternetz tiefer Furchen und Falten. Ihre Augen verschwanden in Wülsten rosigen Fleisches. Sie trug ein schwarzes Kleid, als wäre sie auf dem Weg zu einer Beerdigung. Was für eine Ironie, fand Jorge, wenn man bedachte, was das Ziel *seiner* Reise war.

„Ist Ihnen nicht gut, junger Mann?" Die Stimme der Greisin klang erstaunlich hell, viel zu jung für ihren welken Körper.

Jorge schluckte einen Schwall Speichel, der sich in seinem Mund angesammelt hatte. Sein Herz prügelte wie verrückt gegen seinen Brustkorb. Verdammt, er musste sich zusammenreißen! Er war schließlich nicht irgendwer. Er war Jorge der Erwischer, bei Batardos! Einer der ranghöchsten Beamten des IAIT. Na ja, fast zumindest …

„Es gibt da ein altes Trollsprichwort, und es geht so." Jorge fühlte sich saumäßig. „Es geht so, junge Frau: Fliegen, nein danke!"

Die Greisin lachte, ein glockenhelles Geräusch in der weitläufigen Passagierkabine. Es klang nicht herablassend. „Ja, da kann ich Sie gut verstehen, Herr …?"

„Jorge", stieß Jorge hervor. „Name sein Jorge. Jorge sein Troll." Es war keine Absicht, Jorge wollte nicht ironisch klingen, aber seine Flugangst absorbierte jegliche Grammatikkenntnisse, die er möglicherweise einst besessen hatte.

„Sie sind ein Troll?", fragte die Frau. „Sie sehen gar nicht aus wie einer."

„Ich rasieren." Jorge schloss die Augen, schluckte erneut. Die riesige Flugmaschine um ihn herum legte sich in die Kurve, sodass er tief in seinen Sitz gepresst wurde. „Ich wollte sagen, ich rasiere mich anständig und regelmäßig. Und du? Ich meine natürlich: Du rasierst dich nicht, es gibt ein altes Trollsprichwort, und das geht so: Alte Damen rasieren sich nur, wenn es gar nicht mehr anders geht. Oder so ähnlich."

Jorge konzentrierte sich auf seinen Atem. Tief ein- und ausatmen, regelmäßig. Er hatte das Gefühl, dass etwas Schreckliches passieren würde, wenn sein nächstes Atemschöpfen nicht tief genug ausfiel. Was, bei Batardos, hatte er sich bloß dabei gedacht, in diesen Wahnsinn einzuwilligen?

Als ihn am Vormittag der Wortwurf Geheimrat Karlibans erreicht hatte, des Obersten Lenkers der staatlichen Ermittlungsbehörde, für die Jorge arbeitete, hatte die Idee mit der Flugreise noch ganz reizvoll geklungen. Rückblickend konnte das nur daran gelegen haben, dass ihm die Wüstensonne von Orshlach in den vorangegangenen drei Tagen restlos das Hirn weggebrutzelt hatte. Aber was sollte er machen? Den letzten Urlaub, an den er sich erinnern konnte, musste er irgendwann vor seiner Geburt genommen haben, und ein altes Trollsprichwort empfahl: Wenn du schon mal in einer maßlos dekadenten Pension wie dem NALPANTERS STOLZ mitten in der Wüste von Rogozhink einquartiert wirst, in Räumlichkeiten, geräumiger und komfortabler als alles, was du in deinem Leben bewohnen durftest oder je wieder bewohnen wirst, dann genieß es gefälligst!

Und Jorge *hatte* es genossen. Gemeinsam mit einer kleinen Schar gut betuchter Gäste hatte er die Zeit seit seiner Ankunft damit zugebracht, sich von halbnackten Schönheiten massieren, von servilen Echsenmännern exotische Alkoholika servieren und seinen Leib mit der delikaten Kost füllen zu lassen, die es in der Oase rund um die Uhr gab. Ein nicht gerade billiger Spaß, aber er hatte es sich verdient, bei Batardos! Der Fall um den „Elbenschlächter", wie die Presse den wahnsinnigen Serienmörder getauft hatte, welchen er gemeinsam mit seinem Vorgesetzten kaum zwei Zenite zuvor zur Strecke gebracht hatte, steckte ihm noch in den Knochen. Da war ein wenig Erholung mehr als angebracht.

Unglücklicherweise war der Wortwurf des Mauls, wie Geheimrat Karliban aufgrund einer fragwürdigen Episode in seiner Vita von seinen Untergebenen genannt wurde, von unmissverständlicher Dringlichkeit gewesen. Jorge hatte sich gerade im Dampfbad des Nalpanters Stolz befunden, wo vier knackige junge Mädchen verschiedene Stellen seines Leibes gleichzeitig mit tiefgreifenden Zärtlichkeiten bedachten, als die kehlige Stimme des Geheimrats wie aus dem Nichts mitten im Raum erschallt war. Da das Institut Jorges Erholungsurlaub finanzierte, wusste man dort aufgrund der eintrudelnden Spesenrechnungen nur allzu genau, wo er sich gegenwärtig aufhielt, und konnte ihn mit einem gezielten Wortwurf kontaktieren.

Das Maul hatte sich hinsichtlich der Details zu dem „drängenden Fall", für den es Jorge abzukommandieren gedachte, eher bedeckt gehalten. Das deutete entweder darauf hin, dass Karliban selbst noch nicht über viele Informationen verfügte oder dass er sämtliche relevanten Fakten wenige Minuten vorher erst für Meister Hippolit hatte herunterleiern müssen, an dessen Seite Jorge den Fall einmal mehr bearbeiten sollte.

So hatte der Wortwurf bereits nach wenigen Sätzen wieder geendet – mit der Information, dass man für ihn einen Platz in einem Cymwoog reserviert habe, der noch am selben Tag von Orshlach aus abflöge. In seiner Verwirrung hatte Jorge die Abschiedsfloskel des Mauls, dass er doch gewiss gern flöge, bejaht, was in zweierlei Hinsicht dumm gewesen war: Erstens funktionierten Wortwürfe nur einseitig, das Maul konnte ihn folglich gar nicht hören. Zweitens hatte sich Jorge noch nie Gedanken darüber gemacht, ob er gern flog oder nicht.

Mittlerweile war ihm klar, dass dies nicht der Fall war. Cymwoogs waren seit einiger Zeit der letzte Schrei in Sdoom, die bislang spektakulärste Kombination mechanischer und thaumaturgischer Technologie. Jorge war noch nie mit einem geflogen, er schätzte bereits ihre rein mechanisch betriebenen Verwandten auf dem Boden nicht sonderlich. Im Gegensatz zu Vulwoogs, bei denen er lediglich dem auf Dampfdruck basierenden Antriebsprinzip skeptisch gegenüberstand, kam bei den neumodischen Flugmaschinen noch ein Haufen thaumaturgischer Technik hinzu, die er ebenfalls nicht verstand – schließlich war er ein Troll und somit zwangsläufig nicht *versiert*. Er konnte selbst nicht sagen, welchem Aspekt er weniger über den Weg traute: dem mechanischen oder dem thaumaturgischen.

In seinen Augen bestand ein Cymwoog lediglich aus einer geschlossenen Holzkapsel, die an einem gewaltigen eiförmigen Ballon befestigt war. Der Ballon war mit einem leichten Edelgas gefüllt, sodass er die Kabine mitsamt den bemitleidenswerten Passagieren im Innern trotz ihres immensen Gewichts hoch durch die Luft zu tragen vermochte. Bei der Steuerung kam dann Thaumaturgie ins Spiel. Winde, die von einer Gruppe hochstufiger Thaumaturgen in der Steuerkanzel beeinflusst und verstärkt wurden, trieben das Gefährt mit ungeheurer Geschwindigkeit voran, schneller als der flinkste Vogel.

Das Innere der Passagierkabine war durchaus luxuriös ausgestattet und erinnerte an den vornehmen Salon eines Spielkasinos. Im hinteren Teil, jenseits der Sitzreihen, gab es eine Bar, die zum Konsum alkoholhaltiger Getränke einlud. Man konnte sich in Sesseln aus feinstem rotem Leder niederlassen und Schach oder Karten spielen. Männer in teurer Seide saßen an runden Tischen, Pfeifen oder Zigarren im Mund. Sie tranken Branntwein und Uisky und unterhielten sich leise, wahrscheinlich über Geld. Jorge roch es sofort, selbst von Weitem: Diese Kerle stanken vor Goldkaunaps.

Er wandte sich wieder an die schwarz gekleidete Dame. „Sag mal, wie kommt es, dass du so seelenruhig in diesem fliegenden Monstrum sitzen kannst? Hast du keine Angst, du könntest einfach runterfallen, bei Batardos?"

Die Frau lehnte sich zurück. Abermals erfüllte ihr glockenhelles Lachen die Kabine. „Nein, davor habe ich keine Angst, junger Mann. Denn das passiert so gut wie nie. Aber Sie wirken etwas blass um die Nase! Da Sie offenkundig ein Troll sind – ich darf noch einmal anmerken, dass man das kaum sieht –, überrascht es mich nicht, dass Sie Probleme mit dem Fliegen haben." Die Frau legte ihre ohnehin faltige Stirn in noch tiefere Runzeln. „Wieso reisen Sie überhaupt mit einem Cymwoog, wenn Sie mir die Frage gestatten?"

„Hab's eilig!" Jorge war schwindelig. Er überlegte, ob er sich auf den Abort zurückziehen sollte, da er es plötzlich für denkbar hielt, sich in naher Zukunft kräftig übergeben zu müssen. Er hatte beim Einsteigen eine schmale Tür mit entsprechender Beschriftung gesehen, und instinktiv fragte er sich, wie in so einem fliegenden Salon wohl die Entsorgung der Exkremente funktionierte. Gab es ein Loch im Kabinenboden, durch das die Bescherung einfach in die Tiefe fiel? Als er einen Augenblick darüber nachsann, kam er zu dem Entschluss, dass er es gar nicht wissen wollte.

Die Greisin musterte Jorge, als habe sie seine Gedanken gelesen. „Ich sehe da einen gewissen Ring", sagte sie und deutete auf Jorges behaarte Rechte. „Das ist doch ein Siegelring vom IAIT, oder? Sie sind ein Ermittlungsbeamter aus Nophelet."

Jorge nickte. Er hatte keine Lust mehr, sich mit der Alten zu unterhalten, auch wenn sie sich ihm gegenüber durchaus respektvoll verhielt. *„Institut für angewandte investigative Thaumaturgie"*, ächzte er. „Ich muss dringend nach … egal, ich muss eben dringend irgendwohin, da hat der Chef mir einen Flug in diesem Ding hier verordnet. Es gibt ein altes Trollsprichwort, und das geht so: Eine fliegende Holzkapsel … also, das kann man sich ja nicht einmal im Traum vorstellen!"

„Es gibt ein wirkungsvolles Mittel gegen Flugangst", behauptete die Alte und schaute seelenruhig an ihm vorbei aus dem ovalen Kabinenfenster. „Sie müssen zuerst die Luft anhalten, dann bis vierundneunzig zählen und …"

Jorge erhob sich auf weiche Beine, wobei er mit dem Kopf gegen die gewölbte Decke stieß. Cymwoogs waren, wie so vieles in diesem Land, einfach nicht für stattliche Trolle gebaut.

„Wir Trolle haben auch unsere Tricks!" Er versuchte, auf dem mit rotem Samt ausgelegten Boden festen Halt zu finden.

„Quasi ein Sprichwort, und es geht so: Ich werde mir jetzt das Hirn mit Alkohol zuschütten, bevor ich weiter darüber nachdenken kann, wo ich mich gerade befinde."

Die Bar am Ende des fliegenden Saals war aus getöntem Quarzglas gefertigt. Alles daran war durchsichtig, wie aus schmutzigem Eis modelliert und mit Rauch eingefärbt, einschließlich der davor befindlichen Hocker. *Bestimmt künstlerisch überaus wertvoll*, dachte Jorge gelangweilt und ließ sich auf einem der Sitze nieder, wobei er hoffte, das Möbel möge unter seinem Gewicht nicht wie Zucker zerbröseln.

Hinter der Theke stand ein blasshäutiger Kerl mit einem dünnen Oberlippenbart und bis über die Schultern herabreichendem blondem Haar. Jorge fühlte sich unwillkürlich an seinen letzten Fall erinnert, in dessen Verlauf er viel mit Burschen wie diesem zu tun gehabt hatte. „Nanu?", sagte er. „Ein Elb? Hier, im Himmel? Was für eine Überraschung."

Der Elb starrte ihn ausdruckslos an. „Haben Sie vielleicht ein Problem damit?" Er hatte eine helle Stimme, wie ein Eunuch.

Jorge schüttelte den Kopf. „Überhaupt kein Problem, Kleiner. Wir Trolle haben da ein Sprichwort, und es geht so: Wenn du dich in zehntausend Fuß Höhe befindest, hast du andere Probleme als einen Elb, der hinter einer durchsichtigen Bar herumlungert. Ich mache dir einen Vorschlag: Du reichst mir jetzt *sofort* einen riesenhaften Humpen Bier. Ich werde ihn mit meiner schönen Trollhand – hier, siehst du den Siegelring an meiner schönen Trollhand, wie du erkennen kannst, bin ich vom IAIT, dem *Institut für angewandte investigative Thaumaturgie* –, also, ich werde den Krug mit meiner schönen Trollhand ergreifen und seinen Inhalt mittels ruckartiger Neigung des Behältnisses in meinen Trollmund schicken, auf eine Reise ohne Wiederkehr, auf dass mein Gehirn benebelt bleibe bis zum Ende dieser fürchterlichen Schweberei und vergesse, dass es gefangen ist in einer zerbrechlichen Holzkabine, gemeinsam mit meinen zerbrechlichen Trollknochen, die eine beunruhigende Tendenz aufweisen zu zerbröseln, sollten sie ungehindert aus zehntausend Fuß Höhe auf guter sdoomischer Erde aufschlagen, verstehst du? Mach also schnell. Ganz schnell!" Jorge wusste, dass er zur Geschwätzigkeit neigte, wenn er sich unsicher fühlte, aber das war ihm im Moment egal.

Der Elb starrte ihn einen Moment lang an, dann besann er sich auf seine Pflicht als Barmann und zapfte ein Bier aus einem System von Röhren, das kreuz und quer durch den durchsichtigen Glasblock verlief.

„Danke, mein blonder Freund", sagte Jorge, als das Bier köstlich und schäumend vor ihm stand. Er goss es sich komplett in den Mund. „Und gleich noch eines. Nachschub nicht unterbrechen!"

Während der Elb ein weiteres Bier zurechtmachte, begann er mit seiner Eunuchenstimme zu sprechen: „Sie sind vom IAIT? Ein Ermittler also. Aber Sie fliegen wohl nicht gerne, was?"

„Bei Batardos, da hast du jetzt aber was gesagt, Kleiner." Jorge ergriff das zweite Bier, leerte es in einem Zug. „Ich fliege in der Tat nicht gerne. Aber ich muss. Es ist etwas passiert, draußen, in der Ebene von Torr. Und der beste Mann des IAIT muss hin, um die Sache zu klären. Ein Geheimauftrag, wenn du verstehst, was ich meine?"

Der Elb nickte, zapfte. „Das bedeutet, dass Sie nicht über die Angelegenheit sprechen dürfen?"

„So sieht's mal aus." Jorge begutachtete das dritte Bier mit dem prüfenden Blick des Kenners, bevor er einen geziert kleinen Schluck abtrank. „Das erste war gut und das zweite auch. Aber dieses hier ist köstlich!" Er schluckte den Humpen ex. „In der Ebene von Torr lagert ein Heer aus Lyktien", sagte er und rülpste donnernd. „Angeblich sind dort während des letzten Zenits rund ein Dutzend Orkkrieger verschwunden. Ist selbstverständlich streng geheim."

„Was Sie nicht sagen." Der Elb nickte, zapfte.

„Aber hallo! Man hat sie mit aufgerissenen Brustkörben wiedergefunden." Jorge hob die Hand vor den Mund und flüsterte verschwörerisch: „Jemand hatte ihnen die Herzen rausgerissen und sich damit aus dem Staub gemacht. Verstehst du? Mit ihren Herzen, Mann!" Er riss dem Elb das nächste Bier aus der Hand und fügte etwas lauter hinzu: „Und weil es der Moral einer Truppe nicht guttut, wenn die Soldaten jeden Morgen einen weiteren ihrer Kumpels zerfleddert vor den Toren des Lagers finden, hat das Maul mich und den guten, alten M. H. aus dem Urlaub gescheucht, um dort mal nach dem Rechten zu sehen. Ohne jedes Aufsehen, inkognito, unter dem Siegel der Verschwiegenheit sozusagen."

Mittlerweile hatten mehrere Fluggäste an Tischen ganz in der Nähe von ihren Beschäftigungen aufgesehen und verfolgten mit unverhohlenem Interesse, was Jorge dem Barmann unter dem Siegel der Verschwiegenheit anvertraute.

„Jetzt weißt du, weshalb ich es so eilig habe, dass ich eins von diesen verfluchten Flugeiern besteigen musste", fuhr Jorge fort und wischte sich Bierschaum von der Oberlippe. „Die Jungs vom IAIT müssen mal wieder die Kastanien aus dem Feuer holen, so sieht's aus. M. H. ist auch schon auf dem Weg, angeblich aber nicht auf dem Luftweg, der schlaue Hund." Er trank, warf einen kurzen Blick zu einem der Fenster hinüber, sah rasch wieder weg. Er hatte noch längst nicht genug getrunken. „Na ja, wie auch immer. Aus diesem Grund wird der Pilot jedenfalls bei Torrlem eine Zwischenlandung einlegen und mich raushüpfen lassen. Noch ein Bier! Zapf schneller!"

Der Elb erstarrte in der Bewegung. „Wir landen in der Grabstadt?"

Elben waren von Natur aus blass, aber dieser Kerl sah aus, als wäre plötzlich sämtliches Blut aus seinem dürren Körper gewichen.

„Schätze, ja", sagte Jorge. „Unter uns, Elb: Ich bin auch nicht gerade scharf darauf, dort auszusteigen, aber was soll ich machen? Es ist mein verdammter Beruf. Weißt du, was ein Beruf ist? Klar, du hast ja selbst einen. Du schenkst in einer fliegenden Holzkapsel alkoholische Getränke aus. Eine gute, erfüllende Verpflichtung. Noch vier Bier, bitte."

Jorge konnte sehen, wie der Elb schluckte, sein Adamsapfel hob sich, verweilte, sank zurück.

„Sie … Sie sind … auf dem Weg in die Stadt des Todes?", brachte er hervor.

Jorge nickte. „So ist es. Jetzt zapf schon, Junge, zapf das Bier! Wie heißt du eigentlich?"

Der Elb starrte ihn weiter an, dann schüttelte er den Kopf, als erwachte er aus einem schlechten Traum. „Conetto", sagte er. „Ich, äh, ich heiße Conetto."

„Conetto", murmelte Jorge. „Ein Scheißname, wenn du mich fragst. Egal. Sag, Conetto, was hat dich hierher, in den Himmel verschlagen? Verzeih, wenn ich frage, aber die meisten Elben, die ich bisher kennengelernt habe, arbeiteten in Gefilden, die deutlich tiefer lagen … *ganz tief unten*, wenn du verstehst, was ich meine?"

Jorge fand, dass er es gewitzt umschifft hatte, Conetto direkt zu fragen, weshalb er nicht auf den Strich ging. In Foggats Pfuhl, dem Viertel der dunklen Freuden von Nophelet, wo er sich zuletzt aus beruflichen Gründen des Öfteren aufgehalten hatte, verkaufte quasi jeder männliche Elb seinen Körper für ein paar Kaunaps. Erst als er Conettos verständnislos gehobene Brauen sah, dämmerte Jorge, dass Elbenjünglinge in anderen Gegenden selbstredend auch jeder anderen Beschäftigung nachgehen konnten.

Der Elb fixierte Jorge mit graufleckigen Augen, in denen winzige tote Fische zu treiben schienen, mit dem Bauch nach oben. Plötzlich lächelte er, sein Gesicht verzog sich zu einem so breiten Grinsen, dass sein Unterkiefer Gefahr lief, sich auszuklinken und am Hals abwärtszurutschen.

„Entschuldigen Sie", sagte er. „Ich war mit den Gedanken kurz woanders. Tut mir leid. Aber wissen Sie, ich habe noch nie einen toten Troll gesehen."

Jorge kratzte sich am Kinn, fegte ein unsichtbares Staubkörnchen von seiner schwarzen Lederkluft, fuhr sich durch das strähnige, lange Haar und rülpste apokalyptisch. „So, so, Conetto. Du hältst mich also für einen *toten* Troll? Welcher Umstand bringt dich dazu, diese gewagte und durchaus fragwürdige Aussage in meiner Gegenwart zu tätigen? Bist du lebensmüde? Willst du Schmerzen erfahren, von denen du bisher angenommen hast, sie seien Legende?"

Conetto lächelte noch immer. Jorge sah, dass er schlechte Zähne hatte. Sie erinnerten ihn an die schartigen Felsformationen von Blumerth-Borth im Norden Sdooms. Hippolit und er hatten dort vor knapp zwei Jahren das Versteck eines Hehlers ausgehoben, der mit thaumaturgischen Artefakten handelte. In Blumerth-Borth, nicht im Mund des Elbs, bei Batardos!

„Na ja, man sagt, nur die Toten reisen nach Torrlem. Die Tatsache, dass Sie über der Grabstadt abspringen, hat mich …"

„Ah-ah-ah!" Jorge hob mahnend eine Hand. „Ich habe nicht gesagt, dass ich *abspringe*. Wir landen, und ich steige aus. Das ist etwas völlig anderes. Ich habe nicht vor abzuspringen. Weißt du, warum? Ich sag dir, warum: Man *fällt*, wenn man abspringt. Trolle haben keine Flügel. Gut, du hast recht, Bursche, das Fallen ist nicht das eigentliche Problem. Wir haben da ein weiteres Trollsprichwort, und es geht so: Das Problem ist, dass man eine Weile fällt und dann mit einem Schlag *aufhört* zu fallen."

„Nun, das klingt …"

„Ich weiß, wie das klingt. Es klingt extrem weise und durchdacht!" Jorge packte den nächsten Humpen Bier. „Aber um auf deine dämliche Frage zurückzukommen, Conetto: Ich habe nicht vor, die Grabstadt zu betreten. Du glaubst doch nicht ernsthaft, dass ich zu meiner eigenen Beerdigung fliege, oder?

Ich muss hin, weil das dämliche lyktische Heer vor den Toren Torrlems lagert, kapiert?“

Der Elb nickte hastig. „Wegen Ihres Geheimauftrags!“

Jorge rülpste. „Weißt du was, Conetto? Es gibt da ein schönes Trollsprichwort, und es geht so: Du hast es im Kern erfasst! Und nun gib acht: Der Alkohol tut mir gut, er ist Medizin für meinen vom Fliegen gebeutelten Leib. Stoppe den Zufluss nicht und quatsch mich nicht voll, ich muss mich jetzt auf meinen geheimen Auftrag konzentrieren, über den du kein Wort erfahren wirst, weil er so verflucht geheim ist.“

Die nächsten vier Stunden verbrachte Jorge an der durchsichtigen Quarzglastheke im Bauch einer fliegenden Holzkapsel, wo er seine Panikattacken damit bekämpfte, Bier zu trinken und willkürlich ausgewählten Fluggästen von seinem verflucht geheimen Auftrag zu erzählen.

2

Stahl knirschte auf Stahl, komprimierte Luft entwich mit einem hohlen Zischen. Dampfwolken stiegen auf, füllten die weitläufige Halle bis unter die gewölbte Dachkonstruktion aus genieteten Eisenträgern und oxidierten Kupferplatten. Ein letztes, gequältes Wimmern der Bremsen, dann kam das metallene Monstrum ruckend zum Stehen.

Der Tod hatte Einzug in Torrlem gehalten. Wie an jedem Zweitag.

Für endlose Augenblicke geschah nichts. Dann erhob sich ein durchdringender heulender Laut, wie aus der Kehle einer kolossalen Kreatur, die voller Gram einen tragischen Verlust beklagt. Doch nichts Natürliches war an diesem Signal, das aus metallenen Trichtern entlang des Gleisbetts drang, auch nichts Bedrohliches. Vielmehr verhieß die Sirene Arbeit für jene, die sich in der riesigen Verladestation ihren Lebensunterhalt verdienten. Sogleich erschienen mehrere Dutzend Männer in grauen Arbeitsmonturen. Einige zogen breite, auf Rollen gelagerte Gestelle hinter sich her, teleskopartige Rampen, die ihren Ursprung in Öffnungen in den Hallenwänden hatten. Andere machten sich an den breiten Schiebetüren der gut fünfzig fensterlosen Waggons zu schaffen. Auf gut geölten Schienen glitten stählerne Wände beiseite, gaben den Blick frei auf eine verstörende Fracht.

Es war ein Zug der Toten. Körper auf Körper, auf engstem Raum übereinandergeschichtet wie Scheite Kaminholz, lagen sie gestapelt bis zur Decke, die Leichname eines ganzen Königreiches. Die Ernte, die K'talmar, der Herr des Todes, binnen eines einzigen Zenits eingefahren hatte. Abertausende.

Angehörige sämtlicher Rassen, Geschlechter und Altersklassen waren es, gewaltsam zu Tode Gekommene wie sanft Entschlafene, Verhungerte wie Ertrunkene, Unfallopfer wie Zerstückelte. K'talmar war nicht wählerisch und überaus einfallsreich.

Dumpfe Schläge hallten durch die Weite der Halle, als die Arbeiter ihre Rampen an die geöffneten Türen der ersten Waggons andockten. Eine gezielte Handbewegung hier, ein knapper Befehl dort, dann ertönte das dumpfe Rumoren dampfgetriebener Motoren hinter den Wänden. Ruckend zunächst, dann gleichmäßiger setzten sich breite Lederbänder in Bewegung. Über Hunderte winziger Rollen glitten sie auf der Oberseite der Rampen vom Zug fort, in Richtung der Hallentore, und auf der Unterseite wieder zurück.

Mit der Routine ungezählter Einsätze bezogen die Männer ihre Positionen und begannen mit dem Entladen. Augenblicke später prallten die ersten kalten Leiber auf die Fließbänder, um ihre letzte Reise anzutreten – in die Brennkammer der Ewigen Flamme, die nichts von ihnen übriglassen würde als feine graue Asche.

Unbemerkt von den Arbeitern, die mit gleichförmigen Bewegungen Leichname von Stapeln zerrten und sie wie Getreidesäcke auf die harten Transportbänder fallen ließen, öffnete sich ganz vorne, an der gewaltigen Zugmaschine mit ihrem turmhoch aufragenden Dampfkessel, eine Tür. Eine schlanke, blasshäutige Gestalt erschien in der Öffnung, ein Knabe von dreizehn, allenfalls vierzehn Jahren. Kritisch maß er den Abstand zum Boden, der weder von Stufen noch Leitersprossen überbrückt wurde, packte seine beiden Gepäckstücke fester und sprang.

Mit einem gepressten Fluch landete er auf dem unebenen Pflaster des Bahnsteigs und kam stolpernd zum Stehen. Umwallt von Schwaden grauen Dampfes setzte er eine lederne Reisetasche sowie einen kleinen, rechteckigen Koffer aus weißem Blech neben sich ab und richtete mit ungeduldigen Bewegungen seine Kleidung. Er fegte sich eine widerspenstige Tolle weißblonden Haars aus der Stirn und sah sich um.

Auf allen Fließbändern rollten jetzt Leichen dahin, dicht an dicht, hinein in die Mäuler der Wände. Nur eine unter dreien war in einen Sack aus hellem Leinen eingenäht, ein Indiz dafür, dass er oder sie aus einer der wohlhabenden, zivilisierteren Regionen Sdooms kam. Der Rest steckte in knielangen Totenhemden, manche Leichname trugen noch die Gewänder, in denen sie gestorben waren, viele waren schlicht nackt. Je spärlicher ihre Kleidung, desto deutlicher war die Ursache ihres Ablebens zu erkennen: ein gebrochenes Rückgrat hier, ein von Schwindsucht gezeichneter, skeletthafter Leib dort. Dazwischen immer wieder grau gewandete Arbeiter, die mit stoischem Gleichmut Leib um Leib auf die Bänder schaufelten.

Der Knabe wurde aus seinen Betrachtungen gerissen, als sich unversehens ein feiner Schleier glitzernder Feuchtigkeit von oben auf ihn herabsenkte. Er hob den Blick. Im selben Moment, da ihm der stechende Duft thaumaturgisch behandelter Nermoveilchen in die Nase stieg, entdeckte er die Düsen an der Decke hoch über sich.

Mit gerümpfter Nase wischte er sich den dünnen Film von Stirn und Wangen. So wenig angenehm der künstliche Duft war, der Grund für das Versprühen der Lösung lag auf der Hand. Der Torrlem-Express lief jeden öffentlichen Sammelpunkt in Sdoom nur einmal je Zenit an. Es konnte folglich passieren, dass ein Leichnam bis zu neun Tage warten musste, bevor er verladen und abtransportiert wurde. Zwar war gesetzlich vorgeschrieben, dass die Betreiber der Leichenhäuser eine thaumaturgische Stasis über alle eingelieferten Körper wirken mussten, ebenso wie die Laderäume des Zuges dauerhaft unter dem Einfluss eines solchen Unveränderlichkeitsspruches standen. Doch wo Menschen wirkten, wurden Fehler gemacht. Um eine allzu starke Geruchsbelästigung der Arbeiter zu vermeiden, sobald man die Toten aus ihrer thaumaturgischen Konservierung riss, wurden beim Einlaufen des Zuges Stoffe versprüht, die Gestank und bakterielle Belastung minimieren sollten.

Rasch ließ der Nieselregen wieder nach. Der weißhäutige Junge nahm seine Gepäckstücke auf und sah sich nach einem Ausgang aus der riesigen Halle um. Er passierte die Förderbänder, ohne die Toten darauf eines Blickes zu würdigen, trat durch eine Schwingtür in eine leere Vorhalle und von dort durch ein eisernes Portal ins Freie.

Es war spät am Abend, der Platz vor dem Bahnhof lag im Dunkeln – soweit diese Bezeichnung für eine Stadt wie Torrlem zulässig war. Schmucklose zylindrische Gaslampen auf hohen Masten säumten die abgehenden Straßen, darüber glomm der Himmel im unirdischen Widerschein der Ewigen Flamme, der größten thaumaturgischen Apparatur, die je in Sdoom realisiert worden war. Die Gelehrten umliegender Reiche stritten seit Generationen darüber, ob nicht auch ihre Thaumaturgen zu etwas Vergleichbarem in der Lage gewesen wären. Faktisch war dies irrelevant, da kein anderes Land mit ähnlich unvorteilhaften geologischen Gegebenheiten geschlagen war wie Sdoom. Nirgendwo sonst bestand Bedarf nach einer Einrichtung wie dieser – einem Krematorium von den Ausmaßen einer Stadt.

Der Junge sah sich suchend um. Er war davon ausgegangen, dass man eine Eskorte schicken würde, um ihn Willkommen zu heißen. Von einer solchen war jedoch weit und breit nichts zu sehen. Lediglich einen Steinwurf zu seiner Linken, vor einem klobigen Eisenbrunnen mit einer stark vereinfachten geschmiedeten Darstellung K'talmars in der Mitte, hockten drei Männer mit bartschattigen Gesichtern und ließen eine Weinflasche kreisen. Diverse leere Gefäße am Boden ließen darauf schließen, dass sie den Abend bereits weidlich zu nutzen verstanden hatten. Der Knabe stieß einen Fluch bemerkenswert blasphemischen Inhalts aus, zumindest für einen Halbwüchsigen. Eine kleine Ader an seiner linken Schläfe begann zu pochen, während er seine Gepäckstücke erneut zu Boden poltern ließ und umständlich auf dem blechernen Kasten Platz nahm.

„Aber, aber, kleiner Mann!“ Eine Stimme, rau von lebenslangem Grölen und ebensolcher Zufuhr von Alkohol. „Wer hat dir solche Rede beigebracht, bei Ubalthes?“

Einer der drei Trinker hatte den erbosten Ausruf des Knaben offenbar vernommen. Er hob die Weinflasche an die Lippen und nahm einen tiefen Schluck. „Solltest dich deines ärmlichen Lebens freuen, anstatt die Götter zu schmähen, du Bengel. Hast allen Grund zur Freude.“ Er wies mit der Flasche in Richtung des Bahnhofsgebäudes. „Wer in Torrlem aussteigt, ist normalerweise nicht mehr allzu agil.“ Der Betrunkene brach in röhrendes Gelächter aus.

Der Knabe fixierte ihn mit unverhohlenem Ekel. „Immer dasselbe“, murmelte er kopfschüttelnd. „Wohin es einen auch verschlägt, sei es der hinterletzte Ort am Anus Lorgons des Allmächtigen: Der Abschaum ist stets vor einem da.“ Er wandte den Blick ab und begann, in seinem Gewand nach etwas zu kramen.

Doch er hatte die Rechnung ohne das scharfe Gehör des Trinkers gemacht. Mit einem Ruck erhob sich der Mann von der Brunnenumrandung.

„Was hast du gesagt, du Balg?“, stieß er hervor. „Ich werd dich Respekt vor Erwachsenen lehren, du mistiger Wicht!“

Schwankend kam der Alkoholisierte näher. Er hatte die Proportionen eines Schranks, der bemerkenswert kleine Kopf schien ohne Hals direkt in die Schultern überzugehen. Zehn Schritte entfernt begann er an seinem Hosenbund herumzufuhrwerken, und kurz hatte es den Anschein, als wollte er sich seines Beinkleids entledigen. Dann jedoch blitzte ein Dolch in seiner Hand auf, den er in einer verborgenen Scheide getragen haben musste. Mit der gut ellenlangen Waffe vollführte er einige ungeschickte Streiche durch die Luft.

„Wenn ich mit dir fertig bin, wirst du keinen ehrbaren Bürger Torrlems mehr beleidigen, das schwöre ich bei K'talmar dem Gerechten!"

Der weißhäutige Junge blinzelte irritiert. Von den Arbeitern, die in der Grabstadt lebten, war bekannt, dass ihre jahrelange monotone Arbeit, die mangelnden sozialen Kontakte und nicht zuletzt die ständige Gegenwart von Leichen bei einigen zu einer gewissen nervlichen Zerrüttung führten. Nach Jahrzehnten des Umgangs mit reglosen Leibern, die man behandelte wie andernorts Holzstämme oder Ziegelsteine, kam es nicht selten zu einer Verschiebung des persönlichen Wertesystems. Und im gleichen Maße, wie die Arbeiter abstumpften, sank die Schwelle ihrer Gewaltbereitschaft. Streitereien und bewaffnete Auseinandersetzungen waren keine Seltenheit. Was zählte schon eine weitere Leiche in einer Stadt der Toten?

Es war schwer zu sagen, ob es sich bei dem Angetrunkenen ebenfalls so verhielt oder seine Streitsucht allein Resultat des genossenen Alkohols war. Im Grunde machte es aber keinen Unterschied.

Der Knabe seufzte und hob beschwichtigend die Hand. „Falls ich Sie beleidigt haben sollte, tut mir das leid, guter Mann", erklärte er. „Es lag nicht in meiner Absicht, Sie oder einen anderen Bürger Ihrer schönen Stadt …"

„Bah! Jetzt plötzlich den Schwanz einziehen, was?" Der Betrunkene stolperte vorwärts. Sein Messer funkelte unheilvoll im Licht der Straßenbeleuchtung. „Hinterhältig und feige ist sie, die Jugend. Aber so einfach kommst du nicht davon, du blasshautiger Krüppel!" Er machte einige weitere torkelnde Schritte.

Die Haltung des Jungen straffte sich. „Ich nehme an, es wäre einigermaßen unnütz, Sie darauf hinzuweisen, dass Sie mitnichten einen Halbwüchsigen vor sich haben, sondern einen promovierten Thaumaturgen der neunten Stufe?"

Der Schrank starrte ihn glasig an, dann teilte ein boshaftes Grinsen seine stoppelige Visage. „Du willst mich verscheißern? Mich, der ich mich seit fast zwanzig Jahren höchst ehrenhaft für die Kaputten unseres Landes krumm und bucklig schufte?" Er stieß japsend auf. „Wird dir nicht bekommen, Kleiner, das schwör ich dir!"

Der Knabe hob erneut die Hand, an deren Mittelfinger ein Siegelring aus massivem Silber prangte. „Ich nehme weiterhin an, es wird wenig zweckdienlich sein, Sie auf die Inschrift auf diesem Schmuckstück hinzuweisen, die mich unmissverständlich als Beamten der höchsten kriminologischen Ermittlungsbehörde Sdooms ausweist? Oder auf den Umstand, dass ich bereit und willens bin, Ihnen bei Tätlichkeiten gegenüber meiner Person unter Einsatz meiner nicht unbeträchtlichen thaumaturgischen Fähigkeiten erhebliche Schmerzen zuzufügen, welch letztere in einer anhaltenden Entstellung Ihrer Physis resultieren könnten?"

Der Mann verharrte zwei Schritte vor ihm. Er kniff ein Auge zu und schielte mit dem zweiten den Ring an. Es war offensichtlich, dass er noch nie in seinem Leben Runen aus dem Alphabet der Noocal gesehen hatte, der ältesten bekannten Rasse Lorgonias.

„Diese Buchstaben stehen für ‚IAIT'", erklärte der Knabe genervt. „Und das wiederum bedeutet …"

Ohne Vorwarnung landete die Hand des Betrunkenen in seinem Gesicht. Ein Klatschen, und der Junge taumelte rückwärts. Verdattert betastete er seine linke Wange, die sich rasch rötete.

„Blaak! Das war für die Lügerei", bellte der Mann. Speichel sprühte von seinen wulstigen Lippen. „Hat dir niemand beigebracht, dass man Erwachsenen gegenüber keinen Dreck redet? Den Glitzertand und das aufgeblasene Getue kannst du dir für deine unreifen Schulkameraden aufsparen!" Er schwang das Messer. „Bei K'talmar, eigentlich wollte ich dir bloß eine ordentliche Tracht Prügel verpassen. Was jetzt kommt, hast du dir selbst zuzuschreiben! Ich werd dir ein zweites Grinsen ins Gesicht schnitzen, von einem Ohr zum anderen …"

„Lass doch den Bengel, Bearth", ließ sich einer seiner Kumpane aus dem Hintergrund vernehmen. Den beiden verbliebenen Männern schien trotz ihrer Trunkenheit nicht recht wohl bei dem Gedanken, dass ihr Freund drauf und dran war, sich an einem wehrlosen Kind zu vergreifen. „Komm lieber wieder her. Wir haben noch eine volle Flasche gefunden."

„Hebt mir was auf!", brüllte Bearth zurück, ohne den Blick von seinem potenziellen Opfer abzuwenden. „Ich bin hier gleich fertig." Damit stürzte er vorwärts, den Dolch stoßbereit in der Luft.

Es war Bearths Pech, dass er zu betrunken war, um die subtilen Anzeichen zu registrieren, die ihm im nüchternen Zustand möglicherweise nahegelegt hätten, von einer Auseinandersetzung mit dem Knaben abzusehen. Das auffällige Pochen an dessen Schläfe beispielsweise, das unzweifelhaft von rasch wachsender Wut kündete. Die farblosen Lippen, die wenige Augenblicke nach der Ohrfeige begonnen hatten, kaum hörbar fremdartige Silben zu murmeln. Die sonderbare Ausdrucksweise des Kindes, die sich von der jedes normalen Knaben seines Alters himmelweit unterschied …

Wie die Dinge lagen, bemerkte Bearth jedoch nichts von alldem. Das wurde ihm zum Verhängnis.

Meister Hippolit, geboren im Jahre 3112 des Dritten Zyklus und damit stolze einhundertsieben Jahre alt, war promovierter Thaumaturg der neunten Stufe. Er war Beamter im Dienst der höchsten kriminologischen Ermittlungsbehörde Sdooms, und das bereits seit über siebzig Jahren. Ein fehlgeschlagenes thaumaturgisches Ritual, mit dem sein Arbeitgeber, das *Institut für angewandte und investigative Thaumaturgie*, sich seiner erstaunlichen Fähigkeiten noch für einige zusätzliche Jahrzehnte hatte versichern wollen, hatte allerdings einige Jahre zuvor dafür gesorgt, dass sein Erscheinungsbild nicht mehr ganz dem eines voll ausgebildeten Lichtadepten entsprach. Statt in der körperlichen Hülle eines Dreißigjährigen war Hippolit im albinotischen Leib eines unreifen Knaben wieder zu sich gekommen, Lorgon sei Dank im Vollbesitz seiner geistigen wie thaumaturgischen Fähigkeiten.

Neben dem Verlust sämtlicher Farbpigmente von Haut und Haar war ihm dabei noch etwas anderes abhandengekommen, ein Verlust, der ihn seither regelmäßig aufs Tiefste betrübte und der auch jetzt, Minuten nach seiner Ankunft in Torrlem, schon wieder zu einem gänzlich überflüssigen Konflikt geführt hatte: Man brachte ihm einfach keinen Respekt entgegen.

„Ich appelliere zum letzten Mal an Ihre Vernunft“, stieß Hippolit mit mühsam unterdrücktem Zorn hervor. „Kehren Sie zu Ihren Freunden, in die Arme des Alkohols zurück, sonst ...“

In diesem Moment zischte Bearths Messer vor. Nur durch einen beherzten Sprung zurück konnte Hippolit verhindern, dass ihm die Klinge quer durchs Gesicht fuhr.

Was genug war, war genug.

Mit einem kehligen Knurren beendete er eine zuvor begonnene thaumaturgische Befehlszeile. Gleichzeitig bückte er sich und hob einen faustgroßen Stein vom Boden auf, den die Räder eines Vulwoogs aus dem unebenen Pflaster gelöst hatten. Bearth lachte heiser und sprang vorwärts.

Hippolit legte den Stein auf den Handteller seiner Rechten. Er richtete die Hand auf den heranstürmenden Angreifer, sprach ein einziges, sonderbar *alt* wirkendes Wort …

… und der Brocken schoss mit aberwitziger Geschwindigkeit waagerecht durch die Luft davon. Wie ein Blitz zischte er auf den Heranstürmenden zu und traf ihn frontal in den Bauch.

Wäre der Mann von einer Kanonenkugel getroffen worden, die Wirkung hätte kaum heftiger ausfallen können. Die Wucht des Aufpralls katapultierte Bearth ein halbes Dutzend Schritte rückwärts. Hart prallte er auf den Boden, überschlug sich und kam schließlich klirrend inmitten leerer Weinflaschen am Fuß des Eisenbrunnens zu liegen.

Er war bewusstlos.

Hippolit nickte zufrieden und ordnete seine Kleidung. Der Beschleuniger war ein simpler Spruch, aber durchaus effektiv – zumindest, solange man etwas hatte, das sich als Geschoss verwenden ließ. In ein oder zwei Stunden würde Bearth wieder zu sich kommen, und möglicherweise würden ihn seine Bauchschmerzen in den folgenden Tagen daran erinnern, dass man sich besser nicht mehr mit jemandem anlegte, der einen zuvor explizit vor seinen thaumaturgischen Fähigkeiten gewarnt hatte.

Das hässliche Geräusch splitternden Glases erregte Hippolits Aufmerksamkeit.

Die beiden Zecher am Brunnen, ein breitschultriger Riese mit Schnauzbart und ein gedrungener Bursche, robust wie ein Hackklotz und ungefähr genauso intelligent wirkend, schienen Hippolit den rabiaten Umgang mit ihrem Saufkumpan übel zu nehmen. Mit geröteten Gesichtern, zwei abgeschlagene Flaschenhälse in Händen, stolperten sie auf ihn zu.

Ein Stöhnen entrang sich Hippolits farblosen Lippen. Dafür also hatte er seinen wohlverdienten Urlaub abgebrochen. Mit beinahe schmerzhafter Intensität wünschte er sich plötzlich zweierlei: zum einen, dass ihn der Wortwurf von Geheimrat Karliban in den pergamentgefüllten Katakomben der Bücherstadt Lešuk nie erreicht hätte; zum anderen, dass Jorge hier wäre, um ihm die entwürdigende Aufgabe abzunehmen, dieses Pack in seine Schranken zu verweisen. Resigniert sprach er die Befehlszeilen eines vierfachen Schmerzverstärkers und fischte ein winziges Messerchen aus dem Ärmel seines Gewandes. Doch er sollte nicht dazu kommen, den Spruch zu vollenden.

Das metallische Klappern von Hufen hallte plötzlich über den Platz, dann schoss eine Gruppe von acht berittenen Soldaten aus der Einmündung einer breiten Straße hervor. Es waren Menschen, daneben zwei oder drei Orks, alle in voller Kampfmontur. Sie saßen auf stattlichen nachtschwarzen Pferden, deren dicht bepelzte Flanken und Bäuche lyktische Herkunft verrieten.

Schon waren die Reiter heran und zügelten ihre Rösser. Der Anführer des Trupps, ein stämmiger Ork in schwarz gefärbter Lederpanzerung, fixierte fragend erst Hippolit, dann dessen Angreifer sowie den bewusstlosen Bearth. „Was, bei Boshûda, geht hier vor?“, donnerte er.

„Nicht mehr allzu viel, denke ich … jetzt, da Sie endlich hier sind.“ Hippolit ließ das Messerchen wieder in der Kleidung verschwinden.

Schnauzbart und Hackklotz hatten ihren unkoordinierten Angriff abgebrochen und starrten mit leerem Blick von den Kriegern zu Hippolit und wieder zurück.

„Sie haben sich verspätet“, fuhr Hippolit kühl fort und sammelte sein Gepäck ein. Als er den irritierten Blick des Orkhauptmanns bemerkte, fügte er hinzu: „Ich darf doch annehmen, Sie sind das Empfangskomitee, das General Ortlov mir geschickt hat?“

Der Ork stieß einen knurrenden Laut aus, halb Lachen, halb Schnauben. Suchend spähte er über den Platz. „Hüte deine Zunge, Jüngling! Wir sind hier, um einen gewissen Meister

Hippolit abzuholen, einen ehrwürdigen Thaumaturgen gesetzten Alters, der uns per Wortwurf …“

Hippolit schloss die Augen, hob seinen Siegelring. „Quintessenziell. Und nun wäre ich Ihnen sehr verbunden, wenn wir aufbrechen könnten. Wenn ich richtig informiert bin, gilt es, einen Serienmörder dingfest zu machen.“

3

Das Zelt General Ortlovs war groß, wahrscheinlich das größte des ganzen Lagers. Im Gegensatz zu den würfelförmigen Gebilden aus grobem Leder, in denen die niederen Soldaten untergebracht waren und vor denen im Normalfall nicht mehr als eine erbärmlich kokelnde Pechfackel im Karst steckte, war seine Unterkunft geradezu festlich beleuchtet: Ein mächtiges Feuer loderte vor dem Eingang, und an sämtlichen Pfosten, die das hoch aufragende, spitze Dach trugen, waren brennende Öllampen angebracht. Hippolit, der sich nach der insgesamt knapp zweitägigen Anreise wie durch den Wolf gedreht fühlte, sandte ein stummes Stoßgebet an Lorgon den Schöpfer, dass es im Innern eine bequeme Sitzgelegenheit und einen Schluck Branntwein für ihn geben möge, wenigstens aber einen heißen Tee.

Der Ritt von der Grabstadt hinaus auf die Ebene von Torr hatte das Fass seiner Entbehrungen endgültig zum Überlaufen gebracht. Nach unzähligen Stunden im rüttelnden, ohrenbetäubend lauten Führerstand des Torrlem-Expresses wäre der stramme Galopp schon auf einem eigenen Pferd anstrengend gewesen. Zu einer rechten Tortur wurde die Strecke, wenn man sie an den Rücken eines massigen, nach Schweiß und Alkohol stinkenden Kriegers gepresst zurücklegen musste.

Die Eskorte hatte zwar ein Reittier für Hippolit mit nach Torrlem gebracht, es stellte sich jedoch rasch heraus, dass das riesige lyktische Ross dem Druck von Hippolits dünnen Schenkeln etwa so gut gehorchte wie Befehlen, die ihm eine Scheißhausfliege in sein schwarzfelliges Ohr summen mochte. Wie sehr Hippolit auch zeterte, am Zügel riss oder dem Tier die Hacken in die Flanken trieb – der Gaul, zugeritten von schweren, groben Männern, nahm ihn und seine Befehle scheinbar gar nicht wahr.

Als Folge war er im Sattel hinter einem bulligen Mann namens Thursten geendet, dem seine unerwartete Betreueraufgabe sichtlich unangenehm war. Thursten versuchte, sich nichts anmerken zu lassen, doch an der Art, wie er ritt – hart und schnell, gänzlich ohne Rücksicht auf seinen Mitreisenden –, ließ sich ablesen, dass er bestrebt war, vor seinen Kumpanen das Gesicht zu wahren und nicht als Kindermädchen für einen halbwüchsigen Fremden verlacht zu werden. Hippolit, dessen Kehrseite sich bald anfühlte wie nach einer heftigen Tracht Prügel, hatte innerlich aufgeatmet, als am Horizont endlich der flackernde Schein des Heerlagers aufgetaucht war.

Während er nun hinter Thursten und den anderen her durch die schlafende Zeltstadt schritt, fragte er sich, ob Jorges Anreise ähnlich unkomfortabel verlaufen war. Per Wortwurf hatte man ihm mitgeteilt, Jorge sei in seinem Urlaubsdomizil irgendwo im Süden ausfindig gemacht und unverzüglich herbeordert worden. „Unverzüglich" war im Falle eines Trolls allerdings ein dehnbarer Begriff.

Was, wenn er noch gar nicht angekommen war?

Im Vorbeigehen beobachtete Hippolit einen baumlangen Soldaten in schmutziger Unterkleidung, der gähnend neben dem Eingang eines Zeltes stand und gegen die Wand des benachbarten urinierte, als wäre es das Normalste auf der Welt. Ihn schauderte beim Gedanken daran, die Ermittlungen inmitten dieses unzivilisierten Haufens allein aufnehmen zu müssen. Die Reaktionen Thurstens und der anderen ließen nicht eben darauf hoffen, dass man einen blassen Knaben mit undurchsichtigen Sonderbefugnissen in dieser Umgebung erfreut aufnehmen würde.

Seine Sorgen zerstreuten sich schlagartig, als er sich dem Domizil des Heereskommandanten näherte.

Vor dem hell erleuchteten Zelt standen zwei riesige Gestalten in klobigen Rüstungen Wache. Der Schein des Feuers erhellte picklige, schlecht rasierte Gesichter von tierhafter Grobschlächtigkeit und winzige Augen, die an Aussehen und Verstand eines Mastschweins denken ließen. Trolle, kein Zweifel.

Davor, dem Anschein nach in ein angeregtes Gespräch mit den beiden Wächtern vertieft, ragte eine dritte, nicht minder kolossale Gestalt auf, gekleidet in schwarzes Leder. In einer Hand schwenkte sie einen mächtigen hölzernen Becher, der wer-weiß-woher stammen mochte, mit der anderen kraulte sie sich konzentriert im Schritt.

Hippolit erkannte die zugehörige Stimme bereits aus etlichen Schritten Entfernung.

„… und dann habe ich zum Piloten gesagt: Wenn du Furcht verspürst, Exzellenz, in der Nähe der beschissenen Totenstadt zu landen, dann ist das gar kein Problem. Du überlässt mir einfach ein Fässchen Bier als Wegzehrung, und ich springe ab!“, brüllte Jorge. „Es ist schließlich eine allgemein bekannte Tatsache, dass sich Trolle nicht mal im Ansatz vor dem Fliegen und Fallen fürchten, auch wenn gelegentlich anderes behauptet wird.“

Jorge lachte den beiden Trollwächtern, die ihn ehrfürchtig anstarrten, ins Gesicht. „Ich also zum Piloten: Senk deine Scheißgondel einfach auf hundert Fuß oder so ab, Kumpel. Ich steige aus, du wirfst mir das Fass hinterher, alles kein Problem. Wie ihr wisst, gibt es ein altes Trollsprichwort, und das geht so: Wenn du kein Problem hast, hast du kein Problem.“

Die zwei Trolle nickten heftig. Offenbar kannten sie das Sprichwort.

Jorge breitete die Arme aus und flatterte wie ein Vogel in der Luft, wobei er mit großen Schritten im Kreis herummarschierte. Die Augen der Wächter leuchteten.

„Ich aus dem Cymwoog raus, hundert Fuß freier Fall, elegante Landung auf dem steinharten Kies, abrollen und so weiter, kein Problem. Und während ich mir so den Staub abklopfe und darauf warte, dass aus der Höhe ein schönes, volles Bierfass herabgesegelt kommt – da fliegt der Cymwoog plötzlich davon! Ich verfluche ihn und brülle ihm hinterher. *Cymwoog*, brülle ich – obwohl es natürlich dämlich ist, eine Flugmaschine anzuschreien –, *Cymwoog, dich krieg ich am Sack, warte nur! Hier unten im lyktischen Heer, da hat es ein paar der tapfersten Trolle, die du je …*"

Eine weitere erregte Kreisbahn, und Jorge stieß frontal mit Hippolit zusammen, der keuchend rückwärtstaumelte. Kurz starrte der Troll seinen Vorgesetzten an wie ein Gespenst. Dann hellte sich seine Miene auf.

„Na so was … M. H.! Du hier? *Was für ein Zufall*, sagt ein altes Trollsprichwort."

Hippolit blieb keine Zeit für eine Erwiderung, denn der Orkhauptmann, der den Abholtrupp angeführt hatte, war bereits an den Eingang getreten, schlug die Zeltbahn zurück und bedeutete ihm und Jorge mit einem energischen Kopfnicken einzutreten.

Im Innern erinnerte nichts mehr daran, dass man sich in einem Zelt befand. Die Wände waren mit kunstvoll bestickten Gobelins ausgekleidet, ausnahmslos Schlachtszenen, davor standen mehrere bequem gepolsterte Sitzliegen. Von Querstreben herabbaumelnde Schalen mit brennendem Öl verbreiteten gelbes, heimeliges Licht. Auf Beistelltischen standen Schüsseln mit Obst und Nüssen. Ein Geruch nach gebratenem Fleisch und kaltem Zigarrenrauch hing in der Luft.

Hinter einem zusammenklappbaren Schreibtisch aus dunklem Holz saß General Ortlov, ein stiernackiger Mann mit breitem Schädel und raspelkurz geschorenem Haar. Er steckte in einer schwarzen Uniform, die seinen tonnenförmigen Oberkörper und die schmalen Hüften nochmals betonte. An der Brust waren zahlreiche glänzende Medaillen und Abzeichen befestigt. Als Hippolit und Jorge eintraten, ergriff er eine schlanke Reitgerte, die vor ihm auf dem Tisch lag, erhob sich und kam mit ausgreifenden Schritten auf sie zu. Im Hintergrund schlossen der Orkhauptmann, Thursten und zwei weitere Soldaten die Zeltbahn und bauten sich in Habachtstellung neben dem Eingang auf.

Schweigend musterte der General die beiden Besucher. Seine kantigen Züge schienen aus Granit gemeißelt, dennoch konnte man sehen, wie es dahinter arbeitete. Als er den Bierhumpen in Jorges Hand entdeckte, bebten seine Nasenflügel kaum merklich. Beim Anblick Hippolits schließlich schnellte die Reitgerte in seiner Hand klatschend gegen seine Hosennaht, und er schüttelte ruckartig den Kopf.

„Stelle fest: Nophelet beliebt zu scherzen!“, blaffte er. „Ein ordinärer Troll und ein grüner Junge – das ist alles, was man uns schickt?“ Seine Stimme erinnerte an das Kläffen eines Bullenwolfes, jede Silbe war gleich laut und gleich kehlig. „Ich hatte in meinem Antrag auf Unterstützung ausdrücklich auf die Entsendung von Spezialisten gedrungen! Offenbar wurden meine Befehle missachtet.“

„Ordinär?“, wiederholte Jorge gedehnt. „Da magst du ja nicht ganz unrecht haben, General. Aber wir Trolle haben da ein Sprichwort, und es geht so: Wenn *du* mich ordinär nennst, muss ich leider deine schönen Orden nehmen und sie dir nacheinander tief in deinen haarigen …“

Hippolit hob eine Hand, und Jorge verstummte. „Ich denke, General, Geheimrat Karliban hat Ihnen recht genau avisiert, mit welcher Art Unterstützung Sie zu rechnen haben“, erklärte er kühl. „Jegliche daraus resultierende diskriminierende Haltung Ihrerseits ist daher nicht nur unangebracht, sondern in höchstem Maße kontraproduktiv. Wie Ihnen möglicherweise bekannt ist, haben Agent Jorge und ich Ihretwegen unseren Urlaub unterbrochen. Seien Sie versichert, dass wir nichts lieber täten, als noch in dieser Stunde wieder aufzubrechen, um ihn fortzusetzen."

„Nichts lieber, bei Batardos!" Jorge nickte bestätigend.

General Ortlov öffnete reflexartig den Mund, doch Hippolit ließ ihm keine Zeit für Einwände. „Wenn ich richtig informiert bin", fuhr er fort, „machen es Ihre gegenwärtigen Befehle unumgänglich, diesen Standort zu halten. Wenn ich weiterhin richtig informiert bin, hat es als Folge des wiederholten Verschwindens von Soldaten bereits Unruhen unter Ihren Leuten gegeben, Fälle von Befehlsverweigerung sowie mehrere Desertionen. Es sollte Ihnen folglich daran gelegen sein, dass wir möglichst zeitnah das Rätsel lösen, wer oder was hier mit schöner Regelmäßigkeit Ihre Männer dezimiert." Er reckte herausfordernd das weiße Kinn. „Darf ich davon ausgehen, dass diesbezüglich Einigkeit zwischen uns besteht, General?"

Ortlov funkelte ihn sekundenlang aus dunklen, fast schwarzen Augen an. Dann sackte er ein Stück in sich zusammen und stieß hörbar Luft durch die Zähne aus. „Blaak! Stelle fest: Alles, was ich über Sie gehört und gelesen habe, ist zutreffend, Meister." Er schob die Reitgerte in eine Öse seines Koppelgürtels und schüttelte erst Hippolit, dann Jorge die Hand. „Ich hoffe, Sie sehen mir den kühlen Empfang nach. Aber hier liegen seit Tagen die Nerven blank – am meisten bei mir, da ich die Verantwortung für meine Männer trage. Ein Soldat hat nicht alle Tage mit etwas zu tun, das sich nicht mit militärischen Maßstäben erfassen, geschweige denn töten lässt." Er deutete einladend zu den gepolsterten Liegen hinüber.

Sie ließen sich auf zwei gegenüberliegenden Sitzgelegenheiten nieder. Ortlov schenkte aus einer Karaffe Wein ein, wobei er Jorges Aufforderung, ihm den Rebensaft direkt in den riesigen, mittlerweile geleerten Holzbecher zu füllen, ohne sichtbare Gemütsregung hinnahm. Er ließ seinen Gästen Zeit, Wein und Obst zu kosten, dann ergriff er erneut das Wort.

„Sie haben völlig recht: Unsere Lage ist hochgradig unangenehm. Vom militärischen Standpunkt aus betrachtet ist der Verlust eines knappen Dutzends Soldaten angesichts der Größe unserer Streitmacht natürlich zu verschmerzen, auch außerhalb einer Gefechtssituation. Aber die Umstände, unter denen die Männer verschwunden sind – gar nicht zu reden von jenen, unter welchen sie wieder auftauchten –, setzen der Truppenmoral zu. Die Männer sind aufgekratzt und nervös. Jeden Tag gehen Forderungen ein, dass wir diesen Lagerplatz endlich aufgeben und weiterziehen sollen. Aber das kann ich gegenwärtig nicht, bei Ubalthes, selbst wenn ich es wollte!"

„Wieso ist das so?" Jorge nahm einen Schluck aus seinem Humpen. „Was spricht dagegen? So schön ist die Gegend ja nun gerade nicht, mal unter uns. Und wenn es hier jemanden gibt, der eure Soldaten kaputtmacht, wäre doch die erste Reaktion jedes klugen Trolls zuzusehen, dass er Land gewinnt." Er sah General Ortlov direkt ins Gesicht. „Oder liege ich da falsch?"

Hippolit hörte, wie der Heerführer Luft für eine scharfe Erwiderung einsog. Er kam ihm zuvor: „Wie den Informationen, die fraglos auch du erhalten hast, lieber Jorge, unschwer zu entnehmen war, wartet der General an diesem exakt definierten geografischen Punkt auf Verstärkung für einen Militärschlag gegen die Invasoren an der nesnilinischen Grenze. Da er nicht weiß, wo sich die ausstehenden Truppen aktuell befinden, kann er sie nicht kontaktieren und ihnen mitteilen, dass er den Treffpunkt zu verlegen wünscht. Sollte er aber ohne vorherige Rücksprache abziehen, könnte es passieren, dass die Heeresteile nicht wie beabsichtigt zusammentreffen, mit den entsprechenden politischen Konsequenzen."

Der General nickte ernst. „Stelle fest: Die Folgen wären nicht absehbar – und ich rede nicht allein von den Folgen für die Außenpolitik Sdooms, wenn Königin Lislotts territoriale

Ansprüche nicht in der geplanten Art und Weise durchgesetzt würden. Ich rede auch von den Einbußen für die lyktische Wirtschaft, wenn der Ruf unserer militärischen Potenz, unserer Verlässlichkeit und unserer unbedingten ideologischen Flexibilität Schaden nähme. Unsere Nachbarländer könnten auf lange Sicht davon absehen …"

„Ich verstehe dein Problem, General", unterbrach Jorge und kraulte sich weltmännisch das Kinn. „Aber deine Jungs hier, verstehen sie die Situation auch?"

„Ein Soldat muss nicht verstehen, Agent Jorge. Er muss kämpfen!" Ortlovs finstere Miene verriet, dass Letzteres gegenwärtig reines Wunschdenken, die von Hippolit erwähnten Unruhen und Desertionen längst bittere Realität waren.

„Das klingt wie ein echt gutes Trollsprichwort." Jorge wandte sich mit großen Augen an Hippolit. „Was meinst du, M. H. … ob ich auf meine alten Tage auch noch mal Soldat werden sollte?"

Hippolit zog es vor, nicht darauf zu antworten. Ihm schwirrte nach dem Genuss zweier winziger Schlucke Wein bereits beträchtlich der Kopf. Stumm verfluchte er seinen kindlichen Körper und dessen Limitationen. „Zum Grund unseres Hierseins, General: Wann begannen die Zwischenfälle?"

„Vor etwas über einem Zenit: ein Ork, der zur Nachtwache am nördlichen Rand des Lagers eingeteilt war. Er verschwand spurlos. Wir fanden lediglich sein Schwert. Zerbrochen."

„Tja", grunzte Jorge und schwenkte mit Kennermiene seinen Becher. „Sie schmieden sie einfach nicht mehr wie früher. Wir Trolle haben da ein Sprichwort, und es geht so: Es gibt keine Qualität mehr heutzutage."

General Ortlovs Haltung straffte sich. „Stelle fest: Lyktischer Stahl ist eine der widerstandsfähigsten Legierungen, die es in der Geschichte der lorgonischen Waffenkunst je gegeben hat! Was immer die Klinge des Soldaten zerstört hat, es handelte sich ganz gewiss um keine gewöhnliche Waffe."

„Selbstverständlich." Hippolit machte eine beschwichtigende Geste mit der Hand. „Zurück zur Sache: Bei diesem einen Vermissten blieb es nicht. Es verschwanden weitere Orks, wenn ich richtig informiert bin?" Diese Kenntnis stammte, wie alles, was er bisher über den Fall wusste, aus den Wortwürfen, die ihm Mervynia, die Sekretärin des IAIT, während seiner Reise in regelmäßigen Abständen hatte zukommen lassen. „Wie viele wurden insgesamt entführt und in welchen zeitlichen Abständen?"

„Zusammen mit dem ersten …" Der General dachte kurz nach. „Zehn Orks. Quasi jede Nacht verschwand seither einer, meistens Soldaten, die zur Wache eingeteilt waren. Seltener welche, die gerade keinen Dienst hatten, aus Zelten am Rand des Lagers."

„Sie wurden *aus ihren Zelten* entführt?", wiederholte Hippolit. „Ohne dass einer ihrer Kameraden etwas bemerkte?" Er legte die Stirn in Falten. „Zu wie vielen sind die Männer untergebracht?"

„Jeweils ein Dutzend teilen sich ein Zelt."

„Ein Dutzend?" Jorge, der seinen Humpen geleert hatte und zielstrebig nach der Karaffe griff, schüttelte missbilligend den Kopf. „Das kannst du auch nur mit Orks machen, General. Wenn du zwölf Trolle mit gesunder Verdauung und ebenso gesunden Fäusten in eine von diesen mickrigen Lederhütten stecken würdest …"

„Unsere Trollsoldaten sind in Vierer-, maximal Sechsergruppen in speziellen Großraumzelten untergebracht", unterbrach ihn Ortlov gallig. „Die Männer bezeichnen diese Sonderanfertigungen gemeinhin als ‚Koben'."

„Koben." Jorge goss sich gluckernd Wein ein. „Ein schönes Wort."

„Noch einmal, General: Niemand hat mitbekommen, wie die Orks aus ihren Zelten geholt wurden?", schaltete sich Hippolit wieder ein.

Ortlov schüttelte den Kopf. „Nein. Beim Morgenappell fehlten die betreffenden Soldaten plötzlich, das war alles. Keine Beschädigungen an den Unterkünften, keine Hinweise auf ein unbefugtes Eindringen." Er starrte in sein Weinglas, ohne zu trinken. „Einer meiner Hauptleute äußerte die Vermutung, die Männer könnten sich des Nachts zum Wasserlassen hinausbegeben haben und dort angegriffen und verschleppt worden sein."

„Wenn man muss, dann muss man", sagte Jorge.

„Konnte jemand von den verbliebenen Zeltinsassen diese These bestätigen?", wollte Hippolit wissen.

Der General schüttelte den Kopf. „Nein. Seit die Zwischenfälle begonnen haben, wird viel geredet im Lager ... Vermutungen, Gerüchte, haltlose Behauptungen. Meine Hauptleute und ich bemühen uns, jedem noch so vagen Hinweis nachzugehen, aber soweit wir es beurteilen können, hat keiner der Männer wirklich etwas gesehen."

„Die Evaluation der Zeugenaussagen überlassen Sie guten Gewissens uns", stellte Hippolit klar. „Ich werde mir die betreffenden Männer selbst vornehmen und verhören."

Der General legte irritiert den Kopf zur Seite, sagte aber nichts.

„Wurden nach den ersten Entführungen eigentlich keine Vorsichtsmaßnahmen ergriffen?" Jorge hatte eine Schüssel auf dem Beistelltisch entdeckt und stopfte sich die Backen bis zum Platzen mit Nüssen voll. „Iff meine, hafft du keine ffuffätfflichen Wachpofften aufgefftellt, General?"

Ortlov stellte das Weinglas fort und verschränkte die Arme vor der Brust. „Stelle fest: Sie scheinen uns für eine Bande ausgemachter Idioten zu halten, Agent Jorge!" Ohne seinen finsteren Blick von seinem Gegenüber abzuwenden, hob er den Arm und schnippte mit den Fingern. „Hauptmann Zborowski?"

Der Ork, der Hippolits Eskorte angeführt hatte, trat aus dem Hintergrund vor und salutierte zackig.

„Klären Sie Agent Jorge über die verstärkten Schutzmaßnahmen auf, die wir nach dem Verschwinden des zweiten Wachpostens ergriffen haben."

„Zu Befehl!" Zborowski salutierte erneut, bevor er lautstark, ohne Jorge oder Hippolit direkt anzusehen, berichtete: „Die nächtlichen Patrouillen entlang der äußeren Lagerbegrenzung wurden von einem auf drei Mann verstärkt, später auf sechs. Die Soldaten erhielten die Auflage, stets Sichtkontakt zueinander zu halten. Aktive und passive Bewaffnung wurden verstärkt, während des letzten halben Zenits wurden auch *versierte* Kameraden für die Nachtwache eingesetzt, ausgestattet mit thaumaturgisch geladenen Fernwaffen."

General Ortlov setzte zu einer Erläuterung an, doch Hippolit signalisierte ihm mit einem Nicken, dass er Bescheid wusste. Es gab verschiedene Techniken, einen Gegner mithilfe von thaumaturgisch levitierten Objekten aus der Ferne unschädlich zu machen. Die meisten arbeiteten mit einem Beschleuniger, wie ihn Hippolit am Bahnhof eingesetzt hatte. Meist wurde der Spruch über einer Handvoll Eisenschrot oder einem einzelnen, größeren Projektil gewirkt, die der Schütze in einem Metallrohr mitführen und mittels eines raschen Befehls jederzeit abschießen konnte.

„Wie viele *Versierte* sind unter Ihren Leuten?"

„Knapp hundert, grob geschätzt. Wie Sie wissen, haben wir nicht nur Menschen in unseren Reihen, sondern auch viele Orks, unter denen die Begabung eher selten ist. Daneben Trolle und Reptilier, die der Thaumaturgie grundsätzlich nicht mächtig sind." Der General hob eine Braue. „Warum fragen Sie?"

„Routine. All diese Vorsichtsmaßnahmen konnten nicht verhindern, dass weiterhin Orkkrieger verschwanden?"

Hauptmann Zborowski schlug die Hacken zusammen und salutierte ein drittes Mal. „Melde gehorsamst: nein! Offenbar missachteten mehr als einmal Soldaten ihre ausdrückliche Order, stellten auf eigene Faust verdächtigen Geräuschen nach und kamen nicht mehr zurück. Zweimal verschwand ein Kamerad spurlos, obwohl die Männer sich wie befohlen gruppiert hielten, in einem kurzen Moment, da niemand hinsah." Der Ork erschauderte sichtlich. Unvermittelt sah er Hippolit an, die Augen angstvoll geweitet. „Einige der beteiligten Kameraden behaupten, sie hätten für einen kurzen Augenblick einen riesenhaften Schatten gesehen, ein gebücktes Etwas, das mit gewaltigen Sätzen durch die Nacht davonhuschte. Sie sind überzeugt, dass es sich um den Orksammler aus den alten Schriften handelte, der gekommen ist, um …"

„Danke, Hauptmann, das genügt", schnauzte Ortlov und entließ Zborowski mit einer knappen Geste.

„Der *wer?*" Jorge zerbiss krachend eine Nuss. „Was hat es mit diesem Orksammler auf sich, General?"

Ortlov seufzte. „Aberglaube, Gewäsch. Angeblich gibt es in den Vadkorsk-Fragmenten, einem archaischen Dokument der alten Ork-Schamanen aus dem Ersten Zyklus, Andeutungen über eine monströse Kreatur, den ‚Fänger' oder auch ‚Orksammler'. Wenn eine bestimmte, sehr seltene Sternenkonstellation eintritt, soll dieses Wesen aus unvordenklichen Zeiten sich aus den Tiefen der Erde erheben und unter Boshûdas Kindern blutige Ernte halten." Er griff nach seinem Weinglas und leerte es mit einer ruckartigen Bewegung. „Natürlich ist unter meinen Leuten nicht ein Einziger, der diese ominöse Schrift je mit eigenen Augen gesehen hätte, geschweige denn versteht sich einer auch nur ansatzweise auf Sternkunde oder wüsste etwas über die Bahnen der Himmelskörper. Aber Sie wissen ja, wie schnell solcher Unsinn die Runde macht."

Hippolit nickte langsam. „Wurden in der Folge weiterhin Orks für Nachtpatrouillen eingesetzt? Ich meine, nachdem klar war, dass der Unbekannte es speziell auf sie abgesehen hatte?"

Der General nickte grimmig. „Außer ihnen meldete sich ja kaum noch jemand für diese Aufgabe! Nur von Rachegelüsten zerfressene Orkkrieger, die danach dürsteten, den Tod ihrer Kameraden zu sühnen." Er verzog das Gesicht und warf Hippolit einen fast flehenden Blick zu. „Was meinen Sie – können Sie uns helfen? Unsere Lage ist ernst! Wir hatten bereits mehrere Dutzend Fälle von Fahnenflucht. Das unausgesetzte Verschwinden weiterer Soldaten streut Sand in das Räderwerk unserer gut geölten militärischen Maschinerie. Sollten noch mehr Soldaten getötet werden, ohne dass wir etwas dagegen unternehmen können, befürchte ich früher oder später eine offene Revolte, mit der das Heer eine Verlagerung unseres Standortes durchsetzen wird. Das wäre eine Tragödie." Er fuhr sich fahrig mit einer Hand über die stachlige Frisur.

Hippolit nickte kaum merklich und grübelte eine Weile stumm vor sich hin. Jorge nutzte die Gesprächspause und schenkte sich Wein nach. Als er die Karaffe zurückstellte, war sie leer.

„Sie erwähnten vorhin, als es um den ersten verschwundenen Wachmann ging, den Fund von dessen Schwert", ließ sich Hippolit wieder vernehmen. „Gab es sonstige Spuren, zu diesem oder einem späteren Zeitpunkt?"

Ortlov fummelte die Reitgerte aus seinem Gürtel und bog sie mit nervösen Fingern zu einem großen U. „Manchmal fanden wir Blut, einmal ein zerfetztes Stück eines Lederpanzers. In den meisten Fällen war der Kiesboden aufgewühlt, als hätte ein Kampf stattgefunden. Aber eine Fährte, die wir hätten verfolgen können, gab es nie."

„Du hast da vorhin so eine Andeutung gemacht, General", mischte sich Jorge ein. Er spähte kritisch in seinen Humpen, dessen Füllpegel ihn aber noch zufriedenstellte. „Etwas über den ‚Zustand', in dem die Verschwundenen wiederaufgetaucht seien. Gemäß eines alten Trollsprichworts macht niemand eine Andeutung, wenn er damit nicht etwas andeuten will. Es sei denn, er ist geisteskrank." Er sah den General fragend an.

General Ortlovs Hände, die die Gerte bearbeiteten, erstarrten. „Stelle fest: Sämtlichen Vermissten, die wir während des letzten Zenits in der Nähe des Lagers wiederfanden, war unter massiver Gewalteinwirkung der Brustkorb geöffnet und das Herz aus der Leibeshöhle gerissen worden."

„Alter Spalter!" Jorge nahm einen Schluck Wein. „Wie und wo habt ihr die armen Burschen gefunden? Deine Jungs werden kaum mittags frei bekommen, um rings um das Lager Blumen zu pflücken, oder? Ich meine, das wäre doch komisch, wo es in dieser Einöde doch gar keine Blumen …"

„Agent Jorge!", hob Ortlov etwas lauter an. „Wenn Sie die Verantwortung für mehrere Tausend Krieger tragen, ist es Ihre militärische Pflicht, derartigen Vorfällen nachzugehen. Selbstverständlich sandte ich nach dem Verschwinden jedes einzelnen Postens Suchmannschaften aus, die die Umgebung in weitem Radius um das Lager durchkämmten."

„Und diese Suchtrupps", hakte Hippolit nach. „Wo genau entdeckten sie die Leichen?"

„Kein Körper lag weiter als eine halbe Meile entfernt, meist grob in nördlicher Richtung."

„In nördlicher Richtung. Interessant." Gedankenverloren betrachtete Hippolit seinen Assistenten, der mit der Handfläche auf den Boden seines hoch über den Kopf gehobenen Bechers klopfte in der Hoffnung, es möge noch ein letzter Rest Rebensaft herauskommen.

„Hat man *alle* Vermissten wiedergefunden?", erkundigte er sich.

„Nein. Es müssten sechs oder sieben sein. Meister Lemuel, unser Stabsarzt, kennt die exakte Zahl. Ich habe die Leichen seiner Obhut unterstellt."

„Sie bewahren die Toten im Lazarett auf?" Hippolit stellte sein fast volles Glas auf einem Tisch ab, was Jorge mit Interesse verfolgte. „Ich nehme an, dass Sie Ihren Heiler eine Stasis über die Körper legen ließen?"

General Ortlov ließ pikiert die Spitze seiner Gerte in die Höhe schnellen. „Wofür halten Sie uns? Für einen Haufen von Dilettanten? Selbstverständlich hat Meister Lemuel die Leichen konserviert! Er ist medizinisch-thaumaturgischer Heiler der dritten Stufe."

„Ausgezeichnet. Ich würde mir die Toten trotz der späten Stunde gerne noch ansehen, wenn Sie nichts dagegen haben." Hippolit überlegte kurz. „Ich nehme an, Ihr Stabsarzt nahm eine Signaturprüfung an den Leichen vor und attestierte auf diese Weise die Verwendung von Thaumaturgie?"

Der General sah ihn überrascht an. „Stelle fest: nein."

Nun war es an Hippolit, verwirrt aus der Wäsche zu schauen. „Wie … äh, wie kamen Sie dann darauf, ausgerechnet das IAIT …?"

Ortlov reckte die Schultern: „Ich bitte Sie! Jedem gemeinen Rekruten ist angesichts der vorliegenden Umstände klar, dass die Verschleppung meiner Männer mit thaumaturgischen Mitteln ins Werk gesetzt worden sein *muss*. Keine Spuren, keine Augenzeugen – all das deutet auf einen Unsichtbaren als Täter hin. Und dann die scheußliche, auf übernatürliche Krafteinwirkung zurückgehende Tötungstechnik, hinter der fraglos irgendein ritueller Beweggrund steckt …"

Hippolit fixierte den gestikulierenden Militär kalt. Ein schaler Verdacht machte sich in ihm breit. Wenn bisher niemand die konkrete Verwendung von Thaumaturgie festgestellt hatte, konnte es sich bei dem Orkherzen raubenden Unbekannten theoretisch auch um einen hundsgemeinen Mörder handeln, unkonventioneller und brutaler als üblich, dennoch kein Fall für zwei kriminalthaumaturgische Ermittler des IAIT, wie Ortlov es Geheimrat Karliban in seinem Hilferuf fraglos suggeriert hatte. Dies wiederum würde bedeuten, dass er seinen Bildungsurlaub in Lešuk völlig umsonst abgebrochen hätte.

Hippolit unterdrückte das Gähnen, das ihm nach fast zwei Tagen ohne Schlaf die Kiefer auseinanderzwingen wollte, und erhob sich von der verlockend weichen Liege. Je schneller die Ungewissheit aus der Welt geschafft wäre, desto besser. „Ich danke Ihnen für die ausführlichen Informationen, General. Es ist schon spät, dennoch möchte ich gern zweierlei sofort erledigen. Zum einen will ich mir die Leichen im Lazarett ansehen, eine Signaturprüfung vornehmen und eventuell einen oder mehrere der Körper obduzieren."

Ortlov erhob sich ebenfalls, nickte.

„Weiterhin möchte ich mit einigen der Soldaten sprechen, die im Umfeld der Entführungen mysteriöse Beobachtungen gemacht haben."

Hinter ihm fuhr Jorge unauffällig einen Arm aus, schnappte sich Hippolits Weinglas und leerte es in einem Zug. „Ich glaube, M. H., wir kommen früher zu etwas wohlverdienter Nachtruhe, wenn wir uns diese Aufgaben teilen", schlug er vor. Er wuchtete sich auf die Füße und stopfte im Vorbeigehen einige Handvoll Nüsse in seine Hosentaschen. „Ein altes Trollsprichwort weiß: Soldaten plaudern gern. Ich werde mich also mal ganz unverfänglich ein bisschen zwischen den Jungs da draußen umhören. Sofern noch welche wach sind, heißt das."

General Ortlov nickte zackig und bedachte Hippolit mit demselben sonderbaren Blick, den er bereits zuvor aufgesetzt hatte.

„Das halte ich für eine gute Idee", erklärte er.

„Ach?" Hippolit verengte die Augen. „Darf man erfahren, weshalb?"

„Nun …" General Ortlov bemühte sich um ein diplomatisches Lächeln, das mangels Übung kläglich misslang. „Ich fürchte, mit einem *Knaben* würden sich meine Männer kaum über ihre Beobachtungen und Ängste unterhalten. Wenn Sie verstehen …?"

Hippolit seufzte. Er verstand sehr gut.

• 4 •

Das Heerlager war größer, als Jorge gedacht hatte. Während er hinter dem schwarz gepanzerten Orkhauptmann namens Zborowski herstiefelte, nahm er erstaunt zur Kenntnis, dass sich zwischen den dicht an dicht stehenden, quaderförmigen Zelten richtige Straßen hinzogen, einige ausladender als manch eine daheim in Nophelet, viele verwinkelt und uneinsehbar wie die schattigen Gassen von Foggats Pfuhl.

Da aufgrund der fortgeschrittenen Nachtstunde kaum noch Soldaten vor den Zelten hockten, im Licht ihrer Lagerfeuer tranken und sich leise unterhielten, war nur schwer ersichtlich, welcher Heeresteil in welchem Abschnitt des Lagers untergebracht war. Die meisten Zelte sahen gleich aus, und anhand der toten Tiere, die an gespannten Leinen vor manchen Eingängen zum Trocknen hingen, ließ sich auch kaum erraten, Soldaten welcher Rassenzugehörigkeit hinter den ledernen Zeltwänden vor sich hin schnarchten.

„Bei Batardos, hier mieft es wie im Abort von Blaak höchstpersönlich“, murmelte Jorge und zerbiss angewidert eine Nuss aus General Ortlovs Vorrat.

Er mochte zu Übertreibungen neigen, wie M. H. ihm nicht selten vorwarf, doch in dieser Hinsicht übertrieb Jorge keineswegs. Er hatte eine breite, nichtsdestoweniger feine Nase, die – da sie einem Troll gehörte, dem es nicht immer leichtfiel, sich an die strengen Reinlichkeitsstatuten des IAIT zu halten – einiges gewohnt war. Was der Nachtwind hier durch die Zeltstraßen wehte, konnte allerdings einen ausgewachsenen Bullenwolf fällen.

Der eigentlich recht appetitliche Duft nach gebratenem Fleisch wurde überdeckt vom Gestank sauren Kohls; schwelendes Holz mischte sich mit dem allgegenwärtigen Staub der Karstwüste. Dazwischen: ein Eisengeruch wie von Blut; faule Zähne, fauler Fisch, faules Gemüse. Verbranntes Öl. Urin und Kot, Pferdemist und Schwefel. Der Schweiß unzähliger Getriebener. Es war wahrlich kein Vergnügen, diese Geruchsmischung einzuatmen, bei Batardos!

Aber Jorge fiel unter all den unangenehmen Nuancen eine weitere auf: der Gestank nach Angst. Nach eingepferchter Energie. Etwas Unterdrücktes, Tierhaftes.

„Was haben Sie in einem Heerlager erwartet, Agent Jorge?" Jorge schrak zusammen und verschluckte sich an einer Nuss. Er war so in seine Betrachtung der Zeltstadt versunken gewesen, dass er seinen Führer völlig vergessen hatte. Er hob den Blick und sah, wie ihn Hauptmann Zborowski über die Schulter mit gehobenen Brauen ansah.

„Vielleicht hätte ich erwartet, dass Soldaten klüger sind als Tiere und nicht dorthin kacken, wo sie schlafen und essen, bei Batardos", versetzte Jorge und stieg demonstrativ über einen großen braunen Haufen hinweg, der mitten auf dem Weg lag und ganz offensichtlich nicht von einem Tier stammte. „Sind wir bald da?"

Der Hauptmann nickte und deutete geradeaus. „Dort vorne beginnt der Teil der Zeltstadt, in dem meine Landsleute untergebracht sind." Er drehte erneut den Kopf in Jorges Richtung. „Darf ich fragen, wieso Sie ausgerechnet mit Orks aus der Kohorte sprechen wollen?"

„Das darfst du zwar nicht, denn unser Auftrag ist geheim, aber ich will es dir trotzdem verraten, weil du so eine schöne

Rüstung anhast." Jorge pulte die letzten der erbeuteten Nüsse aus seinen Taschen und ließ sie achtlos auf den Boden rieseln. Das stechende Geruchsgemisch hatte ihm den Appetit verdorben. Kein gutes Zeichen. „Wir Trolle haben da ein altes Sprichwort, und es geht so: Wo Orks verschwinden oder ihnen Teile ihrer Orkkörper rausgerissen werden, befragt man am besten ein paar Orks." Er überlegte kurz. „Das Sprichwort meint natürlich solche, denen noch nichts rausgerissen wurde", fügte er hinzu.

Sie erreichten einen Teil des Lagers, in dem noch auffallend viele Feuer brannten. Am Rand der Straßen und auf kleinen Freiräumen zwischen den Zelten saßen Grüppchen von Orksoldaten im flackernden Feuerschein. Offenbar schlief man als Ork derzeit nicht allzu gut. Jorge konnte verstehen, warum.

Interessiert sah er sich um. Seiner bescheidenen Meinung nach erinnerten die geduckt kauernden Gestalten an Ochsenfrösche. Ihre Haut schimmerte grünlich, als habe man sie aus irgendeinem üblen Tümpel gezogen. Die meisten begegneten seinem grüßenden Nicken mit unverhohlener Feindseligkeit, starrten ihn an, als wollten sie ihm im nächsten Moment an die Kehle gehen.

„Da wären wir also", verkündete Hauptmann Zborowski überflüssigerweise. „Ich darf mich dann verabschieden, ich habe noch im Zelt der Heeresleitung zu tun." Mit einem skeptischen Seitenblick zu Jorge setzte er hinzu: „Sind Sie sicher, dass ich Sie hier allein lassen kann?"

Jorge machte eine abwinkende Handbewegung. „Ich komme schon klar. Werde mich ein bisschen unters Volk mischen. Konversation machen, du verstehst."

Seinem verstörten Gesichtsausdruck nach verstand Hauptmann Zborowski keineswegs. Dennoch salutierte er und entfernte sich mit großen Schritten. Jorge blieb zurück, umringt von unzähligen Orks, die sprungbereit im Licht der Flammen hockten, lauernd wie Raubtiere.

Ein Stückchen abseits erspähte Jorge eine Gruppe von vier Grünhäutigen, die auf Stöcke gespießte, unförmige Klumpen über den Resten eines ersterbenden Feuers brieten. Zwischen ihnen stand ein dunkles, kompaktes Fass mit einem Hahn an der Seite. Jorge schnupperte in der Luft und gewahrte unter den mannigfachen Lagen von Gestank das unmissverständliche Aroma guten, starken Schwarzbiers. Zielstrebig hielt er auf die Vierergruppe zu, wobei er weiter wie ein Hund in der Luft schnüffelte.

„Bei Boshûda, ich will verdammt sein!“, krächzte einer der Orks, als er auf den Besucher aufmerksam wurde. „Was will denn dieses Riesenarschloch hier?“

„Guten Abend“, sagte Jorge. „Kriege ich vielleicht einen Schluck ab?“ Er nickte in Richtung des Fasses.

Der Ork, der gesprochen hatte, erhob sich auf stämmige Beine. „Ich will wahrhaftig verdammt sein, bei Boshûda. Der Kerl will anscheinend, dass ich ihm seinen fetten Wanst aufschlitze. Verschwinde auf der Stelle, Fremder, ehe ich die Beherrschung verliere und dir deine madigen Gedärme rausreiße!“

„Aber gerne“, sagte Jorge und ließ sich zwischen den drei Sitzenden nieder.

Synchron griffen die Orks nach einem Sammelsurium von Klingen und Äxten, die verstreut zwischen ihnen auf dem Kies lagen.

Jorge indes hob die Faust und präsentierte den Grünhäutigen seinen IAIT-Siegelring. „Macht keinen Quatsch, ihr Affen“, sagte er. „Ich komme vom *Institut*, und ich habe meinen Urlaub gewiss nicht unterbrochen, um mich mit euch anzulegen. Leute, jetzt schaut mich nicht so belämmert an, ich krieg sonst noch einen Krampf. Es gibt da ein altes Trollsprichwort, und es geht so: Bei einem leckeren Bier bin ich als offizieller Beamter des IAIT nur allzu gerne bereit, mir anzuhören, was euch auf der Seele brennt. Denn dass es dort brennt, liegt für mich, Jorge den Erwischer, klar auf der Hand. Das ist im Übrigen mein Name: Jorge, der Erwischer. Ich bin Profi. Wie ihr euch denken könnt, bin ich nicht aus purem Vergnügen hier in eurem stinkigen Dörfchen."

Einen Moment lang starrten ihn die Orks fassungslos an. Schließlich zuckte einer mit den Achseln, packte einen schmutzigen Holzbecher und hielt ihn unter den Zapfhahn, der ein Geräusch von sich gab, als ertrinke ein alter Mann in einem See. Dankend nahm Jorge das Bier entgegen, betrachtete einen Moment lang den Schaum, der wie dickflüssiger Gallenschleim aussah, und probierte einen Schluck. Das Getränk roch nach Bier, eindeutig. Aber auch nach ranzigem Fett. Klumpig sickerte es durch Jorges Kehle. Eine Gänsehaut rann über seinen Rücken.

„Ich bin Progûlla“, sagte der Ork, der ihm das Bier gegeben hatte. „Zweiter Stabsführer der dritten Kohorte, mit Sonderbefugnis in …“

„Erzähl das deinem Biographen“, unterbrach ihn Jorge und nahm einen weiteren Schluck. „Passt auf, Jungs: Wie ich bereits erwähnt habe, komme ich direkt aus dem Urlaub – aus Orshlach, könnt ihr euch das auch nur im Ansatz vorstellen? Ich meine, aus *Orshlach!* Vom Paradies direkt in den staubigen Pfuhl vor den Toren des Todes.“ Jorge wiegte den Kopf hin und her. „‚Direkt in den staubigen Pfuhl vor den Toren des Todes‘ … Das klingt gut, erinnert mich daran, dass ich mir das später notiere. Ein schönes Trollsprichwort geht so: Wenn dir was einfällt, das schön klingt, dann halt es fest, sonst rennt es weg. Oder so ähnlich. Danke für das Bier, Pollenfresse. Schmeckt passabel.“

„Mein Name lautet Progûlla!“

Jorge nickte. „Ich weiß, hatte ich vergessen, tut mir aufrichtig leid.“ Er blickte quer über das Feuer zu einem Zelt, vor dem mehrere Laternen mit rot getönten Gläsern brannten. Aus dem Innern erklang ein helles Stöhnen. Jorge argwöhnte, dass dort ein Soldat einem Knaben eine gewisse Gunst abverlangte, in deren Genuss man in einem Heer eher selten kam. Für Kampfverbände, die länger unterwegs waren, rekrutierte man nicht selten einen Schwung knackiger junger Bürschlein, und natürlich, das war allgemein bekannt, setzte man sie nicht als Flaggenschwenker oder Trommler oder so einen Blödsinn ein. Die Zeiten, das wusste Jorge, waren hart, schmutzig und voller unbefriedigter Begierden.

Unwillkürlich musste er an Hippolit denken. Mit seinem jugendlichen Aussehen könnte er leicht in Lebensgefahr geraten, falls er auf die Idee kam, durch die nächtliche Zeltstadt zu schlendern!

„Sag mal, bist du eingeschlafen, Troll? Du stierst wie ein madiger Idiot in der Gegend herum."

Jorge blinzelte und betrachtete den Ork, der vor ihm kauerte. Die rote Glut des Feuers warf gespenstische Schatten über sein warziges Antlitz.

Er musste sich das Vertrauen dieser Bande erarbeiten. Das war wichtig, sonst würde er ewig durch das Heerlager wandern, ohne etwas Nützliches zu erfahren. Und Jorge hatte wahrhaft Besseres zu tun, als die ganze Nacht von Orkfeuer zu Orkfeuer zu latschen. Nämlich Bier zu trinken, das nicht klumpig war. Und zu schlafen. Bei Batardos, nach dem schrecklichen Flug im Cymwoog fühlte er sich wie zerkaut und wieder ausgespuckt!

„Wie war noch gleich dein Name, Freund?" Jorge unterdrückte ein Gähnen.

„Warum willst du das wissen?", zischte der Wortführer der Orkgruppe. „Ich kann mir nicht vorstellen, dass das hochwohlgeborene IAIT auch nur das entfernteste Interesse daran hat, was mit einer Bande madiger Orks …"

Jorge hob eine Hand und schnitt seinem Gegenüber das Wort ab. „Jetzt beruhig dich mal. Ob du es glaubst oder nicht, das IAIT *hat* das entfernteste Interesse daran, in Erfahrung zu bringen, was für ein perverser Mist sich hier abspielt. Weißt du, warum das so ist? Freund?"

Der Ork verzog das Gesicht. Wie immer bei Orks fiel es Jorge schwer, seine Mimik zu deuten, ein Umstand, der ihn ein wenig verunsicherte.

„Warum ist das so, Troll? Sag mir ins Gesicht, warum das so ist!"

Jorge zuckte abermals mit den Achseln. „Na ja, offen gestanden habe ich keinen blassen Dunst. Das IAIT ist eine Bande von Arschlöchern, Progûlla, warum sollte ich dir etwas vorlügen? Und du hast recht, sie interessieren sich in Wirklichkeit einen Dreck für euch Orks. Aber mich haben sie nun mal hergeschickt, um zu untersuchen, was bei Batardos hier vor sich geht, und ich lege mich nicht einfach in meine Koje und schlafe, sondern marschiere mit offenen Augen durch eure Zeltstadt. Ich rede nicht mit Menschen oder diesen Eidechsen auf zwei Beinen oder anderen Trollen, falls es dir aufgefallen sein sollte. Ich bin zu *euch* gekommen. Und das, obwohl allgemein bekannt ist, dass sich Orks und Trolle seit dem Großen Missverständnis von Lepo-Tan im Ersten Zyklus nicht besonders gut riechen können. So ist es doch, oder? Weißt du, warum ich euch aufsuche? Ohne Vorurteile? Richtig! Weil *Orks* ermordet worden sind. Und ihr *seid* Orks. Euer Bier schmeckt köstlich, ich möchte sofort noch eines." Die letzte Behauptung war glatt gelogen, aber Jorge wusste, dass er gut daran tat, sich ein wenig anzubiedern.

Der Ork mit Namen Progûlla starrte Jorge an, dann verzogen sich seine Gesichtsmuskeln in unmögliche Richtungen und schufen eine gänzlich neue, wiederum undeutbare Gesichtsmimik. Dabei stieß er ein hohes, kehliges Geräusch aus. Nach einem Augenblick konzentrierten Zuhörens identifizierte Jorge es als Lachen. Vorsichtshalber schloss er sich an.

„Mal unter uns, Freunde: Ein gutes Bier am Lagerfeuer, das ist doch ein Vergnügen. Sagt mal, was mampft ihr da eigentlich für schwarze Klumpen? Röstet ihr euren eigenen Dung über den Flammen?"

Sofort brach das Lachen ab, und die Orks starrten Jorge von Neuem zornig an. Bei Batardos, diese Kerle waren wirklich schwierig! Jorge hätte sich die Zunge abbeißen mögen. Er konnte nichts für seine Zunge, wirklich nicht, sie handelte manchmal selbstständig, ohne den Befehlen seines Gehirns zu gehorchen. Tatsache war nun mal, dass er Orks nicht ausstehen konnte. Noch weniger als Elben. Oder Zwerge, dieses kurzsichtige Pack! Oder Menschen. Oder andere Trolle.

Einer der Orks packte plötzlich eine Axt und schwenkte sie drohend vor Jorges Gesicht.

„Lass gut sein, Vladomar", sagte Progûlla. „Er ist nicht anders als alle anderen. Wir sind es gewohnt, dass man uns verspottet." Progûlla zog seinen Stock aus der Glut und begann, an dem schwarz verkohlten Etwas am Ende zu nagen. „Also!" Er spie das Wort regelrecht aus. „Was will das hochwohlgeborene IAIT von uns, bei Boshûda?"

Jorge schaute in seinen Humpen, schabte mit den Füßen über den steinigen Boden, griff sich in den Schritt. „Ihr müsstet doch etwas beobachtet haben, oder? Zehn eurer Kameraden sind verschwunden, und keiner will etwas mitbekommen haben? Das ist doch unmöglich. Es gibt da ein altes Trollsprichwort, und es geht so: Das ist doch unmöglich!"

Progûlla starrte Jorge aus gelben Augen an. „Wir haben den Mörder nicht gesehen. Keiner von uns." Er schob sein grünes Gesicht vor. Ein stechender, an Urin erinnernder Geruch stieg Jorge in die Nase. „Aber es gibt Gerüchte. Manch einer hat etwas gesehen. Und das macht die Runde."

Jorge nickte. „Wisst ihr was, Jungs? Ich bin ein großer Freund von Gerüchten. Es ist nämlich so, dass Gerüchte oft absolut der Wahrheit entsprechen, bei Batardos! Also, was sind das für Gerüchte?"

„Willst du das wirklich wissen?"

Einen Moment lang glaubte Jorge, so etwas wie ein Lächeln auf Progûllas schwammigen Zügen identifizieren zu können.

„Ich bin ganz Ohr, mein Freund."

„Er wandelt des Nachts zwischen den Zelten, körperlos und lautlos", begann Progûlla.

„Er?"

„Ein Schatten. Ein Wesen aus Nichtstofflichkeit, schrecklicher als alles Erdichtete. Gegen ihn wirkt selbst Pelanorb der Äsende, von dem die alten Lieder und Sagen daheim in Lyktien berichten, wie ein harmloser Kinderschreck."

„Ah, ja. Klar. Nichtstofflichkeit, was auch sonst?" Vielleicht waren Gerüchte oft doch nichts weiter als ein Haufen abergläubischen Blödsinns, kam es Jorge in den Sinn. „Nachdem die Ersten von euch verschwanden, wurden die Wachtposten verstärkt, hat der General mir erzählt. Stimmt das?"

Progûlla nickte. „Die Heeresleitung ging zu Anfang noch davon aus, dass es sich um Fälle von Fahnenflucht handelte. Aber es war keine Fahnenflucht. Das wurde klar, als man wenig später ihre Körper fand ..."

„Ihre Körper", wiederholte Jorge und starrte konzentriert auf den Grund seines hölzernen Bechers. Ein winziger glänzender Wurm schien sich dort zu winden. Er musste sauer aufstoßen.

„Was war wohl mit ihnen geschehen?", fragte er. Er kannte die Antwort längst, aber er wollte den Redefluss des Orks aufrechterhalten.

Der Ork rückte noch näher. Er stank nach Gülle und Brackwasser.

„*Etwas* hatte sie gepackt und fortgeschleift. So wahr ich hier sitze! Es hat sie emporgerissen und hoch über den Wolken ihr Blut getrunken! Es aus ihren sterbenden Leibern gesogen! Erst als die Körper von ihren Seelen befreit waren, ließ es sie wieder fallen." Progûlla lehnte sich zurück und verschränkte die Arme. „Der Schatten kommt in der Nacht, wenn alles schläft. Und er ist unsichtbar. Keiner der Wachtposten hat ihn bisher im vollen Fackellicht gesehen. Nur einen abnormen tanzenden Schatten."

„Die Vadkorsk-Fragmente der alten Schamanen haben die Kreatur seit Jahrhunderten angekündigt", mischte sich der Ork mit Namen Vladomar ein. Seine grünstichige Haut war von einer deutlich sichtbaren Gänsehaut überzogen. „Der Fänger hat sich aus seinem Gefängnis jenseits der Zeit erhoben, um die Seelen von Boshûdas Kindern zu sammeln!"

„Er ist monströs", ergänzte ein dritter Ork von der Seite. „Größer als ein Troll, größer als ein Baum. Und stark ist er, er verformt das Fleisch mit bloßen Händen."

„Und über den Wolken trinkt er ihr Blut", wiederholte Progûlla und nickte ernst. „Bei Nacht prasselt es als feiner Nieselregen auf die Dächer der Zeltstadt hernieder, bei Boshûda, so ist es!"

„Wirklich? Ist das so?" Jorge runzelte die Stirn. „Du willst sagen, wenn ich mir eure Zelte bei Tageslicht ansehen würde, könnte ich Blutspritzer darauf finden? Hier, mitten im Lager?"

„Der Fänger kommt jede Nacht", sagte der Ork statt einer Antwort. „Er ist immer hungrig."

„Das bin ich auch." Jorge dämmerte, dass die Aussagen der Grünhäutigen mit Vorsicht zu genießen waren. „Woher weißt du das alles, Freund?"

Der Ork machte eine abweisende Handbewegung. „Nichts als Gerüchte", sagte er, plötzlich wieder reserviert.

Jorge drehte und wendete seinen Humpen zwischen den Fingern.

„Warum Orks?", murmelte er, mehr zu sich selbst. „Warum, bei Batardos, ausgerechnet Orks?"

Der Ork mit Namen Progûlla starrte ihn an, als hätte Jorge den Verstand verloren. Kopfschüttelnd sagte er: „Was sollte der Orksammler sammeln, wenn nicht Orks?"

5

Öliger blauer Rauch füllte das Zelt bis unter die niedrige Decke. Hippolit ignorierte das Kratzen im Hals, das ihm der Qualm der verkohlten Kareninaken-Blätter selbst in seinem verjüngten Körper stets verursachte, und räumte Dreifuß und sonstiges Zubehör zurück in das metallene Köfferchen, das sein thaumaturgisches Miniaturlabor enthielt.

Er war verwirrt.

Eigentlich hätte die Signaturprüfung an zwei, maximal drei der getöteten Orksoldaten einwandfrei belegen sollen, ob bei deren Ermordung Thaumaturgie im Spiel gewesen war. Wäre dies der Fall, müssten weiterführende Tests durchgeführt werden, um den Kreis der infrage kommenden Techniken einzuengen. Erfolgte keine Reaktion, so hatte er sich vorgenommen, ohne Umschweife die Rückreise nach Lešuk anzutreten.

Wie die Dinge jedoch nun lagen, konnte er weder das eine noch das andere tun.

„Und? Zufrieden?"

Unwillig hob Hippolit den Blick. Meister Lemuel, ein kleiner, birnenförmiger Mann mit haarlosem Schädel und winzigen, hinter dicken Sehlinsen quasi unsichtbaren Äuglein, trat nervös von einem Fuß auf den anderen und versuchte, einen Blick über Hippolits Schulter zu werfen.

Lemuels Reich, das Lazarettzelt, war kaum größer als eine der Mannschaftsbehausungen draußen. Im hinteren Teil lagen zusammengeklappte Liegen auf einem hohen Stapel. Rund zehn davon waren aufgebaut, sieben davon trugen die mit schmutzigen Leinenbahnen verdeckten Überreste ermordeter Orks.

„Ich dachte, Sie wären selbst medizinisch-thaumaturgischer Heiler dritter Stufe?" Mit einem genervten Fingerschnippen ließ Hippolit die Glutglobuli erlöschen, die er zur Unterstützung der einsamen Deckenlaterne über jeder Liege angeordnet hatte. „Dann müssten Sie eigentlich in der Lage sein, die Resultate meiner Untersuchungen zu deuten."

„Nun ja", sagte der Stabsarzt und hüstelte geziert, eine Marotte, die er sich Hippolits Meinung nach nur angewöhnt hatte, um in einem Umfeld aus primitiven Kämpfernaturen an seinen akademischen Bildungsgrad zu erinnern.

„Dass Sie eine Signaturprüfung vorgenommen haben, begreife ich", erklärte Meister Lemuel. „Aber nach allem, was ich einst gelernt habe, hätten die Wunden der Toten blau aufleuchten müssen, wenn Sie durch Thaumaturgie verursacht worden wären. Oder, falls die Soldaten allein durch die Einwirkung physischer Gewalt ums Leben kamen, wie ich ursprünglich attestiert habe, hätte überhaupt keine Reaktion erfolgen dürfen. Was hier geschehen ist, habe ich dagegen noch nie gesehen."

Streu nur weiter Salz in meine Wunde, dachte Hippolit grimmig und schloss den Metallkoffer mit einem vernehmlichen Klicken. So schwer es ihm fiel, das zuzugeben: Ein Ergebnis, wie es die zurückliegenden Signaturprüfungen – sieben an der Zahl – gezeitigt hatten, war auch ihm gänzlich neu. Denn eine Reaktion *hatte* stattgefunden.

Bei der ersten Leiche, einem hünenhaften Ork, dem offenbar zunächst das Genick gebrochen und anschließend das Herz aus der Brust gerissen worden war, hatte er noch erwogen, er könnte einen Fehler gemacht haben. Eine falsche Silbe beim Herunterbeten der ellenlangen thaumaturgischen Befehlszeilen, eine falsch bemessene Menge getrockneter Kareninaken-Blätter im oberen Schüsselchen des Dreifußes ... Die Liste der Dinge, die man bei thaumaturgischen Ritualen vermasseln konnte, war lang. Beim zweiten Leichnam, einem verhutzelten Orksoldaten mit mächtigem Überbiss, kam es zu einer identischen Reaktion. Zunächst war Hippolit erfreut, bedeutete dies doch, dass er keinen Fehler gemacht hatte. Als sich das Ergebnis jedoch auch beim dritten Ork wiederholte, ebenso beim vierten, war es mit seiner guten Laune rasch vorbei.

Meister Lemuel hatte absolut recht: Wäre Thaumaturgie angewendet worden, hätten die Verletzungen der Krieger erglühen müssen, in einem ungesunden, deutlich wahrnehmbaren Schein. Stattdessen wurde das bloßliegende Fleisch der Orks, kaum, dass Hippolit die letzten Silben gesprochen hatte, von einem matten, nur ansatzweise als bläulich zu erahnenden Schimmer überzogen, zu schwach, um als eindeutiges Zeichen für Thaumaturgie gelten zu können, gleichzeitig zu deutlich, um ignoriert zu werden. Hippolit konnte sich nicht daran erinnern, ein derartiges Phänomen je zuvor gesehen zu haben.

Neben ihm hüstelte es verhalten. „Man könnte meinen, die Männer hätten zwar Kontakt mit etwas gehabt, das selbst massiv mit Thaumaturgie in Berührung gekommen ist, dass bei den Morden jedoch keine aktiv angewendet wurde", vermutete der Stabsarzt.

„Ich danke Ihnen für diese wertvolle Einschätzung, Meister." Hippolit spürte, wie die Ader an seiner linken Schläfe dumpf vor sich hin pochte. „Noch dankbarer wäre ich Ihnen allerdings, wenn Sie mich meine eigenen Schlussfolgerungen ziehen ließen!" Er wandte sich zu dem kleinen Arzt um und machte eine herrische Handbewegung. „Bringen Sie mir Skalpell, Knochensäge, Spreizzangen und ein paar Ressup-Röhren für Gewebeentnahmen. Ich will diesen Leichnam nach Norwien obduzieren."

Wenige Minuten später stand Hippolit im Licht eines frisch entfachten, kopfgroßen Glutglobulus über den Brustkorb des Toten gebeugt, die Hände tief in dessen Leibeshöhle.

„Interessant", murmelte er, während er den Bereich um die klaffende Wunde mit einer Vergrößerungslinse betrachtete. „Die Haut weist mehrere parallel angesetzte Inzisionen auf, welche den Ausgangspunkt für lange Gewebsrisse mit zerfransten Rändern bilden. Das Muskelfleisch wurde bis zu den seitlichen Rippenbögen geöffnet, Brustbein und obere Langrippen durch Einwirkung stumpfer Gewalt zertrümmert – nicht durch Hiebe oder Sägebewegungen einer Klinge." Hippolit verengte die Augen und lenkte seine Konzentration kurz auf den Glutglobulus, der daraufhin heller erstrahlte, die Position veränderte und auf eine Position seitlich seines Gesichts schwebte. „Hmm. Venen, Arterien und muskuläre Verankerung des Herzens wurden ebenfalls zerfetzt, nicht durchtrennt. Es hat den Anschein …"

Hüsteln. „Das alles sieht danach aus, als wäre dieser Soldat Opfer eines Raubtiers geworden", bemerkte Meister Lemuel von der anderen Seite der Klappliege und schob sich die Augenlinsen auf der Nase hoch, auch dies eine Geste, die er fraglos einstudiert hatte, um Bildung und Eloquenz zu signalisieren. „Eines großen, kräftigen Raubtiers."

„Meister Lemuel!" Hippolit sah den kleinen Mediziner scharf an. „Ich will nicht anmaßend erscheinen oder undankbar, dass Sie versuchen, die Ermittlungen voranzutreiben." Er hoffte, dass das rhythmische Pochen an seiner Schläfe seinen Worten nicht zu viel von ihrer Wirkung nahm. „Auch wenn mein Aussehen anderes suggeriert, so bin ich doch voll ausgebildeter Lichtadept der neunten Stufe. Ich stehe seit über siebzig Jahren im Dienste des IAIT, der höchsten kriminologischen Ermittlungsbehörde unseres Landes. Ich habe während dieser Zeit mehr mysteriöse Fälle aufgeklärt, als Sie auf dem Schlachtfeld Extremitäten amputiert oder Stichwunden vernäht haben."

Im gleichen Maße, wie seine Stimme lauter wurde, begann sie, kippelig zu klingen, eine lästige Begleiterscheinung seiner jugendlichen Stimmbänder, die Hippolit jedes Mal von Neuem erzürnte. „Ich möchte Sie daher bitten, meine fachbezogenen Gedankengänge nicht ständig durch Ihre unqualifizierten Einwürfe zu unterbrechen. Sie können sicher sein …"

Erregtes Hüsteln. „Ich muss doch …"

„Sie können sicher sein, dass ich längst alle infrage kommenden Optionen im Geiste durchgegangen bin, lange bevor Ihr laienhaft gebildeter Verstand noch Gelegenheit hatte, sie zu erwägen."

Der kleine Mediziner schnappte entrüstet nach Luft.

„Ihr *in kriminologischer Hinsicht* laienhaft gebildeter Verstand, meinte ich", fügte Hippolit hinzu, dem beim Anblick von Meister Lemuels knallrot anlaufendem Gesicht bewusst wurde, dass er ziemlich scharf geschossen hatte. Er atmete einmal tief durch, bevor er in versöhnlicherem Ton fortfuhr: „Schauen Sie, Meister Lemuel: Ein Tier als Täter scheidet aus verschiedenen Gründen aus. Zum einen gibt es in der Ebene von Torr keine Kreatur, die schnell, umsichtig und vor allen Dingen stark genug wäre, um zehn ausgewachsene Orks zu überwältigen und sie vom Zeltlager fortzuschleppen, ohne Spuren zu hinterlassen. Weiterhin ist mir keine tierische Lebensform bekannt, die ihren Opfern auf zielgerichtete, absolut identische Weise das Herz zu extrahieren in der Lage wäre, und zwar ohne Verwendung des Gebisses. Die typischen punktuellen Male von Reißzähnen lassen sich nämlich nirgends feststellen."

Hippolit zupfte sich die hauchdünnen Paramandirhandschuhe von den Fingern, die er zu Beginn der Obduktion angelegt hatte, und ließ sie achtlos auf den kränklich grünen Schambereich des Orks fallen. „Nein, Meister. Auch wenn es dem Laien auf den ersten Blick so scheinen mag, diese Soldaten wurden nicht von einem Tier getötet. Die einzige berechtigte Frage, die der Verstand des Kriminologen nun selbstredend klären …“ Er stutzte. Seine Hand, die er bereits nach den Klammern ausgestreckt hatte, welche die unregelmäßige Öffnung im Leib des Toten offenhielten, verharrte wenige Fingerbreit über der Wunde. „Was, bei Blaak, ist *das?*“

Eine einzelne konsonantenreiche Silbe, und der Glutglobulus erstrahlte so grell, dass Meister Lemuel geblendet den Blick abwenden musste. Hippolit nahm eine lange, dünne Zange von einem Tablett, das der Stabsarzt zuvor gebracht hatte, und begann, konzentriert im kalten Fleisch des Orks zu stochern. Sekunden später richtete er sich auf und reckte seinen Fund in den klinischen Schein des Leuchtballes.

In der Zange klemmte ein gebogenes, mit geronnenem Blut überzogenes Objekt, ungefähr halb so lang wie Hippolits Zeigefinger.

„Ihre Ausführung war sehr lehrreich, und ich bitte vielmals um Verzeihung, dass ich Sie mit meinen kriminologisch minderbemittelten Ergüssen belästigt habe“, ließ sich Meister Lemuel vernehmen und hüstelte geziert. „Aber ich brenne darauf zu erfahren, wofür Ihr hoch gebildeter Verstand *das* hält.“

Hippolit schloss die Augen und lauschte stumm dem Pochen in seiner Schläfe.

Kein Zweifel: Was er gefunden hatte, war die abgebrochene Spitze einer Tierklaue. Und zwar die eines sehr großen Tiers.

„Ich will Sie gewiss nicht erneut belästigen, bei Ubalthes, nein! Aber für mein ungeschultes Laienauge sieht das ganz verdächtig nach einem Krallenbruchstück aus“, erklärte Meister Lemuel überflüssigerweise.

„Quintessenziell, lieber Freund.“ Langsam öffnete Hippolit wieder die Augen. Zusätzlich zu seiner Abneigung gegen den kleinen Heiler begann sich in seinem Inneren allmählich eine mindestens ebenso starke Abneigung gegen den gesamten Fall zu manifestieren – einen Fall, bei dem bisher nichts zusammenzupassen schien.

„Ich denke, für heute genügt es", verkündete er tonlos und legte die Klaue behutsam in eine Porzellanschale neben der Bahre. „Morgen früh werde ich verschiedene Tests an diesem … Objekt vornehmen. Dazu muss ich wohl oder übel erneut Ihre Zeit und Ihre Ausrüstung in Anspruch nehmen, Meister Lemuel. Ich werde destilliertes Wasser benötigen, ein Dutzend abgekochte …"

Ein fragendes Hüsteln unterbrach ihn mitten im Satz. „Ich dachte, Sie wollten sich *alle* Toten ansehen?"

Hippolit massierte mit den Fingerspitzen seine wütend pochende Schläfe. „Das habe ich. Zehn Orks verschwanden. Sieben tauchten ohne Herz wieder auf. An allen sieben nahm ich eine Signaturprüfung vor. Einen habe ich zusätzlich obduziert." Er seufzte. „Ich denke, das reicht für eine Nacht."

Meister Lemuel zuckte demonstrativ die Achseln. „Wie Sie meinen. Dann sehen Sie sich den achten Toten eben morgen an."

Hippolits Augen verengten sich abrupt. „Den achten Toten? General Ortlov sprach von sieben."

Der Stabsarzt nickte. Seinem triumphierenden Hüsteln war allerdings zu entnehmen, wie sehr er es genoss, nach Hippolits Standpauke wieder Oberwasser zu bekommen. „Sieben Orks – und er dort!" Er wies auf eine achte Klappliege in der hinteren Hälfte des Zeltes, die Hippolit bislang nicht zur Kenntnis genommen hatte. Erst jetzt bemerkte er, dass auch auf ihr ein von einem Leinentuch bedeckter Körper lag.

Wortlos ging er hinüber und riss den Stoff mit einem Ruck beiseite.

„Aber das ist kein Ork. Das ist ein Mensch!"

Meister Lemuel hüstelte arrogant. Er war an einen Tisch an der Längsseite des Zeltes getreten und hatte die Hand auf den Deckel eines runden Behälters gelegt, der wie ein zu groß geratener Honigtiegel aussah. „Und *das* hier können Sie sich dann ja auch morgen in aller Ruhe näher betrachten." Grinsend fügte er hinzu: „Einer der Suchtrupps hat es gefunden, nur ein paar Fußminuten nördlich des Lagers, wo es in einem Dornbusch hing.“

Zögernd näherte sich Hippolit dem kleinen Mann, der mit raschen Worten die Stasis deaktivierte, die er über dem Gefäß verhängt hatte. Er hob den Deckel und neigte den Topf zur Seite, um Hippolit einen besseren Blick auf den Inhalt zu gewähren.

Der Tiegel war zur Hälfte mit destilliertem Wasser gefüllt, eine gängige Methode, um die Wirkung eines Konservierungsspruches auf leicht verderbliches Gewebe zu verstärken. In der Flüssigkeit dümpelte ein unförmiges Objekt von der Größe einer Trollfaust.

Hippolit kniff die Augen zusammen, sah genauer hin.

Als er erkannte, worum es sich handelte, war er so überrascht, dass für einen Moment sogar das Pochen an seiner Schläfe aussetzte.

In dem Tiegel schwamm ein Herz.

6

Ich will es mal so ausdrücken, Großer, wenn du so nachhaltig fragst und einfach nicht imstande bist, deine Klappe zu halten, bei Ubalthes: Vielleicht ist es ja so, wie ich bereits angedeutet habe. Vielleicht haben die grünen Frösche verdient, was ihnen derzeit widerfährt."

„Was Kiemwhey sagen möchte", schaltete sich der zweite Mann auf der anderen Seite des Feuers in das Gespräch ein, „ist Folgendes: Die Grünen müssen aufpassen, wie sie sich verhalten, sonst passieren … *Dinge*. Dinge von genau der Art, wie sie hier seit einem Zenit abgehen. Natürlich tragen sie daran selbst die Schuld." Der zweite Sprecher, er war kleiner als Kiemwhey, lächelte breit. Es war ein erregtes Lächeln, wie man es bei einem guten Mann sah, der zeigen wollte, was ihn zu einem guten Mann machte. Aber er war kein guter Mann, das sah Jorge auf den ersten Blick.

Kiemwhey nickte heftig. „Ysil spricht weise", sagte er und trank einen großen Schluck Bier. Das blonde Haar hatte er zu einem Zopf gebunden, der ihm bis hinunter zum Steißbein reichte. Sein Gesicht wirkte aufgeschwemmt, voller Mitesser, ungesund und weiß wie eine Dampfnudel. Obwohl Soldat des lyktischen Berufsheers, war er sichtlich nicht in Form.

Er wandte sich an Jorge, der neben ihm am Feuer saß. „Nun, Großer, beantwortet das deine Frage?"

Jorge runzelte die Stirn. Rassische Diskriminierung hatte er immer als abwegig und verwirrend empfunden, besonders dann, wenn sie so unverhohlen zur Schau getragen wurde.

Nach seiner Unterredung mit den Orks war er eine ganze Weile durchs Lager geschlendert. Er dachte über die rätselhaften Andeutungen der Grünhäutigen nach, die ihn einigermaßen unbefriedigt zurückgelassen hatten. Dabei kam er in einen Teil des Lagers, in dem ausschließlich menschliche Krieger untergebracht waren. Ungefähr zu dieser Zeit stellte er fest, dass er Brand hatte. Das scheußliche Orkbier klebte ihm noch am Gaumen und stellte verrückte Dinge mit seinen Därmen an. Wahrscheinlich, dachte Jorge, konnte ein Trollmagen zwar alles verdauen, aber wozu ein Risiko eingehen? Am besten, er kippte ein paar Humpen ordentlicheres Gesöff obendrauf.

Auch in diesem Sektor des Lagers war kaum noch jemand auf den Beinen. Nach längerer Suche hatte Jorge eine Dreiergruppe langhaariger Männer entdeckt, die palavernd um ein schmächtiges Feuer abseits der breitesten Zeltstraßen saßen. Sie hatten ihn sofort zu einem Bier eingeladen, möglicherweise, weil Jorge ihnen seinen IAIT-Siegelring unter die Nase gehalten hatte, vielleicht auch aus anderen Gründen. Nach außen gaben sie sich freundlich, aber sie nannten Jorge unentwegt „Großer".

Jorge konnte es auf den Tod nicht ausstehen, wenn ihn jemand „Großer" nannte!

„Ich kann mich gar nicht daran erinnern, dir überhaupt eine Frage gestellt zu haben, bei Batardos." Jorge suchte Kiemwheys Blick. Statt ihn zu erwidern, glotzte der Soldat jedoch selbstzufrieden, über seine gewitzten Sprüche grinsend, in seinen Humpen, nahm einen Schluck und schmatzte, als genieße er einen edlen, kostbaren Tropfen und kein billiges Kräuterbier.

„Orks“, fuhr er ungerührt fort. „Eine üble Zucht, wenn du mich fragst, Großer. Und ich spreche nicht nur von den Vertretern aus unserer lyktischen Heimat. Eine Schande, dass sie überhaupt an unserer Seite in einem ordentlichen Heer kämpfen dürfen.“

Jorge ließ sein Gegenüber keine Sekunde aus den Augen. „Du scheinst hier ein großes Tier zu sein, Kiemwhey“, sagte er.

Kiemwhey entging die Ironie in Jorges Stimme gänzlich.

„Du sprichst weise, Großer. Pass auf, ich weiß es durchaus zu schätzen, dass du deinen Urlaub unterbrochen hast und dich als Ermittler unter uns Krieger mischst, wirklich. Aber die Sache liegt doch auf der Hand. Orks werden kaputt gemacht. Da frage ich zu Recht: und wenn schon?“

Eine Ratte flitzte in den Lichtschein des Feuers, stoppte unmittelbar vor Jorges rechtem Schuh. Plötzlich zischte ein Schwert nach vorn und teilte das Tier mit einem Hieb in der Mitte entzwei, ohne ihm auch nur Zeit zu lassen, ein Todesquieken auszustoßen. Heißes Rattenblut spritzte gegen Jorges Knie. Er verzog die Mundwinkel.

„Du kannst Orks also nicht ausstehen.“ Jorge wischte sich das Blut von der Hose. „Das ist eine gewagte Aussage, meinst du nicht auch, Kiemwhey?“

Kiemwhey grinste Jorge von der Seite an, als vermute er hinter seinen Worten eine Neckerei. „Warum das, Großer?“

Jorge lehnte sich zurück, betrachtete die Glut des Feuers, die sich in Kiemwheys Augen spiegelte. „Nun, offensichtlich findest du, es geht vollkommen in Ordnung, dass mittlerweile zehn Soldaten des Heers, in dem auch du dich verdingt hast, auf mysteriöse Weise ermordet wurden, oder?“

„Wie schon gesagt: Orks sind Abschaum, Großer!“

Jorge nickte. „Ich erinnere mich sehr gut daran, was du gesagt hast. Also, wenn ein Ork getötet wird – auch wenn er zu deiner eigenen Kompanie gehört –, dann spendest du erst mal lautstark Applaus? Habe ich das richtig verstanden?“

„Genau erkannt, Großer. Es ist ja nicht nur so, dass Orks stinken und dumm sind. Sie sind – und ich muss das wissen, arbeite ja lange genug mit ihnen zusammen – *niedere Kreaturen*. Wie kommt es, dass ich, Kiemwhey, Sohn des Guennwhey, mich unentwegt mit *Niederen* herumschlagen muss?“

„Nieder, ich verstehe“, sagte Jorge. „Ein Begriff aus dem Ersten Zyklus, als die Höheren noch Kriege gegen die Niederen führten, nicht wahr?“

Kiemwhey schlug mit der Faust auf den nackten Boden. „Damals gab es noch eine Ordnung. Heute versinkt alles im Chaos.“

„Dir ist aber schon klar“, Jorge trank einen Schluck Bier, „dass du damit eben auf der Liste meiner Verdächtigen gelandet bist, Kiemwhey? Du spazierst durch dieses Lager und freust dich über jeden getöteten Ork. Findest du das nicht verdächtig? Es gibt da ein altes Trollsprichwort, und das geht so: Schon verdächtig, oder?“

Kiemwhey lachte. Es klang unangenehmer als das Lachen der Orks. Selbstüberschätzung troff aus jedem seiner erstickten Japser.

„Ich bin kein Verdächtiger“, behauptete er. „Ich doch nicht, Großer. Bei Ubalthes, ich bin ein Krieger!“ Die anderen Männer stimmten ihm zu, Krüge schlugen aneinander, Schaum spritzte durch die Nacht.

Ein Knabe, kaum älter als zwölf und so dünn und blass, dass Jorge für einen verstörenden Augenblick dem Eindruck erlag, es handele sich um Hippolit, erschien am Rand des Feuerscheins. Geduckt schlich er vorbei, offenbar in der Hoffnung, nicht gesehen zu werden.

Kiemwhey erblickte ihn trotzdem, packte ihn am Hemd und zog ihn zu sich ans Feuer. „Tomaşo, da bist du ja“, sagte er.

Der Knabe sah sich nach allen Seiten um, als suche er nach einem Fluchtweg. Kiemwhey langte ihm zwischen die Beine, schob den Mund dicht an sein Ohr. Die anderen Männer lachten. Obwohl Kiemwhey flüsterte, konnte Jorge jedes seiner Worte verstehen:

„Na, mein Kleiner? Ich warte nachher wieder auf dich, klar? Du willst doch ein Mann sein, oder? Dass es manchmal wehtut, ist für einen strammen Knaben wie dich doch noch lange kein Grund, in einen Brunnen zu springen! Willst du, dass ich vorsichtig bin? Dann bin ich vorsichtig."

Jorge hatte sich vorgenommen, Neutralität zu wahren. Er hatte sich vorgenommen, sich nicht in die Angelegenheiten dieser Männer einzumischen, lediglich als kühler Beobachter am Rande dabeizusitzen, ein paar Bier zu trinken, mit etwas Glück die eine oder andere Scheibe Krügerschwein abzubekommen und aufmerksam zuzuhören.

Es war eine Sache, dass diese Kerle – ungehobelte Klötze, die nicht einmal im Ansatz so etwas wie Humor besaßen – ihn die ganze Zeit „Großer" nannten. Trolle und Menschen kamen im Grunde gut miteinander aus, vor allem, wenn der Troll so angepasst war wie Jorge. Jetzt allerdings schaffte er es nicht länger, sich zu beherrschen.

Großer … Kleiner …

Blaak, was bildete sich dieser Kiemwhey eigentlich ein?

Jorge stellte seinen Humpen auf dem Boden ab, seine behaarte Pranke schoss vor. Er packte Kiemwheys Arm und drehte ihn herum, so dass dem Langhaarigen nichts anderes übrigblieb, als den Knaben loszulassen. Dieser zog sich blitzschnell aus seiner Reichweite zurück und eilte stolpernd davon.

Kiemwhey starrte Jorge an, dann grinste er. „Hö-hö?" Er zog die dünnen Augenbrauen in die Höhe. „Was war das jetzt, Großer?"

Jorge verdrehte das Fleisch in seinen Pranken weiter, worauf Kiemwhey vor Schmerz aufschrie. Tränen schossen ihm in die Augen, flossen über seine weißen, aufgeschwemmten Gesichtszüge.

„Blaak! Was soll das, Großer? Willst du hier etwa den Moralisten rauskehren? Du weißt doch, bei einem Heer dieser Größe …“

Die anderen Männer betrachteten das Geschehen mit Unverständnis, allerdings regten sie sich nicht. Vielleicht, weil Kiemwhey ihnen keinen Befehl dazu erteilt hatte. Sie waren Soldaten, sie konnten nicht aus eigenem Antrieb agieren, nur gehorchen. Muskeln einer Kompanie, Reflexe ohne Hirn.

„Ich sage dir, was los ist, Kiemwhey“, zischte Jorge und verdrehte den Arm weiter. Kiemwhey schrie jetzt wie ein kleines Kind. „Seit fast einer Stunde erzählst du mir einen Haufen Mist und zeigst nicht den mindesten Respekt vor dem Siegelring des Instituts. Du tust, als wärst du ein geselliger Knabe, mit dem man gut ein paar Bierchen trinken kann. Aber in Wirklichkeit hasst du alles und jeden und liebst nur dich. Tatsächlich, tief in dir drin, da weißt du, dass du ein kleiner Hosenscheißer bist. Wir Trolle haben da ein Sprichwort, Kiemwhey, und es geht so: Wenn du mich noch ein einziges Mal ‚Großer' nennst, werde ich dir den Kiefer ausrenken, und danach wirst du aussehen wie ein defekter Nussknacker. Um eins klarzustellen: Ich kann Orks auch nicht leiden, aber ich tanze nicht vor Freude, wenn ihnen plötzlich einer vor meinen Augen die Pumpe rausreißt. Und es mag sein, dass ich schon mit allem Möglichen Geschlechtsverkehr hatte, das will ich gar nicht leugnen – aber es war in der Regel alt genug, sich aus freien Stücken dafür oder dagegen zu entscheiden! Verstehst du, was ich zum Ausdruck bringen möchte, Kiemwhey?“

Kiemwhey nickte wild. Sein Gesicht hatte sich rot verfärbt, die Augen quollen froschartig hervor. Jorge hatte ihm den Arm so weit verdreht, dass die Lederkluft des Mannes am Ärmel aufriss. Es knirschte hörbar. Die anderen regten sich noch immer nicht.

„Weißt du, Kiemwhey, ich kann Typen wie dich nicht ausstehen. Ihr haltet euch für Lorgons höchste Schöpfung. Ihr stolziert durch die Weltgeschichte, als müsste sich jeder vor euch verbeugen. Ihr haltet euch für gerissen. Aber in Wirklichkeit bist du nicht gerissen, Kiemwhey, ganz und gar nicht. Du bist ein Kotzbrocken. Ich bin Beamter des IAIT, verdammt, und du *wagst* es, mich zehnmal hintereinander ‚Großer' zu nennen? Was sagt man, wenn man etwas sehr Dummes getan hat? Wie heißt das Zauberwort?"

Kiemwhey brachte nur ein ersticktes Stöhnen zustande.

„Ver… Verzeihung!"

Jorge ließ los. Kiemwhey kippte nach hinten, landete auf dem Kies und rieb sich den Arm.

„Vielen Dank für das Bier." Jorge trank seinen Humpen leer. „Ich behalte dich ab sofort im Auge, Kiemwhey. Komm bloß nicht auf dumme Gedanken, sonst setzt es was. Und wenn du den Jungen nicht in Frieden lässt, sorge ich persönlich dafür, dass dir der Arsch in zwei Hälften gespalten wird. Ehrlich, ich freue mich schon darauf."

Kiemwhey starrte mit hasserfülltem Blick zu seinen erstarrten Kumpanen hinüber, ins Feuer, zurück zu Jorge.

„Ich habe doch gar nichts gegen Orks", behauptete er. Seine Stimme klang mit einem Mal so unterwürfig und beleidigt, dass Jorge ihm am liebsten ins Gesicht gekotzt hätte.

„Wirklich nicht! Ich will doch, genau wie das IAIT, nur wissen, was hier eigentlich vor sich geht. Weißt du, einer von denen, die aus dem Lager verschwunden sind, war nämlich ein Freund von mir! Der gute alte Mernowyn." Kiemwhey riss die Augen auf, vielleicht, um seinem Gesicht einen betroffenen Ausdruck zu verleihen. „Zuerst hat sich der Schatten nur Orks geholt. Aber er sammelt auch Menschen!"

Verwirrt schüttelte Jorge den Kopf. „Unsinn. Zehn Orks sind verschwunden und sonst keiner."

Unvermittelt grinste Kiemwhey wieder. „Oh nein, Großer", flüsterte er. „Das ist nicht ganz korrekt …"

7

Warum haben Sie mir nicht gleich gesagt, dass es *noch* einen Toten gab? Einen Menschen?" Hippolits Stimme bebte vor Zorn.

Meister Lemuel hüstelte überheblich. „Sie haben mich nicht danach gefragt."

Hippolit spürte, wie eine bissige Bemerkung in seiner Kehle nach oben drängte, doch er schluckte sie hinunter. Stattdessen artikulierte er zwei gutturale Silben, die den grellen Leuchtglobulus von der Bahre mit dem Ork zu ihm herüberlotsten.

Während er ein frisches Paar Paramandirhandschuhe überstreifte, dämmerte ihm, dass er dem Stabsarzt keinen Vorwurf machen konnte. Er hatte tatsächlich nicht gefragt, weder Lemuel noch General Ortlov, ob dem mysteriösen Mörder außer den zehn Orks weitere Soldaten zum Opfer gefallen waren.

„Das wievielte Opfer war dieser Mann?", wollte er wissen. „Innerhalb der Entführungsserie, meine ich?"

„Der Rekrut Mernowyn verschwand als dritter, wenn ich mich recht erinnere." Meister Lemuel hüstelte, zuckte die Achseln.

Zähneknirschend wandte sich Hippolit dem Toten zu.

Die Verletzungen des Mannes unterschieden sich in nichts von denen seiner Orkkameraden: Brustkorb mit enormer Gewalt aufgebrochen, Herz verschwunden; arterielles und venöses Umfeld traumatisiert; Haut und Muskelgewebe großflächig zerfetzt.

Dasselbe Muster, derselbe Täter.

„Wurde auch dieser Soldat während einer Nachtwache verschleppt und später in der Nähe des Heerlagers tot aufgefunden?“

Bestätigendes Hüsteln.

Wenn du noch einmal hüstelst, verwandele ich deine Hoden in einen Sack brünstiger Ätzkäfer, dachte Hippolit. „Wie viele menschliche Soldaten sind sonst noch verschwunden?“

„Nur dieser.“

„Und? Weiter? Bei Ubalthes, lassen Sie sich doch nicht jeden Wurm einzeln aus der Nase ziehen, Mann! Darüber hinaus irgendwelche Vermisste? Ein Troll? Reptilier? Ein Pferd vielleicht?“

Der Stabsarzt schüttelte pikiert den Kopf. „Zehn Orks und dieser Mann, sonst niemand. Und es ist nicht meine Schuld, dass Sie nicht Bescheid wussten. Es wäre Aufgabe des Generals gewesen, Sie mit allen Einzelheiten des Falles vertraut zu machen!“ Lemuel klang jetzt merklich eingeschnappt.

„Na schön, Meister. Ich schlage vor, wir vergessen unsere kleine Meinungsverschiedenheit und schauen, ob wir nicht mit vereinten Kräften dem Täter auf die Spur kommen können.“ Die Worte kosteten Hippolit annähernd so viel Überwindung wie das aufmunternde Lächeln, das er ihnen folgen ließ. „In Ordnung?“

Begeistert schob sich der Stabsarzt die Augenlinsen auf der Nase hoch. „Sehr gern, Herr Kollege! Wie es der Zufall will, hätte ich schon eine Theorie …“

„Wie schön.“ Hippolit hob gebieterisch eine Hand. „Zuvor würde mich jedoch Ihr Fundstück dort interessieren.“ Er umrundete die Bahre mit dem Toten und trat neben Meister Lemuel, der noch immer den Tiegel mit dem Herz bewachte.

„Gewiss haben Sie es bereits untersucht? Zu welchen Ergebnissen sind Sie gelangt?“

Lemuel glotzte blöde, hustelte. „Nun, ah … es ist ein Herz, würde ich sagen.“

Hippolit schloss die Augen und zählte stumm bis zehn. „Tatsächlich? Nun, zum Zweck der kriminologischen Erkenntnisfindung würde ich es mir gerne genauer ansehen.“

Während der Stabsarzt das Organ aus der Flüssigkeit fischte und auf einem mäßig sauberen Stahltablett für die Untersuchung anrichtete, dachte Hippolit konzentriert nach.

Wie man es auch drehte und wendete – je mehr Informationen zusammenkamen, desto weniger Sinn machte das Ganze. Hippolit versenkte sich in sich selbst, versuchte den geräuschvoll werkelnden Mediziner aus seinem Bewusstsein auszublenden. Er musste das Mysterium von der anderen Richtung her aufdröseln. Worauf war der unbekannte Täter aus? Wenn es ihm gelang, diese Frage zu klären, käme er vielleicht einen Schritt weiter.

Der Mörder sammelte Orkherzen. Zumindest hatte es bis eben den Anschein gehabt. Aber hätte er dann einen Menschen entführt und getötet? Und wieso hatte er eines der mühsam erbeuteten Organe achtlos in einem Dornbusch zurückgelassen?

Ein aufforderndes Hüsteln verkündete, dass das Herz bereit war. Hippolit schlug die Augen wieder auf, griff sich eine lange Pinzette und eine Vergrößerungslinse aus Lemuels Beständen und machte sich ans Werk.

„Merkwürdig, dass nicht alle Vermissten wieder aufgetaucht sind“, murmelte er, während er die faserigen Überreste der Aorta mit der Pinzette ergriff und in die Länge zog. „Wenn der Mörder allein auf die Herzen aus ist, sollte man meinen, dass er im Anschluss an seine Bluttaten sämtliche nutzlosen Überreste entsorgt …“

„Oh, vielleicht hat er das“, warf Meister Lemuel ein. „Aber in dieser Steinwüste gibt es eine Menge kleiner und mittelgroßer

Tiere, die in Ermangelung anderer Nahrungsmittel auch Aas nicht verschmähen. Möglicherweise sind die übrigen Vermissten längst in einem unterirdischen Fuchs- oder Vulvattenbau gelandet und werden dort gerade in aller Seelenruhe abgenagt."

Zum ersten Mal hatte der Mediziner, ohne es zu ahnen, etwas gesagt, das nicht von vornherein indiskutabel oder schlicht dumm war. Hippolit interessierte sich momentan dennoch nicht dafür. Er hatte eine Entdeckung gemacht.

„Dies ist kein Orkherz!"

„Wie meinen?"

Hippolit richtete sich auf und deutete mit der Pinzette auf zwei schlaffe Höhlungen, eine auf jeder Seite des rosigen Klumpens. „Die Herzkammern. Sie sind zu klein für das Herz eines Orks. Darüber hinaus münden obere und untere Hohlvene sowie die Lungenvenen direkt in die Vorhöfe – auch wenn das aufgrund der Beschädigungen fast nicht mehr zu erkennen ist." Er wies auf einige zerfetzte Gebilde, die wie Rüssel in verschiedene Richtungen aus dem Muskelgewebe hervorstanden. „Orks verfügen über vier Hauptschlagadern, die sich in einem dem eigentlichen Herzen vorgelagerten Aderngeflecht vereinen, dem sogenannten Valgo-Kortex."

Meister Lemuel war so verdattert, dass er darüber völlig vergaß zu hüsteln. „Sie meinen …?"

„Quintessenziell." Hippolit legte Pinzette und Lupe beiseite. „Es kann kein Zweifel bestehen: Dieses Herz stammt nicht von einem Ork, sondern von einem Menschen. Und da außer unserem Freund Mernowyn dort drüben kein menschlicher Krieger vermisst wird, können wir mit an Sicherheit grenzender Wahrscheinlichkeit davon ausgehen, dass es einst ihm gehört hat."

Er lächelte Meister Lemuel an, der seinen Blick mit einem verständnislosen Blinzeln hinter dicken Glaslinsen erwiderte.

„Dummerweise bringt uns das keinen Schritt weiter." Ermattet sank Hippolit wieder in sich zusammen.

Der Stabsarzt holte Luft, um zu hüsteln oder eine Frage zu stellen, was von beidem, blieb auf ewig sein Geheimnis. Denn bevor er den Mund öffnen konnte, ertönte von außerhalb des Lazarettzeltes plötzlich ein durchdringender, röhrender Ton.

„Bei Lorgon, was ...?“ Verwirrt sah Hippolit auf.

Mit einer Behändigkeit, die man seiner plumpen Gestalt nie zugetraut hätte, wetzte Meister Lemuel zum Eingang und schlug die Zeltplane zurück. Hippolit beeilte sich, ihm nach draußen zu folgen, als der gellende Laut ein zweites Mal erklang.

„Was *ist* das?“

Ringsum herrschte mit einem Mal hektischer Tumult: Zelte wurden aufgerissen, halbnackte Soldaten taumelten schlaftrunken ins Freie.

Unvermittelt erhielt Hippolit einen Stoß gegen die Schulter, der ihn beiseite taumeln ließ. Als er sich nach dem Verursacher umsah, erhaschte er gerade noch einen Blick auf einen Trupp schwer bewaffneter Orks, der im Laufschritt am Lazarettzelt vorbei und über den Pfad zwischen den Zelten davontrampelte. Erregte Rufe erklangen von überall her, in einem entfernten Bereich des Lagers schrillten die verwirrten Schreie aus dem Schlaf aufschreckender Mantisrauden.

„A... Alarm?“, stammelte Meister Lemuel neben ihm, kaum zu verstehen in all dem Lärm. „Schon wieder?“ Jetzt erst entsann er sich Hippolits Frage und wandte sich zu ihm um. Sein rundes Gesicht, soweit es im flackernden Schein der Fackeln zu erkennen war, hatte sämtliche Farbe verloren. „Die Männer der Patrouille tragen Hörner bei sich, um im Falle eines unerlaubten Eindringens ins Lager oder einer ...“

„Die Nachtwache?“, unterbrach ihn Hippolit.

Der Mediziner nickte hektisch.

Ein weiterer Trupp Soldaten hetzte vorbei, ein halbes Dutzend vollbärtiger Männer mit grimmig verzerrten Gesichtern.

Hippolit packte einen von ihnen am Arm. Er wurde zwei, drei Schritte mitgerissen, bevor der Soldat ihn bemerkte und anhielt. „Lass los, du Wicht!“, brüllte er. „Ich muss weiter, das siehst du doch!“

„Was ist passiert?“

„Der Orksammler.“ Mit einem Ruck befreite sich der Mann aus Hippolits Griff. „Er hat sich ein neues Opfer geholt!“

8

Der Ursprung des Aufruhrs war rasch gefunden. Hippolit folgte einem der bewaffneten Trupps, die aus verschiedenen Bereichen der Zeltstadt in dieselbe Richtung liefen, und erreichte rasch die nördliche Lagerbegrenzung. Dort, einige Steinwürfe weit in der Karstwüste, hatten sich im bräunlichen Widerschein der ewigen Flamme über hundert Soldaten versammelt. Mit einer gewissen Erleichterung erkannte Hippolit General Ortlov und mehrere seiner Hauptleute in der Menge. Man würde seiner wenig militärischen Erscheinung also die notwendige Autorität entgegenbringen, damit er den Vorfall untersuchen konnte.

Sofern es ihm gelang, zu Ortlov vorzudringen.

Das gestaltete sich schwieriger als gedacht. Die Soldaten standen dicht an dicht, drängten mit Vehemenz vorwärts, trachteten danach zu erfahren, was geschehen war. Im Handumdrehen steckte Hippolit in einer unnachgiebigen Mauer aus Leibern fest, über zwei Dutzend Schritte vom General entfernt. So sehr er auch schob, drückte und drängelte, der Widerstand war stahlhart selbst dort, wo die Krieger keine Panzerung, sondern nur ihre Nachtwäsche trugen. Und noch immer strömten neue Soldaten aus dem Lager nach. Erbost stellte Hippolit fest, dass er gegen seinen Willen mehr und mehr von seinem Ziel fortgetrieben wurde.

Er stellte sich auf die Zehenspitzen und brüllte etwas in Ortlovs Richtung. Doch seine Stimme ging im allgegenwärtigen Tumult unter.

Da packte ihn plötzlich eine kräftige Hand am Kragen und riss ihn ohne Mühe mindestens fünf Fuß hoch in die Luft.

„M. H., alter Sitzriese", ertönte Jorges kehliges Organ. „Sag, wie ist das Wetter da unten?"

Hippolit entgegnete nichts, deutete nur wütend geradeaus. Sofort setzte sich Jorge in Bewegung, seinen Vorgesetzten wie einen Laib Brot unter den Arm geklemmt. Die gleichermaßen würdelose wie unkomfortable Art der Fortbewegung entsprach Hippolits Begriff eines respektgebietenden Auftritts zwar nur bedingt, dafür hatte sie einen unleugbaren Vorteil: Jorge, mindestens drei Köpfe größer und doppelt so breit wie die größten Soldaten, pflügte durch das Meer aus Körpern wie ein Schlachtschiff durch sturmgepeitschte See. Ein dezenter Tritt hier, ein trockener Seitwärtshaken dort, und wenige Augenblicke später hatten sie den inneren Rand des Körperwalls, der sich um General Ortlov und seine Unterbefehlshaber gebildet hatte, erreicht.

„Stelle fest: Agent Jorge!", rief der General, als der Troll neben ihm aus der Menge auftauchte. Dann, als Jorge seine zappelnde Last zu Boden gleiten ließ: „*Und* Meister Hippolit – was für ein Glück!"

„Reden Sie, Mann", forderte Hippolit und richtete seine Kleidung. „Was ist geschehen?",

Ortlov wies mit seiner Reitgerte auf fünf Orks, die der Länge nach hingestreckt auf dem staubigen Kies lagen. Sie trugen volle Gefechtsmontur, komplett mit Helm, Säbel und zweifach vor dem Brustpanzer gekreuztem Dolchgurt. Ein Stück entfernt lagen, kreuz und quer wie ein Haufen Mikadostäbchen, die Piken, mit denen sie offenbar bewaffnet gewesen waren.

„Sind sie …?“, erkundigte sich Hippolit vorsichtig.

Ortlov schüttelte den Kopf. Im selben Moment brach die plumpe Gestalt Meister Lemuels zwischen den Umstehenden hervor. In seinem Gefolge befanden sich zwei verweichlicht aussehende Jünglinge, offenbar Lazarettgehilfen, die sich bei Hippolits Ankunft bereits zur Ruhe begeben hatten. Sofort machte sich der Mediziner an den reglosen Körpern zu schaffen.

„Einer dieser Soldaten hat das Alarmsignal gegeben“, erklärte General Ortlov und trat einige Schritte vor, gefolgt von Jorge und Hippolit. „Wenige Augenblicke später erklang ein zweites Signal, vermutlich von einem der anderen aus seiner Gruppe. Als Hauptmann Zborowski, Hauptmann Julsco und ich wenige Dutzend Herzschläge später hier ankamen, lagen die Männer bereits am Boden.“

Jorge spähte mit einem prüfend zugekniffenen Auge über das stoppelige Haar des Generals hinweg zu den fünf Orks hinüber.

„Sag mal, General, wenn ich vorhin in deinem Zelt richtig aufgepasst habe, gehören doch mittlerweile sechs Mann zu einem Aufpassertrupp. Oder?“

Ortlov bedachte ihn mit einem bösen Blick, dann ging er neben Meister Lemuel in die Hocke, der eifrig damit beschäftigt war, die Köpfe der Bewusstlosen auf Kleiderbündel zu betten und ihre Gesichter mit Wasser aus einer Feldflasche zu benetzen.

„Diagnose, Meister Lemuel?“

„Schwer zu sagen“, murmelte der Mediziner und schob sich theatralisch die Augenlinsen auf der Nase hoch. „Gegenwärtig ist keiner der fünf bei sich. Es ist unmöglich zu sagen, ob die Bewusstlosigkeit physisch oder thaumaturgisch eingeleitet wurde, daher werden wir abwarten müssen, bis einer von ihnen wieder aufwacht. Erst dann können wir sagen, was genau hier …“

„Das ist ja nicht mit anzuhören!" Ärgerlich kniete sich Hippolit neben einen der Soldaten, einen sechs Fuß großen Ork mit einem Gesicht, zerfurcht wie eine Walnuss. Er legte zwei Finger auf die grünliche Stirn, zeichnete mit wenigen Strichen ein geometrisches Muster darauf und sprach eine Folge von sieben, vielleicht acht Worten in der uralten Sprache der Thaumaturgie.

Ruckartig riss der Krieger die Augen auf, sog pfeifend Luft in seine Lungen und stieß einen kurzen, kehligen Schrei aus.

General Ortlov sah seinen Stabsarzt an, als wolle er ihm die Reitgerte quer durchs Gesicht ziehen. Dann wandte er sich mit fragender Miene an Hippolit.

„Diese nützliche kleine Praktik nennt sich Besinnung", erklärte Hippolit, nahm dem verdutzten Meister Lemuel die Feldflasche aus der Hand und reichte sie dem Soldaten, der sofort gierig zu trinken begann. „Weckt Ohnmächtige, macht Betrunkene nüchtern." Er bedachte den kleinen Mediziner mit einem abfälligen Blick. „Bei uns in Nophelet erhält kein medizinisch-thaumaturgischer Novize die Zulassung zum Studium der zweiten Stufe, wenn er diesen Spruch nicht im Schlaf beherrscht."

„Macht Betrunkene nüchtern?", murmelte Jorge irgendwo hinter ihm. „Hört sich an, als hätte einer von diesen greisen Thaumaturgensäcken endlich mal was Nützliches …"

„Was ist passiert?", verlangte General Ortlov von dem Orkkrieger zu erfahren. „Ich will einen detaillierten Bericht, Rekrut, angefangen mit Ihrem Namen!"

„Soldat Nazdrarski, General!" Der Angesprochene richtete sich taumelnd auf und salutierte, wobei sich sein Gesicht vor Schmerz verzog, als er mit der Handkante seinen schmucklosen Helm berührte. „Melde gehorsamst: Waren wie angeordnet ab der elften Nachtstunde auf Patrouille, die Soldaten Soscha, Ulaksaj, Artiom, Ontan, Niklorr und ich. Kurz vor dem Ende unserer Schicht vernahm Soldat Artiom ein verdächtiges Geräusch aus … aus dieser Richtung." Er deutete hinter sich, wo in Richtung des geisterhaft illuminierten Horizonts eine Gruppe verkrüppelter Bäume im Zwielicht zu erkennen war. „Machten halt, um zu beobachten."

General Ortlov nickte ungeduldig. Nazdrarski nahm einen weiteren Schluck Wasser, dann fuhr er fort: „Nichts rührte sich. Beschlossen weiterzumarschieren. Plötzlich behauptete Soldat Ontan, bei den Bäumen eine schattenhafte Bewegung gesehen zu haben."

„Einen Schatten?", schaltete sich Hippolit ein. „Was für einen Schatten?"

Der Orksoldat, der erst jetzt zu bemerken schien, wie auffallend jung sein Gegenüber wirkte, zögerte, blickte fragend zu seinem Vorgesetzten, der erneut nickte. „Beschrieb ihn als groß", gab Nazdrarski Auskunft. „Nein, *lang*, so Ontan. Und etwas von glühenden Augen."

General Ortlov musterte kritisch die übrigen Bewusstlosen, die von Meister Lemuel weiter mit nutzlosen Kissen und Wasserduschen versorgt wurden. „Wo steckt der Rekrut Ontan? Ich will seinen persönlichen Bericht!"

Nazdrarski erbleichte, zog den Kopf zwischen die Schultern und sah sich furchtsam nach allen Richtungen um. Der Umstand, dass er hier, umringt von Hunderten seiner Waffenkameraden, noch immer um sein nacktes Leben zu fürchten schien, verlieh dem Anblick etwas Verstörendes.

„Ontan ist fort", hauchte er. „Der Orksammler hat ihn geholt."

„Rekrut!", bellte Ortlov. „Reißen Sie sich am Riemen! Was ist passiert, bei Blaaks stinkendem Afterschleim?"

Nazdrarski schluckte hart und legte seine furchige Stirn in noch tiefere Falten. „Marschierten hinüber, mit gezückten Waffen. Ulaksaj vermutete, es handele sich um einen Deserteur, während Ontan felsenfest schwor, was er gesehen habe, sei weder Ork noch Mensch gewesen."

„Sie verließen Ihre festgeschriebene Runde?“ Neben dem General schob sich Hauptmann Zborowski nach vorn, die Fäuste geballt, das grüne Gesicht vor Ärger verzerrt. „Entgegen dem unmissverständlichen Wortlaut der Ausnahmeregelung?“

„Halten Sie den Mund, Hauptmann“, zischte Hippolit, der konzentriert zuhörte. Er machte eine beiläufige Geste mit der Hand, und einen Augenblick später war Zborowski zu abgelenkt von einer schweren Trollpranke auf seiner Schulter, um den armen Nazdrarski weiter zu verunsichern.

„Fahren Sie fort“, befahl Hippolit.

„Näherten uns der Baumgruppe“, krächzte der Orkkrieger, auf dessen pickliger Stirn bei der Erinnerung Schweißperlen erschienen. „Nicht einzeln, sondern im geschlossenen Kampfverband, wie es die Ausnahmeregelung …“

„Schon gut.“ Hippolit nickte aufmunternd. Hinter ihm befreite sich Hauptmann Zborowski keuchend von Jorges Hand.

„Sahen einen Schemen in der Dunkelheit. Riesenhaft, größer als er!“ Eine zitternde Hand deutete auf Jorge, der überrascht die Brauen hob. „Dann ein Geräusch, eine Art Gurgeln. Etwas schoss auf uns zu. Rissen die Waffen hoch, aber plötzlich begann Ontan, der vorne links stand, zu kreischen …“

„Ja? Und dann?“ Obwohl Hippolit nur flüsterte, waren seine Worte deutlich zu verstehen. Seit Nazdrarski mit seinem Bericht begonnen hatte, lag ein erwartungsvolles Schweigen über der Menschenmenge ringsum. Atemlos lauschten die versammelten Soldaten den Worten ihres Kameraden.

„Dann senkte sich Dunkelheit über mich“, beendete Nazdrarski seinen Bericht. „Sah und wusste nichts mehr.“

„Dunkelheit?“, wiederholte Jorge. „Ein altes Trollsprichwort sagt: Dunkelheit hat viele Gesichter. Vielleicht könntest du mal …“

„Undurchdringliche Finsternis“, erklärte der Ork mit Grabesstimme. „Vernahm noch die Stimmen der Kameraden, hörte Niklorr aufkeuchen und erneut Ontans Schreie, aberwitzig hoch, dann: nichts mehr."

„Hmm. Hört sich nach einer Partiellen Nacht an." Hippolit legte grübelnd einen Finger an die Schläfe. „Das würde bedeuten, unser Täter wäre thaumaturgisch begabt. Er verfügt über die Fähigkeit ..."

„Für mich hört sich das eher nach einem soliden Knüppel an", unterbrach ihn Jorge. Er streckte den Arm aus und nahm Nazdrarski behutsam den halbkugelförmigen, mit Lederbeschlägen verzierten Stahlhelm vom Kopf. Nazdrarski wimmerte leise. Als er sich reflexartig das schmierig-schwarze Haar aus der Stirn strich, kam eine hühnereigroße, rot angelaufene Schwellung zum Vorschein.

Jorge drehte den Helm, der in seiner Hand lächerlich klein wirkte, mit prüfendem Blick hin und her, bis er auf der Vorderseite eine tiefe Delle entdeckte. „Frontaltreffer aufs Denkzentrum. Saubere Arbeit!"

Hippolit trat näher und beäugte erst den Helm, dann die Beule. „Du hast recht", gab er zögernd zu. „Offenbar schon wieder keine aktive Thaumaturgie. Höchst merkwürdig."

„Ihre Behauptung stellt eine Beleidigung für die Kampfkunst der lyktischen Armee dar!", rief Hauptmann Zborowski aufgebracht. „Kein gewöhnlicher Gegner wäre in der Lage, sechs Orkkrieger so rasch hintereinander niederzuschlagen, dass sie ihn nicht einmal richtig zu sehen bekommen. Es muss Thaumaturgie im Spiel gewesen sein!"

Bestätigendes Murmeln unter den Umstehenden. Kommentare hinter vorgehaltener Hand wurden ausgetauscht, Unglaube mischte sich mit markigen Sprüchen, als die Männer sich gegenseitig ihrer Unbesiegbarkeit versicherten. Ihrem Getue zum Trotz war jedoch nicht zu überhören, dass ein unliebsamer Gast in ihre Reihen Einzug gehalten hatte: Todesangst.

General Ortlov wandte sich mit skeptischer Miene an Hippolit. „Die Vorstellung, es könne ein Wesen existieren, dessen

Angriff zu schnell vonstatten geht, um von seinen Opfern wahrgenommen zu werden, wäre mit Verlaub beunruhigend", erklärte er, während seine Hände hinter seinem Rücken energisch die Gerte bearbeiteten. „Was für ein Geschöpf könnte das Ihrer Meinung nach sein?"

„Das, lieber General, werden wir hoffentlich bald wissen", erwiderte Hippolit ruhig. „Und nun geben Sie bitte Anweisung, dass mein thaumaturgisches Miniaturlabor aus dem Lazarettzelt hergebracht wird."

·9·

Unser Mann muss Fäuste wie Dampframmen haben, M. H.“, bemerkte Jorge eine halbe Stunde später und drehte zum schätzungsweise hundertsten Mal den zerbeulten Helm des Soldaten Nazdrarski in den dicken Fingern. „Das Metall ist nicht mal zerschrammt, das heißt, die Verformung wurde nicht von einem metallischen Gegenstand verursacht. Holz wäre beim Aufprall gesplittert, zumindest teilweise. Man müsste Spuren davon zwischen Stahl und Lederbeschlägen finden.“ Kurz starrte er auf die Knöchel seiner eigenen geballten Rechten, dann nickte er anerkennend. „Ein ganzer Kerl, dieser Kerl … falls es überhaupt ein Kerl ist. Was meinst du, M. H. … ob es auch Weibsbilder gibt, die derart austeilen können?“

Hippolit beachtete ihn nicht. Er hantierte konzentriert mit einem Sammelsurium von Schüsseln, Stativen und Artefakten, die er rings um die Baumgruppe angeordnet hatte, in der sich laut Nazdrarskis Bericht der rätselhafte Angreifer verborgen hatte. Stinkender Qualm stieg aus verschiedenen Behältern in die kühle Nachtluft, auf einem Teller lag ein grüner Edelstein und sandte rhythmisch schwache Lichtsignale in die Finsternis. In unregelmäßigen Abständen drangen Folgen geknurrter Worte über Hippolits Lippen, zu lang, um mit normalen menschlichen Atemzügen von Anfang bis Ende artikuliert zu werden.

Es konnten nur noch wenige Stunden bis zum Morgengrauen sein. Längst hatte der General dafür gesorgt, dass sich die Menschenansammlung vor dem Lager wieder zerstreute. Er hatte allerdings auch angeordnet, dass drei Dutzend Trolle in schweren Eisenpanzern den Schauplatz des thaumaturgischen Rituals bewachten. Stumm ragten die Kolosse in einem Kreis um Jorge und Hippolit auf, die tumben Gesichter sowie ihre mörderische Bewaffnung der nächtlichen Ebene zugewandt.

Hippolit zweifelte an der Notwendigkeit der Maßnahme. Er war sicher, dass sich der Mörder in dieser Nacht nicht mehr zeigen würde.

Bevor er mit dem Ritual des Fraderuk begonnen hatte, waren die restlichen vier Soldaten der Nachtpatrouille zu Bewusstsein gebracht und ebenfalls verhört worden. Wie kaum anders zu erwarten, wussten sie Nazdrarskis Bericht nichts Grundlegendes hinzuzufügen. Keiner hatte etwas gesehen, alle schienen mehr oder weniger im selben Augenblick niedergeschlagen worden zu sein. Und genau wie Nazdrarski hatte mehr als einer noch das unmenschliche Kreischen ihres todgeweihten Kameraden Ontan vernommen, bevor die Bewusstlosigkeit ihn einhüllte.

„Was soll das werden, wenn's fertig ist?", erkundigte sich Jorge und erhob sich von dem Baumstumpf, von dem aus er Hippolits Bemühungen verfolgt hatte. Den Orkhelm stülpte er sich in Ermangelung eines geeigneten Aufbewahrungsortes auf den Kopf. Natürlich war er viel zu klein, er saß wie ein albernes rundes Hütchen ganz oben auf seinem Schädel. „Eine Signaturprüfung?"

„So ähnlich." Hippolit beendete eine lange Befehlszeile und sog tief Luft in seine Lungen. „Jetzt heißt es abwarten, bis der Mond sich wieder zeigt und sein Licht auf diesen in Slakha-Säure eingelegten Birlyt fällt." Er wies auf einen unscheinbaren, oktagonal geformten Stein, dem Anschein nach ein simpler Kiesel, der in einer flachen Schüssel mit klarer, bläschenwerfender Flüssigkeit lag.

Mit einem Ärmel seines Gewandes wischte sich Hippolit den Schweiß von der Stirn, der sich während des kräftezehrenden Rituals gebildet hatte, und trat neben seinen Assistenten. „Die Signaturprüfung, also der Nachweis, ob etwas mittels Thaumaturgie manipuliert wurde, ist üblicherweise auf ein einzelnes Objekt beschränkt, sei es ein Lebewesen oder ein toter Gegenstand. Meister Fraderuk, ein Thaumaturg, der zu Beginn des Zweiten Zyklus in Nophelet wirkte, entwickelte deswegen ein Verfahren, mit dem man die Signatur, also die beim Wirken eines Rituals zurückbleibende freie thaumaturgische Energie, auch in einem größeren Areal sichtbar machen kann."

„Ich verstehe nur Krügerschwein", gestand Jorge und musterte müde die Schüsseln, Teller, Tiegel und Figürchen. „Was heißt das im Klartext? Wenn unser Mann außer mit seinen Fäusten noch mit irgendwelchen Ritualen aktiv geworden wäre – zum Beispiel, um sich so sauschnell zu bewegen –, könntest du quasi seine thaumaturgischen Fußabdrücke sichtbar machen? Oder wie?"

Hippolit schüttelte lächelnd den Kopf. „Nun, ganz so plakativ wird Fraderuks Ritual wohl nicht wirken. In den alten Schriften ist von einer Art ‚leuchtendem Muster' die Rede, das den Weg des Thaumaturgen während der Durchführung des Rituals nachzeichnet. Ich nehme an …"

„Du nimmst an? Heißt das, du hast diesen Trick noch nie ausprobiert?"

„Nicht in dieser Form. Vor etwa zwanzig Jahren wirkte ich eine abgeschwächte Form des Spruches über einen Tresorraum im Schatzamt von Aroch, der offenbar ohne Einwirkung physischer Kräfte ausgeraubt worden war. Es war eine Kammer von wenigen Schritten Kantenlänge, nichts im Vergleich zu den Energien, die hier aufgewendet werden müssen." Er drehte sich mit ausgestreckten Armen im Kreis. „Der Indikatorradius beim heutigen Ritual reicht beinahe bis zu den Rücken deiner Trollfreunde dort."

Auf Jorges Gesicht erschien ein hämisches Grinsen. „Bis zu den Jungs? Du meinst, es könnte passieren, dass denen gleich ein bisschen die Ärsche angesengt werden?" Er prustete verhalten.

„Ich glaube kaum, dass bei dieser Prüfung jemals ..."

In diesem Moment trat der Mond hinter einer Wolkenansammlung hervor und addierte sein blutleeres Licht zum fernen Glühen der Ewigen Flamme.

Fast gleichzeitig zuckte ein hellblauer Blitz aus der Schüssel mit dem Birlyt empor und fraß sich gedankenschnell in die Luft. Knackend und knisternd entluden sich thaumaturgische Energien in die Nacht. Das Gebilde verästelte sich und schlug an mehreren Dutzend Stellen gleichzeitig in den steinigen Boden ein. Die Trollwächter stießen grunzende Laute der Überraschung aus und taumelten in Deckung.

Dann, nur einen Wimpernschlag später, war es vorbei.

Zurück blieb eine Ansammlung leuchtend blauer Flecken auf dem Boden. Es sah aus, als habe jemand längliche Lachen einer phosphoreszierenden Flüssigkeit ausgegossen. Die Male führten vom nördlichen Rand des Indikatorkreises auf gerader Linie zur Baumgruppe. Dort waren etliche, sich teilweise überlappende Spuren zu erkennen, bevor die Fährte in einer schnurgeraden Linie von den Krüppelbäumen zu jener Stelle verlief, wo eine Stunde zuvor die fünf Soldaten aufgefunden worden waren. Eine letzte Folge leuchtender Ovale führte, diesmal in weitaus größeren Abständen, zurück in die Ausgangsrichtung und endete am nördlichen Rand des Indikatorkreises.

„Keine Fußspuren, wie?" Jorge grinste erneut, während Hippolit mit sichtlicher Überraschung das Resultat seines Wirkens betrachtete.

„Ein altes Trollsprichwort besagt: Für mich sieht das aber *verdammt* nach Fußabdrücken aus! Wenngleich von jemandem, der noch größere Quanten hat als ich." Er ging zu einer der Spuren und platzierte seinen schwarzledernen Stiefel daneben.

Die glühende Form auf dem Kies war mehr als eineinhalb mal so lang.

„Ich gebe zu, M. H.: Der alte Franzerak, oder wie er hieß, hat sich da einen praktischen Trick einfallen lassen. Wie es aussieht, ist die Sache jetzt klar." Er deutete zu der Stelle, wo die Linie von Abdrücken begann. „Dort betritt unser Mann deinen Kreis. Er latscht da rüber zu den Bäumen und geht in Deckung. Die Orks bemerken ihn, kommen heran. Er daraufhin: raus aus seinem Versteck" – Jorge wies die Spuren entlang, die zum Schauplatz des Aufeinandertreffens führten – „den Soldaten eins auf die Zwölf und anschließend mit Riesenschritten zurück nach Hause, den armen Ontan unterm Arm." Er setzte einen Beifall heischenden Blick auf. „Analyse gut?"

„Erneut wurden keine konkreten thaumaturgischen Energien freigesetzt", murmelte Hippolit vor sich hin. „Andernfalls würden ihre Überbleibsel in der Luft angezeigt. Stattdessen hat Fraderuks Ritual lediglich die Punkte markiert, an denen das Wesen mit dem Boden in Berührung gekommen ist." Er grübelte, schüttelte unwillig den Kopf. „Die Vorstellung, Meister Lemuel könnte am Ende recht behalten mit einer seiner haltlosen Vermutungen, widert mich zwar an, aber möglicherweise handelt es sich tatsächlich nicht um einen aktiven Thaumaturgen. Vielmehr um jemanden, der selbst einmal starker thaumaturgischer Energieentwicklung ausgesetzt war …"

„Analyse gut?", wiederholte Jorge etwas lauter.

„Wie? Was?" Hippolit strich sich fahrig eine weiße Haarsträhne aus der Stirn. „Ja, ja. Deine Rekonstruktion der Ereignisse war quintessenziell. So muss es sich abgespielt haben."

Jorge verbeugte sich dankbar, wobei der viel zu kleine Orkhelm von seinem Kopf fiel und vor Hippolits Füße rollte. „Und wie geht's jetzt weiter?", wollte er wissen.

Hippolit hob den Helm auf und betrachtete nachdenklich die Beule im Metall. Dann folgte er mit den Augen der Verlängerung der letzten leuchtenden Fußabdruckreihe über den Rand des Indikatorkreises hinaus nach Norden.

Als sein Blick den Horizont erreichte, hinter dem es wie stets gleichmäßig glühte, verengte er die Augen zu Schlitzen. „Wie es weitergeht? Ich sage dir, wie es weitergeht: Morgen folgen wir unserem Mörder zu seinem Unterschlupf. Nach Torrlem."

10

Der Körper gehört der Erde. Und die Erde weiß das.

Es gibt keine Gedanken, nur Eindrücke. Nicht verarbeitete Gefühle, Dekaden, Jahrhunderte alt.

Er schleudert den Körper zu Boden. Luft entweicht aus den Lungen des Sterbenden. Der Ork seufzt ein letztes Mal, mechanisch, ohne Seele. Die ist längst fort.

Aber er braucht nicht die Seele. Er braucht den Antrieb.

Die Natur ist zyklisch angelegt. Er kennt das Wort „zyklisch" nicht. Aber er denkt nicht in Worten.

Die Natur ist zyklisch angelegt. Und sie stirbt in Zyklen. Nichts überlebt. Dennoch kämpft alles darum.

Das Blut hat genau die richtige Temperatur. Die Rippen unter der grünen Haut brechen. Der Leichnam stöhnt erneut.

Alles kämpft.

Er kennt die Leibeshöhle, kennt die Lage des Organs. Er pellt, zieht, reißt, bis er das triefende Stück Muskel befreit hat. Ein letztes Mal zuckt der Tote mit einer Hand.

Nur ein Reflex.

Er läuft davon. Fort vom Mondlicht. Fort vom niemals dunkel werdenden Firmament. An einen Ort, wohin kein Lichtstrahl gelangt. Wo seit tausend Jahreszeitenwechseln alles unverändert ist. Dort wird er erwartet, begrüßt mit einem vorfreudigen Lächeln.

Der nutzlose Körper bleibt zurück.
Der Körper gehört der Erde. Und die Erde weiß das.

11

Der Aufbruch vom Heerlager am Morgen des folgenden Tages fiel weniger würdevoll aus, als Hippolit es sich erhofft hatte – die Folge eines Umstandes, der ihm bereits seit seiner Ankunft am Verladebahnhof von Torrlem bekannt war und nun zum zweiten Mal auf unschöne Weise Bedeutung erlangte.

Nach ein paar Stunden unruhigen Schlafs in einem von General Ortlov bereitgestellten Gästezelt (unruhig zumindest für Hippolit, was seinen Grund in Jorges ausdauerndem Schnarchen hatte) waren sie in aller Frühe aufgestanden und hatten den Heerführer um Reittiere für ihren Ermittlungsausflug zur Grabstadt gebeten. Für Jorge war rasch ein Pferd gefunden, ein mächtiges schwarzes Ross mit wallender Mähne, feurigen Augen und ausgeprägtem Temperament. Jorges anfängliche trollspezifische Skepsis dem Reiten gegenüber verflog rasch, und das war kein Wunder: Kaum spürte das Tier das immense Gewicht seines Reiters auf dem Rücken, wurde es mit einem Mal lammfromm, befolgte jeden Lenkbefehl des Trolls mit willigem Kopfnicken.

Bei der Suche nach einem geeigneten Transportmittel für Hippolit stieß man dagegen rasch auf ein altes Problem: Er war zu leicht, seine Beine zu schwach, um den eigensinnigen lyktischen Rössern seinen Willen aufzuzwingen. Ein erneutes diesbezügliches Experiment endete unrühmlich beim Pferdekorral am entgegengesetzten Rand des Lagers, wo der Gaul, gänzlich ungerührt von Hippolits Absichten, die Gesellschaft seiner Artgenossen suchte. Ein Pferd als Transportmittel schied somit aus.

Als Nächstes ließ General Ortlov eine Mantisraude bringen, einen jener plumpen, schwarz-braun gefiederten Laufvögel, von denen sich seit Kurzem mehrere hundert im Bestand der Armee befanden. Kaum hatte man Hippolit auf dessen Rücken gehoben, ergab sich eine neue Schwierigkeit: Zwar folgte das Tier all seinen Befehlen, aufgrund seines mangelnden Körpergewichts wippte die Raude auf ihren federnden, dreifach abgewinkelten Beinen beim Laufen jedoch so stark auf und nieder, dass Hippolit sich nur mit Mühe im Sattel halten konnte. Nach einer hektischen Runde um das Zelt der Heeresleitung war er nahe daran, sich zu übergeben, und musste von zwei hilfsbereiten Soldaten aus dem Sattel gehoben werden.

In Ermangelung weiterer Alternativen hatte man ihm zu guter Letzt einen Esel zur Verfügung gestellt.

„Ich weiß gar nicht, was du hast, M. H.", sagte Jorge, nachdem sie eine ganze Weile wortlos nebeneinander über den endlosen Karst geritten waren. Der Troll bemühte sich mannhaft, Beherrschung zu wahren, dennoch entwich ihm beim Sprechen ungewollt ein leises Prusten. „Ein altes Trollsprichwort sagt: Ein Tier zum Reiten ist besser als kein Tier zum Reiten. Wir kommen voran, das ist die Hauptsache, und sehen kann dich auf deinem langohrigen Kumpel hier draußen auch keiner."

Hippolit schwieg, starrte verbissen geradeaus und versuchte, das wütende Pochen an seiner Schläfe zu ignorieren. Er konnte sich das Bild, das sie abgaben, nur allzu lebhaft vorstellen: ein riesiger Troll in schwarzer Ledermontur auf einem ebenso riesigen schwarzen Ross, an seiner Seite ein schmächtiges blasses

Bürschchen auf einem klapprigen Grautier, dessen Fell an die Farbe alten Schimmelkäses gemahnte. Sehnsüchtig wünschte er sich in die Katakomben von Lešuk zurück, wo er die beiden Zenite seines Urlaubs damit hatte zubringen wollen, die Nase in uralte Schriften zu stecken, längst vergessene thaumaturgische Geheimnisse auszugraben und sich von nichts und niemandem …

„Sag mal, M. H.“, unterbrach Jorge seine Gedankengänge, diesmal mit ernster Stimme. „Wonach suchen wir eigentlich, sobald wir in der Grabstadt ankommen? Wenn ich meine berühmten Erwischer-Fähigkeiten gewinnbringend einsetzen soll, müsste ich das allmählich wissen, oder?“

Hippolit wollte etwas erwidern, stellte aber fest, dass das nicht so einfach war. Die bisherigen Indizien reichten nicht ansatzweise für ein klares Täterprofil.

„Ich habe mir letzte Nacht so meine Gedanken gemacht“, behauptete Jorge weiter. „Dabei ist eine interessante Theorie herausgekommen. Willst du sie mal hören, M. H.?“

„Eine Theorie? Letzte Nacht?“ Hippolit verzog das Gesicht. „Die kann eigentlich nur um das Zersägen großer Mengen von Holzstämmen kreisen. Aber von mir aus, lass hören.“

Jorge starrte ihn einen Moment irritiert an, dann warf er sich in die Brust. „Wie ich dir berichtet habe, gibt es innerhalb von Ortlovs Truppe gewisse Spannungen. Zwischen den einzelnen Heeresteilen, genauer: zwischen Menschen und Orks.“ Er hob den Kopf und stierte übertrieben nachdenklich zum graublauen Firmament hinauf. „Wäre es nicht denkbar … also, könnte unser Mörder nicht ein von Hass zerfressener Menschenkrieger sein, der es nicht erträgt, dass seine heroischen Tötungsinstinkte in einer Armee verbraten werden, in der niederer Orkschmutz geduldet wird? Einer wie dieser ekelhafte Kiemwhey, von dem ich dir …“

„Nette Idee.“ Hippolit versuchte, den Esel mit aufmunternden Hackenstößen zu einer etwas zügigeren Gangart zu bewegen. Vergeblich. „Aber gleich mehrere Gründe sprechen dagegen. Zum einen wäre da der Umstand, dass nicht nur Orks getötet wurden, sondern auch ein Mensch."

„Hmm. Kiemwhey könnte einkalkuliert haben, dass der Verdacht auf einen Orkhasser wie ihn fallen würde. Um dem vorzubeugen, erschlug er zusätzlich einen Angehörigen seiner eigenen Rasse."

Hippolit legte die Stirn in Falten. „Ich dachte, Kiemwhey sei nicht übermäßig intelligent? Ein ‚selbstverliebter, dummer Arsch', so lauteten deine Worte gestern Nacht, wenn ich mich recht entsinne. Oder war das bloß wieder trollspezifische Übertreibung?"

„Nein, du hast völlig recht." Jorge kratzte sich am Kopf. „Er *ist* ein selbstverliebter, dummer Arsch. Ihm würde so ein gewitzter Winkelzug, wie ihn mein Trollgehirn da gerade ausgebrütet hat, niemals einfallen." Er hob die Brauen. „Du erwähntest mehrere Gründe, M. H. Was spricht sonst noch gegen meine schöne Theorie?"

„Nun, in erster Linie, dass unser Täter allem Anschein nach erheblich schneller und stärker ist als ein Mensch – und das, ohne dass er zu diesem Zweck aktiv Thaumaturgie bemühen müsste."

„Wohl", sagte Jorge gedehnt. „So einen Superkerl fände man unter den versoffenen Rassistenbrüdern vom Schlage Kiemwheys nicht ohne Weiteres, bei Batardos."

„Darüber hinaus legte die thaumaturgische Fährte, die ich mithilfe von Fraderuks Ritual sichtbar machen konnte, nahe, dass der Täter von außerhalb des Lagers kam, aus nördlicher Richtung, und anschließend mit seinem Opfer wieder dorthin zurückgekehrt ist."

„Er könnte doch einen Bogen geschlagen haben und auf einem Umweg zurück ins Lager …" Jorge bemerkte, dass er auf ein totes Gleis geraten war, und verstummte. Um sich aufzumuntern, warf er einen neuerlichen Seitenblick auf seinen

Vorgesetzten, der schief wie eine windgebeutelte Kornähre auf dem Rücken des räudigen Esels hing.

„Es gibt da ein altes Trollsprichwort", erklärte Jorge und sah rasch wieder weg. „Es geht so: Dann sag *du* mir eben, wonach wir suchen, M. H."

Statt einer Antwort griff Hippolit in sein Gewand und zog einen kleinen Gegenstand heraus, den er seinem Assistenten zuwarf. Mit einer für Trolle ungewöhnlichen Geschicklichkeit fing Jorge das Ding aus der Luft und hielt es sich vors Gesicht.

„Was soll das darstellen?", fragte er, noch bevor seine Augen Gelegenheit hatten, das Objekt zu fokussieren.

„Das habe ich aus dem Körper eines der ermordeten Orks geholt. Ich habe dir davon erzählt."

„Ach, das Krallending." Jorge drehte die abgebrochene Klaue hin und her. „Sieht komisch aus, wenn du mich fragst. So gebogen … Längsrillen mit verkrustetem Blut drin. Verteufelt spitz am Ende. Und am wichtigsten: nur ein Bruchstück. Die vollständige Kralle muss bedeutend länger gewesen sein, ungefähr …"

„Meiner Analyse zufolge muss sie eine Länge von knapp einer Elle aufgewiesen haben", warf Hippolit ein.

„Alter Spalter!" Jorge warf die Kralle zurück, zielte allerdings so schlecht, dass Hippolit beim Versuch, sie zu fangen, beinahe aus dem Sattel fiel.

„Der Besitzer scheint sich eine ganze Weile nicht die Fingernägel geschnitten zu haben, bei Batardos." Jorge runzelte die Stirn, auf der sich allmählich borstige Haarstoppeln breitmachten, und dachte angestrengt nach. „Es gibt, wie du weißt, nur wenige Lebensformen, denen ich nicht schon mal eine reingesemmelt oder die ich nicht bereits mit einem leckeren Sößchen verspeist hätte. Aber ein Biest mit solchen Griffeln war mit Sicherheit nicht darunter. Hast du eine Idee, um was es sich handeln könnte?"

Hippolit zögerte lange mit seiner Antwort. Als er sprach, war sein Gesicht verzerrt. „Ich gebe es ungern zu, aber … nun ja, wie du weißt, kenne ich mich in der sdoomischen Fauna leidlich aus …"

Jorge winkte ab. „Ja, ja. Mit dem Unterschied, dass du deine Kenntnisse nicht in lebenslanger Feldforschung gewonnen hast wie ich, sondern allein durch das Studium öder Wälzer aus staubigem Papier." Er schnaubte durch die Nase. „Ein altes Trollsprichwort sagt: Bücher sind gut, solange genügend nackte Weiber und Vögelei drin vorkommen." Er blinzelte vorsichtig zu seinem Vorgesetzten hinüber. „Ich nehme nicht an, dass du viele Bücher dieser Art gelesen hast?"

„Trotz meiner fundamentalen Kenntnisse, das Tierreich und verschiedene rudimentär vernunftbegabte Kreaturen aus exotischen Ländern betreffend", überging Hippolit den Einwurf, „ist es mir nicht möglich zu beurteilen, von welchem Geschöpf das Klauenfragment stammt."

„Blaak! Das ist ein Satz von der Sorte, die ich eher ungern aus deinem Mund höre, M. H."

„Ich habe das Bruchstück gestern Nacht noch einigen Tests unterzogen. Die Ergebnisse haben die Sache allerdings nur weiter verkompliziert." Hippolit verstaute das Beweisstück wieder in seiner Innentasche. „Wie die Signaturprüfungen an den Leichen der Orks sowie Fraderuks Ritual am Tatort des Überfalls blieben sie auf unerklärliche Weise *indifferent.*"

„Ich fürchte, ich kann dir nicht folgen", gab Jorge zu. Er hatte mehrere Steinwürfe zu seiner Linken einen grauen, krähenartigen Vogel erspäht, der an den Überresten eines anderen grauen, krähenartigen Vogels herumpickte. Fasziniert starrte er zu dem Tier hinüber. „Was meinst du mit ‚indifferent'?"

„Die Tests belegten erneut die latente Präsenz thaumaturgischer Energie, jedoch nicht ausgeprägt genug, um den Rückschluss zuzulassen, es könnte sich um einen aktiven *Versierten* oder gar eine konkret thaumaturgische Kreatur handeln."

Jorge, der den Kopf fast bis auf den Rücken verdreht hatte, um den aasfressenden Vogel zu beobachten, wandte sich wieder zu ihm um. „Was ist denn eine ‚konkret thaumaturgische Kreatur', bei Batardos? Etwas Bezauberndes wie eine am ganzen Körper makellos rasierte Trollin?"

Hippolit schüttelte angewidert den Kopf. „Der Terminus beschreibt Geschöpfe, die mit thaumaturgischen Mitteln heraufbeschworen wurden und anschließend eine autarke, selbstständige Existenz zu führen in der Lage sind. Wie zum Beispiel …" Er überlegte kurz. „Du kennst Elementare, oder? Da war dieser Fall in Hammeln, einer der ersten, die wir gemeinsam bearbeitet haben …"

„Du sprichst von Meister Kasapoger, dem Goldschmied? Der seinen Kunden für Unsummen hochkarätige Broschen, Ringe und Ketten verkaufte, nur um ihnen in der nächsten Nacht diesen schmierigen braunen Kerl nachzuschicken, der ihnen die Schmuckstücke wieder raubte?"

Hippolit nickte versonnen. „Ein Erdelementar. Groß, stark und ausgesprochen unerfreulich. Nicht einmal deine Kraft hätte ausgereicht, ihm den Garaus zu machen, wenn ich nicht rechtzeitig den passenden Neutralisierungsspruch zu Kasapogers Beschwörungsformel …"

„Humbug! Es fehlten nur noch ein, zwei kurze Gerade in die Fressleiste, dann hätte das Ekel flachgelegen."

„Wie dem auch sei. Der Elementar ist jedenfalls ein gutes Beispiel für eine thaumaturgische Kreatur. Eine andere Variante wären Tiere, denen ein *Versierter* auf thaumaturgischem Wege seinen Willen aufgezwungen hat."

Jorge kicherte. „Wie Harno, der Kettenhund im Hof des Instituts? Der dich die ersten Male, als du mit deinem neuen Körper zum Dienst angetreten bist, mit Genuss in den Allerwertesten gebissen hat?"

„Nein. Angesichts der Antipathie, die Harno schon zuvor gegen mich hegte, brauchte es keinen thaumaturgischen Anreiz, damit er mir ans Leder ging. Ich dachte eher an den Insektengolem, der anno 3209 das Herzogtum Roegar-Ëtt terrorisierte."

Jorges Gesicht verzog sich vor Ekel. „Blaak! Das Ding, das ganz aus Mücken bestand?"

Hippolit nickte. „Eintagsfliegen, Hunderttausende davon. Sie flogen so dicht beieinander, dass ihr Schwarm einen feststofflichen Körper von knapp zehn Fuß Höhe bildete, der schwerste Lasten bewegen konnte." Sein Blick richtete sich versonnen in die Ferne. „Ich bedaure fast, dass Meister Grissom, der geistige Vater dieses Geschöpfs, mein Angebot, sich freiwillig in die Obhut der Ordnungsmacht zu begeben, ausschlug und es vorzog, sich von einem Messerregen achter Stufe ein paar zusätzliche Körperöffnungen schaffen zu lassen. Gern hätte ich mehr über seine exakte Vorgehensweise gelernt."

Jorge gähnte ausgiebig, kratzte sich an verschiedenen Stellen seines Körpers und setzte sich anschließend im Sattel gerade. „Fein. Jetzt hast du mir eine ganze Menge über Dinge erzählt, nach denen wir *nicht* suchen. Wie wär's, wenn du mir zur Abwechslung verraten würdest, womit wir es deiner Meinung nach sonst zu tun haben?" Als Hippolit nicht gleich antwortete, fuhr er fort: „So wie es sich bis jetzt anhört, suchen wir nach einer Art Monster, das nicht nur sauschnell und geübt darin ist, Orks die Pumpe rauszureißen, sondern auch irgendwann zufällig dicht neben einem *Versierten* stand, während der sich mittels Thaumaturgie die Stiefelriemen zugeknotet hat. Richtig so?"

Hippolit schwieg eine ganze Weile. Dann sagte er: „Ich fürchte, du hast auf deine unnachahmliche Art und Weise höchst umfassend rekapituliert, was wir bisher wissen. Bravo, Jorge! Genau danach werden wir in Torrlem Ausschau halten."

Jorge, normalerweise höchst empfänglich für Lob, verzog verwirrt das Gesicht. Er wollte etwas erwidern, doch in diesem Moment erreichten sie die Kuppe der sanft ansteigenden Hügelkette, die die Ebene von Torr und das Lager des lyktischen Heeres von der Grabstadt trennte. Jorge zügelte sein Reittier und starrte mit großen Augen auf das, was auf der anderen Seite, am Grund eines gewaltigen Talkessels lag.

„Bei Batardos! Wir Trolle haben da ein Sprichwort, und das geht so: Was, bei Batardos, ist *das?*"

Hippolit brachte sein Maultier mit einiger Mühe ebenfalls zum Stehen und deutete in die Tiefe. „Das, mein Freund, ist Torrlem. Die Grabstadt! Ich dachte, du hättest sie bei deiner Ankunft bereits gesehen? Hat dich der Cymwoog nicht ganz in der Nähe abgesetzt?"

„Äh, indirekt … Ich hatte keine Lust, so weit zu laufen, weißt du? Genau genommen flog mich der Pilot nach etwas gutem Zureden meinerseits bis auf zwei, drei Pfeilschussweiten ans Heerlager ran. Dann ging er runter, bis sein Landegestell um ein Haar den dreckigen Kies streifte. Ein Lakai klappte eine handliche kleine Holztreppe aus, und ich …"

Aber Hippolit hörte ihm gar nicht zu. Obwohl er rund vierzig Jahre zuvor schon einmal hier gewesen war, flößte auch ihm der Anblick Ehrfurcht ein.

Die Grabstadt war von ihrer Anlage nahezu kreisrund, eine massive Mauer umschloss eine Vielzahl flacher Zweck- sowie runder Kuppelbauten. Im Zentrum des Runds ragte ein titanisches, kegelförmiges Gebilde aus grauem Stein in die Höhe – das Haus der Ewigen Flamme.

Das größte Gebäude, das die Menschen Sdooms je errichtet hatten, war konstruiert wie ein Vulkan. Außer einer riesigen Öffnung ganz oben, am Scheitelpunkt des Kegels, gab es weder Fenster noch Unregelmäßigkeiten. Wie Hippolit vor vielen Jahrzehnten, während seines Studiums gelernt hatte, waren die mit Stahl verstärkten Mauern stellenweise mehrere Armeslängen dick, eine Notwendigkeit, um den gewaltigen thaumaturgischen Energien, die im Innern wirkten, Einhalt zu gebieten.

Aus der Vulkanöffnung stieg eine turmdicke Rauchsäule empor, dunkelgrau und so dicht, dass sie nahezu massiv wirkte. Doch nicht einmal sie vermochte das stete Glühen im Innern des Kegels zu dämpfen, das bei Nacht den Himmel oberhalb Torrlems über Meilen hinweg erhellte. Selbst jetzt, da die Morgensonne strahlend am Himmel stand, war es deutlich wahrnehmbar, ein dumpfes, gleichmäßiges Leuchten wie aus den glutheißen Tiefen der Erde selbst.

Etliche sternförmig angeordnete Förderstraßen führten an den Flanken zum Maul des Gebäudes hinauf. Die Entfernung war zu groß, um Einzelheiten zu erkennen, aber Hippolit wusste, dass über die mechanischen Laufbänder in diesem Augenblick Aberhunderte Leichname zur Spitze des Kegels hinauftransportiert wurden. Ungezählte Stockwerke tiefer würden sie später, auf den Ladeflächen riesiger dampfgetriebener Vulwoogs, ihre letzte Reise antreten: auf die Aschehalden Torrlems, die die Stadt wie riesige schwarze Felder auf drei Seiten umgaben.

„Hilf mir mal auf die Sprünge, M. H.“, ließ sich Jorge vernehmen, den der Anblick der Grabstadt ebenfalls nachhaltig zu beeindrucken schien. „Wie du weißt, bin ich ein praktisch denkender Troll, der die Dinge kritisch hinterfragt. Das weißt du, oder? Also, wenn ich mir das da unten so ansehe, dann hinterfrage ich kritisch, wieso man eigentlich die Kaputten aus dem ganzen verdammten Land seit Jahrhunderten hierher karrt, um sie einzuäschern? Bedeutet das nicht einen absurden Aufwand?“

„Natürlich bedeutet es das, kritisch hinterfragender Troll.“ Mit rabiaten Tritten in die Flanken versuchte Hippolit, sein Grautier von Neuem in Bewegung zu setzen. Der Esel schien jedoch im Karst vor seinen Hufen etwas höchst Interessantes entdeckt zu haben, das es wert war, mit den Nüstern freigewühlt zu werden, und scherte sich nicht im Geringsten darum.

„Aber wie du als praktisch denkendes Geschöpf sicher weißt, fanden die Wissenschaftler gegen Ende des Ersten Zyklus heraus, dass Lorgon der Schöpfer große Teile Sdooms mit ausgesprochen saurem, lehmhaltigem Mutterboden bedacht hat." Hippolit drehte sich im Sattel und schlug dem Esel mit der flachen Hand aufs Hinterteil, ohne Resultat. „Als Folge davon verwesen Tote, die auf klassischem Wege, also unverbrannt in Särgen beigesetzt werden, nicht auf normale Weise, der Prozess zieht sich vielmehr über fünfzig und mehr Jahre hin. Während dieser Zeit werden gewisse körpereigene Stoffe biologisch umgewandelt – durch Einwirkung der umliegenden Sedimentschichten unvorteilhafterweise zu einigen der giftigsten Enzyme, die die Alchemie kennt. Und weil es Lorgon der Schöpfer aus irgendeinem Grund amüsant fand, die meisten Wasseradern und unterirdischen Flussläufe Sdooms in relativer Nähe zur Erdoberfläche zu verlegen, würden diese Stoffe im Handumdrehen ins Grundwasser gelangen."

Der Esel machte unvermutet zwei rasche Schritte vorwärts, was Hippolits Gesicht erstrahlen ließ. Als das Tier abrupt wieder stehenblieb, um an einigen Kieseln zu lecken, verfinsterte es sich wieder.

„Nach dieser Erkenntnis dauerte es nicht lange, bis die Weisen darauf kamen, was der Auslöser für einige der schlimmsten Seuchen gewesen sein musste, die Sdoom in der Vergangenheit gebeutelt hatten, zuletzt die Bengguela, die im Jahre 2441 weite Teile des Landes entvölkerte", fuhr Hippolit fort. „Seitdem herrscht in ganz Sdoom die gesetzliche Pflicht zur Feuerbestattung."

Jorge setzte sein Ross durch einen unmerklichen Ruck am Zügel in Bewegung. „All das wusste ich selbstverständlich", behauptete er. „Aber wozu so eine monströse Sammelstelle, bei Batardos? Wozu der Torrlem-Express? Könnte man die Toten nicht jeweils an Ort und Stelle pulverisieren und ihre Überreste irgendwo verstreuen?" Er drehte sich im Sattel um und suchte mit gehobenen Brauen den Blick seines Vorgesetzten, dessen Reittier sich noch immer nicht vom Fleck bewegte. „Wenn ich mich recht erinnere, gibt es in Nophelet ein altes Krematorium, auf dem Zeremonienplatz von Pottz. Wieso wird es nicht benutzt?"

„Für eine Verbrennung, die eine im geologischen Sinne unbedenkliche Asche zurücklässt, ist eine enorme Hitze erforderlich – Hitze, die nur mit erheblichem thaumaturgischem Aufwand erzeugt werden kann." Hippolit saß ab, packte die Zügel des Maultiers und riss daran. Er erntete ein desinteressiertes *Iaaah*, das war alles. „Nicht jede Stadt kann sich dauerhaft genug hochrangige Thaumaturgen leisten, die Tag für Tag die Brennkammern eines Krematoriums auf Betriebstemperatur halten." Hippolit gab auf und starrte den Esel mit mörderischem Blick an. „Man braucht dafür exzellent ausgebildete, verlässliche Leute. Kommt das fragile Gleichgewicht der Kräfte im Innern durcheinander, stellt so ein thaumaturgischer Hochofen eine Gefahr für alle dar, die in seiner Umgebung leben. Aus diesem Grund beschloss König Verhindar II. gegen Ende des Ersten Zyklus den Bau einer Grabstadt in der Ebene von Torr, über hundert Meilen entfernt von der nächsten Siedlung. Er ersann die Einrichtung der Ewigen Flamme, für die heute insgesamt achtzig Thaumaturgen verantwortlich sind, alle mindestens siebter Stufe. Sie halten ein komplexes Gefüge von Bannsprüchen, thaumaturgischen Kraftfeldern und energetischen Schirmen aufrecht, das die ungeheuerliche Temperatur in der inneren Brennkammer ermöglicht. Es ist eine der härtesten, aber auch bestbezahlten Anstellungen in ganz Sdoom. Sie wurde vor ein paar Dutzend Jahren übrigens auch mir angeboten, nebenbei erwähnt."

Hippolit ließ von seinem Maultier ab und wandte sich mit hängenden Schultern an Jorge. „Ob du mir wohl eben helfen könntest?"

„Aber immer, M. H." Jorge wendete elegant sein Pferd, lenkte es mit einem routinierten Druck der Schenkel neben Hippolits Reittier und griff nach dessen Zügel. „Es gibt da ein altes Trollsprichwort, und es geht so: Ist dein Tier unwillig – oder auch dein Weib –, wende dich an einen Troll!“ Er zupfte behutsam an dem dünnen Riemen, während er gleichzeitig tief in der Kehle ein dumpfes, gurrendes Geräusch produzierte.

Der Esel sah auf, legte interessiert den Kopf schief – und marschierte los, in die Richtung, die Jorge ihm vorgab. „Danke übrigens für die Nachhilfestunde in sdoomischer Geschichte, M. H.“

„Keine Ursache“, seufzte Hippolit und kletterte mit verkniffenem Gesicht wieder auf den Rücken des Maultiers. „Keine Ursache.“

Kaum eine Stunde später ritten sie nebeneinander durch eines der mächtigen Stadttore. Das helle Licht der Mittagssonne entlarvte Torrlem als Stadt bar jeder Farbe. Häuser, Straßenbelag, ja sogar die Gesichter der wenigen Menschen, die ihnen begegneten, waren mit einer grauen Pulverschicht überzogen. Unter den Hufen ihrer Reittiere knirschte es leise, in der Luft lag ein unterschwelliger Duft nach kokelndem Holz und versengten Haaren.

„Bei Batardos, ist das trostlos!“, ließ sich Jorge vernehmen. Drei ältere Frauen mit grauen Kopftüchern und grauen Kittelschürzen, die vor ihm die Straße überquerten, graue Körbe voll grau gepuderten Gemüses im Arm, drehten die Köpfe und sahen ihn böse an.

„Und wie das hier riecht …“ Er zog vernehmlich die Nase hoch und schnaubte anschließend in seine rechte Hand, um den Inhalt seiner Nüstern prüfend zu begutachten. „Schwarz wie ein Gangganesenarschloch bei Neumond“, konstatierte er, bevor er die Bescherung auf den Boden schnippte. „Sag, M. H., kann es sein, dass man in Torrlem bei jedem Atemzug die Überreste irgendwelcher Verblichenen inhaliert?“

Hippolit deutete zu der zyklopischen Rauchsäule, die unbeweglich am Himmel über ihren Köpfen stand. „In der Brennkammer der Ewigen Flamme entsteht nicht nur Asche, es werden auch tonnenweise feinste Schwebeteilchen in die Luft geblasen. Ein Teil davon legt sich wie feiner Puder über alles und jeden, der sich länger als ein paar Stunden in Torrlem aufhält. Der weitaus größere Teil regnet als schwarze Schlacke im Umkreis vieler Meilen zu Boden. Sofern es in dieser Einöde überhaupt einmal regnet."

Ein Vulwoog überholte sie mit Getöse und verschwand holpernd in einer Seitenstraße. Dampfkessel, Passagierkabine, selbst der Mantel des Fahrers wiesen einen einheitlichen Grauton auf.

„Na, hier werden wir unseren Spaß haben, so viel steht mal fest", bemerkte Jorge griesgrämig.

„Wir sind nicht hier, um Spaß zu haben", erinnerte ihn Hippolit, der verzweifelt versuchte, seinen aufgrund des Vulwooglärms panisch bockenden Esel im Zaum zu halten. „Wir sind hier, um einen elffachen Mörder dingfest zu machen."

„Blaak, du gibst dem Kind einen Namen. Wo starten wir?"

Mit einem entschiedenen Ruck am Zügel brachte Hippolit das Maultier zur Räson. Prompt blieb es stehen und rührte sich keinen Fingerbreit mehr. „Ich wollte mich zuerst mit dem Leiter der städtischen Administration unterhalten, einem gewissen Meister Wylfgung", erklärte er schwer atmend. „Er ist Bürgermeister, Personalverwalter und Stadtrat in einer Person, ein kleiner König, wenn du so willst. Ich habe heute früh, vor unserem Aufbruch, einen Wortwurf nach Nophelet gesandt und Mervynia gebeten, uns bei ihm anzumelden. Wylfgung sollte uns einiges über die Abläufe hier erklären können und auch darüber, wo wir unsere Suche am besten beginnen. Anschließend wollte ich um eine Audienz beim Rat der Achtzig bitten. Auch wenn die Thaumaturgen dieser Truppe nur selten ihre Steuerzentrale verlassen, könnte einer von ihnen theoretisch eine Veränderung in der energetischen Aura … *Jorge?*"

Hektisches Hufgeklapper hatte Hippolit mitten im Satz unterbrochen. Er drehte den Kopf und sah Jorge mit wehendem Haar auf ein flaches graues Gebäude zugaloppieren, über dessen Tür ein Schild verkündete: Zum Feuchten Dreier – Gasthaus und Pension.

„Das klingt alles ganz prima, M. H.! Mach das mal mit dem Bürgermeister und all dem“, rief er über die Schulter. Vor dem Gasthaus zügelte er sein Ross, sprang mit einem hohen Satz in den Staub der Straße und band das Tier an einen metallenen Laternenmast. „Ich beginne unterdessen schon mal mit den Ermittlungen unter den Eingeborenen. Bei der Gelegenheit kann ich mich auch gleich um unsere Unterbringung kümmern. Eine innere Stimme sagt mir nämlich, dass wir unser Monster möglicherweise nicht bis zum Abendessen gefasst haben. Wir sehen uns!“ Damit verschwand er in der Tür des Feuchten Dreier.

„Quintessenziell“, murmelte Hippolit und saß von seinem stocksteif dastehenden Esel ab. „Wir sehen uns.“

12

Der Verwaltungsapparat Torrlems war in einem sechseckigen Turm nahe der Stadtmitte untergebracht, einem hässlichen eklektizistischen Bau im Stil des frühen Zweiten Zyklus. Seine fünfzehn Stockwerke waren durch zwei Wendeltreppen aus Plastarin-Basalt miteinander verbunden, die den umnebelten Träumen eines Drogenabhängigen entsprungen sein mussten. Wie zwei gegenläufig verdrehte Schneckenhäuser waren sie auf höchst unpraktische Weise ineinander verschachtelt; immer wenn Hippolit glaubte, herausgefunden zu haben, welche der beiden gewundenen Stiegen er als Aufwärtssteigender zu nutzen hatte, kamen ihm livrierte Beamte mit dicken Papierstapeln entgegen und scheuchten ihn mit indignierten Blicken zur anderen Treppe. Es dauerte ärgerlich lange, bis er das vierzehnte Stockwerk erreichte, wo sich laut Aussage des Pförtners das Büro des Obersten Verwalters befand.

Schon vierzig Jahre zuvor, bei seinem ersten Besuch in Torrlem, hatte er sich gefragt, wer die Leute im Hintergrund waren, die die komplexe Maschinerie der Grabstadt Tag für Tag am Laufen hielten. Damals war er nicht in Kontakt mit der Verwaltung gekommen; das Institut hatte für ihn einen Termin direkt bei einem für seine Recherchen relevanten Informanten vereinbart, einem Fachmann für thaumaturgische Leichenkonservierung. Nach seiner Unterredung mit dem uralten Thaumaturgen war Hippolit umgehend wieder abgereist, und mithilfe der Einblicke, die Meister Lellik ihm gewährt hatte, war es ihm wenig später gelungen, einen Schmugglerring zu entlarven, der mit menschlichen Organen für medizinisch-thaumaturgische Zwecke handelte.

Als er nun die Klinke zu Meister Wylfgungs Vorzimmer herunterdrückte, stellte er fest, dass er gespannt darauf war, den Obersten Verwalter kennenzulernen.

Er betrat ein schlauchförmiges Zimmer, dessen Wände von Aktenschränken eingenommen wurden. Auf der gegenüberliegenden Seite führte eine mächtige graue Tür ins Allerheiligste des wichtigsten Mannes Torrlems. Rechter Hand, hinter einem ordentlichen Schreibtisch, stand eine junge Frau, den Rücken ihm zugewandt, und durchwühlte die Schublade einer Hängeregistratur. Das eng geschnittene Kostüm aus dezentem graugrünem Stoff betonte ihr strahlend blondes Haar, das in Wellen über die Schultern bis fast zu den Hüften hinabfiel. Das Mädchen schien bester Laune zu sein, summte leise vor sich hin.

Auf Hippolits Räuspern drehte sich die Sekretärin um. Sie hatte ein fein geschnittenes Gesicht mit auffallend blasser Haut und riesigen tiefblauen Augen.

„Sie wünschen?"

Hippolit zögerte. Er verspürte kein Verlangen, von einem derart liebreizenden Geschöpf weggeschickt oder gar ausgelacht zu werden, wie es so häufig der Fall war, wenn er sich und seinen lächerlichen Knabenkörper als hochrangiger Ermittlungsbeamter zu erkennen gab. Ebenso wenig mochte er das Mädchen unter Verweis auf seine diversen Sonderbefugnisse maßregeln und sich unter Androhung herber Sanktionen seinen Weg zum Obersten Verwalter freikämpfen. Aber wie so oft würde ihm wohl kaum etwas anderes übrig bleiben …

Schweren Herzens stellte er sich vor. Er zeigte den IAIT-Ring, nannte den Grund seines Hierseins und erwähnte den Termin, den Mervynia für ihn bei Meister Wylfgung ausgemacht hatte.

Das Mädchen hörte aufmerksam zu, ohne ein einziges Mal den Blick von ihm abzuwenden.

Dann geschah etwas Erstaunliches: Anstatt mit der üblichen Mischung aus Unglauben und Ablehnung zu reagieren, teilten sich ihre Lippen zu einem fröhlichen Lächeln, das strahlend weiße Zähne freilegte.

„Sie sind vom IAIT? *Dem* IAIT?“ In ihrer Stimme schwang unverhohlene Überraschung mit und etwas anderes. Ehrfurcht? Hippolit kam nicht umhin zu bemerken, dass ihr Kostüm über der Brust verflixt eng geschnitten war. Bei Lorgon, wie lange war es eigentlich her, dass er mit einer Frau zusammen gewesen war? Dreißig Jahre? Länger?

„Äh … ja. Ja, genau: *dem* IAIT“, stammelte er. „Und ich habe da wie gesagt einen Termin mit …“

„Bei Ubalthes, ist das aufregend! Ich habe alles über Sie und Ihr Institut gelesen.“ Das Mädchen klatschte in die Hände, eine bezaubernd naive, aufgrund der Geschmeidigkeit ihrer Bewegungen zugleich irgendwie erotische Geste. An Hippolits Schläfe begann es zu pochen, zur Abwechslung allerdings nicht vor Wut.

Bleib auf dem Teppich!, ermahnte er sich. *Auch wenn sie dich nicht gleich rauswerfen oder deine Eltern verständigen will, bedeutet das noch längst nicht, dass du dir Chancen bei ihr ausrechnen kannst. Sie ist locker Mitte zwanzig und sieht aus wie der blütenreine Schöpfungsmorgen. Du dagegen bist nichts als ein verkrüppeltes Kind mit …*

„Zu gern würde ich mehr über Ihre Arbeit erfahren, Meister H.!“

Der Blick ihrer blauen Augen ging Hippolit durch Mark und Bein.

„Gewiss erleben Sie auf der Jagd nach gesetzesbrüchigen Thaumaturgen die unglaublichsten Dinge? Abenteuer, von denen eine einfache Sekretärin sich gar keine Vorstellung machen kann?“

„Nun ja, ab und zu kommt es vor, dass gewisse …“

„Ich würde alles dafür geben, Ihren Erlebnissen lauschen zu dürfen!“

Bildete er es sich nur ein, oder hatte sie das Wort „alles“ gerade recht auffällig betont? Unsinn, er benahm sich ja keinen Deut besser als Jorge, der noch das angewidertste Naserümpfen einer alten Vettel auf der gegenüberliegenden Straßenseite als Aufforderung zum Geschlechtsverkehr missdeutete. Andererseits hatte er im Gegensatz zu seinem Assistenten immerhin einen etwas triftigeren Aufhänger für seine armseligen Gedankenspiele: Es kam nicht oft vor, dass einem weiblichen Gesprächspartner zwischen sechzehn und sechsundsechzig weder der Umstand seiner scheinbaren Jugend etwas ausmachte noch die Totenblässe seines Leibes.

„Ich weiß, es steht mir nicht zu, das zu fragen aber … Also, falls Sie im Zuge Ihrer Ermittlungen länger in unserer Stadt weilen sollten, könnten Sie sich dann eventuell vorstellen, sich einmal mit mir zu treffen? Ich würde so gerne mehr über Ihr Leben als thaumaturgischer Ermittler erfahren, wissen Sie?“ Sie strahlte ihn an, offenherzig und voller Neugierde.

Hippolit spürte, wie sich in seinen Lenden ein lange vergessenes Gefühl breitmachte. Seit er seinen thaumaturgisch verjüngten Körper bewohnte, hatte er so gut wie keine Zeit gefunden, sich mit jenen Funktionen auseinanderzusetzen, die nicht dienstlichen Zwecken dienten, und …

… und jetzt ist auch bestimmt nicht der rechte Augenblick dafür, bei Lorgon! Er riss sich zusammen, straffte die Schultern und verzog sein Gesicht zu etwas, von dem er hoffte, dass es wie eine kühle, unbeteiligte Miene wirkte. „Gewiss. Aber zunächst habe ich wie gesagt einen Termin bei Ihrem Vorgesetz-

ten, Meister Wylfgung. Die Ermittlungen in unserem aktuellen Fall drängen und dulden leider keinerlei …"

Eine huschende Bewegung, dann stand das Mädchen neben der Tür zu Wylfgungs Büro, eine schlanke, blasse Hand auf der Klinke. Die Kleine war in Form, so viel stand fest.

„Natürlich! Verzeihen Sie, dass ich Sie aufgehalten habe, Meister H." Sie deutete eine unterwürfige Verbeugung an, wodurch ihr eine Strähne des strahlend blonden Haars ins Gesicht fiel. Mühsam widerstand Hippolit dem Reflex, sie mit der Hand zurückzustreichen. Stattdessen reckte er das Kinn vor und marschierte an ihr vorüber.

Als er durch die Tür trat, flüsterte es hinter ihm fröhlich: „Mein Name ist übrigens Lith."

13

Von innen sah die Gaststätte gar nicht mal übel aus, fand Jorge. An den Wänden, die mit grauem Holz verkleidet waren, hingen alte Blechschilder, die historische Biersorten anpriesen, dazwischen flackernde Öllampen. Es gab diverse Nischen mit runden Tischen und Bänken darin. Blauer Dunst aus unterschiedlichen Rauchutensilien hing in der Luft. Jorge erkannte mindestens drei Gestalten, die Wasserpfeife rauchten, in Nophelet bekannt unter dem Namen „Nebelkracher". In einer Nische saß ein hagerer, pickliger Kerl, der aussah, als habe man ihm Weizenähren unter die Haut geschoben. Gierig saugte er an einem Schlauch, der zu seinem Nebelkracher führte. In seinen verdrehten Augen war nur Weiß zu erkennen.

Etwa ein Dutzend Gäste war anwesend, aber Jorge konnte sie inmitten von Schatten und Qualm kaum erkennen. Die Luft schmeckte nach Asche und verschüttetem Bier.

Hinter der Theke aus dunklem Waschbrutholz standen drei Wirte. Alle drei waren klein, hatten raspelkurzes Haar und ein markantes Kinn. Auf drei rechten Wangen prangte jeweils eine hässliche dunkelbraune Warze. Sechs blassgrüne Augen lagen unergründlich in dunklen Höhlen.

Jorge beobachtete sie fasziniert. Die Kerle waren dabei, tönerne Bierhumpen zu spülen und abzutrocknen. Sie bewegten sich vollkommen synchron, weshalb Jorge für einen Moment argwöhnte, es handele sich um Automaten. Aber es waren Menschen.

„Guten Tag!“, rief der erste.

„Können wir …“, fragte der zweite.

„… etwas für Sie tun?“, schloss der dritte.

Jorge schlenderte zur Theke und ließ sich auf einem Barhocker nieder. Sofort spürte er verborgene Blicke aus den dunklen, verrauchten Nischen in seinem Rücken.

Er hob die Hand etwa einen Fuß hoch über den Tresen. „Ich hätte gern ein so großes Bier“, rief er. „Sagt mal, kann es sein, dass ihr drei euch verflixt ähnlich seht? Seid ihr verwandt oder so?“

Die drei nickten. „Wir sind Brüder“, sagten sie unisono.

„Wir führen die Gaststätte ZUM FEUCHTEN DREIER schon in der vierten Generation“, verriet Nummer eins.

„Wer sein ganzes Leben in Torrlem verbracht hat, sieht keinen Zweck darin, kurz vor Beendigung desselben von hier fortzugehen“, erklärte Nummer zwei.

„Alles endet hier. Früher oder später.“ Nummer drei. Verflixt, sogar ihre Stimmen klangen identisch!

Jorge nickte, während ihm Nummer eins ein Bier zapfte und es auf die Theke stellte. Wie alles in Torrlem sah sogar das Bier grau aus. Der Schaum schmeckte nach Asche.

„Mit wem habe ich die Ehre?“, wandte sich Jorge an Nummer eins.

„Wir sind Putbyrger …“

„… Pöninger …“

„… und Gerth.“

Jorge nickte und trank einen Schluck Aschebier. „Schön, schön. Putbyrger, Pöninger und Gerth. Ihr habt also euer gesamtes Leben in Torrlem verbracht? Als Kneipenwirte? Es gibt da ein altes Trollsprichwort, und das geht so: Wenn du in der Stadt des Todes Kneipenwirt bist, dann … ähm, ja. Was dann eigentlich? Dann bekommst du im Laufe der Zeit so einiges mit, oder?"

Putbyrger, Pöninger und Gerth nickten. Ihre Köpfe senkten sich im gleichen Winkel, mit exakt derselben Geschwindigkeit.

„So einiges", bestätigten sie im Chor.

Jorge lehnte sich nach vorn, grinste und flüsterte: „Bei Batardos, nehmen wir mal an, ich käme zufällig in einer höchst vertraulichen Ermittlungsangelegenheit hierher. Nehmen wir mal weiter an, ich würde euch fragen, ob es hier bei euch so eine Art – ich weiß nicht, wie ich es ausdrücken soll, bei Batardos – na ja, so eine Art Monster gäbe. Was würdet ihr mir wohl antworten?"

Die drei Wirte hielten im Gläserpolieren inne, sahen sich an. Als hätten sie ein kurzes telepathisches Gespräch geführt, richteten sie ihre Blicke anschließend wieder auf Jorge und sagten wie aus einem Mund: „Es gibt keine Monster."

Jorge stieß einen enttäuschten Rülpser aus. „Blaak! Was soll das heißen, es gibt keine Monster? Ich meine, wir befinden uns hier in der Stadt des Todes, verdammt! Schon beim Gedanken daran, wo ich mich gerade aufhalte, wird mir übel. Hier werden Leichen entsorgt, tagaus, tagein. Die Ewige Flamme, dieses vollfette Ding, wurde allein zu diesem Zweck geschaffen, und ihr drei Schießbudenfiguren behauptet, es gäbe in all dieser morbiden Düsternis keine Monster? Keine Schatten? Keine unheimlichen Geräusche, die euch nachts in euren mit Asche überzogenen Gemächern den Schlaf rauben?"

Die Gesichter von Putbyrger, Pöninger und Gerth krümmten sich unter der Anstrengung eines Lächelns. „Bei Ubalthes", sagte Nummer eins (Putbyrger). „Ich sehe, Sie sind ein Troll, und dennoch offensichtlich des Lesens mächtig. Ihr letzter Ausspruch, war er nicht ein Zitat aus einer Novelle des berühmten Dichters P.T. Hetschwach? Sie haben eine äußerst ausgeprägte Phantasie."

„Sie müssen das so sehen …“, sagte Nummer zwei (Pöninger). „Vielleicht ist es hier nicht so schön wie bei Ihnen zu Hause. Und ja, es stimmt, im Reich der Toten gibt es viele Kadaver. Aber Sie analysieren all das mit einer ungesunden Naivität, wenn Sie uns die Bemerkung gestatten. Die Menschen und die Maschinen von Torrlem erledigen eine notwendige Arbeit. Sie wissen so gut wie wir, dass die Leichen nicht anders entsorgt werden können. In Torrlem herrscht die Ratio. Ratio, Technik und Thaumaturgie. Es gibt keine Geheimnisse. Und keine Monster.“

„Möglicherweise wirkt hier alles ein wenig düsterer als anderswo“, sagte Nummer drei (Gerth). „Aber so ist das nun einmal, wenn man dorthin kommt, wo die Herzen nicht mehr schlagen. Alles ist grau. Alles ist tot. Lorgon erschafft, K’talmar nimmt, so ist der Lauf der Dinge. In Torrlem wird es einem mit ultimativer Deutlichkeit vor Augen geführt. Das bedeutet aber nicht, dass in dieser Stadt zwangsläufig etwas Monströses umgehen müsste.“

„Es gibt keine Monster“, sagte Putbyrger.

„Es gibt keine Monster“, sagte Pöninger.

„Blaak!“, sagte Gerth.

Jorge seufzte. „Das behauptet so mancher. Aber es gibt da ein altes Trollsprichwort, und das geht so: Nur, weil dich die Monster noch nicht in deinem Schlafzimmer besucht haben, heißt das nicht, dass sie nicht nachts durch die Fensterscheibe zu dir reinstarren und deinen schlafenden Leib betrachten könnten.“ Er trank einen Schluck Aschebier.

„Wie auch immer“, sagten die drei Wirte unisono.

Jorge rülpste erneut. Bei Batardos, so kam er nicht weiter. Torrlem ging ihm auf die Nerven. M. H. hatte zwar irgendwann am Vorabend behauptet, es handele sich um einen Ort mit langer kultureller Geschichte, aber Blaak, was wusste der schon? Es gab ein altes Trollsprichwort, und das ging so: Sprich nicht zu laut vom Tod – was, wenn er dich hört und kommt?

„Jungs, ich will mich echt nicht beschweren, aber euer Bier schmeckt irgendwie nach Asche." Jorge fuhr sich mit der Hand über die schwarze Lederkluft. „Wie überhaupt alles hier. Alles verwandelt sich in Asche, nicht wahr?"

„Früher oder später", stimmten die Brüder zu.

„Habt ihr zufällig auch was, das nicht nach Asche schmeckt? Habt ihr Uisky? Oder wenigstens einen ehrlichen Knosper?"

Putbyrger, Pöninger und Gerth lachten auf. „Knosper? Natürlich! Und zwar den besten!" Einen Moment später stand ein Gläschen mit dunkelgrüner Flüssigkeit vor Jorge. Die Brüder spendierten eine Runde, tranken selbst jeweils einen Knosperschnaps mit. Jorge fand die Burschen von Sekunde zu Sekunde sympathischer, mochten sie auch etwas merkwürdig sein.

Er wollte eben damit beginnen, sich gepflegt mithilfe des Knospers ins Delirium zu befördern, als plötzlich eine leiernde Stimme zu seiner Rechten ertönte:

„Entschuldigen Sie bitte, wenn ich mich einmische. Ich konnte zufällig Ihr Gespräch mit anhören. Mein Name ist Agdeman. Ich bin Beseitiger. Falls Sie wissen, was das ist?"

Jorge sah auf. Der starke, aus den Ähren der Knospergerste gebrannte Schnaps hatte den Angriff auf seine Hirnwindungen schon begonnen. Er wankte leicht auf seinem Barhocker.

Neben ihm an der Bar stand ein extrem fetter Mann. Er schien keinen Hals zu besitzen, sein runder Kopf schmiegte sich dicht an den Torso. Dafür hatte er Brüste wie ein Weib, unter einem engen Wams, das aussah wie aus einem einzigen Stück dunkelgrauen Stoffs genäht, zeichneten sie sich deutlich ab. Arme und Beine erinnerten an kurze Baumstümpfe. Ganz oben auf seinem Kopf saß eine graue Schirmmütze, wie sie die Straßenarbeiter in Nophelet zu tragen pflegten.

„Entschuldigung?", sagte Jorge. „Hab gerade nicht zugehört. Was meintest du?"

Der Bursche grinste und entblößte zwei Reihen exakt gleich großer Zähne. „Mein Name ist Agdeman. Ich bin Beseitiger. Sie wissen, was ein Beseitiger macht, nicht wahr?"

Jorge nickte. Er sagte: „Klar." Er sagte: „Selbstverständlich." Er sagte: „Ich habe überhaupt keine Ahnung, was ein Beseitiger macht."

Der Fettsack lachte und setzte sich neben Jorge auf einen freien Hocker. „Agdeman ist böse", behauptete er. „Die Welt erzittert, wenn Agdeman seinen Zerstörer hervorholt."

„Du sprichst jetzt aber nicht von deinem Pimmel, oder?", fragte Jorge. „Nein, bei Batardos, das wäre ja Unsinn! Dann würdest du nicht sagen, du wärst Beseitiger. Habe ich erwähnt, dass ich nicht einmal im Ansatz weiß, was das sein soll?"

Putbyrger (oder war es Pöninger? Oder Gerth? Die drei hatten auf verwirrende Weise die Position gewechselt) stellte Agdeman ein frisches graues Bier vor die Nase. Agdeman nahm es und trank es in einem Zug aus.

„Ah, das bekommt!" Er stieß japsend auf. Jorge erwartete fast, dass eine graue Aschewolke aus seinem Mund stieben würde, aber das geschah nicht. Plötzlich verwandelten sich Agdemans Augen in schmale Sicheln. „Ich bin Agdeman, der Beseitiger. Freut mich außerordentlich, Sie kennenzulernen. Ich habe zufällig mit angehört, wonach Sie sich erkundigt haben. Ob es hier in Torrlem eine Art … na, so eine Art Monster gäbe."

Jorge spitzte die Ohren. Konnte es sein, dass der Kerl eine brauchbare Information für ihn hatte?

„Und? Die Brüder da behaupten …"

Agdeman winkte ab. „Die Brüder behaupten viel, wenn der Tag lang ist und die Nacht grau. Versuchen, den Auswärtigen etwas vorzumachen und ihnen ihren billigen Schnaps anzudrehen. Behaupten, hier sei alles in Ordnung, damit man ein Zimmer bei ihnen mietet, um einem jüngst Verstorbenen das letzte Geleit zu geben. Aber natürlich plaudern sie nicht alles aus. Man will schließlich weder die zahlenden Gäste verunsichern noch die zahlenden Einheimischen. Kommen Sie, wir wollen uns in diese Nische dort zurückziehen. Da hören weniger Ohren mit."

Wenige Augenblicke später saß Jorge mit dem grau gekleideten Fettsack in einer düsteren Ecke. Agdeman bot ihm den Schlauch eines Nebelkrachers an, eine Offerte, die Jorge nicht ausschlagen konnte. Der Rauch schmeckte grauenhaft, nach angebranntem Fett und Schweißfüßen, aber dafür hatte Jorge wenigstens etwas in der Hand, womit er sich beschäftigen konnte. Er wusste Agdeman immer noch nicht einzuschätzen, und das machte ihn nervös.

„Jetzt aber raus mit der Sprache!" Jorge reichte Agdeman den Schlauch. „Du bist also Monsterjäger? Oder wie oder was? Habe ich das missverstanden?"

Der Fettsack saugte Rauch durch den Schlauch, als hinge sein Leben davon ab. „Sie haben sich mitnichten verhört, Herr … ähm, wie heißen Sie eigentlich?"

„Jorge", sagte Jorge. „Nenn mich einfach Jorge. Und lass das alberne ‚Sie' stecken, wir sind doch unter uns."

„Sehr schön. Also, Jorge, um deine Frage zu beantworten: Warum interessierst du dich eigentlich dafür? Du bist vom IAIT, richtig? Hab deinen Siegelring erkannt. So was sieht man in Torrlem nicht so oft."

Jorge starrte sein Gegenüber irritiert an, schüttelte den Kopf. „Das war keine Antwort auf meine Frage, Junge, sondern eine Gegenfrage. Etwas vollkommen anderes. Aber du hast recht, ich komme vom IAIT, geheime Mission sozusagen. Wir Trolle haben da ein Sprichwort, und es geht so: Eine geheime Mission wäre weniger geheim, wenn sie nicht geheim wäre. Und deswegen kann und darf ich dir nichts Näheres darüber erzählen. Aber eins ist mal klar: Du scheinst es für durchaus denkbar zu halten, dass in eurer schönen Stadt eine Art Monstrum umgeht? Du bist nämlich Beseitiger?"

„Ich bin Beseitiger."
„Du beseitigst."
„Muss."
„Warum ‚muss'?"
„Irgendwer muss immer."
„Einleuchtend. Du bist also gelernter Beseitiger? Hört sich gut an. Was beseitigst du denn so, wenn man fragen darf?"
„Ungeziefer. Ich bin sozusagen Kammerjäger." Agdeman inhalierte Rauch. „Und ich bin böse."
„Die Monster haben bei dir nichts zu lachen, was?"
„Nicht mal im Ansatz."
„Hier laufen also Monster rum? Große Monster? Auf vier Beinen? Oder eher auf zweien?"
„Manchmal sogar auf fünf."
„Und du tötest sie? Mit deiner Spezialausrüstung?"
„Richtig. Mit dem Zerstörer. Ich bin böse."
Jorge nahm den Schlauch der Wasserpfeife wieder entgegen.
„Und du ziehst regelmäßig los, sozusagen? Um diese Viecher oder was auch immer, diese verschiedenen Arten von Monstern zu beseitigen?"
„Nun, ich will deine Frage nicht direkt bejahen, ich sage aber auch nicht Nein."
„Würdest du mich vielleicht mal mitnehmen zu so einem Beseitigungsgang?"
„Komisch, eben wollte ich dir das vorschlagen, Jorge! Wollte mich hier noch kurz stärken und dann losziehen. Wenn du willst, kannst du mitkommen. Ich sage dir aber gleich, dass ich für Schwächlinge nichts übrighabe! Wenn du die Wesen des Abgrunds erblickst, ist es nicht mein Problem, wenn du in Panik nach deiner Mutter schreist. Ich werde dir nicht helfen. Vielleicht ist es dir entgangen, aber ich bin …"
„Du bist böse." Jorge lachte.
Agdeman nickte und betrachtete seine Fingernägel, die sauber manikürt waren.

14

Ich sage es nicht gern, aber in unserer Stadt gibt es unzählige Orte, wo sich ein Fremder verbergen könnte, oberirdische wie subterrane." Meister Wylfgung strich sich mit spinnenartigen Fingern den weißen Spitzbart. „Ich fürchte, wenn Sie nicht wenigstens über einen rudimentären Hinweis verfügen, wo Ihr potenzieller Täter Zuflucht gesucht haben könnte, werden Sie wohl oder übel Verstärkung anfordern müssen – und ich rede von einer Hundertschaft Beamten! Zu zweit wäre es ein sinnloses Unterfangen, ganz Torrlem absuchen zu wollen. Sie würden am Ende des Vierten Zyklus noch hier sitzen, ohne Ihren Täter – falls er sich überhaupt hier versteckt hält – auch nur von Weitem zu Gesicht bekommen zu haben."

Hippolit knirschte mit den Zähnen. Er hatte eine ähnliche Auskunft befürchtet, seit er das Büro des Obersten Verwalters betreten hatte. Prompt war es gekommen, wie es meistens kam, wenn er sich während einer laufenden Ermittlung Hoffnung auf Hilfe durch eine externe Person machte: Er wurde enttäuscht. Wie hatte Meister Merthin, Gründungsmitglied des Instituts und lange Jahre Hippolits Mentor, während seiner thaumaturgischen Ausbildung immer gesagt? *Verlass dich auf andere, und du bist verlassen!*

Dabei hatte das Gespräch mit Meister Wylfgung durchaus vielversprechend begonnen. Hinter der grauen Tür hatte ihn ein kleiner, hagerer Mann mit weißem Haarkranz und ebensolchem, ordentlich gestutztem Kinnbart erwartet. Die Begrüßung fiel herzlich aus. Hippolit, von seiner Begegnung mit der hübschen Sekretärin noch etwas desorientiert, bekam kaum mit, wie ihm der Verwalter die Hand schüttelte und beteuerte, welche Ehre es für ihn sei, einen so hochrangigen Beamten in seinem bescheidenen Domizil willkommen heißen zu dürfen. Er bot Hippolit einen Lehnstuhl vor einem Schreibtisch aus grau geädertem Granit an und bestellte mit einem raschen Wortwurf ins Vorzimmer Getränke für sich und seinen Gast.

Rasch stellte sich heraus, dass Meister Wylfgung über das Wirken und die Methoden des IAIT bestens informiert war. Das mochte daran liegen, dass er ein aufgeweckter Mann mit weit gefächerten Interessen war, oder an einer chronischen Unterbeschäftigung, die es ihm ermöglichte, über jeden seiner Besucher im Vorfeld ausführliche Informationen einzuholen. Hippolit vermutete jedoch Ersteres.

So knapp wie möglich schilderte er dem Verwalter die Vorgänge im Heerlager und berichtete von den Erkenntnissen, die Jorge und er bislang über den Täter gewonnen hatten. Bei der Erwähnung der Ergebnisse des Fraderuk'schen Rituals nickte der Verwalter verständig. Wie er erklärte, war er selbst Thaumaturg der vierten Stufe und mit der Visualisierung thaumaturgischer Signaturen vertraut.

Als Hippolit sich schließlich erkundigt hatte, an welchen Punkten der Stadt ihrer Suche nach dem flüchtigen Mörder am ehesten Erfolg beschieden sein könnte, war das Gespräch in eine weniger angenehme Richtung gekippt.

„Sie müssen verstehen", fuhr Wylfgung fort, als habe er Hippolits Gedanken gelesen, „in der Grabstadt leben viele Tausend Bürger: Menschen, Elben, ein paar Zwerge. Fast alle arbeiten im Bestattungsgewerbe, am einen oder anderen Ende der großen, gut geölten Maschinerie namens Torrlem. Unsere Stadt verfügt über dieselben sozialen, administrativen und ökonomischen Strukturen wie jede andere Metropole Sdooms." Er faltete die Hände auf der Tischplatte und bedachte Hippolit mit einem milden Blick. „Nur einmal angenommen, mein Finanzminister unterschlüge eine hohe Geldsumme und setzte sich damit nach Nophelet ab. Weiter angenommen, ich käme zu Ihnen, um Sie zu fragen, wo in ihrer großen Stadt er sich versteckt halten könnte. Sie würden mir keinen sachdienlichen Tipp geben können, oder? In Ihrem aktuellen Fall wissen wir noch nicht einmal, wie der Gesuchte überhaupt aussieht, welcher Rasse er angehört und in welcher Nachbarschaft er sich folgerichtig am ehesten umtun würde. Wenn Sie verstehen, was ich meine?"

Hippolit stellte fest, dass ihm der Mann sympathisch war. Es tat wohl, sich zur Abwechslung mit jemandem zu unterhalten, der in ihm nicht nur einen lästigen Knaben sah, noch dazu mit jemandem, der sich in vollständigen Sätzen zu artikulieren vermochte.

„Da haben Sie nicht unrecht, Meister Wylfgung" erwiderte er. „Dennoch könnte ich Ihnen zumindest das eine oder andere Stadtviertel in Nophelet nennen, wo weitere Nachforschungen nach Ihrem betrügerischen Finanzminister am ehesten fruchten könnten."

Der Oberste Verwalter lachte und winkte ab. „Die Nachforschungen nach meinem *fiktiverweise* betrügerischen Finanzminister! Meister Jyuchim ist eine Bastion der Verlässlichkeit, er versieht seine Funktion als Verwalter unseres Finanzetats seit Jahrzehnten ohne Makel. Ich würde es mir niemals verzeihen, wenn auch nur der geringste Schatten eines Verdachts auf seine Person fiele."

„Natürlich. Es war ja nur ein Beispiel."

In diesem Moment öffnete sich die Tür, und Wylfgungs Sekretärin betrat den Raum. Auf einem Tablett balancierte sie eine kunstvoll geschliffene Karaffe mit rubinrotem Inhalt sowie zwei langstielige Gläser.

Unauffällig beobachtete Hippolit das Mädchen, wie es die Gläser auf dem Tisch abstellte und jeweils drei Fingerbreit Flüssigkeit aus der Karaffe eingoss.

„Portwein aus Repurth, dem sonnigen Herzen Enopaclas", verkündete sie. „Da während der Dienstzeit der Genuss von Alkohol in den Räumlichkeiten der Verwaltung nicht gestattet ist, wurde er diesem Tropfen auf Meister Wylfgungs Geheiß vermittels thaumaturgischer Subtraktion entzogen. Wohl bekomm's!" Sie verbeugte sich artig und schickte sich an, ins Vorzimmer zurückzukehren. Bevor sie durch die schwarze Tür verschwand, hatte Hippolit den Eindruck, dass sie ihm zulächelte. Aber er konnte sich täuschen.

„Sie erwähnten, Torrlem böte unserem Mörder nicht allein oberirdische Möglichkeiten, sich zu verbergen", sagte er rasch, um seine Irritation zu überspielen. „Das Wort ‚subterran' fiel. Was meinten Sie damit?"

„Nun, ich meine natürlich die Kanalisation." Meister Wylfgung ergriff sein Glas mit spitzen Fingern, ließ den Inhalt mehrmals kreisen und nippte daran. „Wie Sie sicher wissen, verfügt Torrlem über eines der ausgeklügeltsten Abwassersysteme von ganz Sdoom." Als Hippolit die Brauen hob, fuhr er fort: „Schon bei der Planung der Stadt war klar, dass sie einzig einem Zweck dienen würde: der Beseitigung von Toten. Daher entwarf Meister Derckh, der von König Verhindar beauftragte Architekt, die ganze Anlage so, dass die Entsorgung etwaiger, nun … *Abfälle* zu keinem Zeitpunkt ein Problem darstellen würde. Damals konnte ja noch niemand sicher sagen, ob beispielsweise die Konservierung Abertausender Leichname mithilfe kollektiver Stasis reibungslos funktionieren würde. Es bestand die Gefahr, dass …"

Hippolit machte eine ungeduldige Bewegung mit der Hand. „Und deswegen legte man Kanäle an?"

„Hunderte Meilen Abwasserstollen und unterirdischer Entsorgungsschächte." Wylfgung nickte und nippte erneut an seinem Glas. „Hinzu kommen die Katakomben."

„Katakomben? Wozu das? Die Toten werden doch ohne Ausnahme eingeäschert."

„Richtig. Aber in den Anfangstagen liefen die Dinge hier noch nicht so reibungslos ab wie heute." Wylfgung stellte das Glas beiseite und lehnte sich in seinem Stuhl zurück. „Die Ewige Flamme wies bei ihrer Inbetriebnahme anno 2511 des ersten Zyklus lediglich ein Drittel ihrer heutigen Brennkraft auf. Auch der Torrlem-Express verkehrte zu Beginn noch nicht regelmäßig." Der Verwalter verstummte und schloss für einen Moment sinnend die Augen.

Hippolit nutzte die Gelegenheit und probierte einen Schluck von seinem alkoholbefreiten Getränk. Der vollmundige, schwere Geschmack des Ports traf ihn wie ein Schlag ins Gesicht. Mit großen Augen deutete er auf das Glas. „Sagte Ihre Sekretärin nicht, der Wein sei …"

„Oh, natürlich." Meister Wylfgung grinste verschmitzt. „Offiziell enthält dieser Portwein keinen Alkohol mehr. Aber zuweilen muss man sich die Freiheit nehmen, die Regeln ein wenig zu beugen, finde ich. Wenn Sie verstehen, was ich meine?"

„Quintessenziell." Hippolit stellte das Glas zurück auf den Tisch und räusperte sich. „Zurück zu den Katakomben!"

„Wie gesagt, die Infrastruktur zur Entsorgung der Toten war nicht von Anfang an vorhanden. Eine Folge der geringeren Kapazitäten war, dass zeitweilig größere Mengen Leichname bis zu ihrer Einäscherung zwischengelagert werden mussten. Zunächst erwog man oberirdische Silos, befand dann aber, dass die Lebensqualität der Bürger durch den Ascheregen, den ständig erleuchteten Nachthimmel und die sporadisch auftretenden Pannen bei Anlieferung und Weiterverarbeitung der Toten bereits mehr als genug beeinträchtigt werde." Der Verwalter zwinkerte Hippolit zu. „Sie müssen wissen: Die

Krone investiert horrende Summen, um diesen gigantischen Hochofen hier zu betreiben. Noch der niederste Ascheschaufler wird maßlos überbezahlt – eine Notwendigkeit, um die Arbeiter hier draußen im Nirgendwo zu binden." Er griff wieder zu seinem Glas. „Eine oberirdische Lagerung der Toten, Wand an Wand mit den Lebenden, hätte die Dinge verkompliziert, soll heißen: weiter verteuert. Daher legte man die Katakomben an, unterirdische Lagerhallen, die acht Stockwerke weit in die Tiefe reichen." Er deutete auf Hippolits fast volles Glas. „Warum trinken Sie denn nicht? Sagt Ihnen dieser erlesene Tropfen etwa nicht zu? Möchten Sie etwas anderes?"

„Danke, der Port ist vorzüglich. Ich muss nur etwas aufpassen mit dem … Acht Stockwerke, sagen Sie?" Hippolit schluckte. Das versprach eine Suche nach dem sprichwörtlichen ausgeschlagenen Schneidezahn auf dem dreckigen Kneipenboden zu werden, wie Jorge es ausgedrückt hätte. „Was befindet sich heute in diesen Katakomben?"

„Nichts, sie stehen leer. Seit der vierten und bislang letzten Revision der Ewigen Flamme im Jahre 2314 des Dritten Zyklus können wir die Anlieferungen jedes Zenits ohne Zwischenlagerung aufnehmen und verarbeiten. In Stoßzeiten, wenn irgendwo ein Krieg oder eine Seuche ausbricht, kann zusätzlich die oberste Etage der Katakomben wieder in Betrieb genommen werden. Aber gegenwärtig werden Sie dort unten nichts finden außer undurchdringlicher Finsternis und jeder Menge Ungeziefer."

Hippolit seufzte. Das klang exakt nach der Art Versteck, die sich der mysteriöse Orkmörder aussuchen würde. Er spürte, wie die Ader an seiner Schläfe sanft zu pochen begann. Rasch griff er zu seinem Glas und leerte es in einem Zug. „Gibt es Aufzeichnungen über diese unterirdischen Anlagen? Karten, Baupläne?"

„Selbstverständlich." Beflissen beugte sich Meister Wylfgung über den Schreibtisch, um Hippolits Glas aufzufüllen, doch dieser legte abwehrend die Hand darüber.

„Torrlem verfügt über ein umfangreiches Archiv. Sämtliche Dokumente aus der Historie der Stadt, vom allerersten Auftragsschreiben Verhindars II. an Meister Derckh bis hin zu den Ergebnissen der neuesten Einstellungstests für den Rat der Achtzig werden dort aufbewahrt. Jede noch so irrelevante handschriftliche Eingabe von Bürgerseite landete dort, jede Beschwerde über Geruchsbelästigung in der Nähe des Verladebahnhofs, wenn die Thaumaturgen in Thamis wieder mal mit der Stasis der Waggons geschludert haben, jede ..."

„Mich interessieren nur die Pläne der Katakomben und Kanäle." Schwindel überkam Hippolit. Er verfluchte sich und den unüberlegten Reflex, das ganze Glas zu leeren.

Meister Wylfgung sah ihn prüfend an, strich sich über den Kinnbart. „Sie denken, Ihr Mann könnte in den Untergrund gegangen sein? Darf ich fragen, wie Sie darauf kommen? Torrlem ist eine Stadt, deren räumliche Ausdehnung in etwa der des alten Zentrums von Nophelet entspricht. Auch wir haben unsere zwielichtigen Gässchen, darüber hinaus manches Viertel, wo ich nach Anbruch der Dunkelheit nicht ohne Begleitung flanieren wollen würde, wenn Sie verstehen, was ich meine?" Als Hippolit nichts erwiderte, fuhr er fort: „An einem Ort, wo fast ausschließlich Männer leben und arbeiten, ist Prostitution ein wichtiger Faktor. Sie wird nicht nur geduldet, sondern sogar staatlich unterstützt, aus den zuvor genannten Gründen. Und wie stets in solchen Fällen zählen die betroffenen Gegenden nicht zu den vornehmsten unserer Stadt. Ein Krimineller könnte sich dort spielend ..."

„Ich glaube nicht, dass der Mörder in der Halbwelt Torrlems untergetaucht ist", unterbrach Hippolit und fuhr sich mit der Hand über die Stirn, als könnte er so die Dunstschleier des Alkohols aus seinem Schädel vertreiben. „Weil ich nämlich nicht glaube, dass wir nach einem *Mann* suchen. Zwar können wir zum gegenwärtigen Zeitpunkt noch nicht genau sagen, womit wir es zu tun haben, aber die Indizien lassen darauf schließen, dass es sich um etwas höchst Unerfreuliches handelt. Und mit ‚unerfreulich' meine ich etwas, dem Sie noch weitaus weniger gern nach Einbruch der Dunkelheit begegnen wollten, Meister Wylfgung. Es dürfte folglich auch in Ihrem Sinne sein, wenn wir diese Kreatur so bald wie möglich dingfest machen."

Der Verwalter erbleichte, griff nach seinem Glas und trank es hastig aus.

„Ich hätte zwei Bitten an Sie", hob Hippolit an. „Zum einen wäre ich Ihnen dankbar, wenn Sie uns für die Dauer unserer Untersuchung eine Unterkunft zur Verfügung stellen könnten. Eine innere Stimme sagt mir, dass sich mein Assistent entgegen seiner Ankündigung bisher nicht darum gekümmert hat."

„Nichts leichter als das", beteuerte Meister Wylfgung. „Ich werde Anweisung geben, Ihnen zwei Zimmer im städtischen Gästehaus zurechtzumachen."

„Zum anderen würde ich gern Einblick in die erwähnten Pläne des unterirdischen Teils der Stadt nehmen, mir Abschriften oder fothaumatographische Kopien anfertigen."

Sein Gegenüber nickte erneut, langsamer diesmal. „Ich verstehe. Es gibt da allerdings ein kleines Problem. Der Zugang zum Archiv ist laut einer Verordnung von 2999 ausschließlich Angehörigen der Verwaltung sowie städtischen Beamten gestattet."

„Wie meinen?"

„Es gab wohl einst eine Ausnahmeregelung – Paragraph 277/3, den sogenannten ‚Behindertenpassus'. Natürlich hatte er nichts zu tun mit gewissen körperlichen …"

Hippolit ließ seine Hand auf die Tischplatte fallen. „Noch mal, zum Mitschreiben: Sie sagen, ich *dürfe* nicht in Ihr dämliches Archiv?" Innerlich versetzte er sich einen herben Fußtritt. Es war im Grunde absehbar gewesen: Wylfgung war trotz seines alkoholhaltigen antialkoholischen Portweins nur ein steifärschiger Paragraphenreiter. Warum begriffen die Leute nie, dass er das IAIT war? Er durfte alles! Er würde seinen Willen bekommen, das stand außer Frage. Allein der Gedanke an die Zeit, die es wieder kosten würde, dies klarzustellen, verursachte Hippolit schon jetzt Magengrimmen. Bis Aberdutzende behördliche Wortwürfe übermittelt und alle erforderlichen Dokumente ausgestellt wären, konnte es zu neuen Morden kommen. Der Täter würde kaum …

Meister Wylfgung hob lächelnd die Hände. „Das habe ich nicht gesagt, Meister Hippolit. Ich fürchte lediglich, es wird unumgänglich sein, die Regeln einmal mehr ein wenig zu beugen, wenn Sie verstehen, was ich meine?"

„Als Vertreter des IAIT verfüge ich über mannigfache Sonderbefugnisse", rief ihm Hippolit ins Gedächtnis.

„Oh, die werden Sie nicht benötigen." Wylfgungs Lächeln verbreiterte sich, und er füllte sein Glas von Neuem mit Portwein. „Laut Satzung ist es allein städtischen Beamten gestattet, das Archiv zu betreten. Glücklicherweise steht nirgends geschrieben, wen der Oberste Verwalter in den städtischen Dienst erheben darf und wen nicht." Er öffnete eine Schublade, holte ein Stück Pergament heraus, schnappte sich eine Feder und begann zu schreiben.

„Sie meinen, Sie wollen *mich* …?"

„Weiterhin wäre mir laut Paragraph 277/5 nicht gestattet, einem Externen bei irgendwelchen Nachforschungen im Stadtarchiv aktiv behilflich zu sein", fuhr Meister Wylfgung fort, ohne aufzusehen. „Da es sich um ein mehrstöckiges Gebäude mit endlosen Regalen voller Folianten und Schriftrollen handelt, könnte es aber recht lange dauern, bis Sie finden, wonach Sie suchen. Falls Sie es fänden."

„Das wäre angesichts der Dringlichkeit unserer Ermittlungen allerdings weniger …"

„Wie es der Zufall will, hatte ich jedoch sowieso vor, meine Sekretärin just heute ins Archiv zu schicken, um mir ein paar Unterlagen herauszusuchen … Dokumente aus der Abteilung für historisches Bauwesen. Wirklich, was für ein Zufall!“ Wylfgung sah von seinem Schriftstück auf und zwinkerte verschwörerisch. „In meinem späteren Bericht wird lediglich ein Botengang auftauchen, auf den ich meine Sekretärin in Begleitung eines ungenannt bleibenden städtischen Lakaien geschickt habe.“

„Sie meinen, ich soll mit Ihrer … also, Lith wird mich …“

Der Oberste Verwalter sah Hippolit voller Stolz an. „Schnell und unbürokratisch, wie Ihre Ermittlungen es erfordern.“ Er hob sein Glas, um Hippolit zuzuprosten. „Ich denke, es dürfte zweckdienlich sein, wenn ich Lith zeitnah losschicke. Quasi umgehend. Nicht wahr?“

Sehr langsam griff Hippolit zur Karaffe und goss sein Glas bis zum Rand voll. „Quintessenziell, lieber Wylfgung“, sagte er und stieß mit dem Verwalter an.

15

Vorsicht jetzt!“ Agdemans Stimme war kaum mehr als ein heiseres Flüstern. „Keinen Mucks mehr, wenn du nicht Lorgon dem Schöpfer gegenübertreten möchtest. Verstanden?“

Jorge nickte. Er machte sich nicht die Mühe, sein Gegenüber darauf aufmerksam zu machen, dass in den vergangenen Minuten ausschließlich Agdeman geredet hatte.

Jorge sah an sich hinunter. Seine einstmals schwarze Lederkluft hatte sich grau verfärbt. Kein Wunder, ein altes Trollsprichwort warnte nicht umsonst: Wer durch die Aschehalden Torrlems kriecht, ist bald grauer als drei Dutzend greise Equuphanten.

Er seufzte, als Agdeman mit seiner seltsamen Apparatur auf dem Rücken vor ihm plötzlich in der Bewegung verharrte, das Gesicht verzerrt.

„Bist du sicher, dass es dir gut geht?“, fragte Jorge.

Agdeman wirbelte herum und hielt ihm mit der freien Hand den Mund zu. Mit der anderen umklammerte er das Rohr seines Zerstörers.

Beim Aufbruch von der Gaststätte hatte Jorge gesehen, dass Agdeman das Gerät draußen neben der Tür abgestellt hatte. Wahrscheinlich war es untersagt, den Schankraum mit Waffen zu betreten. Der Zerstörer sah aus wie ein dunkelgrünes Metallfass, in dem man Gurken einlegen konnte. Ein Gurkenfass allerdings, das mit etlichen Schläuchen, Röhren und Drehreglern versehen war. Ganz oben wuchs ein Schlauch von der Dicke eines Trollhandgelenks heraus. Er endete in jenem stählernen Rohr, das Agdeman in seinen mittlerweile behandschuhten Händen hielt und vor dessen Mündung dauerhaft eine winzige Flamme loderte. Die ganze Konstruktion machte einen ziemlich mitgenommenen Eindruck, an mehreren Stellen waren braune Rostflecken zu erkennen.

Jorge hatte beim Verlassen der Kneipe auf den Zerstörer gedeutet und fragend die Brauen hochgezogen. „Thaumaturgisch?“

Agdeman hatte milde gelächelt, wie ein Lehrer über einen dummen Schüler. „Rein mechanisch, die Bestie. Modernste Technik.“

„Und was kann so ein Zerstörer?“

„Er kann zerstören.“

„Ah. Und wie?“

„Lass dich überraschen.“

Agdeman hatte sich das Fass mittels breiter Schulterriemen auf den Rücken geschnallt. „Folge mir unauffällig! Und halt ab sofort die Klappe, ja?“

Von diesem Moment an hatte Agdeman ohne Unterlass gequasselt. Er hatte berichtet, dass er eigentlich aus Nophelet stamme, genau wie Jorge. Sein Vater sei Thaumaturg erster Stufe gewesen. Er erzählte weiter, dass er schon seit Ewigkeiten in Torrlem lebe; dass er zurzeit unter erheblichen Rückenproblemen leide; dass die Jagd auf Monster seine Passion sei; dass er am Stadtrand in einem kleinen Haus wohne, vollgestopft mit Jagdtrophäen: Schädel, Zähne und ausgestopfte Leiber der scheußlichsten Kreaturen.

Agdeman sprach so laut, dass ihn jedes Monstrum im Umkreis von vielen Meilen hören musste.

Eine ganze Weile waren sie so durch die eintönigen Straßen der Stadt gewandert. In regelmäßigen Abständen polterten riesige Industrievulwoogs an ihnen vorbei. Auf ihren mit Planen abgedeckten Ladeflächen transportierten sie Asche vom Haus der Ewigen Flamme in die Außenbezirke der Stadt.

Schließlich erreichten auch Jorge und Agdeman die Randbereiche. Hier schien niemand mehr zu wohnen, Häuser waren keine zu sehen. Dafür gab es etwas anderes.

Jorge stockte bei dem surrealen Anblick der Atem.

Es war, als seien sie mitten in ein Gemälde des xamenischen Malers Punter Goger gestolpert: Ein grauer Gebirgszug, glatt und makellos gezackt, zeichnete sich wie ein Scherenschnitt vor dem bedeckten Firmament ab. So weit das Auge reichte, war nichts anderes zu erkennen als Asche, mal hoch aufgetürmt wie ein Berg, mal flacher, an riesige graue Schneewehen erinnernd. Bäume oder Pflanzen gab es nicht. Das einzige Anzeichen von Leben waren absonderliche Gerüstkonstruktionen, die sich auf turmhohen Stelzen über das Grau erhoben, möglicherweise Schaufelkräne und Fließbänder zum Umschichten der Asche.

Agdeman hatte Jorge erklärt, dass die Halden Torrlem auf drei Seiten umgaben, wie ein Gürtel. Bereits nach wenigen Minuten Fußmarsch war von der Stadt hinter ihnen nichts mehr zu sehen. Die Welt ringsum war grau und endlos und karg und tot. Ein heulender Wind fuhr durch die Schluchten und wirbelte graue Wolken in die Höhe. Eine Gänsehaut rieselte Jorges Rücken hinab, als er daran dachte, woraus diese Asche bestand: Leichen, aus jeder nur denkbaren Provinz herangekarrt, um sie einem gigantischen Verbrennungsapparat zu übergeben. Blaak, er *atmete* sogar Asche. Er atmete die Überreste der Verstorbenen!

Während sie so durch die unwirkliche Hügellandschaft gestapft waren, hatte Jorge unablässig auf Agdemans grünes Gurkenfass gestarrt und dessen Worten gelauscht … bis jetzt.

Jetzt stand der Beseitiger stocksteif, starrte ihn alarmiert an. „Hast du das gehört?"

Jorge spitzte die Ohren. Kein Laut war zu vernehmen außer dem unheimlichen Heulen des Windes, der Aschegeister vor sich hertrieb, und einem weit entfernten dumpfen Pochen, das sie schon die ganze Zeit begleitete. Agdeman hatte behauptet, es rühre von riesigen Verdichtungsmaschinen her, die die ständig anwachsenden Aschemengen zu komprimierten Quadern pressten, welche in anderen Bereichen der Halden gelagert wurden.

„Nein. Was meinst du?"

Agdeman verzog das Gesicht und legte einen Zeigefinger an die Lippen „Pssst! Bist du wahnsinnig, Mann? Willst du jedes blaakverdammte Monstrum von Torrlem auf dich aufmerksam machen? Die beißen dir glatt den Schädel ab, wenn du weiter so rumbrüllst!" Agdeman schüttelte den Kopf. „Trolle", murmelte er. „Immer das Gleiche mit ihnen."

Jorge überlegte, ob er Agdeman für die letzte Bemerkung ein paar aufs Maul geben sollte, besann sich dann aber eines Besseren.

Sie liefen weiter und gelangten zu einer alten Metallsäule vom Umfang eines Trollbrustkastens, die vergessen und rostig zwischen haushohen Aschehügeln aufragte. Sofort kniete sich Agdeman dahinter auf den Boden und brachte das Rohr seines Zerstörers in Anschlag. „Leise jetzt", murmelte er. „Ich kann die Monster schon riechen." Er schnüffelte in der Luft.

Jorge machte es ihm nach. Asche drang ihm in die Nüstern. Er musste sich die Nase zuhalten, um einen infernalischen Niesanfall zu unterdrücken.

Eine Ewigkeit kauerten sie so hinter der verrosteten Säule.

„Wir Trolle haben da ein Sprichwort", flüsterte Jorge nach einer Weile. „Es geht so …"

„Pssst! Jorge, halt die Fresse!"

„Es geht folgendermaßen“, fuhr Jorge fort. „Wenn du lange genug an einem Fluss sitzt, dann schläfst du ein, fällst rein und ertrinkst.“

Unvermittelt bewegte sich etwas zwischen den wehenden Geistern auf einem der Aschehügel, eine kaum merkliche Bewegung, nicht mit der Windrichtung, sondern dagegen. Jorge, der gerade einen mit Asche angereicherten Batzen Spucke hatte herunterschlucken wollen, hielt den Atem an, kniff die Augen zusammen. Der Speichelklumpen blieb auf halbem Weg in seiner Kehle stecken.

„Agdeman! Da vorn …“

Etwas Helles blitzte in dem endlosen Grau auf, ein schmutzig rosafarbener Umriss, noch teilweise von Asche bedeckt.

Agdeman brachte den Zerstörer in Anschlag. „Ich hab's dir ja gesagt. Du bist auf der Suche nach einer Art Monstrum? Hier hast du eine Art Monstrum! Verfluchte Biester!“

Der Asche-Spucke-Klumpen rutschte Jorges Gurgel hinab. Gerade noch rechtzeitig erinnerte er sich daran, wieder Atem zu schöpfen. Die Luft schmeckte nach Endgültigkeit.

Ein helles Sirren erklang aus dem mit Röhren und Kolben versehenen Gurkenfass auf Agdemans Rücken. „Gleich ist es so weit. Ab sofort keinen Mucks mehr!“

Das rosafarbene Ding tauchte wieder in der pudrigen Asche unter. Sekundenlang geschah nichts. Dann begann sich die Asche wenige Schritte vor ihnen, am Hang eines besonders steilen Hügels, zu bewegen. Was immer sich da im grauen Staub verbarg, es wühlte sich offenbar mit der Schnauze voran mitten hindurch.

Und dann streckte das Monster seinen Kopf aus der Asche, nur wenige Schritte von Jorge entfernt.

Im ersten Moment assoziierte er das fleischfarbene Wesen mit einem Teller Aufschnitt. Es sah aus wie ein wandelnder Haufen übereinandergelegter rosafarbener Fleischlappen. Die Größe des Geschöpfs entsprach in etwa der eines Mipsenterriers, wie sie vor einigen Jahren in Nophelet der letzte Schrei gewesen waren – haarlose, empfindliche Schoßhündchen, übles Gezücht, das alles ankläffte, Passanten auf der Straße in die Waden biss, aber beim kleinsten Windhauch von einer Infektion niedergestreckt wurde. Jorge konnte die Biester auf den Tod nicht ausstehen.

Doch das Ding, das sich jetzt strampelnd und schnaufend vor ihnen aus dem Aschehaufen arbeitete, mit seiner plumpen Schnauze im Dreck wühlte und neue Aschegeister aufwirbelte, war kein Mipsenterrier. Natürlich nicht. Ein beschissener Mipsenterrier wäre in dieser lebensfeindlichen Gegend schon nach drei Minuten verreckt.

„Vorsicht", flüsterte Agdeman. „Es ist ganz nah." Das Sirren aus dem Gurkenfass schwoll an.

Jorge kannte sich mit der Tierwelt Sdooms einigermaßen aus. Er war viel herumgekommen, hatte die absonderlichsten Lebewesen kennengelernt, sie gegessen und ab und an Geschlechtsverkehr mit einem von ihnen gehabt. Er wusste: Lorgon der Schöpfer hatte eine verrückte Phantasie. In seinem Zimmer daheim in Nophelet hatte er ein Buch über Tiere. Er hatte es sogar zur Hälfte gelesen. Beinahe jedenfalls. Das Buch war gefüllt mit detailgenauen Zeichnungen exotischer Spezies.

Als die schmutzige Ansammlung von Falten und Hautlappen sich ganz aus der Asche wühlte, erinnerte er sich plötzlich an eine Zeichnung aus diesem Buch. Dass er das Wesen nicht gleich erkannt hatte, lag daran, dass die Skizze in Tusche, also schwarzweiß, ausgeführt gewesen war.

Jetzt jedoch sah er klar: Was da einen rhombenförmigen Kopf mit vorstehenden Schneidezähnen in ihre Richtung reckte, war nichts anderes als eine hundsgewöhnliche Vulvatte!

Vulvatten zählten zur Familie der Nagetiere. Sie kamen in unwirtlichen Gegenden vor und waren gleichermaßen mit Ratten wie mit Kaninchen verwandt. Jorge erinnerte sich, dass während des Zweiten Zyklus in Nophelet eine Vulvattenplage die Ernte eines kompletten Jahres zerstört und um ein Haar eine Hungersnot ausgelöst hatte. Seitdem waren die Tierchen nicht mehr sonderlich beliebt bei der Bevölkerung Sdooms, man hatte sie vielerorts fast ausgerottet.

Jorge konnte Ratten nicht ausstehen, sie waren aufbereiteter Müll, nicht mehr. Die Vulvatte jedoch, die erste, die er je von Angesicht zu Angesicht sah, war ihm irgendwie sympathisch. Mit ihren dunklen, knopfartigen Äuglein sah sie richtig unschuldig aus. Jorge hatte gelesen, dass diese Tiere handzahm werden und ein erstaunlich hohes Alter erreichen konnten, wenn man sie gut behandelte. Man konnte ihnen sogar Kunststücke beibringen.

„Da ist sie, die scheußliche, gefährliche Bestie", flüsterte Agdeman. „Leise jetzt!"

Mit einem hörbaren Ausatmen entließ Jorge die Spannung aus seinem Körper. „Du saudummes Arschloch!", sagte er. „Bei Batardos, willst du mich verscheißern? Das ist doch bloß eine ..."

„Sei um Lorgons willen leise! Willst du, dass es uns hört und herkommt?"

Agdeman ließ sich flach auf den Boden fallen und robbte auf dem Bauch durch die Asche vorwärts.

Jorge dagegen erhob sich. Seine Beine waren eingeschlafen, aber das spürte er kaum. Er hatte eine Scheißwut!

„Sag mal, du willst doch nicht behaupten, dass *das* eines der schrecklichen Monster von Torrlem ist, oder?"

Agdeman, ganz aufs Robben konzentriert, hörte ihn nicht. Oder er verzichtete darauf, Jorge eine Antwort zu geben.

Mit einer Mischung aus Unglauben und Verachtung beobachtete Jorge, wie sich Agdeman an die Vulvatte heranpirschte. Die Röhre, über den Schlauch mit dem Gurkenfass verbunden, hielt er eng an seine Seite gepresst. Schließlich erhob er sich auf die Knie.

Die fette Vulvatte hatte sich ihrerseits auf die Hinterbeine gesetzt und schnüffelte an einem besonders interessanten Klumpen Asche.

Agdeman brachte das Rohr in Anschlag, schob es nach vorn. Er betätigte einen Hebel. Ein lautes, saugendes Geräusch erklang. Dann schoss plötzlich ein enormer Feuerstrahl aus dem Rohr des Zerstörers, dorthin, wo die Vulvatte einen Wimpernschlag zuvor noch gesessen hatte. Das Tier jedoch war bereits bei dem Geräusch erschrocken zusammengezuckt und hatte das Weite gesucht, sodass die Flammenlanze lediglich auf Asche traf und diese in einer Wolke dichten grauen Nebels in die Luft stieben ließ.

„Agdeman, du Arschloch! Blaak, ich glaub's nicht! Du bist nichts weiter als ein popeliger *Rattenfänger?*" Von einem auf den anderen Moment war Jorge klar, dass Agdeman wahnsinnig war. Gleichzeitig dämmerte ihm, dass es für die Geisteskrankheit des Beseitigers genügend Anzeichen gegeben hatte, und er fragte sich, wie er sie alle hatte übersehen können. Normalerweise hatte Jorge ein ganz gutes Gefühl dafür, wann Dinge aus dem Ruder zu laufen begannen. Er hoffte, lediglich sein Pflichtbewusstsein gegenüber M. H. war dafür verantwortlich, dass ihn seine Intuition an diesem Tag so schwer im Stich gelassen hatte.

„VERDAMMTE BESTIEN!" Urplötzlich sprang Agdeman auf seine zu kurzen Beine und stolperte mehrere Schritte vorwärts, obwohl überhaupt keine Vulvatte mehr zu sehen war. Jorge schien er völlig vergessen zu haben. Erneut betätigte er den Abzug am Rohr des Zerstörers. Grellrote Flammen schossen über grauen Puder.

„ICH TÖTE SIE ALLE! ALLE!"

Jorge wusste, wann man sich am besten dezent im Hintergrund hielt. Zum Beispiel, wenn man sich in der Stadt des Todes zwischen endlosen Aschehaufen, den Überresten unzähliger Toter, in der Nähe eines durchgedrehten Rattenfängers mit einer Flammenschleuder befand. Jorge bewegte sich unauffällig rückwärts, von Agdeman fort. Er wollte dem Verrückten und seinem Rohr nicht zu nahe kommen. Aus dem verdammten Rohr kam verdammtes Feuer.

„SIE MÜSSEN ALLE STERBEN!“ Agdeman schoss senkrecht in die Höhe.

Die Flammenlanzen, die das Gurkenfass erzeugte, reichten über einen Steinwurf weit. Als der Beseitiger jetzt begann, sich wild im Kreis zu drehen, fand das Feuer keine Zeit zu verlöschen, sondern schwang wie ein lodernder Schleier hinter der Mündung des Rohres her.

Zuerst fing Agdemans rechtes Hosenbein Feuer. Die Flamme sah blau und klein und unwirklich aus. Eigentlich, fand Jorge, sah sie überhaupt nicht wie eine Flamme aus. Vielleicht lag das aber daran, dass seine Augen von der vorangegangenen Feuersbrunst noch geblendet waren.

„Agdeman?“ Jorges Stimme vermochte kaum das Fauchen des Zerstörers zu übertönen. „Agdeman, ich möchte hier wirklich nicht auf Panik machen, aber dein Hosenbein …“

Der Feuerstrahl aus dem Rohr erlosch. Schwer atmend drehte sich Agdeman zu Jorge um. Schweiß floss über sein teigiges Gesicht. Er grinste wie ein Kind, das seinen Eltern etwas Großartiges vorgeführt hat.

Die Flamme an seinem Hosenbein loderte in die Höhe und erreichte seinen Schritt.

Agdeman lächelte noch immer.

Jorge hob den Zeigefinger und deutete zwischen Agdemans Beine. „Ähm, Meister … da unten!“

Agdeman senkte den Kopf, grinsend.

Dann ließ er mit einem Aufschrei das Rohr los und schlug sich beidhändig mit voller Wucht zwischen die Beine.

Jorge hatte keine Ahnung, wie ein Zerstörer genau funktionierte. Hatte Agdeman nicht behauptet, er sei ausschließlich mechanisch betrieben?

Ganz gleich, ob Technik oder Thaumaturgie, das Gerät schien es nicht zu schätzen, wenn abgeschossene Flammen zu ihm zurückzukehren versuchten. Vielleicht war auch etwas von dem Gas oder der Brennflüssigkeit aus dem Inneren des grünen Gurkenfasses ausgetreten.

Plötzlich ertönte ein lautes *Fooomp!*, und Agdeman stand in Flammen. Es war, als habe man den Kopf eines Schwefelholzes mit einem zweiten, brennenden entzündet.

Sekundenlang verharrte der Beseitiger in ungläubigem Erstaunen, dann kreischte er einmal schrill auf und brach zusammen. Jorge rannte zu dem brennenden Haufen hinüber, obwohl er fürchtete, der Kanister könnte jeden Augenblick explodieren mit der Folge, dass Jorge-Teile weit durch die Luft spritzen würden. Er reagierte automatisch.

Mit den Händen fuhr er in den nächsten Aschehügel. Die Asche fühlte sich weich und fein an, wie der seidige Sand der fernen Wüste von Rogozhink. Wie ein riesiger Maulwurf schaufelte Jorge Asche auf Agdemans Körper. Er durfte den brennenden Mann nicht berühren. Ein brennender Mann, das wusste Jorge, wies in der Regel Temperaturen auf, die sich nicht mit Trollhänden vertrugen.

Tatsächlich erstickte die Asche einen Teil der Flammen. Jorge ergriff Agdemans verschmortes Handgelenk und zerrte ihn näher an den Aschehügel heran. Er drückte ihn hinein, bis er von oben bis unten mit Asche bedeckt war.

Die Flammen erstarben.

Jorge zog den qualmenden Körper hervor, wischte ihm den Dreck aus dem Gesicht und näherte sein Ohr prüfend Agdemans Mund. Ganz leise konnte er den Beseitiger atmen hören.

„Blaak!“

Jorge, mittlerweile von Kopf bis Fuß ebenso grau wie Agdemans versengte Montur, fuhr sich durchs Haar, kontrollierte, ob es sich nicht versehentlich ebenfalls entzündet hatte. Seine

Hände hatten zu zittern begonnen. „Du blödes Arschloch, Agdeman!“

Die dicke Vulvatte, die Agdeman mit seinem Zerstörer zu erlegen versucht hatte, tauchte dicht neben Jorge aus dem Aschehaufen auf und streckte ihm frech ihr rosafarbenes Gesicht entgegen, das fast vollständig zwischen wulstigen Hautlappen verschwand.

„Was willst du?“, rief Jorge. „Schau nur, was du angerichtet hast!“

Er kniete sich neben der Vulvatte hin. Das Tier machte keine Anstalten, das Weite zu suchen, schnupperte neugierig in der Luft.

Jorge streckte die Hand aus. Vorsichtig kletterte die Vulvatte auf seinen Arm. Sie war schwer und weich und fleischig, wie zehn Portionen Schnittwurst.

Jorge sagte: „Kannst du mir mal verklickern, was ich jetzt mit dem Kerl anstellen soll? Er ist schwer verletzt, und du bist schuld.“ Er seufzte „Warum ist M. H. eigentlich nie da, wenn man ihn braucht?“

Darauf wusste die dicke Vulvatte keine Antwort.

16

„Dann sind wir jetzt quasi Kollegen, Meister H.? Zumindest auf dem Papier? Bei Ubalthes, ist das aufregend! Wenn mir heute morgen jemand gesagt hätte, dass ich am Mittag mit einem der bedeutendsten thaumaturgischen Ermittler unseres Landes durch die Straßen von Torrlem wandern würde – ich hätte es nicht geglaubt! Sagen Sie, haben Sie viele Kolleginnen beim IAIT, Meister H.? Gewiss haben Sie die, und gewiss sind alle hübsch und intelligent und …"

Hippolit schwirrte der Kopf, und das lag nicht allein an den zwei Gläsern Portwein, die er intus hatte. Irgendwie waren die Ereignisse während der vergangenen Stunde seiner Kontrolle entglitten, hatten sich selbstständig gemacht.

Natürlich war er erfreut gewesen über Meister Wylfgungs Angebot, Lith als Führerin für ihn abzustellen. Andererseits wäre ihm eine etwas striktere Trennung beruflicher und privater Interessen nicht unlieb gewesen. (Dass Letztere existierten, konnte er nicht länger leugnen; zu unübersehbar waren die Reaktionen seines jugendlichen Körpers.) Trotz des leichten Nebels in seinem Kopf ahnte er, dass die Gegenwart eines bildhübschen Mädchens seine kriminologische Deduktionsfähigkeit möglicherweise beeinträchtigen würde. Produktiver wäre es fraglos gewesen, das Archiv an der Seite von Meister

Wylfgung höchstselbst zu besuchen, sich die benötigten Informationen über die Kanalisation Torrlems aushändigen zu lassen und erst später, außerhalb der Dienststunden, ein Treffen mit Lith zu vereinbaren.

Nun war es anders gekommen.

Seit ihrem Aufbruch vom Verwaltungsturm redete das Mädchen wie ein Wasserfall. Während Hippolit ihr über Straßen und Plätze, durch Gassen und Nebenstraßen in Richtung Stadtarchiv folgte, betete sie eine nicht enden wollende Folge mehr oder weniger belangloser Anekdoten herunter, über die Grabstadt, sich selbst, ihren Werdegang bei der Stadtverwaltung und so fort. Doch auch Fragen flocht sie immer wieder in ihren Redefluss ein, erkundigte sich mit großen Augen nach Details seiner Arbeit beim IAIT.

Dass Hippolit es nicht über sich brachte, das Mädchen zum Schweigen zu bringen, hatte vorrangig mit dem letzten Drittel ihres Wortschwalls zu tun. Denn dieses bestand aus überschwänglichen Begeisterungsbekundungen seine Person betreffend. Lith schien die Beamten des Instituts für Helden von geradezu übermenschlichen Dimensionen zu halten, und als solcher konnte er einer Bewunderin schlecht den Mund verbieten. Es ziemte sich nicht für einen Helden.

Nachdem Meister Wylfgung die Sekretärin instruiert hatte, ihren hochrangigen Besucher zum Stadtarchiv zu geleiten, war Lith kurz in einem Nebenraum verschwunden. Als sie wieder zum Vorschein kam, hatte sie ihre Arbeitskleidung gegen einen dünnen hellgrauen Kapuzenüberwurf eingetauscht, der offenbar Schutz vor den hauchfeinen Aschepartikeln gewähren sollte, die draußen herumschwirrten. Das Kleidungsstück ließ allein das Gesicht frei, was ihrer Erscheinung etwas auf anziehende Weise Kindliches verlieh.

Draußen fegte eine leichte Brise durch die Straßen Torrlems, wodurch der wallende Stoff immer wieder wie eine zweite Haut gegen den wohlproportionierten Körper des Mädchens gedrückt wurde. Hippolit vermied es, allzu auffällig zu starren, dennoch war er gelinde verwundert, dass sich unter dem dünnen Material weder Ränder noch Nähte abzeichneten, die darauf hingedeutet hätten, dass sie etwas darunter trug.

„… Sie mir gewiss nichts darüber verraten, oder?“

Unangenehm berührt stellte Hippolit fest, dass Lith ihn etwas gefragt hatte. Er riss seinen Blick von ihren exquisit geformten Hüften los, hob hastig den Blick und musterte mit Kennermiene einige der langweiligen, gleichförmig grauen Kastengebäude am Straßenrand, wobei er etwas murmelte wie „Wirklich faszinierend, diese Architektur!“. Dann wandte er sich mit gespielter Überraschung dem Mädchen zu. „Was meinten Sie, mein Kind? Verzeihen Sie, ich war für einen kurzen Moment unaufmerksam, fürchte ich.“

Lith winkte lachend ab. „Ich bitte Sie, Meister H.! Sie haben den Kopf voll wichtiger Dinge, Ihren aktuellen Fall betreffend, und ich langweile Sie mit meinem Geschwätz!“ Sie machte eine Geste, als vernähe sie ihre Lippen mit einer imaginären Nadel. „Von jetzt an werde ich schweigen wie eine Aschehalde und Sie nicht mehr in Ihrer Kombinierarbeit stören.“

Hippolits Gehirn dachte: *Lorgon sei Dank!*

Sein Mund sagte: „Unsinn! Fragen Sie ruhig, wenn Sie etwas interessiert. Bezüglich des Standes unserer aktuellen Ermittlungen müssen Sie allerdings verstehen, dass ich Ihnen nicht …“ Weiter kam er nicht, denn in diesem Augenblick sauste etwas Langes, Dunkles von der Seite heran und traf Hippolit mit vernichtender Wucht an der Stirn. Sterne explodierten vor seinen Augen, die Umrisse der schattigen Gasse, in die sie wenige Augenblicke zuvor eingebogen waren, verschwammen wie die Farben eines Ölgemäldes, das mit Lösungsmittel übergossen wird. Unvermittelt spürte er harte Pflastersteine an den Knien, streckte instinktiv die Hände vor, um seinen Sturz abzufangen.

„Tja, du kleiner Drecksack … so schnell trifft man sich wieder, was?“

Eine Stimme, rau und kehlig. Hippolit kannte sie von irgendwoher.

„Ich habe euch doch gesagt, Jungs: Ohne ihre Taschenspielertricks sind diese *versierten* Bastarde aufgeschmissen. Schwächlinge, Feiglinge, nichts weiter!"

Bellendes Lachen aus mindestens drei männlichen Kehlen. Hippolit schüttelte den Kopf, versuchte, die wabernden Schlieren vor seinen Augen zu einem stabilen Ganzen zusammenzufügen – erfolglos. Etwas Warmes, Klebriges rann über seine Stirn in sein linkes Auge. Er wischte es fort. Als er die Hand vor seine Nasenspitze hielt, erkannte er verschwommen einen grellroten Fleck.

„Was haben Sie getan?" Liths Stimme, bebend vor Verwirrung und Panik.

„Ich sag dir, was ich getan hab, Kleines", entgegnete die Stimme, die zuerst gesprochen hatte. „Ich habe dem Ekelpaket eine Abreibung verpasst, die es schon längst verdient hätte. Und weißt du, was das Schöne daran ist, bei K'talmar? Ich bin noch längst nicht fertig damit!"

Erneut lachten mehrere Männer. Ihr Lachen kam näher. Hippolit legte die Fingerspitzen an die Schläfen und versuchte, sich auf einen einfachen Entquäler zu konzentrieren, um den pochenden Schmerz aus seinem Kopf zu verdrängen. Er musste auf die Beine kommen, und zwar rasch! Hier passierte etwas, das ganz und gar nicht …

Etwas Massives traf seinen Hinterkopf, schleuderte ihn vorwärts. Zum Glück war er bereits auf den Knien, so dass es ihm nicht schwerfiel, den Sturz mit den Händen abzufangen und sich seitlich abzurollen.

„Gut so, Bearth! Schenk der kleinen Ratte voll ein!"

Hippolit fühlte sich, als wäre eine Equuphantenherde über seinen Schädel hinweggetrampelt. Aber wenigstens war durch den erneuten Schlag auf den Kopf sein Gesichtsfeld wieder ansatzweise geradegerückt worden. Mit wildem Blick sah er sich um.

Rechts von sich erkannte er zwei gedrungene Gestalten, einen Kerl mit ausladenden Schultern und buschigem Oberlippenbart sowie einen etwas kleineren, bullig wie ein Ochse. Beide hielten hölzerne Knüppel in Händen, mit denen sie sich lässig in die Handflächen klatschten. Allem Anschein nach hatten sie nicht vor, Hippolit anzugreifen, sondern wollten lediglich seine Flucht verhindern.

Frontal von vorn näherte sich ein dritter Mann, breit wie ein Schrank, den unproportional kleinen Kopf gesenkt wie ein Widder vor dem Rammstoß. Quer vor der Brust hielt er einen Stab aus schwarzer Pesteiche, dick wie Hippolits Unterarm. Auf seinem groben, einfältigen Gesicht lag ein siegesgewisses Grinsen.

Endlich begriff Hippolit, um wen es sich bei den Angreifern handelte. Es waren der Betrunkene, den er am Vorabend vor dem Verladebahnhof mit einem Beschleuniger in seine Schranken verwiesen hatte, und dessen Saufkumpane.

„Guter Mann, ich bin sicher, wir können diese Angelegenheit wie zivilisierte …"

Bearths Stock flog heran. Einen Sekundenbruchteil, bevor ihm das steinharte Holz den Kiefer zertrümmerte, ließ sich Hippolit flach auf den aschebedeckten Boden fallen. Der Stab zischte über ihn hinweg, so dicht, dass Hippolit den Luftzug am Scheitel spürte.

„Seht ihr?", gellte Bearths Stimme irgendwo über ihm. „Ihr dürft ihnen nur keine Verschnaufpause gönnen. Dann können sie ihre ekelhaften Sprüchlein nicht hersagen, und ihre blaakverdammte Hexerei nutzt ihnen einen Dreck."

„Lassen Sie doch mit sich reden, Mann! Ich habe …"

Hippolit erahnte die heransausende Stiefelspitze mehr, als dass er sie sah. Instinktiv warf er sich zur Seite. Bearths Fuß verfehlte seine Leistengegend, auf die er eigentlich gezielt hatte, traf ihn stattdessen mit voller Wucht am Oberschenkel.

Hippolit versuchte, den aufflammenden Schmerz zu ignorieren und sich auf eine thaumaturgische Formel zu konzentrieren, einen simplen Glutglobulus, den er zur Ablenkung vor dem Gesicht des Angreifers aufflammen lassen wollte. Er holte Luft und setzte gerade zur ersten Silbe an, da donnerte die Spitze von Bearths Stab nur wenige Fingerbreit neben seinem Kopf auf die Pflastersteine. Erschrocken rappelte er sich auf und wich gegen eine Hauswand zurück.

Fatalerweise hatte der Straßenschläger nicht unrecht: Solange er nicht dazu kam, eine Befehlszeile zu artikulieren, hatte er gegen den wutschnaubenden Mann keine Chance. Noch immer dröhnte ihm der Kopf von dem ersten, heftigen Schlag auf die Stirn. Hinzu kam der in Meister Wylfgungs Büro genossene Alkohol, der überhaupt dafür verantwortlich war, dass ihm die Anwesenheit der Männer, die ihn und Lith schon wer weiß wie lange verfolgt haben mochten, nicht früher aufgefallen war.

„Ha-haa!", grölte Bearth und riss den Stab hoch. „Jetzt bist du dran, du farbloser Wurm! Deine Zähne werden eine hübsche Opfergabe auf dem Altar von Vamba der Gütigen abgeben. Zum Dank dafür, dass sie uns heute noch einmal zusammengeführt hat!"

Der Mann verlagerte seinen Griff um den Schlagstock, packte mit beiden Händen das untere Ende, um das obere mit größtmöglicher Wucht auf sein Opfer herabfahren zu lassen.

Hektisch ging Hippolit sein Repertoire thaumaturgischer Abwehrsprüche durch, aber sein Schädel dröhnte wie ein überdrehter Vulwoogkessel kurz vor dem Platzen. Er konnte keinen klaren Gedanken fassen! Blut aus der Stirnwunde sickerte in seine Augen, verdunkelte sein Blickfeld. Von wo würde Bearths Schlag kommen? Sollte er sich nach rechts wegsacken lassen oder eher nach links? Wie lautete noch die Einleitungssequenz für eine Partielle Nacht dritter Stufe …?

„Hören Sie auf, Sie widerlicher Bastard!"

Hippolit hob überrascht den Kopf, wischte sich Blut aus den Augen. Hinter Bearth war eine zierliche Gestalt in einem hellgrauen Überwurf aufgetaucht.

„Legen Sie den Stock weg, und treten Sie drei Schritte zurück. Sofort!“

Lith hatte die Kapuze ihres Überwurfs nach hinten geschlagen. Ihr blondes Haar wallte wie eine leuchtende Fahne um ihren Hals und ihre Schultern. Ihr hübsches Gesicht war verzerrt vor Entschlossenheit, die blauen Augen kälter als Eis.

Irritiert hielt Bearth inne. Er ließ den Stab ein Stück sinken, während sich sein Gehirn bemühte, Absender und Inhalt der Worte in eine sinnvolle Verbindung zueinander zu setzen. Schließlich hatte er Erfolg – und brach in schallendes Gelächter aus. Seine Kumpane fielen mit kurzer Verzögerung ein.

„Der alte Bearth gibt dir jetzt mal einen guten Rat, Mädchen: Wenn du nicht zusehen willst, wie wir deinem Brüderchen ein paar neue Gesichtszüge meißeln, dann verziehst du dich besser.“

„Lass sie doch bleiben“, schlug der Mann mit dem Schnäuzer vor. „Während du dem Mehlwurm Respekt beibringst, könnten Tamm und ich doch ein bisschen Spaß mit ihr haben.“ Er griff sich in den Schritt und knetete anzüglich, was er dort fand. „Hey, Mädchen! Hast du's schon mal mit einer richtigen *Maschine* zu tun gehabt?“ Er lachte dreckig.

„Zum letzten Mal: Lassen Sie ab von Meister H., oder Sie haben sich die Folgen selbst zuzuschreiben.“ Lith hatte die Arme in die Luft erhoben, sodass sie in einem exakten rechten Winkel zueinander standen. Die Finger wiesen auf absonderliche Art in verschiedene Richtungen. „Ich warne Sie.“

„Halt den Mund, Hure! Du kommst früh genug an die Reihe.“ Bearth riss seinen Stab über den Kopf und schlug zu.

Durch einen pumpenden Schmerzschleier sah Hippolit das Holz auf sich zurasen. Matt hob er einen Arm, um den knochenzermalmenden Schlag abzufangen. Er schloss die Augen in Erwartung des mörderischen Anpralls, der erst seinen Unterarmknochen und anschließend seinen Schädel in einem Meer aus Schmerzen versenken würde. Irgendwo im Hintergrund hörte er halblaut gemurmelte Silben in einer Sprache, die ihm entfernt bekannt vorkam.

Dann krachte es.

Hippolit vernahm ein mahlendes Geräusch, als würden kleine Kiesel in einem Mörser zerrieben, gefolgt von einem erstickten Aufschrei.

Vorsichtig öffnete er erst ein Auge, dann das zweite.

Bearth ragte noch immer über ihm auf wie ein Belagerungsturm vor einem unbefestigten Dorf. Nur eine Kleinigkeit hatte sich verändert: Der schwere Stab, vor wenigen Augenblicken noch in rasender Abwärtsbewegung begriffen, schwebte nun waagerecht vor seinem Gesicht. Jenes Ende, um das noch immer seine haarigen Hände lagen, war ihm mit enormer Gewalt in die Mundpartie gerammt worden und mindestens eine Handbreit weit eingedrungen. Bearths Augen waren vor Entsetzen und Unverständnis aufgerissen, ein dünner Blutstrom rann aus einem Mundwinkel über sein Kinn.

Ein weiteres gemurmeltes Wort, und der Stab löste sich aus dem Gesicht des Mannes, dessen Hände jetzt kraftlos vom Holz abrutschten. Es knirschte. Schneidezähne rieselten zu Boden wie Porzellanscherben.

Aus dem Augenwinkel nahm Hippolit wahr, wie Lith mit dem rechten Arm eine weitschweifige Bewegung beschrieb. Synchron dazu vollführte der Stab freischwebend eine Drehung von fast dreihundertsechzig Grad und prallte mit sämtlicher aus diesem Schwung geborenen Wucht auf Bearths Hinterkopf. Der massige Mann wurde nach vorn katapultiert, und mit einem Geräusch, das an den Aufprall einer großen Portion Brotteig auf gekachelten Boden erinnerte, krachte sein Gesicht gegen die graue Hauswand.

Wie ein Stein stürzte Bearth zu Boden und blieb bewegungslos liegen.

Hippolits Wahrnehmung war noch immer getrübt von den hämmernden Schmerzen in seinem Schädel, aber allmählich begann er zu ahnen, was hier soeben geschehen sein musste.

Zwei andere Personen waren mit ihrer Einschätzung der Situation bedeutend schneller: Der Schnauzbärtige und sein Kumpan mit dem Namen Tamm tauschten einen raschen Blick, dann packten sie ihre Knüppel fester und stürmten an Hippolit vorbei, auf das Mädchen zu.

Hippolit wollte eine Warnung ausstoßen, Lith mit einem blitzartig heraufbeschworenen Explosivglobulus zu Hilfe kommen. Doch erneut verlangsamten Schwindel und Schmerz seine Reaktion. Bevor er genug Luft für die Worte in seine Lunge gesogen hatte, war der erste Schläger bei Lith angekommen. Deren Lippen bewegten sich wieder, brachten neue kaum vernehmliche Silben hervor.

Der Knittel des Angreifers flog auf sie zu.

Mit dem Zeigefinger der Rechten malte Lith einen waagerechten Strich in die Luft, schnippte gleichzeitig zweimal schnell mit der Linken.

Ohne Vorwarnung geriet Schnauzbart ins Taumeln. Klappernd landete sein Prügel auf dem Boden, während er selbst vom eigenen Schwung weitergetragen wurde. Ein panisches Heulen drang aus seinem Mund. Er riss die Hände hoch, presste sie sich seitlich gegen den Kopf. Sein Geschrei erreichte unmenschliche Höhen.

Was dann geschah, konnte Hippolit nicht erkennen, da der Mann ihm den Rücken zuwandte. Er bildete sich ein, ein feuchtes Ploppen zu hören …

Dem Schläger knickten die Beine weg, und er landete der Länge nach auf dem Katzenkopfpflaster.

„Du verfluchte Hexe!“, heulte Tamm und sprang vorwärts, wobei er wie ein Irrer seine Waffe schwang. „Was hast du mit meinem Vetter gemacht?“

Statt einer Antwort wich Lith zurück und teilte mit einer geschmeidigen Armbewegung ihren hellgrauen Überwurf auf der Vorderseite. Verblüfft nahm Hippolit zur Kenntnis, dass sie unter dem Mantel eine hautenge schwarze Lederkombination trug.

Noch verblüffter war er, als Lith gedankenschnell ein Bein in die Höhe riss. Die Spitze ihres Stiefels traf Tamms Kinn, dessen Kiefer krachend zuklappte. Sein Kopf flog nach hinten, er taumelte rückwärts.

Jetzt artikulierte Lith drei knappe, konsonantenreiche Silben. Selbst in seinem angeschlagenen Zustand erkannte Hippolit die Formel eines Explosivglobulus dritter Stufe. Sofort erschien zwischen den erhobenen Handflächen des Mädchens eine faustgroße, orange lodernde Kugel.

Tamm hatte seinen taumelnden Sturz am Mast einer Straßenlaterne zwei Schritte vor Hippolit abgefangen. Er spuckte Blut und drehte den Kopf, um sein Ziel für einen weiteren Angriff zu fixieren.

Im selben Augenblick, da sein Blick auf Lith fiel, schoss der Globulus vorwärts und detonierte exakt zwischen seinen Augen. Geblendet von der Explosion kniff Hippolit die Augen zusammen. Er hörte ein Zischen, gefolgt von einem feuchten Prasseln, als das, was einst Tamms Gesicht gewesen war, in weitem Umkreis auf das Pflaster herabregnete.

Erleichtert schlug Hippolit die Augen wieder auf – und sah einen massiven Umriss rückwärts auf sich zutaumeln, den Knüppel nach wie vor in der totensteifen Hand.

Erst einen halben Herzschlag später begriff Tamms Gehirn, dass es sein lebloses Fleisch nicht länger in der Senkrechten zu halten brauchte. Der massige Leib des Schlägers brach über Hippolit zusammen, und alles um ihn herum wurde schwarz.

17

Und wie genau ist es nun zu diesen scheußlichen Verbrennungen gekommen?", fragte Meister Kotkopp zum zehnten Mal.

Jorge seufzte.

Natürlich hieß Meister Kotkopp nicht wirklich Meister Kotkopp. Aber jeder im Klinikum des Heiligen St. Ruktem nannte ihn so. Es wurde offenbar nicht als Beleidigung verstanden, zumindest störte sich der Betroffene selbst nicht an der derben Titulierung. Jorge fand die Bezeichnung ein wenig respektlos. Er selbst hätte jedem, der ihn „Meister Kotkopp" nannte, die Fresse poliert, und zwar aufs Deftigste. Aber Meister Kotkopp sah das offenbar anders.

Meister Kotkopp war klein und drahtig, ein Mann in den besten Jahren. Das schwarze Haar trug er kurz, in der Mitte gescheitelt. Wie alle thaumaturgischen Heiler, die Jorge bisher getroffen hatte, war er mit einem wallenden weißen Kittel bekleidet.

Sein Sprechzimmer, in dem sie sich befanden, war ebenfalls in blendendem Weiß gehalten. An den gefliesten Wänden, hinter einem Schreibtisch voll alten, zusammengerollten Pergamenten, gab es lange Borde mit medizinischen Fachbüchern, blitzblanken Tiegeln, Reagenzgläsern und wissenschaftlichen

Gerätschaften. Darunter hingen zu Bündeln geschnürte Kräuter. Die Luft roch nach Arzneien. Und nach Schmerzen, fand Jorge.

„Hör mal, Heiler … du bist doch ein richtiger Heiler, oder?"

Meister Kotkopp wuchs hinter seinem Schreibtisch einige Fingerbreit in die Höhe. „Medizinisch-thaumaturgischer Heiler der vierten Stufe."

„Schon in Ordnung." Jorge winkte ab. „Wie konnte es dich dann an einen so trostlosen Ort wie Torrlem verschlagen, bei Batardos?"

War Meister Kotkopp eben noch gewachsen, so schien er nun wieder in sich zusammenzusacken. Er seufzte. „Ach, das wollen Sie gar nicht hören, Agent Jorge."

Jorge nickte. So erschlagen, wie er war, wollte er es vielleicht wirklich nicht hören.

Nachdem sich der dämliche Agdeman draußen auf den Aschehalden selbst in Brand gesteckt hatte, hatte Jorge ihn sich kurzerhand auf die Schulter gehievt (ein nicht eben einfaches Unterfangen, denn Agdeman war unförmig und schwer, und er roch nach angebranntem Krügerschwein) und sich auf den Weg zurück zum Feuchten Dreier gemacht, wo er den Idioten aufgegabelt hatte. Dabei hatte er sich allerdings verlaufen und war stundenlang durch aschegepuderte Straßen geirrt. Schließlich hatte er einen Passanten gefragt, ob es in der Nähe so etwas wie ein Klinikum gäbe. Der Mann hatte ihm den Weg gewiesen, und nach zahllosen weiteren Straßenbiegungen und Abzweigungen war er am Ziel: Vor ihm erhob sich ein weiß leuchtender Diamant inmitten des ewigen Graus, so sauber, als hätten Kolonnen von Arbeitern die Fassade extra für Jorge blank gewienert. Das Gebäude war u-förmig angelegt, hinter den endlosen, bläulich schimmernden Fensterreihen mussten sich unzählige Zimmer verbergen. Jorge fragte sich, wozu man in Torrlem ein so großes Klinikum benötigte. Als er darüber nachdachte, wurde ihm klar, dass in der Grabstadt möglicherweise weitaus mehr Leute lebten, als er bisher zu Gesicht bekommen hatte. Torrlem war eine riesige Fabrik – eine Fabrik, die tagaus, tagein dasselbe Produkt herstellte: Asche.

Am Haupteingang gab es eine Art Rezeptionstresen. Eine weiß gekleidete Frau mittleren Alters mit einem brünetten Dutt saß dort und schrieb etwas in eine Akte. Sie blickte erst auf, als Jorge direkt vor ihr stand.

„Bei Ubalthes!“, stieß sie hervor, als ihr Blick auf seine verkohlte Fracht fiel.

Jorge ließ Agdeman zu Boden sinken. Er hatte keine Ahnung, ob der Beseitiger noch am Leben war oder bereits seine Ahnen im Beseitigerhimmel belästigte.

„Du sagst es, schönes Kind“, ächzte Jorge. Er war kein schwächlicher Typ, aber der Transport des Fettsacks hatte ihn annähernd so sehr mitgenommen wie eine Nacht mit vier ausgehungerten Trollinnen.

Die Frau kam um den Tisch herum, beugte sich hinunter und ergriff Agdemans verschmorte Hand. „Was ist mit ihm passiert?“

„Blaak!“ Jorge holte tief Luft. Aus seiner Brusttasche erklang ein helles Quieken. „Schon gut“, murmelte er in Richtung der Tasche, dann wandte er sich wieder an die Frau. „Blaak“, wiederholte er. „Der Kerl ist völlig übergeschnappt, wenn du mich fragst. Ich habe ihm die Überreste seiner Mördermaschine vom Rücken gezogen und sie liegen gelassen. Findest du nicht, dass das sehr vernünftig war? Hat sich selbst in Brand gesteckt, der Narr. Lebt er überhaupt noch?“

Die Frau nickte. „Meister Kotkopp wird sofort nach ihm sehen.“

Im ersten Moment dachte Jorge, er hätte sich verhört. Er legte fragend den Kopf schief. Er sagte: „Wie?“ Er sagte: „Was?“ Dann begann er schallend zu lachen.

Die Schwester sah auf. Ihre Gesichtszüge schienen sich nicht zwischen Empörung und Entsetzen entscheiden zu können.

„Entschuldigen Sie, *Herr* Troll, aber halten Sie Ihre merkwürdige Form von Humor für angebracht? Dieser Mann liegt im Sterben!"

Jorge schüttelte den Kopf und wischte sich die Tränen aus den Augen. „Entschuldige bitte, Kleines! Ich hatte eben nur eine Sekunde lang den Eindruck, du hättest gesagt, ein gewisser *Meister Kotkopp* werde sich gleich um den Patienten kümmern."

„Ja. Und?"

„Meister Kotkopp, oder wie oder was?"

„Ich weiß nicht, worauf Sie hinauswollen."

„Euer Oberheiler hier im Klinikum … also, der heißt doch nicht wirklich ‚Meister Kotkopp'?"

Ehe das Mädchen Jorge antworten konnte, war plötzlich ein Mann mit schwarzem Haar und wehendem Kittel um die Ecke geeilt. „Ich bin Meister Kotkopp. Was gibt es für ein Problem?"

All das lag mittlerweile eine gute halbe Stunde zurück, und Jorge saß in einem bequemen Stuhl im Sprechzimmer des Klinikleiters. Er war noch immer erschöpft, so dass ihm die Erinnerung an seine Ankunft im Gebäude nur noch ein mattes Schmunzeln entlockte.

„Wie ist es nun genau zu diesen scheußlichen Verbrennungen gekommen?", fragte Meister Kotkopp abermals.

„Das habe ich dir doch schon ein Dutzend Mal erklärt, oder? Der Bursche ist Kammerjäger. Hat mit seinem Zerstörer, oder wie das Drecksding heißt, Jagd auf Vulvatten gemacht."

Meister Kotkopp nickte. „Die Biester sind hier in letzter Zeit zu einer richtigen Plage geworden. Sie hausen in den Aschehalden, vermehren sich unkontrolliert. Wenn es so weitergeht, haben wir in Torrlem bald mehr Vulvatten als Tote." Er trat an ein Fenster und blickte durch das blitzsaubere Glas hinab auf das einheitliche Grau Torrlems. Jorge fragte sich, wo genau er hinsah.

„Die Verbrennungen, die der Mann erlitten hat, sehen übel aus. Darüber hinaus habe ich festgestellt, dass ihm eine nicht unbeträchtliche Quantität Asche in die Lunge geraten ist. Haben Sie dafür vielleicht eine Erklärung?“

Jorge seufzte. Unter seiner Lederkluft fiepte es. Unauffällig streichelte er die Ausbeulung an seiner Brust.

„Das tut mir wirklich leid“, sagte er. „Aber ich musste irgendwie das verfluchte Feuer löschen. Da hab ich den ollen Agdeman eben in einen Aschehügel geschubst. Musste sein, ich hätte mir sonst die Griffel verbrannt. Es gibt bei uns Trollen ein hübsches Sprichwort, und das geht so: Wird er überleben, Meister Kotkopp?“

Der Heiler drehte sich um. Auf seinen verbraucht wirkenden Zügen zeichnete sich ein kaum merkliches Lächeln ab. „Kojomias“, sagte er.

„Wie meinen?“

„Mein Name. Ich bin Meister Kojomias.“

„Ich dachte, du heißt Meister Kot…“

„Ein Spitzname. Ich schätze ihn ehrlich gesagt nicht besonders.“

„Was du nicht sagst. Warum, bei Batardos, nennt man dich denn dann Kotkopp?“

Kojomias/Kotkopp machte eine abwinkende Handbewegung. „Lange Geschichte. Hässliche Geschichte. Ein Verladearbeiter mit chronischen Verdauungsbeschwerden spielt eine Rolle, eine fehlgeschlagene thaumaturgische Kur … Aber Sie wollen das nicht hören. Sagen Sie, wissen Sie zufällig, ob der … ähm, der Verletzte irgendwelche Verwandte hat?“

„Wird er denn durchkommen?“

„Ich glaube schon. Dummheit kann man nur schwer ausräuchern.“

Jorge lachte polternd. „Wohl gesprochen. Ist das zufällig ein altes Trollsprichwort?“

Meister Kojomias erwiderte das Lachen. Er öffnete eine Schublade des Schreibtischs, holte eine Flasche mit grüner

Flüssigkeit heraus und stellte zwei Gläser zwischen den braunen Dokumenten auf den Tisch. „Einen Knosper?“, fragte er.

„Immer!“, rief Jorge.

Sie stießen an, tranken. Der Knosper spülte die Ascheschicht aus Jorges Speiseröhre. „Du bist schon eine Zeitlang hier in Torrlem, nicht wahr?“, fragte er nach einer Weile.

Meister Kojomias nickte. „Viel zu lange. Aber es ist leicht verdientes Geld. Eine Menge leicht verdientes Geld! Die Krone zahlt ausgezeichnet, wenn man in der Grabstadt anheuert. Das muss sie auch, damit sich überhaupt jemand hierher verirrt.“ Er zögerte kurz. „Glauben Sie, ich würde in einer Stadt, wo ausgebildete Fachkräfte weniger rar sind, einen Posten als Klinikleiter bekommen? Als medizinisch-thaumaturgischer Heiler vierter Stufe?“ Er stieß ein verächtliches Prusten aus und schenkte sich und Jorge nach. „Nein. Einen besser bezahlten Job bekäme ich in ganz Sdoom nicht.“

Jorge zuckte die Achseln „Was soll's? Viel wird hier ja nicht los sein, oder?“

„Oh, wir haben genug zu tun, wenn Sie das meinen. Alle vier Zenite müssen sich sämtliche Arbeiter einer medizinischen Generaluntersuchung unterziehen. Natürlich gibt es noch weitere Heiler hier im Klinikum, aber ich übernehme die meisten Schichten. Nicht allein wegen der Bezahlung. Auch, um mein inneres Gleichgewicht zu erhalten. Wissen Sie, an einem Ort wie Torrlem, wo das Leben zu Ende geht, verlieren Sie auf Dauer den Verstand, wenn Sie sich nicht ständig mit etwas beschäftigen. Das Grau, die Asche, die unausgesetzte Glut der Ewigen Flamme … all das bemächtigt sich Ihrer irgendwann, verstehen Sie? Früher oder später. Und dann wachen Sie eines Tages im Land des Todes auf und sind wahnsinnig. Viele meiner Kollegen halten mich für übermotiviert oder profilneurotisch, aber die endlosen Schichten haben mir geholfen, viele zu überdauern, die wegen akuter Nervenkrisen längst die Arbeit im Klinikum aufgeben mussten.“ Meister Kojomias starrte in sein Glas, dann wandte er sich wieder Jorge zu. „Zurück zu unserem Patienten. Wie war noch sein Name?"

„Agdeman. Ein Volltrottel."

„Beseitiger Agdeman, richtig. Sie sagten, er habe sich mit einem Zerstörer entzündet? Das ist schlecht. Diese Apparate arbeiten mit Vitrioleum, einer leicht entflammbaren Säure, die schon im nicht entzündeten Zustand schwere Verbrennungen hervorrufen kann. Was von einer vitrioleumgespeisten Flamme erfasst wird, überlebt normalerweise nicht lange."

„Der Kerl war nicht ganz dicht. Hat behauptet, er würde Monster jagen. Dabei jagte er bloß Ungeziefer. Und nicht mal das erwischte er! Na ja, war im Grunde auch besser so. Mal unter uns: Diese Vulvatten sind eigentlich ganz possierliche Tierchen. Anders als Ratten! Obwohl sie ja miteinander verwandt sein sollen, die kleinen Biester."

Meister Kojomias lehnte sich in seinem Lehnstuhl zurück. „So, so, ein Monsterjäger also", murmelte er. „Was für ein Schaumschläger. Aber davon gibt es in Torrlem jede Menge."

Jorge trank einen Schluck Knosper. „Mag sein. Sag mal, du kennst doch bestimmt so ziemlich jeden Bürger hier, nicht wahr?"

Kojomias lachte und schüttelte den Kopf. „Nun, das wäre mit Sicherheit übertrieben. Nicht jeden. Ihren Herrn Agdeman kannte ich ja auch nicht. Aber ich bin schon einer ganzen Reihe von Leuten begegnet, das stimmt."

„Erinnerst du dich immer an deren Namen?"

„Nein, nie. Ich erinnere mich an ihre Krankheiten."

Jorge nickte. „Verstehe. Diese ganzen Arbeiter, die regelmäßig zu dir kommen … die erzählen doch gewiss so manche Geschichte."

Kojomias nickte mit leerem Blick. „Natürlich. Die Leute erzählen viel. Zu viel, wenn Sie mich fragen. Aber das ist kein Wunder. In dieser Stadt passiert ja nie etwas, worüber sich wirklich zu reden lohnen würde. Also denken sie sich etwas aus."

„Hat vielleicht mal jemand die eine oder andere Geschichte erzählt von einem … wie soll ich mich ausdrücken?"

Kojomias zog die Augenbrauen hoch. „Was meinen Sie?"

Jorge suchte nach Worten, fand sie nicht und beschloss, den direkten Weg zu wählen. „Unter uns: Glaubst du, es gibt in Torrlem vielleicht so eine Art Monstrum? Ich rede nicht von Vulvatten oder dergleichen. Die sind niedlich und überhaupt nicht monstermäßig."

„Das meinen Sie nicht im Ernst, oder?"

„Ich meine immer alles ernst."

Meister Kojomias, medizinisch-thaumaturgischer Heiler der vierten Stufe, von seinen Kollegen Kotkopp genannt, schüttelte lachend den Kopf. „Nein, wirklich nicht. Ihr Ring verrät mir, dass Sie vom IAIT sind, und gewiss hatten Sie einen guten Grund, mit einem närrischen Beseitiger in den Aschehalden unterwegs zu sein. Aber ein Monstrum – ich bitte Sie! In was für Zeiten leben wir denn? Früher … ja, früher, da ging es hier zuweilen hoch her. Gräberplündernde Thaumaturgen, die Leichname für absurde Experimente stahlen. Aasfressende Tiere, die in die Leichensilos eindrangen und sich an den konservierten Körpern gütlich taten. Dann noch die Ghoule … Aber all das ist wie gesagt lange her."

In Jorges Brusttasche fiepte es.

„Hast du gerade ‚Ghoule' gesagt?" Jorges Stimme war wenig mehr als ein Flüstern.

Kojomias nickte.

„Ghoule", wiederholte Jorge nachdenklich. „Weißt du, es gibt bei uns Trollen ein altes Sprichwort, und es geht so: Ghoule? Das hört sich echt interessant an!"

18

Er war nackt, zumindest teilweise. Das war das Erste, was Hippolit auffiel, als er wieder zu sich kam. Entkleidet bis auf die Leibwäsche lag er auf einer weichen Unterlage, möglicherweise einer Matratze, bedeckt nur von einem Laken aus dünnem Stoff.

Seine zweite bewusste Feststellung betraf seinen Kopf. In den letzten Momenten, an die er sich erinnern konnte, hatte sich sein Schädel angefühlt wie ein Ochsenfrosch, den ungezogene Halbwüchsige mit einem Blasrohr voll Luft pumpten, bis er platzte. Das war jetzt anders.

Er hatte überhaupt keine Schmerzen mehr.

Die dritte Empfindung war die einer kühlen, weichen Hand, die sachte, beinahe zärtlich, über seine linke Schulter strich.

Hastig öffnete er die Augen.

Er lag auf einem schmalen Bett unter einer holzverkleideten Dachschräge. Als er den Kopf ein wenig drehte, erkannte er um sich herum eine mittelgroße, bescheiden eingerichtete Kammer; einen Tisch mit zwei Stühlen; ein kleines Regal, vollgestopft mit antik anmutenden Büchern; ein Wasch- und Frisiermöbel mit ovalem Spiegel. Über ein Dutzend Kerzen stand im Zimmer verteilt. Durch ein Dachfenster am höchsten

Punkt der Decke war der Himmel zu sehen, den die Dämmerung bereits dunkelgrau tönte.

Er drehte den Kopf weiter. Als ihm klar wurde, wer unmittelbar neben ihm auf der Bettstatt saß, riss er die Augen weit auf.

„Bei Ubalthes, endlich kommen Sie zu sich." Liths Stimme klang erleichtert und zugleich ein wenig stolz. „Ich versuche schon seit Stunden, Sie wachzukriegen." Sie lächelte, ohne Anstalten zu machen, ihre Hand von seiner Schulter zu nehmen.

„Wo ..." Hippolit musste sich räuspern, bevor er weitersprechen konnte. „Wo sind wir?"

„In meiner Unterkunft", erklärte Lith im Tonfall eines kleinen Mädchens, das einen Spielkameraden in ein intimes Geheimnis einweiht. „Kein Palast, zugegeben, aber für eine einfache Sekretärin reicht es." Mit der freien Hand griff sie nach einem Glas Wasser, das neben einer gerahmten Fothaum-Aufnahme auf dem Nachttisch stand. Das Bild zeigte einen jungen Mann mit schulterlangem blondem Haar, vermutlich ein Bruder Liths. Sie reichte Hippolit das Glas.

Während er trank, schielte er unauffällig zu ihren Fingern, die wie selbstverständlich auf seiner blassen Schulter lagen.

„War es wirklich unumgänglich, mich zu entkleiden?" Noch während er die Worte aussprach, wurde ihm bewusst, dass Lith ihn bei dieser Gelegenheit nahezu nackt gesehen haben musste. Er spürte, wie ihm eine heiße Röte ins Gesicht stieg.

Das Mädchen blies die Backen auf, eine Mimik, die sie sich bei älteren Frauen abgeschaut zu haben schien. „Aber natürlich! Ihre Sachen waren voller Straßenschmutz. Außerdem musste ich mir Ihre Blessuren ansehen."

Sie tippte mit dem Finger auf einen Stoffverband, der in mehreren Lagen um seine Stirn gewickelt war. Dann begann sie, wie um ihre Worte zu unterstreichen, behutsam seine Schulter zu massieren. Als Hippolit den Blick erneut senkte, stellte er fest, dass seine Haut dort einen handtellergroßen, dunkelvioletten Bluterguss aufwies. Weitere Abschürfungen an Ellenbogen und Unterarmen zeugten von seinem unfreiwilligen Sturz auf die Straße. Er schien bei seinem zweiten Zusammentreffen mit Bearth mehr abbekommen zu haben, als er zunächst angenommen hatte.

Umständlich setzte er sich im Bett auf, wobei er die Zudecke aus grobem Stoff penibel mit sich in die Höhe zog. Lith mochte seinen spargeldünnen, farblosen Körper bereits gesehen haben, den erneuten Anblick seiner unansehnlichen Trichterbrust wollte er ihr dennoch ersparen.

„Was ist passiert?", wollte er wissen – eine gleichermaßen klischeehafte wie unpräzise Frage. Er räusperte sich wieder. „Ich meine, in der Gasse. Was haben Sie mit den Männern angestellt?"

Lith sah ihn unschuldig an. „Ich habe den Widerlingen gegeben, was sie verdienten. Und man kann nicht behaupten, ich hätte sie vorher nicht gewarnt!"

Sie intensivierte die knetenden Bewegungen an seiner Schulter. Hippolit, der körperliche Nähe seit Dekaden nicht mehr gewohnt war, stellte irritiert fest, dass er die Massage als ausgesprochen angenehm empfand.

„Sie haben Bearths Stock in seinen Händen levitiert und ihm das Holz dann mithilfe eines Beschleunigers ins Gesicht geschleudert. So viel ist mir klar."

Liths Gesicht war ausdruckslos. „Wenn Sie es sagen, habe ich das wohl getan."

„Auch der Explosivglobulus, mit dem sie den dritten Kerl ausgeschaltet haben, gibt mir keine Rätsel auf." Er fixierte sie mit dem durchdringendsten Blick, den er in seiner gegenwärtigen Lage zustande brachte. „Aber was haben Sie mit dem Burschen mit dem Schnauzbart gemacht? Dem, der plötzlich brüllend zu Boden ging?"

Lith zuckte die Achseln. „Das kann ich Ihnen nicht sagen. Ebenso wenig, wie ich sagen könnte, was genau ich Ihnen angedeihen ließ, um Ihnen den Schmerz zu nehmen und Sie wieder zu Bewusstsein zu bringen." Sie schüttelte desinteressiert den Kopf. Strähnen blonden Haars glitten über ihre Schultern und flossen in goldenen Kaskaden über ihr Dekolleté. „Ich *tue* es einfach, verstehen Sie, und die Dinge … sie passieren."

Hippolit verstand kein Wort. „Sie meinen, Sie haben einen Entquäler über meiner Kopfwunde gewirkt und mich mit einem Besinnungsspruch zurückgeholt, ohne zu wissen, was Sie da eigentlich machen?" Ihn schauderte bei der Vorstellung, was bei der unsachgemäßen Anwendung von Thaumaturgie alles schiefgehen konnte – sein eigenes Erscheinungsbild legte hinreichend Zeugnis davon ab. „Sie sind demnach *versiert*, haben aber niemals eine thaumaturgische Ausbildung genossen? Wie ist das möglich?"

Sie legte den Kopf schief und sah ihn mit Augen an, in denen sich ein Dutzend Kerzenflammen spiegelten. „Ich stamme aus einfachen Verhältnissen. Meine Eltern waren Schafzüchter in einem Dorf südlich von Thamis. Sie verdienten gerade genug Geld, um mich und meinen Bruder zu ernähren. Die vier Kupferkaunaps je Zenit, die der Dorfthaumaturg für die Grundausbildung verlangte, konnten sie nicht aufbringen. Und da es auf dem Land keine kostenfreie Basisschulung gibt wie in den Städten …"

„Wie lange wissen Sie schon um Ihre *Versiertheit*?"

„Irgendwann um meinen zehnten Geburtstag hob ich erstmals etwas mit der Kraft meines Willens in die Luft. Meine Eltern baten mich damals, meine Gabe nie mehr anzuwenden. Sie sagten, es sei gefährlich ohne die entsprechenden Unterweisungen." Ein schelmisches Lächeln huschte über ihre Lippen. „Natürlich habe ich nicht darauf gehört. In den nächsten Jahren verbrachte ich jede freie Minute im Wald … allein, um zu üben und mich zu erproben. Das ist doch normal, finden Sie nicht? Ich war schließlich noch ein Kind!"

Hippolit nickte langsam. Das Mädchen war ein Frühchen gewesen. Üblicherweise wurden Heranwachsende erst während der Pubertät auf die Energien aufmerksam, die in ihnen schlummerten – vorausgesetzt, sie gehörten zum *versierten* Teil der Bevölkerung, der unter Menschen knapp zehn Prozent ausmachte. Wie unzählige Jugendliche aus mittellosen Familien hatte Lith nie eine Anleitung zur kontrollierten Nutzung ihrer Kräfte erhalten. Umso erstaunlicher war es, dass sie noch am Leben war. Von den komplexen thaumaturgischen Praktiken, die sie vorhin in der Gasse angewendet hatte – *erfolgreich* angewendet hatte –, ganz zu schweigen.

Soweit Hippolit wusste, gab es in den Reihen praktizierender Thaumaturgen quasi keine Autodidakten. Zu groß war die Wahrscheinlichkeit, dass man bereits in jungen Jahren beim Experimentieren durch einen spontanen Ausbruch thaumaturgischer Energie umkam oder zumindest so fürs Leben gezeichnet wurde, dass man sich in der Folgezeit nie wieder mit der Materie auseinandersetzte. In gut drei Vierteln aller thaumaturgisch bedingten Todesfälle, die Hippolit in mehr als siebzig Dienstjahren untersucht hatte, handelte es sich nicht um kriminelle oder vorsätzliche Akte, sondern um tragische Unfälle, die auf unkontrollierte Entladungen thaumaturgischer Energie zurückgingen.

„Sie experimentieren also seit Ihrem zehnten Lebensjahr mit …“ Hippolit musste sich erneut räuspern, denn Lith ging jetzt dazu über, ihm mit beiden Händen die Sehnen beiderseits des Nackens zu massieren. Dort befanden sich zwar keine sichtbaren Verletzungen, aber er musste zugeben, dass sein Bewegungsapparat als Folge der Schlägerei gehörig verspannt war. „… mit Thaumaturgie?“, beendete er seinen Satz.

Lith nickte. „Als ich älter wurde, besorgte mein Bruder mir Bücher. Er stahl sie aus der Dorfbücherei, später entlieh er welche aus der Bibliothek in Thamis. Aber aus ihnen lernte ich nur die Alte Sprache, mit der die Befehle in Worte gefasst werden. Darüber hinaus verrieten mir die Schmöker nichts, was ich nicht schon selbst herausgefunden hatte."

„Höchst erstaunlich, wirklich", murmelte Hippolit. „Sie scheinen ein Naturtalent zu sein. Ich frage mich, wie ausgeprägt ihre Fähigkeiten heute sind."

„Als ich vor sechs Jahren nach Torrlem kam, um hier eine Stellung anzutreten, stellte man mir in meinem Bewerbungsgespräch die Frage, ob ich *versiert* sei. Ich bejahte, aber da ich keine Dokumente über den Grad meiner Ausbildung vorweisen konnte, musste ich mich einem Evaluationstest bei Meister Kojomias unterziehen, dem obersten medizinisch-thaumaturgischen Heiler der Stadt."

„Und was ist dabei herausgekommen?"

„Meister Kojomias befand, die Leistungsfähigkeit der Sprüche, die ich unter seiner Anleitung wirkte, entspreche ungefähr der eines ausgebildeten Thaumaturgen der sechsten oder siebten Stufe. Er bot mir an, auf Kosten der Stadtkasse eine Weiterbildung für mich zu beantragen, um mich in der korrekten Anwendung weiterer, komplizierterer Rituale schulen zu lassen." Sie lächelte. „Aber ich hatte keine Lust. Schließlich beherrsche ich, was ich beherrschen will. Außerdem bin ich Sekretärin, keine Thaumaturgin, verstehen Sie? Ist das angenehm so?"

„Wie? Oh ja, oh ja, quintessenziell!" Ohne sein bewusstes Zutun war Hippolit unter den knetenden Händen des Mädchens wieder in eine halb liegende Position zurückgesunken. Lith widmete sich mittlerweile seinem kompletten Oberkörper, wo es fraglos etliche geprellte und verspannte Partien gab. Dass sie sich am Anblick seiner schmächtigen Brust stören konnte, interessierte ihn längst nicht mehr.

„Der sechsten oder siebten Stufe …" Hippolit sah sie prüfend an. „Aber was war nun mit dem Schnauzbärtigen? Auch wenn Ihnen nicht bekannt ist, wie die Technik heißt, die Sie angewendet haben, müssen Sie doch wissen, was ihm …"

Lith seufzte. „Ich nenne es den Schädelknacker. In der stärksten Variante, wie ich sie bei diesem ekelhaften Kerl angewendet habe, verursacht er augenblicklich furchtbare Kopfschmerzen. Kurze Zeit später quellen die Augen nach draußen. Ein wässriges Sekret folgt. Und dann ist man tot."

„Ach?" Hippolit ging im Kopf die Liste der infrage kommenden thaumaturgischen Praktiken durch. Der einzige Spruch, der Liths Beschreibung nahekam, war der Drücker, eine nicht ganz einfache, illegale Praktik, die beim Opfer eine spontane Überproduktion von Hirnwasser auslöste. Daraus resultierten zunächst Kopfschmerzen, die zum Tod führen konnten, sofern der Prozess nicht rechtzeitig angehalten wurde. Selten hatte man bei besonders hochstufigen Drückern davon gehört, dass durch den ansteigenden Innendruck die Augäpfel aus dem Schädel gepresst wurden. Bis es dazu kam, vergingen jedoch im Normalfall viele Tage, und selbst dann musste sich der Verlust der Augen noch nicht unbedingt letal auswirken – was die Sache für den Betroffenen kaum angenehmer machte.

„Sie sind eine bemerkenswerte Frau, Lith", sagte Hippolit. Das Mädchen sah ihn aus halb geschlossenen Augen an, auf eine Weise, die er nicht einzuschätzen wusste, und massierte weiter.

Hippolit spürte, wie sich eine angenehme Wärme in seiner Brust zusammenballte … und nicht nur dort. Auf einem Stuhl in der Nähe des Bettes erspähte er sein Gewand, gesäubert und ordentlich zusammengelegt. Ihm wurde klar, dass es an ihm war zu entscheiden, in welche Richtung die Situation sich weiter entwickeln sollte.

Mach dich nicht lächerlich!, warnte eine Stimme in seinem Kopf. Sie klang entfernt wie die des seligen Meister Merthin. *Das Mädchen ist hilfsbereit und vielleicht ein bisschen naiv, das ist alles. Kleide dich an und spute dich. Du hast eine Ermittlung zu leiten!*

Pflichtschuldig wollte Hippolit die nüchterne Eingebung in die Tat umsetzen, als plötzlich eine weitere Stimme hinter seiner Stirn ertönte. Sie klang verdächtig nach der von Jorge.

Die Kleine ist rattig auf dich, M. H., das riecht ein nasenloser Zwelch neun Meilen gegen den Wind … falls es so was gibt. Du wärst ein Narr und ein Feigling, wenn du diese Gelegenheit ungenutzt verstreichen ließest!

Hippolit war verwirrt. Zu lange, dreißig Jahre oder mehr, hatten Empfindungen wie der Wunsch nach Zweisamkeit oder gar körperliches Verlangen in den Tiefen eines nahezu funktionsuntüchtigen Greisenkörpers verschüttet gelegen. Die Erinnerung, wie man in Fällen wie diesem vorzugehen hatte, ohne eine Ohrfeige oder Schlimmeres zu riskieren, war fern und verschwommen. Gab es nicht gewisse diplomatische Wendungen, mit denen man das Terrain abstecken konnte, ohne im Falle einer Abweisung gleich wie ein Vollidiot dazustehen?

„Sagen Sie, mein Kind“, hob er vorsichtig die Stimme. „Gibt es … nun, gibt es eigentlich einen Mann in Ihrem Leben?“

Er lobte sich bereits stumm für seine Subtilität, da spürte er, wie sich Liths Hände auf seiner Brust verkrampften. Als käme ihr seine fragwürdige Physiognomie erst jetzt zu Bewusstsein, zog sie ruckartig die Arme zurück, stand vom Bett auf und machte einige Schritte ins Zimmer hinein, so rasch, dass Hippolit nicht einmal mehr einen Blick auf ihr goldumwalltes Gesicht erhaschen konnte.

Idiot, sagte die Stimme Meister Merthins.

Idiot, sagte die Stimme Jorges.

„Ich … es tut mir leid, wenn ich Sie …“ Er richtete sich auf. „Hören Sie, Lith, ich wollte nicht …“

Das Mädchen war unter dem großen Dachfenster stehengeblieben und starrte schweigend in den abendlichen Himmel hinauf. Undeutlich waren dort Sterne zu erahnen, kaum mehr als verwaschene Lichtpunkte vor dem beigebraunen Schimmer der Ewigen Flamme.

Ungelenk raffte Hippolit das Bettlaken um seine hagere Gestalt, erhob sich und stolperte zum Stuhl mit seinen Sachen hinuber. „Ich danke Ihnen für Ihre Hilfe“, murmelte er, während er sein Gewand überstreifte und mit unauffälligen Handgriffen prüfte, ob sich seine Amulette und sonstigen thaumaturgischen Artefakte noch in den diversen Innentaschen befanden. „Ohne Sie wäre es mir da draußen in der Gasse schlecht ergangen. Vielleicht findet sich ja eine Gelegenheit, bei der ich Ihnen diesen mutigen Einsatz vergelten kann?“

Das Mädchen schwieg.

Hippolit trat zur einzigen Tür der Dachkammer, stammelte eine Abschiedsfloskel und trat hinaus in ein dämmriges Treppenhaus. Wie es aussah, würde er sich über Meister Wylfgungs gewitzten Plan hinwegsetzen und das Stadtarchiv alleine aufsuchen müssen.

Auf der Treppe versuchte er, sowohl das zweistimmige Gelächter in seinem Kopf als auch das schamhafte Pochen an seiner linken Schläfe zu ignorieren, und fragte sich, was, bei Lorgon, er falsch gemacht hatte.

19

Die Finsternis ist aus Torrlem geflohen. Der grässliche Mond und die Ewige Flamme haben sie vertrieben, in Bereiche zurückgedrängt, wo seit Jahrhunderten keine lebende Seele mehr gewandelt ist.

Jetzt wandelt dort wieder jemand.

Ein Tor, dick, rostig. Die Scharniere kreischen, als er sich mit der Schulter dagegenlehnt, den schwarzen Stahl aufdrückt, bis sein immenser Leib hindurchpasst. Niemand hört es.

Zu tief.

Er setzt einen Fuß auf die alte Treppe, die sich wie ein tausendfach gedrehtes Widderhorn zur Oberfläche emporwindet.

Ein Schritt, ein weiterer. Jeder identisch in Länge und Rhythmus. Die Natur ist zyklisch angelegt.

Seine Schritte: Einer folgt dem anderen.

Seine Botengänge: Einer folgt dem anderen.

Das Sterben: Eine Seele folgt der anderen.

Er versteht nicht, wieso sich alles wiederholt. Er will es nicht wissen. Der zyklische Ablauf spendet Sicherheit.

Vage entsinnt er sich einer Zeit, da seine Existenz nicht zyklisch verlief. Doch das ist lange her. Dunkle Nebel verhindern jede konkrete Erinnerung.

Das Einzige, was jetzt wichtig ist: sein Auftrag. Ein weiteres Organ. Das letzte, hat man ihm gesagt.

Und dann?

Ein neuer Zyklus, vielleicht.

Oder etwas ganz anderes.

20

Obwohl es in den Straßen nie richtig dunkel wurde, fühlte sich Hippolit in diesem Gewirr aus schattigen, aschebedeckten Gassen beklommen. Von Bearth und seinen Kumpanen ging fürs Erste keine Gefahr mehr aus. Hippolit wusste nicht einmal, ob sie überhaupt noch am Leben waren. Doch die unangenehme Begrüßung am Vorabend, die zurückliegende Prügelei und nicht zuletzt sein verwirrendes Erlebnis mit Lith hatten in ihm eine schwer zu ignorierende Antipathie gegen diese Stadt ausgelöst.

Glücklicherweise schien es in Torrlem auch normale Menschen zu geben. Kurz nach seinem Aufbruch von Liths Wohnung war ihm ein älterer Mann in grauer Arbeitermontur über den Weg gelaufen, den er zögernd nach dem Weg zum städtischen Archiv befragt hatte. Der Bursche wirkte müde – möglicherweise hatte er eine Vierzehn-Stunden-Schicht als Vulwoogfahrer auf den Aschehalden hinter sich –, doch er gab bereitwillig Auskunft und wies Hippolit mit einem grau gepuderten Finger die Richtung.

Am Ende einer schnurgeraden, von steinernen Baumskulpturen gesäumten Allee tauchte das tempelartige Gebäude mit dem säulengestützten Vordach auf, das Meister Wylfgung ihm am Mittag beschrieben hatte. Hippolit hoffte, dass er dort um diese Zeit noch jemanden antreffen würde. Seiner Schätzung nach war die neunte Abendstunde bereits verstrichen, und man konnte von städtischen Beamten nicht erwarten, dass sie so spät noch … Seine Gedanken wurden jäh unterbrochen, als er im Zwielicht eine breitschultrige Gestalt ausmachte, die an eine der Säulen vor dem Archivgebäude gelehnt stand. Sie schien ihn nicht bemerkt zu haben und unterhielt sich mit tiefer, gutturaler Stimme mit jemandem, den Hippolit nicht sehen konnte. Der Platz vor dem Archiv jedenfalls war wie leergefegt.

In seinem Kopf schrillte eine Alarmglocke. Ein neuer Hinterhalt? Hielt sich in der Deckung der Säulen jemand versteckt, bereit zum Angriff?

Er zwang sich, die Reaktion seiner überreizten Nerven zu ignorieren und nicht übereilt zu handeln. Er ging hinter einem der gemeißelten Steinbäume in Deckung, murmelte die Befehlszeile für einen kopfgroßen Glutglobulus und ließ ihn mittels einer zusätzlichen Silbe unmittelbar neben der Gestalt an der Säule aufflammen.

Mit einer Mischung aus Erleichterung und Überraschung registrierte er, dass ihm sowohl die entsetzt aufbrüllende Stimme als auch das Gesicht, das im glühenden Schein des Leuchtballes sichtbar wurde, bestens vertraut waren. Rasch trat er aus seiner Deckung hervor.

„Bei Batardos! Bist du wahnsinnig, mich so zu erschrecken? Blaak … ich habe mir fast in die Hosen geschissen, M. H.!“ Jorge wischte sich mit den Händen das strähnige Haar aus dem Gesicht und atmete mehrmals tief durch. Dann fixierte er Hippolit, der herangekommen war, mit beleidigtem Blick. „Wieso schleichst du dich an wie ein Berufsmeuchler? Und wo hast du die ganze Zeit gesteckt? Wir warten schon seit über einer Stunde auf dich.“

„Ich … Es gab da einen kleinen, unvorhergesehenen Zwischenfall.“ Hippolit deutete auf seinen Kopfverband. „Aber das braucht uns jetzt nicht weiter zu interessieren.“ Über Jorges Schulter hinweg erkannte er, dass im Erdgeschoss des Archivgebäudes mehrere Fenster erleuchtet waren. Er würde dort also noch jemanden antreffen.

„Viel interessanter fände ich zu erfahren, was *du* hier suchst? Und versuch mir bloß nicht auf die Nase zu binden, du wolltest im Stadtarchiv von Torrlem Recherchen anstellen! Sonst ersticke ich möglicherweise an einem Lachanfall, bevor du ein einziges Mal ‚Blaak‘ sagen kannst. Was hast du die ganze Zeit getrieben?“

„Blaak?“, sagte Jorge probehalber. Als nichts passierte, fuhr er fort: „Du wirst nicht glauben, was ich erlebt habe, M. H.! Du denkst wahrscheinlich, du hättest einen harten Tag gehabt, wie? Dann pass auf, ich erzähle dir jetzt mal, was ein harter Tag ist.“ Er räusperte sich übertrieben. „Zunächst habe ich gemacht, was ich dir angekündigt hatte: Ich habe Ermittlungen unter den Einheimischen angestellt. Wie? Du willst wissen, was ich herausgefunden habe? In Ordnung, im Stichwortstil, damit's schneller geht, wenn du schon so nachhaltig fragst. Ganz wie du willst, M. H.“

„Jorge, vielleicht ist es deiner werten Aufmerksamkeit entgangen, aber ich habe mitnichten …“

„Stichwortstil: Ich in Kneipe rein, wie du befohlen. Ich dort treffen elenden Kammerjäger, Name: Agdeman. Ich mit Agdeman über Aschehalden latschen. Ich voller Asche. Ich sehr genervt sein. Ich Hass empfinden.“

Unter Jorges Kluft drang ein merkwürdiges Schnarren hervor. Es hörte sich entfernt an wie ein kaputtes Aufziehspielzeug. Jorge strich zärtlich über seine Brusttasche.

„Jorge, könntest du bitte normal reden? So kommen wir nicht weiter.“

„Gerüchte in Torrlem herrschen.“ Ein weiteres schnarrendes Fiepen. Jorge blickte mit entrücktem Blick an sich hinab. Er lächelte, schüttelte den Kopf. „Verzeih, M. H. Ich meine, es gibt da wohl einige Gerüchte in der Stadt. Du fragst dich, was für Gerüchte. Eine gute Frage. Intelligent. Nun, Gerüchte bezüglich gewisser Monstrositäten, die hier angeblich herumlaufen."

Hippolit verengte die Augen. „Monstrositäten?"

„Ich war, wie gesagt, mit Agdeman in den Aschehalden unterwegs. Ziemlich trostlos dort, wenn du mich fragst. Es gibt nur Asche und hie und da mal ein Fließband oder einen alten Kran, die in der Gegend herumstehen wie riesige mechanische Tiere."

Hippolit machte eine kurbelnde Bewegung mit der Hand. „Und weiter? Was ist dann passiert?"

Jorge schloss die Augen, als müsse er sich konzentrieren. „Na ja, der unsägliche Agdeman hatte einen Zerstörer dabei. Kennst du die? So eine Art mechanische Flammenschleuder. Hat sich damit selbst in Brand gesteckt, der Idiot. Ich musste ihn retten, unter erheblichen Gefahren für meinen schönen Trollleib. Hab ihn ins Klinikum des Heiligen Wasweißich geschleppt, das war vielleicht ein Akt! Agdeman ist nicht unbedingt, was man ein Leichtgewicht nennt. Zum Glück bin ich stark."

Hippolit verdrehte die Augen. „Eine schöne Geschichte, Jorge. Aber vielleicht könntest du allmählich zum Punkt kommen?"

„Anschließend dachte ich mir, Jorge, dachte ich, du kannst den schwachen M. H. doch nicht allein durch die Stadt des Todes wandern lassen! Sonst kommt es noch zu unvorhergesehenen Zwischenfällen. Aber egal. Es gibt ein altes Trollsprichwort, und das geht so: Egal. Habe mir daraufhin von Meister Kotkopp … ich meine: von Meister Kojomias verklickern lassen, wo sich das städtische Archiv befindet. Dachte mir nämlich, dass ich dich hier treffe. Bedenke, wie intelligent dieser Rückschluss war! Denn du stehst ja jetzt vor mir, insofern habe ich dich wirklich getroffen, oder?"

„Jorge, du schwafelst. Was hat es mit deinen ‚Monstrositäten' auf sich?"

Jorge beugte sich abrupt vornüber, so weit, dass Hippolit jeden einzelnen Haarstoppel auf seiner Stirn erkennen konnte. Er grinste. „Die Monstrositäten?", flüsterte er. Mit der linken Hand langte er tief in seine Brusttasche. „Ich zeig dir jetzt mal die Monstrositäten, pass auf!"

Er zog die Hand hervor.

Darauf saß ein rosafarbenes Geschöpf von der Größe eines jungen Kätzchens, mit kleinem Kopf, vorstehenden Zähnen und schwarzen Knopfaugen. Im ersten Moment dachte Hippolit, es handele sich um ein gerupftes Huhn. Als er erkannte, was es war, wich er einen Schritt zurück.

„Was bei Lorgons Allmacht …?"

„Das ist Pompom", sagte Jorge nicht ohne Stolz. „Das neuste Mitglied in unserem erlesenen Ermittlerkreis."

„Jorge … du …" Hippolit schüttelte den Kopf. „Das ist Ungeziefer! Willst du behaupten, du hast dich mit Ungeziefer angefreundet?"

„Pompom ist kein Ungeziefer, M. H. Sie hat einen guten Charakter, wirklich. Und vor allem ist sie eben *keine* Monstrosität. Der elende Agdeman war nichts weiter als ein Rattenfänger, kannst du dir das vorstellen? Ich habe Pompom vor ihm gerettet."

Abermals schüttelte Hippolit den Kopf. „Es ist immer das Gleiche: Da lässt man dich mal für einen Moment aus den Augen …"

Die Vulvatte war auf Jorges Schulter geklettert und schmiegte sich eng an dessen Hals. Dabei stieß sie ein Geräusch aus, das Hippolit zunächst nicht einordnen konnte. Als er genauer hinhörte, erkannte er, dass das Tier schnurrte.

Er seufzte. „Na schön. Es freut mich, dass du jemanden kennengelernt hast, mit dem du dich auf deinem Niveau unterhalten kannst. Aber hast du nicht vielleicht auch irgendetwas *Sinnvolles* in Erfahrung gebracht?"

Wieder grinste Jorge. „Selbstverständlich. Ich habe in der Zwischenzeit herausgefunden, was hier gespielt wird."

„Ach?" Hippolit verengte ungläubig die Augen. „Du weißt also, wer unser Serienmörder ist?"

„Genau. Na ja, zumindest habe ich einen echt konkreten Ansatzpunkt." Jorge breitete die Arme aus und sagte: „Ghoule!"

„Ghoule?"

„Ganz recht, Ghoule. Meister Kotkopp hat mir davon erzählt. Wusstest du …" Jorge lehnte sich von Neuem verschwörerisch nach vorn. Hippolit musste sich zwingen, nicht zurückzuweichen. Die Vulvatte kam ihm für seinen Geschmack erheblich zu nah.

„Wusstest du, dass es hier früher Unmassen von Ghoulen gab? Fleischfressende Bestien, groß wie Häuser, die einen Menschen mit bloßen Händen in Stücke reißen konnten! Kamen nach Torrlem, um sich an den Kaputten gütlich zu tun, sie zu verspeisen, was weiß ich. Weißt du, was Ghoule sind? Ich wusste es nur sehr grob. Es gibt da ein altes Trollsprichwort, und das geht so: Ghoule, oder wie oder was?"

„Jorge, ich weiß nicht, ob es dir klar ist, aber …"

„Pompom und ich haben daraufhin eingehend über dieses Thema diskutiert", behauptete Jorge und tätschelte väterlich den Haufen piepsender Hautlappen auf seiner Schulter. „Hatten ja genügend Zeit. Dabei ist uns ein weiteres altes Trollsprichwort ins Gedächtnis gekommen. Es geht so: Könnte es nicht sein, dass unser Orkmörder ein Ghoul ist, M. H.?" Jorge grinste voller Stolz.

Hippolit seufzte und warf einen ungeduldigen Blick auf die erleuchteten Fenster hinter Jorges Rücken. „In Ordnung, kurz und schmerzlos." Er massierte sich sekundenlang die Schläfen und referierte: „Bei der Lebensform, die man gemeinhin als ‚Ghoul' bezeichnet, handelt es sich um eine aufrecht gehende Kreatur von rudimentärer Intelligenz, deren Physiognomie meist als Mischung aus einem Schakal und einem bemitleidenswerten Brandopfer beschrieben wird. Die Größenangaben schwanken zwischen mannshoch und annähernd doppelt so groß."

„Klingt bestens bis jetzt“, stellte Jorge fest. Pompom fiepte bestätigend.

„Extrem kräftige Kiefer mit fingerlangen Reißzähnen, fähig, ohne Mühe dickste Knochen zu zermalmen. Gebogene Klauen an allen vier Extremitäten. Schwankend-hüpfender Gang, überdurchschnittlich ausgeprägter Sexualtrieb, nicht allein auf Angehörige der eigenen Rasse beschränkt.“

„Das wird ja immer besser!“ Jorges Grinsen war während der kurzen Aufzählung immer breiter geworden. „Also, wenn du mich fragst, passt das wunderbar …“

„Laut gängiger Lehrmeinung ernähren sich Ghoule vorzugsweise von Aas“, fuhr Hippolit ungerührt fort. „Dabei sollen sie menschliche Leichname denen anderer Rassen oder auch Tierkadavern vorziehen. Je stärker verwest das Gewebe, desto besser. Steht kein totes Fleisch zur Verfügung, verschmäht ein hungriger Ghoul allerdings auch lebende Beute nicht. Sein auf hohe Endgeschwindigkeiten ausgelegter Bewegungsapparat und die überdurchschnittlich ausgebildete Muskulatur befähigen ihn, die meisten Lebewesen schon nach kurzer Hatz zur Strecke zu bringen. Handelt es sich dabei um ein vernunftbegabtes Wesen wie einen Menschen …“

„… oder einen Troll!“

„… wird der Ghoul zunächst mit den Zähnen dessen Schädeldecke öffnen, um sein frisches Hirn zu verzehren, das unter diesen Kreaturen als Delikatesse gilt. Weit zurückreichenden, unbestätigten Berichten zufolge vermag ein erwachsener Ghoul anschließend für mehrere Stunden die Identität des ehemaligen Besitzers des Gehirns anzunehmen, ihn in Körper und Verhalten täuschend echt nachzuahmen – ein wissenschaftlich nie zur Gänze erforschtes Phänomen, das quer durch die sdoomische Geschichte zu zahlreichen fatalen Missverständnissen und Unglücksfällen geführt haben soll …“

„Ho. Hoho!“ Jorge riss beide Hände in die Luft und schnitt Hippolit mit einer triumphalen Geste das Wort ab. Dies hatte zur Folge, dass Pompom, die während Hippolits Ausführungen gelangweilt in eine Art Halbschlaf gefallen war, von seiner Schulter ab- und zappelnd an seiner Brust hinabrutschte. Gerade noch rechtzeitig langte Jorge zu und presste den rosigen Körper an sich wie einen Säugling.

„Das ist alles echt interessant, oder, wie wir Trolle sagen: Du bist ein verdammtes wandelndes Lexikon, M. H.!“ Er grinste so apokalyptisch, dass nahezu sämtliche seiner großen gelben Zähne zu sehen waren. „Ich würde mal ganz platt sagen: Da hätten wir also unseren Mörder. Und wer ist mal wieder draufgekommen? Jorge der Erwischer!“ Er klopfte sich mit einer Hand auf die Schulter. „Jetzt gilt es nur noch, diesen ghoulischen Drecksack ausfindig zu machen und ihm nach bewährter IAIT-Art die Schnauze zu verbiegen. Und schon ist wieder eine kleine Sonderbelobigung vom guten, alten Maul fällig. Ha! Haha!“

Hippolit wartete, bis Jorge mit seinem gekünstelten Gelächter fertig war. Dann schüttelte er langsam den Kopf.

Jorge sah ihn mit großen Augen an. Pompom blinzelte irritiert.

„Ich gebe zu: Ich hätte mir die Präliminarien sparen können“, hob Hippolit an. „Denn, so leid es mir tut, das zu sagen: Unser Mörder ist ganz bestimmt kein Ghoul.“

„Kein? Ghoul?“, wiederholte Jorge.

„Pfrrrrth“, sagte Pompom.

„Willst du einen sehr großen, sehr starken Troll sehr ungehalten machen, bei Batardos?“, erkundigte sich Jorge lauernd.

„Ich gebe zu, deine Theorie scheint auf den ersten Blick trefflich zu einigen unserer bisherigen Indizien zu passen. Dennoch muss ich dich enttäuschen, alter Freund. Der letzte Ghoul, so weiß die Geschichtsschreibung zu berichten, wurde im Jahre 1899 des Dritten Zyklus von einem draufgängerischen Schwertkämpfer namens Muthuas erschlagen. Das war im Koots, einem Gebirgszug tief im Süden Sdooms.“ Er bemerkte

Jorges verständnislosen Blick und fügte hinzu: „Sie sind ausgestorben, Jorge. Seit über eintausenddreihundert Jahren! Weg, tot, ausradiert. Es gibt keine Ghoule mehr, weder in Tonlem noch sonst wo."

„Keine Ghoule?" Jorge starrte von Hippolit zu seiner rechten Hand, die er bereits ausgestreckt hatte, um einen imaginären Sonderbonus von einem imaginären Geheimrat Karliban entgegenzunehmen, dann zurück zu Hippolit.

Der Vulvatte an seiner Brust blieb die emotionale Veränderung ihres Herrchens nicht verborgen. Sie schnüffelte erregt in der Luft.

„Blaak. Aber es hätte so schön gepasst." Jorge machte ein hoffnungsvolles Gesicht. „Und wenn nun, sagen wir … ein einzelner kleiner Ghoul übriggeblieben wäre?"

Hippolit schüttelte mit Nachdruck den Kopf. „Davon wüsste man, glaub mir. Außerdem vergisst du zwei quintessenzielle Aspekte, die eben *nicht* zu unseren Ermittlungsergebnissen passen."

„Nämlich?" An Jorges Brust fixierte Pompom Hippolit mit wütend funkelnden Knopfaugen.

„Ghoule mögen grässlich anzuschauen gewesen sein und von unmenschlicher Kraft und Grausamkeit. Aber sie waren keine thaumaturgischen Kreaturen."

„Hä? Ich verstehe nur Krügerschwein."

Hippolit stöhnte und verdrehte die Augen. „Wir haben sowohl an den Opfern als auch am Tatort eine latente Signatur festgestellt, falls es dir entfallen sein sollte." Seine Brauen zogen sich genervt zusammen. „Vielleicht verstehst du den zweiten Punkt besser: Den Opfern unseres Mörders wurden die *Herzen* geraubt – nicht die Hirne, auf welche ein Ghoul, so es denn noch einen gäbe, am ehesten versessen gewesen wäre."

Jorge ließ den ausgestreckten Arm sinken und stieß ein Geräusch aus, das klang, als entweiche Luft aus einem lecken Dampfkessel. Pompom knurrte leise.

„Sieh es ein, Jorge: Es passt nicht. Ich will gar nicht ausschließen, dass möglicherweise jemand versucht, die Mordserie so aussehen zu lassen, als sei ein Ghoul der Täter. Aber die Fakten sprechen eine eindeutige ...“

In diesem Augenblick huschte ein fleischfarbener Schemen Jorges Arm entlang und landete mit einem erbosten Fiepen auf Hippolits Brust.

„Was bei allen ...?“

„Pompom, du ungezogenes Ding! Was fällt dir ein? Du kannst doch nicht einfach den guten, alten M. H. ...“

Was immer die Vulvatte mit dem bleichen Jungen anstellen wollte, der Jorge gerade so schmählich vor den Kopf gestoßen hatte, es gelang ihr nicht recht. Vom Gewicht ihres eigenen aufgequollenen Körpers nach unten gezogen, klammerte sich das Tier verzweifelt an Hippolits Brust fest, grapschte mit den Vorderpfoten nach den Falten seines Gewandes in der Hoffnung, irgendwo Halt zu finden.

„Nimm es weg“, keuchte Hippolit, der vor Ekel kaum noch Luft bekam. „Es soll weggehen! Nimm es runter von mir, oder ich röste sein Hirn mit einem Explosivglobulus! Und deins gleich mit!“

„Pompom, Kleines. Komm her!“ Jorge versuchte, die Vulvatte von Hippolits Brust zu pflücken. Es gelang ihm erst beim dritten Versuch, nachdem Pompom hektisch nach Hippolits Hals gekrallt und ihm einen langen rötlichen Kratzer auf der weißen Haut über seinem Brustbein zugefügt hatte.

„Dieses verfluchte Biest!“ Keuchend presste Hippolit eine Hand auf die Rötung. „Du bringst es augenblicklich dorthin zurück, wo du es aufgelesen hast, hörst du? Wenn ich dich das nächste Mal sehe, bist du wieder allein, oder du warst die längste Zeit mein Assistent!“

„Immer mit der Ruhe, M. H.“ Betont beiläufig ließ Jorge sein Haustier unter der ledernen Jacke verschwinden. „Pompom hat es nicht böse gemeint. Sie hatte eine harte Jugend ...

Asche links, Asche rechts, Asche oben und unten, das schlägt einem irgendwann aufs Gemüt. Ich verspreche dir, wenn du ihr ein paar Tage Zeit gibst …“

„Einen Dreck werde ich!“ Hippolit griff in eine Innentasche seines Gewandes und schleuderte Jorge ein Stück Pergament entgegen. „Du wirst dieses … dieses Ding los, und zwar umgehend! Danach begibst du dich zu dieser Adresse. Meister Wylfgung hat uns eine Unterkunft vorbereiten lassen. Warte dort auf mich, bis ich mit meinen Recherchen fertig bin.“

Jorge hob beschwichtigend eine Hand. „Ich denke, du dramatisierst das alles ein bisschen. Sieh mal, Pompom ist …“

„Pompom ist eine Bestie! Und jetzt geh mir aus den Augen, ich habe einen Mörder zu fassen.“ Mit diesen Worten stapfte Hippolit auf den Eingang des Stadtarchivs zu, riss die schwere Pforte auf und verschwand im Innern.

Jorge blieb eine ganze Weile schweigend vor dem Gebäude stehen. Unter seiner Jacke zappelte es, als sich die Vulvatte in eine bequeme Position manövrierte.

„Mach dir nichts draus“, murmelte er schließlich. „M. H. ist ein Guter. Er hat nur manchmal seine anstrengende Phase, und dann … *Hallo*, was ist denn das?“ Er bückte sich und hob etwas auf, das sich durch ein verräterisches Glitzern im Zwielicht verraten hatte.

Es handelte sich um eine silberne Kette, deren feine Glieder an einer Stelle gerissen waren. Ein Anhänger mit einem mattgrauen Stein hing daran.

„Schau an“, murmelte Jorge und ließ den Fund bedächtig vor seinem Gesicht hin- und herpendeln. „Ein Phantotas-Amulett. Und es sieht zufälligerweise genauso aus wie das von M. H.“ Er tätschelte seine Brust, von wo ein zufriedenes Quieken ertönte. „Hut ab, du hast wirklich scharfe Krallen, Kleines. Zum Glück besagt ein altes Trollsprichwort: Zum Recherchieren braucht er das Ding bestimmt nicht.“

Er ließ das Schmuckstück in einer Tasche seiner Montur verschwinden und setzte sich quer über den Patz in Bewegung. „Das kann er sich nachher bei uns abholen … wenn er schön brav ist. Und jetzt gelüstet mich nach Essbarem und einer Mütze guten, mit feuchten Träumen angereicherten Erwischerschlafs.“

21

Sie sind sich hoffentlich im Klaren darüber, dass ich gerade meine Anstellung aufs Spiel setze, bei Ubalthes?"

Die Stimme des Archivars, dünn und alles andere als selbstbewusst, bebte vor nervöser Erregung. Immer wieder sah der Mann über seine Schulter, als könne jeden Moment jemand den Lesesaal betreten und ihn wegen seines frevelhaften Ungehorsams verhaften und geradewegs in die Ewige Flamme werfen.

Hippolit, der an einem von mehreren langen Tischen über einen riesigen Haufen fadengehefteter Pergamentbündel gebeugt saß, winkte ab. „Ich habe es Ihnen doch schon erklärt: Die Anordnungen der Ermittlungsbehörde, der ich angehöre, rangieren in der juristischen Hierarchie über denen Ihres Vorgesetzten. Oder einfacher ausgedrückt: Befehle von oben heben solche von weiter unten auf! Sie handeln also absolut gesetzeskonform. Darüber hinaus beweist Ihre Bereitschaft, mir zur Hand zu gehen, Ihre beachtliche Intelligenz, mein lieber Eftar. Sie haben die akute Dringlichkeit meiner Recherchen sofort erkannt."

Letzteres war, gelinde gesagt, übertrieben. Trotz der Bescheinigung von Meister Wylfgung, die ihn als städtischen Beamten auswies, hatte Hippolit mehr als eine halbe Stunde auf den kleinwüchsigen Beamten mit dem schütteren Haar und den weit auseinanderstehenden Vorderzähnen einreden müssen, bevor Eftar überhaupt erwogen hatte, den Raum mit den Karteikästen noch einmal für ihn aufzuschließen.

Außer dem mickrigen Beamten hielt sich niemand mehr im Archiv auf. Als Hippolit das Gebäude betreten hatte, war Eftar gerade dabei gewesen, die letzten Gaslampen in den Büros im Erdgeschoss zu löschen. Nur die Androhung exorbitanter Repressalien, falls den Befehlen des IAIT-Vertreters nicht Folge geleistet würde, hatte den Archivar bewogen, trotz der späten Stunde noch einen Schwung historischer Aufzeichnungen im Magazin zusammenzusuchen und hinüber in den Lesesaal zu tragen.

Die Dokumente stammten aus der Abteilung für historisches Bauwesen, und fast alle hatten Planung und Errichtung der Kanalisation zum Inhalt. Ganz wie Meister Wylfgung berichtet hatte, war einst parallel zur Konzeption der Grabstadt ein umfangreiches System von Abwasser- und Abluftschächten entworfen worden – nur logisch, wenn man den prädestinierten Zweck Torrlems bedachte, zugleich jedoch erstaunlich hellsichtig für einen riesigen bürokratischen Apparat wie jenen, der hinter dem Entwurf einer landesweiten Entsorgungsstelle für Verstorbene stand.

Nach einer Chronik über den Verlauf des über sechs Jahrzehnte währenden Bauvorhabens sowie einem Abriss über Leben und Werk des Architekten, Meister Derckh aus Sherlepp, der Stadt der Mathematik, stieß Hippolit auf einen großformatigen Plan, der die wichtigsten Stollen und ihre Verbindungen zum oberirdischen Straßennetz dokumentierte. Er erbat sich von dem unruhig umherwieselnden Eftar Schreibzeug und fertigte eine rasche, nichtsdestoweniger exakte Kopie davon an.

Der kleine Archivar wollte daraufhin erleichtert die Lichter löschen, doch Hippolit war noch längst nicht fertig. Seine eigene Müdigkeit nach dem langen und schmerzerfüllten Tag ignorierend, scheuchte er Eftar ein weiteres Mal ins Magazin. Die Aufzeichnungen, die er sich diesmal bringen ließ, betrafen jenen Teil der unterirdischen Anlagen, den Meister Wylfgung „Katakomben“ genannt hatte – die Silos, welche in den frühen Tagen der Grabstadt zur Lagerung von Leichen gedient hatten.

„Ich habe meine Befugnisse jetzt zweimal an einem Abend überschritten!“ Eftars Quengelei ließ Hippolit zum wiederholten Mal von seiner Lektüre hochschrecken.

„Nach Ende der Öffnungszeiten hat hier niemand mehr etwas verloren, auch kein städtischer Angestellter, wie Sie angeblich einer sind.“ Seinem skeptischen Blick war zu entnehmen, dass Eftar die Echtheit von Hippolits Beamtenbescheinigung anzweifelte, nicht zuletzt wohl auch wegen dessen auffallend jugendlichen Erscheinungsbilds. „Es widerspricht den Statuten, um diese Zeit noch etwas aus dem Magazin zu holen. Sie müssen morgen wiederkommen, am besten in Begleitung eines Beamten der Stadtverwaltung!“

„Ja, ja. Quintessenziell.“ Hippolit nickte abwesend und vertiefte sich von Neuem in die Unterlagen.

Leider gab es keine separate Chronik über die Silogeschosse, daher musste er deren Geschichte aus Bereitstellungsanträgen früherer Verwalter sowie thaumaturgischen Statusberichten jener Beamten rekonstruieren, die seinerzeit für die umfangreichen Stasis-Praktiken zur Konservierung der Leichen zuständig gewesen waren. Erst nach einer guten Stunde stellte sich ihm die Historie der Katakomben ansatzweise lückenlos dar: Im Anschluss an jede Revision, die die Ewige Flamme seit ihrem Bestehen durchlaufen hatte, war die Zahl der zur Lagerung genutzten Tiefgeschosse reduziert worden. Waren es zu Beginn acht gewesen, wurden nach der ersten Verbesserung der Brennkammer nur noch sechs benötigt, fünf nach der zweiten und zwei nach der dritten. Als es anno 2314 des Dritten Zyklus schließlich zur größten und letzten Revision kam, die eine Aufstockung des erforderlichen Thaumaturgenstabs um fast vierzig Mann und eine Effizienzsteigerung von über zweihundert Prozent mit sich brachte, wurden die Katakomben von einem auf den anderen Tag obsolet. Wie Meister Wylfgung gesagt hatte, nutzte man sie ab diesem Zeitpunkt nur noch sporadisch, wenn beispielsweise die Zahl der angelieferten Leichname als Folge politischer oder gesundheitlicher Krisen überproportional anstieg.

„Das muss jetzt aber wirklich genügen", forderte Eftar und gestikulierte heftig in Richtung Tür. „Die elfte Abendstunde bricht bald an. Bei Lorgon, wenn jemand mitbekommt, dass wir immer noch hier …"

„Schschsch", machte Hippolit, ohne aufzusehen. Er war gerade durch Zufall auf einen interessanten Vermerk gestoßen, der aus der Zeit kurz vor der finalen Revision datierte. Ein mit Konservierungsritualen beauftragter Thaumaturg vierter Stufe namens Kenken hatte im Jahre 2217 auf eine Unstimmigkeit hinsichtlich der Anzahl der von ihm mit Stasis zu belegenden Leichname in der dritten Silo-Etage hingewiesen, eine Differenz zwischen der in den Unterlagen der Anlieferer genannten Quantität und dem realen Bestand.

Hippolit ignorierte Eftar, der wie ein Huhn mit Verdauungsbeschwerden immer wieder um seinen Tisch trippelte, und schlug in den Anordnungen des damaligen Verwalters nach, einem Vorgänger Meister Wylfgungs, der auf den Namen Amielus gehört hatte. Interessanterweise war jener Amielus dem spurlosen Verschwinden von mehreren Dutzend Leichnamen offenbar nicht weiter nachgegangen. Hippolit kehrte zurück zu den Berichten der Stasis-Verhänger und wurde prompt ein weiteres Mal fündig: Im Jahre 2221 hatte ein gewisser Meister Holman das unerklärliche Fehlen von über sechzig Leichen dokumentiert. Nur ein Jahr später war einem Meister namens Birt eine Differenz von knapp hundert Toten aufgefallen. Jedes Mal überprüfte Hippolit die zeitgleichen Eintragungen ins Auftragsbuch der zuständigen Verwalter – und kam ein ums andere Mal zum selben Ergebnis: Nie waren Maßnahmen zur Klärung des rätselhaften Schwundes ergriffen worden. Lediglich im Jahre 2297 stieß er auf eine knappe Notiz von Meister Amielus' Nachfolger, Meister Lemkin, gerichtet an seinen Vizekoordinator. Darin äußerte Lemkin Bedenken, die „Ungezieferplage" in den unteren Silogeschossen drohe möglicherweise intolerable Ausmaße anzunehmen, ein Treffen mit Mitarbeitern des thaumaturgischen Stabes sowie Vertretern der Beseitiger-Innung möge zeitnah anberaumt werden. Ob und wann dieses Treffen tatsächlich stattgefunden hatte, darüber ließ sich nichts weiter herausfinden.

„Jetzt reicht es, Meister Hippolit! Sonderbefugnis hin oder her, ich schließe jetzt." Eftar schien sich nach langem Hadern zum Handeln durchgerungen zu haben.

„Sagen Sie, bester Eftar", hob Hippolit die Stimme und blätterte einen weiteren Papierstapel durch. „Wissen Sie zufällig etwas über eine Ungezieferplage in Torrlem, so um das Jahr 2297 herum?"

„Nein! Und wenn ich etwas wüsste, würde ich es Ihnen nicht verraten." Der kleine Mann war jetzt sichtlich wütend. „Haben Sie verstanden, was ich gerade gesagt habe? Ich! Schließe! Jetzt! Und ich fordere Sie auf, mir nach draußen zu folgen – es sei denn, Sie legen Wert darauf, hier allein im Finstern eingeschlossen zu werden."

Darauf legte Hippolit verständlicherweise wenig Wert. Noch weniger allerdings darauf, mit Eftar seine einzige Möglichkeit eines zielsicheren Zugriffs auf weitere Dokumente aus dem Magazin zu verlieren.

Ganz langsam hob er den Kopf.

Eftar war mit einer schmutzfarbenen Toga bekleidet, offenbar die Arbeitskleidung der städtischen Archivare. Die Stoffbahnen waren in Unordnung, auf der Vorderseite mit Staub und Papiermehl bestäubt. Der kleine Mann atmete heftig, seine Hände zitterten. In seinem engen Gesicht hatten sich hektische rote Flecken gebildet.

Bluthochdruck, dachte Hippolit instinktiv. *Also kein Zwinger. Schade.*

Der Zwinger war eine ausgesprochen praktische thaumaturgische Technik, um sich andere Menschen gefügig zu machen. Seine Intensität war wählbar, der Effekt reichte von der Erfüllung kleiner Handlangerdienste bis zum „freiwilligen“ Sprung von einer Klippe. Unglücklicherweise wirkte der Zwinger ausschließlich körperlich, weshalb er sich nicht zum Einsatz bei Verhören eignete: Das Bewusstsein des Zielobjekts blieb unbeeinflusst und kämpfte innerlich gegen die Fremdbeeinflussung an, was bei entsprechender Veranlagung – zum Beispiel Bluthochdruck – zu einem Kreislaufkollaps oder sogar Herzversagen führen konnte. Ein solches Risiko war die Sache nicht wert, befand Hippolit. Er entschied sich stattdessen für den Inneren Frieden.

Bevor Eftar sich klar darüber werden konnte, dass sein Besucher im Begriff war, Thaumaturgie zu wirken, umfasste Hippolit den kleinen grünen Hexalyt, den er stets in einer Tasche seines Gewandes bei sich trug und der die Eigenschaft besaß, bestimmte Rituale energetisch zu unterstützen, und sprach eine uralte Befehlszeile.

Augenblicke später begann sich Eftars Haltung merklich zu entspannen. Die Flecken in seinem Gesicht verschwanden, seine Miene hellte sich auf, bis ein naives Grinsen alle anderen Gemütsregungen überdeckte.

„Wie fühlen Sie sich, Eftar?“, fragte Hippolit, der die Antwort bereits kannte.

„Gut“, hauchte der Archivar und starrte mit verklärtem Blick zur Decke. „Alles ist gut. Ich bin komplett.“

Hippolit nickte wohlwollend. Der Innere Friede war ein Spruch, der häufig zu therapeutischen Zwecken angewandt wurde, etwa zum Kurieren von Depressionen. Mit ihm war es möglich, extreme subjektive Zufriedenheit beim Zielobjekt zu erzeugen, ungeachtet äußerer Umstände – mochte der Betreffende auch gerade auf einer Streckbank liegen oder in einem brennenden Haus verschmoren. Wie die meisten psychoaktiven Praktiken war allerdings auch der Innere Friede mit Vorsicht anzuwenden. Man hatte davon gehört, dass es bei zu hoher Dosierung auch zu Todesfällen kommen konnte. Beeinflusste legten sich mitunter in restloser Zufriedenheit nieder, um nie wieder aufzustehen und mit einem erfüllten Lächeln im Gesicht zu verhungern. Nicht zuletzt deswegen hatte Hippolit den Spruch schwach dosiert. Zudem war es ihm wichtig, dass Eftar ansprechbar blieb.

Er erhob sich, nahm den benebelten Mann bei der Hand und kehrte noch einmal in den Raum mit den Karteikästen zurück. Dort suchte er die Signaturen mehrerer historischer Dokumente heraus, von denen er hoffte, aus ihnen mehr über die erwähnte Ungezieferplage herauszufinden. Dann wandte er sich an den Archivar: „Eftar, mein Lieber. Alles ist gut, nicht war?“

„Nichts fehlt. Alles ist wunderbar, wie es ist“, lallte der Beamte.

„Hervorragend. Wenn es Ihnen also gut geht, macht es Ihnen sicher nichts aus, mir diese Aufzeichnungen aus dem Magazin herauszusuchen, nicht wahr?“

Ohne hinzusehen, streckte der Archivar die Hand nach den Karteikarten aus. „Ich bin komplett und gut“, erklärte er lächelnd. „Ich glaube, ich bin der glücklichste Archivar von ganz Lorgonia.“

„Quintessenziell“, bestätigte Hippolit. „Ihre Tätigkeit hier macht sie glücklich. Alte Dokumente herauszusuchen ist Ihre Erfüllung.“

Eftar blinzelte, nahm die Karten in seiner Hand erst jetzt richtig wahr. „Das stimmt. Freude erfüllt mich beim Gedanken, meiner Aufgabe nachzukommen. Alles ist wunderbar.“

„Fein, fein. Dann hurtig!“ Hippolit machte eine wedelnde Handbewegung, und der Archivar entfernte sich in Richtung der Magazinräume.

·22·

Jorges Stiefel hinterließen in der dünnen Ascheschicht der nächtlichen Straßen große, regelmäßige Abdrücke. Ein später Passant hätte sich vermutlich gefragt, wer derart riesige Fußabdrücke verursachen mochte, denn in Torrlem gab es keine Trolle. Aber außer ihm war niemand unterwegs, und schon bald verwischte der Abendwind die Spuren, bis nichts mehr von ihnen übrig war.

„Na, Pompom. Geht's dir gut?“ Jorge tätschelte die Vulvatte, die mittlerweile wieder keck aus der Brusttasche seiner Kluft lugte und ihr faltiges Gesichtchen in die Höhe reckte. Der schmutzige Schein der Ewigen Flamme hoch droben am Himmel spiegelte sich in ihren Knopfaugen, sodass es aussah, als wären sie von einem inneren Feuer erfüllt. „Mach dir nichts draus, dass M. H. dich nicht leiden kann“, fuhr Jorge fort, als er den herzerweichenden Blick des Tiers bemerkte. „Er ist manchmal ein bisschen empfindlich, findest du nicht auch? Der stellt sich vielleicht an! Nur weil du ihn auf deine ganz eigene Art begrüßen wolltest, macht er so ein Theater.“

Die Vulvatte quiekte. Jorge lauschte, dann nickte er heftig.

„Du hast ganz recht, Pompom, altes Lappenluder: Von Zeit zu Zeit benimmt sich M. H. wie ein kleines Kind. Aber das liegt daran, dass er in einem Knabenkörper gefangen ist.“ Er zögerte, dachte kurz nach. „Ich hätte mal eine verdammt ehrlich gemeinte Frage an dich, Pompom. Du kennst mich jetzt ja schon recht gut, und du weißt, ich mag beantwortete Fragen. Also: Kann es sein, dass sich M. H. deswegen zuweilen so eigentümlich verhält, weil er … wie soll ich mich ausdrücken? Weil er allmählich in die Pubertät kommt? Ich meine, ich weiß: Sein Geist ist uralt, aber vielleicht fordert sein unreifer Körper jetzt seinen Tribut. Was meinst du, Pompom? Ist das eine gute Theorie?"

Pompom stieß eine Art Gurren aus, was Jorge entzückte. Vorsichtig tätschelte er ihren Kopf.

„Na ja, wenigstens hat er das mit unserer Unterkunft geregelt. Es gibt da ein altes Trollsprichwort, und das geht so: Such dir in einer fremden Stadt stets eine Unterkunft für die Nacht, wenn du nicht eines überraschenden und schmerzhaften Todes sterben möchtest. Du magst es ja gewohnt sein, die Nächte draußen auf den Aschehalden zu verbringen, Pompom. Aber mal im Vertrauen: Ich bin kein Angsthase, doch in der Stadt des Todes zu nächtigen, umgeben von den Überresten so vieler Verstorbener … das lässt selbst im stärksten Troll den Wunsch nach einem weichen Daunenbett aufkommen, weißt du?"

Die eng stehenden grauen Häuser warfen gespenstische Schatten über das unebene Kopfsteinpflaster. Jorge fragte sich, woran er die Pension, deren Adresse auf Hippolits Zettel vermerkt war, erkennen sollte. Ein Haus sah aus wie das nächste. Keines schien bewohnt zu sein, zumindest war nirgends Licht zu erkennen. Vielleicht gingen die Bürger Torrlems ja alle früh zu Bett, oder dieser Teil der Stadt stand schon länger leer, wer wusste das schon?

Die feine Asche in der Luft schien alle Geräusche zu dämpfen, so dass Jorge sein Blut überdeutlich in den Ohren rauschen hören konnte. Er fühlte Pompom als warmen Klumpen an seiner Brust, rasch atmend, spürte ihr kleines Herz pochen.

„Pompom, du hast doch dein ganzes Leben in Torrlem verbracht“, murmelte er. Irgendwie beruhigte ihn der Klang seiner eigenen Stimme, deswegen quatschte er weiter. „Jetzt frage ich dich ganz offen, von Mann zu Vulvatte: Gibt es hier in Torrlem vielleicht *doch* irgendwo eine Art Monster? Weil, ich nehme das unserem pubertierenden Freund M. H. nicht so ganz ab. Das mit den Ghoulen, meine ich. Mal unter uns: M. H. behauptet nach meinem Geschmack einfach zu oft etwas, das er irgendwo gelesen hat. In seinen schlauen Büchern, mit seinen pubertierenden Augen, verstehst du? Er saugt Bücher in sich auf wie anständige Leute köstliche Krügerschweine. Aber er lebt nicht in Torrlem, so wie du, und er hat sich nicht in jedem Winkel umgesehen, dazu hatte er ja gar nicht die Zeit. Woher will er also wissen, dass es hier keine Ghoule mehr gibt? Mal im Ernst, Pompom: Es würde schon passen, oder? Meister Kotkopp … ich meine natürlich Meister Kojomias, entschuldige bitte, also, der hat doch klipp und klar gesagt, dass diese Leichenfresser einst hier ihr Unwesen getrieben hätten. Was wäre, wenn doch einer überlebt hätte, aus Versehen sozusagen? Und wenn er noch immer hungrig wäre?“

Jorge erreichte die Mündung einer schmalen Gasse und blieb stehen, um die Wegbeschreibung auf dem Zettel zurate zu ziehen. Von seiner Brusttasche aus beäugte Pompom skeptisch den finsteren Durchgang. Die Giebel der schiefen Häuser neigten sich auf beiden Seiten so stark vornüber, dass sie das dumpfe Glühen der Ewigen Flamme und das blutleere Licht des wolkenverhangenen Mondes fast vollständig abschirmten.

„Tja. Wenn ich das Gekritzel von M. H. richtig deute, müssen wir dort entlang“, stellte Jorge fest und setzte sich wieder in Bewegung. „Meinst du, wir sind hier noch richtig, Pompom? Sieht mies aus, die Gegend, wenn du mich fragst.“

Pompom wusste es nicht, und offensichtlich war ihr die Umgebung ebenfalls nicht geheuer. Zappelnd verkroch sie sich unter Jorges Jacke.

Ein gutes Dutzend Schritte weiter stieß Jorge auf eine Kreuzung, die von einer alten, an einem hohen Mast befestigten Gaslaterne in grünliches Licht getaucht wurde. Entlang der quer verlaufenden Straße gab es ebenfalls Leuchten, doch sie waren alle defekt, bis auf eine, deren kränklicher Schein weit entfernt, hinter einer Biegung der nach rechts führenden Gasse, zu erahnen war.

„Blaak", murmelte Jorge und zerknüllte das Papier in seiner Hand. „M. H. mag ja einiges draufhaben, aber eins beherrscht er ganz bestimmt nicht: Wegbeschreibungen." Er runzelte die Stirn und dachte angestrengt nach. „Plan eins – die Pension anhand des dämlichen Zettels zu finden – kann als gescheitert betrachtet werden. Zeit für Plan zwei, der da lautet: einen Passanten nach dem Weg fragen." Er drehte sich einmal im Kreis, ließ den Blick über die menschenleere Kreuzung, die finsteren Häuser und den aschebedeckten grauen Boden schweifen. „Nun, da fragt ein altes Trollsprichwort nicht ganz zu Unrecht: Wo einen Passanten hernehmen, wenn keiner da ist?"

In diesem Augenblick ertönte irgendwo rechts von ihm ein Geräusch, ein metallisches Schaben, als schleife etwas Schweres über unebenes Kopfsteinpflaster.

„Sieh an, hier lebt also doch noch einer." Jorges Gesicht hellte sich auf. „Klingt, als fuhrwerke jemand an einem alten Kanaldeckel rum. Was meinst du, Pompom?"

Pompom meinte gar nichts, aber das war egal, denn bereits im nächsten Moment wehte ein zweiter, gänzlich anderer Laut mit der nächtlichen Brise heran. Es klang, als zöge ein alter Mann endlos lang einen zähen Batzen Schleim die Nase hoch.

Es kam eindeutig aus der Gasse, die rechter Hand, ein Stück von der Kreuzung entfernt, eine scharfe Biegung beschrieb.

Jorges Miene versteinerte. „Hast du das gehört, Pompom? Ich weiß ja nicht … also, vielleicht suchen wir doch lieber noch ein bisschen auf eigene Faust weiter, anstatt auf diesen verschnupften Kerl zu warten und ihn nach dem Weg zu fragen?"

In diesem Moment trat jenseits der Kurve jemand in den Schein der einsamen Gaslaterne, die dort leuchtete. Ein verzerrter Schatten fiel auf das Kopfsteinpflaster diesseits der Biegung.

„Blaak! Pompom, bei Batardos … was ist das?"

Mit aufgerissenen Augen starrte Jorge den Schatten an.

Gewiss lag es an der perspektivischen Verzerrung, aber es sah aus, als wäre der spindeldürre Kerl, der unmittelbar hinter der Kurve stehen musste, fast doppelt so groß wie er selbst. Und natürlich konnte es nur einem Spiel von Licht und Schatten zuzuschreiben sein, dass seine Arme fast bis auf den Boden herabzuhängen schienen. Wie riesig seine Hände aussahen. Und erst der Kopf!

Sehr langsam machte Jorge einen Schritt rückwärts.

Die Gestalt hinter der Ecke bewegte sich nicht. Sie stand einfach da, wobei sie leicht zu schwanken schien.

Worauf wartete der Kerl bloß?

Jorge spürte, dass er schwitzte. Unvermittelt kam ihm ein altes Trollsprichwort in den Sinn: *Was ist schon das Leben?*, fragte es. *Du bist tot, bevor du geboren wurdest, und tot, nachdem du gestorben bist. Das Leben ist nur eine kurze Unterbrechung des Todes.*

Blaak, warum fiel ihm dieser Blödsinn gerade jetzt ein,? Und wieso verspürte er plötzlich dieses eigenartige Drängen in seinen Därmen, als hätte er etwas Verdorbenes gegessen? Er hatte nichts Verdorbenes gegessen, im Gegenteil: heute fast noch gar nichts. Vielleicht war es ja das?

Er spürte Pompoms nervöses Zappeln unter seiner Kleidung. Mit einem Mal dämmerte ihm, dass er Angst hatte.

Jorge war es nicht gewohnt, Angst zu haben. Er horchte in sich hinein, um festzustellen, wie es sich anfühlte, Angst zu haben.

Es fühlte sich *beschissen* an! Schlagartig wollte er weg von hier. Es kostete ihn alle Mühe, sich zu beherrschen und nicht wie ein Verrückter davonzurennen.

Aber er durfte sich nicht hektisch bewegen. Wenn er sich unbedacht bewegte, würde das Ding hinter der Kurve auf ihn aufmerksam werden und die Gasse entlanggerannt kommen.

Als hätte Jorge den Gedanken laut ausgesprochen, kam Bewegung in den Schattenriss. Knotige, verwachsen wirkende Arme fuhren in die Höhe, höher und immer höher, bis der Schatten ihrer langgliedrigen Hände sich über das aschebedeckte Pflaster bis fast zur Kreuzung reckte.

Der Schatten konnte unmöglich einem Menschen gehören. Selbst für einen Troll war er zu riesig. Und zu verwachsen! Er passte zu überhaupt keinem Lebewesen, das Jorge kannte.

„Ruhig, Pompom", hauchte er, „nur keine Aufregung."

Das Leben ist nur eine kurze Unterbrechung des Todes …

Es gab also keine Monster in Torrlem? Wer hatte das behauptet? So ziemlich jeder, mit dem Jorge bisher gesprochen hatte.

Keine Monster also, bei Batardos! Seltsam, dass dann jetzt eines nur ein Dutzend Schritte von ihm entfernt hinter der Gassenbiegung stand und abermals ein Geräusch auszustoßen vermochte, als sauge jemand Flüssigkeit durch eine zu enge Öffnung.

In diesem Moment begann sich das Ding erneut zu rühren. Kurz hatte Jorge den Eindruck, das bucklige Etwas habe hinter der Biegung begonnen, einen irrwitzigen, taumelnden Tanz aufzuführen.

Schwindel erfasste ihn, als er begriff, was wirklich geschah: Das Wesen hatte sich in Bewegung gesetzt – es rannte in seine Richtung!

Und dann ging alles ganz schnell: Im gleichen Augenblick, da Jorge mit einem erstickten Keuchen rückwärts in die Gasse sprang, aus der er gekommen war, schoss ein massiger Schemen hinter die Biegung hervor, hinterrücks angestrahlt vom grünen Licht der Gaslaterne. Jorge taumelte tiefer ins Dunkel, während vor ihm etwas blitzschnell die Kreuzung überquerte und nach links davonraste. Jorge erhaschte einen verschwommenen Blick auf etwas, das wie ein fleischgewordener Schatten aussah – unförmige, grobknochige Extremitäten, ein hündisch vorgestreckter Schädel, fast zwei Mannslängen hoch über dem Boden …

Unvermittelt war es fort. Verweht wie Asche, kaum mehr als die Erinnerung an einen flüchtigen Geist.

Jorge wusste nicht, was er denken sollte. Er wusste nicht, was ihn mehr verwirrte: was er glaubte gesehen zu haben oder dass er sich gerade wie ein ängstliches Kind in einer dunklen Gasse verkrochen hatte.

Er machte ein paar vorsichtige Schritte vorwärts, sah sich nach allen Richtungen um.

Die Kreuzung lag still und menschenleer vor ihm. Nichts und niemand war zu sehen.

„P… P… Pompom?" Jorge tastete nach seiner Brusttasche, um sich zu vergewissern, dass die Vulvatte noch da war.

Er trat von Neuem in den Schein der Gaslaterne hinaus und begann, mit gesenktem Kopf nach den Fußspuren zu suchen, die das Wesen hinterlassen haben musste. Doch er fand keine.

Hatte der Wind die Asche verweht, so wie er früher am Abend Jorges eigene Spuren verwischt hatte?

„Pompom … bei Batardos, kannst du mir mal erklären, was das war?"

Ein kalter Schauer rann über Jorges Rücken. Was immer er gesehen hatte, es hatte sich schneller bewegt als jedes Lebewesen, das er kannte.

Und es hatte dabei nicht das geringste Geräusch verursacht. Natürlich nicht.

Die Dunkelheit machte keine Geräusche.

23

Es dauerte nicht lange, dann hatte der glücklich vor sich hin lächelnde Eftar Hippolit einen neuen Stapel Papier aus dem Magazin gebracht. Es handelte sich um Einsatzpläne der Beseitiger-Innung, dazu Listen mit Daten über Anlieferung und Einäscherung von Leichnamen in den Jahren zwischen 2200 und 2300. Hippolit tauchte ab in eine Welt aus Zahlen, Kürzeln und kaum lesbaren Fußnoten, prüfte und verglich Anlieferungs- und Einäscherungsbelege von Abermillionen Toten, die Jahr für Jahr nach Torrlem gebracht worden waren. Schließlich fand er in den Statistiken eine Aufstellung, die die Zahl der zwischen 2202 und 2299 in den Silos verlustig gegangenen Leichen auf rund fünfhundert Einheiten bezifferte.

Was mochte zu einem solch eklatanten Fehlbetrag geführt haben? Gewiss keine Ungenauigkeiten im Zahlenwerk, dazu waren die Dokumentationen zu lückenlos und penibel geführt. Neugierig geworden, machte sich Hippolit über die Einsatzpläne der Beseitiger im betreffenden Zeitraum her. Er stieß auf einen interessanten Zusammenhang.

Seit Bestehen der Grabstadt war mehr oder weniger regelmäßig eine Abteilung der Innung in die Katakomben geschickt worden, die als „Exterminationskommando V" vermerkt war und von der Hippolit vermutete, dass sie mit der Beseitigung von Vulvatten beauftragt war. Unregelmäßiger tauchten weitere Kommandos auf, mit Kennbuchstaben wie „H" (für Halgerlak, einen aasfressenden Käfer) oder „R" (für Relph, einen armlangen, haarigen Wurm, der seine Eier in toten Körpern ablegte).

Einzig zwischen 2202 und 2209, also den ersten Jahren der rätselhaften Leichenschwund-Periode, existierten darüber hinaus Eintragungen für ein „Exterminationskommando G".

So sehr Hippolit auch suchte, nirgends fand er eine Erklärung dieses mysteriösen Kürzels. Dafür gab es Listen mit Anträgen zur Materialbeschaffung, aus denen hervorging, dass Kommando G regelmäßig mit großen Mengen schweren Geräts ausgerüstet worden war: vitrioleumgefüllten Zerstörern, mit Beschleunigern präparierten Schrotröhren, schweren Äxten mit schmerzverstärkten Doppelklingen und so weiter. Andere Listen belegten, dass ohne Unterlass neue Mitarbeiter für Kommando G rekrutiert worden waren. Sonderbarerweise fanden sich aber nirgends Kündigungsbelege, die den hohen Personalbedarf erklärt hätten …

Irgendwann spürte Hippolit, wie die Müdigkeit ihn übermannte. Er schloss die Augen, bettete das Gesicht in die Hände und lauschte minutenlang dem fröhlichen Summen vom anderen Ende des Raumes, wo Eftar auf einem Hocker saß und entrückt die Wand anstarrte.

Schließlich richtete er sich auf und begann, die verstreuten Papiere zu einem großen Stapel zusammenzuschieben. Es war unerheblich, worauf die Beseitiger damals in den Katakomben Jagd gemacht hatten. Das Einzige, was er benötigte, um dort unten nach dem Mörder suchen zu können, war ein verlässlicher Plan, mit dem er und Jorge …

Könnte es nicht sein, dass unser Orkmörder ein Ghoul ist, M. H.?

Hippolit schüttelte den Kopf, um Jorges Stimme aus seinen Gedanken zu vertreiben. Zwar lag auf der Hand, dass das Einsatzziel des Kommandos G irgendwie mit dem Verschwinden von Leichen aus den Silos zusammenhängen musste, aber das G mochte ebenso gut für „Glophenmarder" oder irgendein anderes Viehzeug stehen. Der letzte Ghoul war 1899 getötet worden. Im Jahre 2202, als die ersten Leichen verschwanden, existierten folglich schon lange keine mehr.

Und wenn nun, sagen wir … ein einzelner kleiner Ghoul übrig geblieben wäre?

Wütend kaute Hippolit auf seiner Unterlippe. Die Idee war unsinnig, und zwar gleich aus mehreren Gründen. Erstens, weil sie von Jorge stammte. Zweitens, weil kein Ghoul – wenn man einmal davon ausging, es hätte tatsächlich ein Exemplar bis ins Jahr 2202 überdauert – einem bis an die Zähne bewaffneten Aufräumtrupp wie dem Exterminationskommando G lange genug Widerstand hätte leisten können, um insgesamt fünfhundert Leichen zu rauben. Drittens, weil ein Ghoul, der damals in Torrlem umgegangen wäre, heute über tausend Jahre alt sein müsste. Hippolit kannte sich mit der durchschnittlichen Lebenserwartung von Ghoulen zwar nicht aus, die Vorstellung erschien ihm dennoch aberwitzig.

Ein letztes Mal nahm er sich die Auflistung der zwischen 2202 und 2299 gelieferten und anschließend von den Thaumaturgen der Grabstadt mit Stasis belegten Leichen vor. Im Hintergrund summte Eftar sinnlos vor sich hin.

Da stand es, schwarz auf weiß: eine Differenz von fünfhundert Einheiten. Zu viel für einen einzelnen Ghoul. Die Theorie war albern, er verschwendete seine Zeit.

Hippolit warf die Liste zurück auf den Stapel und wollte sich endlich auf die Suche nach einem Lageplan der Silos machen, als sein Blick zufällig eine Fußnote am unteren Rand des Blattes erfasste. Er las sie, schaute weg. Er runzelte die Stirn, sah wieder hin. Als er sicher war, dass er sich nicht verlesen hatte, nahm er das Papier langsam vom Haufen und starrte es an.

Die farblosen Härchen auf seinen Unterarmen stellten sich auf. Eine Gänsehaut rieselte wie kalter Schleim sein Rückgrat hinab. Am anderen Ende des Saales pfiff Eftar eine primitive Kinderweise.

Er hatte sich getäuscht. In der Aufstellung war nicht von einzelnen Leichnamen die Rede gewesen. Aus logistischen Gründen hatte man die Toten in größeren Zähleinheiten erfasst. Erst in der Fußnote wurde der Schlüssel zur Umrechnung angegeben: eins zu tausend.

Hippolit schluckte trocken, als ihm bewusst wurde, was das bedeutete.

Nicht fünfhundert Leichen waren über eine Zeitspanne von fast hundert Jahren aus den Katakomben Torrlems verschwunden.

Es waren fünfhunderttausend gewesen.

24

Als er in dem unbequemen, viel zu kurzen Bett hochfuhr, wusste Jorge nur, dass ihn etwas geweckt hatte. Was, war ihm gänzlich unklar.

Benommen setzte er sich auf und sah sich in dem engen grauen Zimmer um. Abgesehen von dem krude gezimmerten Bett, das seinen Trollkörper gerade bis zu den Knien aufnahm, gab es keinerlei Möbel, lediglich ein schmales, glasloses Fenster. Die steinernen Wände waren nackt, die Luft schmeckte nach feuchtem Mörtel.

Er erinnerte sich undeutlich, dass er geträumt hatte. Aber er wusste nicht mehr, worum es in dem Traum gegangen war. Nur vage Eindrücke: ein unförmiger Schatten auf dem Kopfsteinpflaster einer leeren Straße; ein dumpfes Geräusch wie von tausend Hornissen. Und überall Asche, die in die Höhe wirbelte, sich verdichtete und zu halb transparenten Körpern zusammenballte, zu unzähligen Toten, die mit langen Fingern nach ihm griffen …

Das Herz hämmerte schmerzhaft gegen seinen Brustkorb. Was hatte ihn so abrupt aus dem Schlaf gerissen? Benebelt erinnerte er sich, ein Knacken gehört zu haben, lauter als das Dröhnen in seinem Traum. War es Pompom gewesen, die ebenfalls einen Albtraum hatte? Automatisch tastete er auf dem Boden neben dem Bett nach der Vulvatte.

Pompom hatte sich am Kopfende zu einem fleischigen Haufen zusammengerollt. Als Jorges Finger die warme Haut berührten, hob sie den Kopf, stieß ein kurzes Gurren aus und rollte sich wieder zusammen.

Jorge wartete, bis sein Blut wieder gleichmäßig zirkulierte, Atem und Herzschlag sich beruhigt hatten, dann pellte er die Decken von seinem Körper, in denen er sich verheddert hatte. Sie waren schweißdurchtränkt. Normalerweise hatte Jorge einen unerschütterlichen Schlaf. Er konnte sich nicht daran erinnern, wann er das letzte Mal einen Albtraum gehabt hatte.

Wohl, die trostlose Unterkunft mochte etwas damit zu tun haben. Die Pension, in der die Stadtverwaltung ihnen zwei Zimmer für die Nacht organisiert hatte, war eine miese Absteige, aber als Auswärtiger musste man sich in Torrlem wahrscheinlich glücklich schätzen, überhaupt ein Dach über dem Kopf zu haben.

Nach der Begegnung mit dem unheimlichen Schatten war Jorge eine halbe Ewigkeit durch düstere Straßen gestolpert, bis er das Gästehaus schließlich, mehr durch Zufall als durch sein bewusstes Zutun, gefunden hatte. Es war ein windschiefes Gebilde am Rand eines verwaisten, rechteckigen Platzes, das sich, seines Daseins müde, gegen ein Nachbargebäude lehnte. Der Boden vor dem Eingang war mit Müll und knöchelhohen Ascheverwehungen bedeckt. Es gab kaum Fenster, und die wenigen waren nur schmale Öffnungen, die Jorge an Schießscharten erinnerten.

Am Empfang saß ein Greis, der bereits uralt gewesen sein musste, als man den Kasten vor etlichen Jahrzehnten errichtet hatte. Wortlos reichte das Relikt Jorge den Zimmerschlüssel.

Das Schlimmste von allem: Das Gästehaus hatte keine Bar, keinen Schankraum. Nirgends ein Tropfen Alkohol, mit dem Jorge sich ein wenig hätte zerstreuen können. So hatte er sich notgedrungen mit Pompom auf sein Zimmer zurückgezogen, wo er das Phantotas-Amulett, das der kleine Frechdachs vor dem Archiv von Hippolits Hals gerissen hatte, sorgfältig über einen Pfosten des Bettes hängte. Sicher würde sein rechtmäßiger Besitzer ebenfalls bald hier eintrudeln. Dann konnte Jorge es ihm zurückgeben und Hippolit darüber hinaus von der unheimlichen Begegnung berichten, die er in der Zwischenzeit gehabt hatte. Etwas Konversation würde ihm guttun, das spürte Jorge.

Abermals tätschelte er Pompoms fleischigen Nacken. In seinem Kopf herrschte ein seltsames Schwindelgefühl. Er fragte sich, ob das von der Asche in der Luft kam.

Etwas knackte. Ein Rauschen lag plötzlich in der Luft. Jorge fühlte sich an das Hornissengeräusch aus seinem Traum erinnert.

Eine Stimme brüllte: *„… Krieger zu den Waffen!“*

Jorge riss überrascht den Kopf hoch. Er war allein im Zimmer, das ließ sich trotz des schwachen Schimmers, der durch das Schießschartenfenster drang, deutlich erkennen. Er sprang vom Bett und warf einen prüfenden Blick durch die schmale Öffnung hinunter auf die Straße.

„… schon wieder passiert!“, schrie jemand. *„Jemand muss den General verständigen!“*

Die Straße unter Jorges Fenster war menschenleer. Nichts rührte sich.

Jorge spürte, wie sich kalter Schweiß auf seinem Rücken sammelte.

„Bin ich jetzt etwa total durchgedreht, Pompom?“, murmelte er, wohl wissend, dass die Vulvatte tief und fest schlief. „Ein altes Trollsprichwort besagt: Sobald du anfängst, Stimmen zu hören, solltest du über die Rente nachdenken!“

Jemand schrie, laut und durchdringend, in Todesangst.

Jorge fuhr zusammen. Der Schrei war aus der Mitte des kleinen Zimmers gekommen, keine drei Fuß von ihm entfernt.

Er rammte sich die Finger in die Gehörgänge und pulte alles heraus, was sich dort im Laufe der Zeit angesammelt haben und möglicherweise seine Wahrnehmung verfälschen mochte.

Neben einer beachtlichen Ansammlung von Ohrenschmalz und einem toten Käfer förderte er hauptsächlich graue Asche zutage.

„Hat jemand mitbekommen, wie es passiert ist?“, brüllte eine Männerstimme.

„Soldat Zwerski hat es gesehen!“, gellte eine andere Stimme.

„Es war riesig! Groß wie ein Baum!“

„Wo ist Hauptmann Zborowski, verdammt noch mal?“

„Ist der General schon verständigt?“

„Wir brauchen hier mehr bewaffnete Männer!“

Jorge versuchte zu schlucken, doch er hatte nur den Geschmack von Asche im Mund. Kein Zweifel, die Stimmen kamen mitten aus der leeren Luft seiner Kammer!

„… anders als jeder Mensch oder Ork. Das war niemals eine von Lorgon geschaffene Kreatur!“

„Es lief auf zwei Beinen!“

„*So* schnell … “

„Ein lebendiger Albtraum!“

In dem Gewirr von aufgeregten Schreien und Waffengeklirr ertönte plötzlich eine einzelne Stimme, die Jorge zu kennen glaubte: Es war die des Orkhauptmanns mit Namen Zborowski.

„Verdammt, was stehen Sie so dämlich im Weg herum, Lemuel? Machen Sie gefälligst Platz! Wir müssen hinter der Kreatur her. Vielleicht ist es für den entführten Wachposten noch nicht zu spät!“

Das Rauschen wurde lauter. Ein erneutes Knacken, dann war es schlagartig ganz still.

Verwirrt blieb Jorge einige Augenblicke mitten im Raum stehen.

„Manchmal wünschte ich, ich wäre eine Vulvatte“, murmelte er und kehrte zum Bett zurück, wo Pompom nach wie vor selig schlummerte. „Das Leben als Troll kann manchmal so verwirrend sein …“

In diesem Augenblick klopfte es an die Tür.

•25•

Nach dem ewigen Dämmerlicht in den Straßen Torrlems, das Hippolit zuletzt so unsympathisch und bedrohlich erschienen war, hatte die Finsternis der Stollen beinahe etwas Beruhigendes.

Mithilfe der Karte, die er im Archiv angefertigt hatte, war es ihm nicht schwergefallen, einen Einstieg ins Kanalnetz ausfindig zu machen. Wie es der Zufall wollte, befand sich dieser nur ein paar Straßenzüge vom Gästehaus entfernt, wo er Jorge in einem Zustand nachhaltiger Verwirrung auf seinem Bett sitzend angetroffen hatte. Seitdem eilten sie durch endlos scheinende Tunnel mit fünfeckigem Querschnitt, eingehüllt in das orangefarbene Licht eines wagenradgroßen Glutglobulus, der vor ihnen her schwebte.

„Ich will mich nicht beschweren", hob Jorge an, der hinter Hippolit her über einen feuchten steinernen Sims stiefelte, neben dem ein breiter Abwasserstrom dahingluckerte. „Aber hier unten stinkt es wie am Ufer des Cinotaksim. Und zwar im Hochsommer! Bist du wirklich sicher, dass wir hier richtig sind? Bei Batardos, ich meine, dass ein Troll mitten in der Nacht von apokalyptischem Geschrei aus dem Schlaf gerissen wird, ist eine Sache. Dass derselbe Troll anschließend ohne Mitternachtsimbiss in die miefige Unterwelt einer Totenstadt aufbrechen muss, eine andere." Pompom streckte verschlafen ihren faltigen Kopf aus dem Ausschnitt seiner Lederjoppe und stieß ein zustimmendes Quieken aus.

„Zumindest an Ersterem trägst allein du die Schuld", gab Hippolit zurück, ohne sich umzudrehen. Das Studium des Plans in seiner Hand nahm seine Aufmerksamkeit voll in Anspruch. Nach seinen Berechnungen mussten sie bald die Abzweigung zu einem Stollen erreichen, der auf direktem Wege von der Kanalisation zu einem der oberen Geschosse der Katakomben führte. „Du hättest mir den Phantotas, den das faltige Biest mir vom Hals gerissen hatte, gleich beim Archiv zurückgeben können."

Darüber dachte Jorge einige Augenblicke nach. Dann schüttelte er unwillig den Kopf. „Versteh ich nicht. Der Wortwurf, der ohne Vorwarnung in meinem Zimmer losgeplärrt ist, kam doch aus dem Heerlager, oder etwa nicht? Was hat das mit deinem dämlichen Klunker zu tun? Ich dachte, das Amulett dient normalerweise dazu, dass Mervynia vom Institut dich orten und dir zielgerichtet Wortwürfe schicken kann, wo auch immer du gerade bist?"

„Quintessenziell."

„Aber dieser Wortwurf *kam* nicht von Mervynia. Abgesehen davon, dass die Gute sich unterstehen würde, hochrangige IAIT-Mitarbeiter zu nachtschlafender Stunde zu stören." Jorge tätschelte Pompom entrüstet den kahlen Schädel. „Er kam von einem Kerl namens Lemuel. Da fragt ein altes Trollsprichwort nicht zu Unrecht: Wie kann irgendein Affe vom lyktischen Heer deinen Stein orten? Und wieso hat er nichts Vernünftiges gesendet?"

Hippolit seufzte, ließ die Karte sinken und wandte sich zu Jorge um. „Ich hatte General Ortlov kurz vor unserem Aufbruch vom Lager in die Funktion meines Amuletts eingeweiht und ihm die thaumaturgische Frequenz des Steins angegeben", erklärte er. „Das sollte ihn – oder besser: einen seiner *versierten*

Untergebenen – in die Lage versetzen, mich bei einem neuerlichen Zwischenfall zu informieren. Und genau das ist auch geschehen." Seine Augen verengten sich, als er das kleine, runzlige Nagergesicht entdeckte, das aus Jorges Ausschnitt lugte. „Hatte ich mich nicht deutlich ausgedrückt, was dieses Ungeziefer angeht? Wieso ist es immer noch bei dir?"

„Du willst sagen, während Pompom und ich friedlich schlummerten, ist unser Mörder erneut draußen im Lager aufgetaucht und hat einen Ork einkassiert?" Ohne auf Hippolits Zwischenfrage einzugehen, schob Jorge Pompom unauffällig zurück unter seine Jacke. „*Darum* hat einer von Ortlovs Männern einen Wortwurf an deinen Anhänger geschickt?"

„So muss es gewesen sein", gab Hippolit zurück und widmete sich wieder dem Weg. „Offenbar hatte er diese Aufgabe Meister Lemuel übertragen, der inmitten des Tumults jedoch etwas überfordert war. Es gelang ihm zwar, eine thaumaturgische Verbindung herzustellen, aber dann brachte er keinen Ton mehr heraus. Das Einzige, was du am Zielort gehört hast, war das Geschrei der schockierten Soldaten um ihn herum."

„Äh ja. Genau. So hab ich mir das auch zusammengereimt", behauptete Jorge und musterte mit verkniffenem Gesicht die brackig-braune Brühe, die dicht neben seinen Füßen durch das Kanalbett floss. Ein Gestank nach Exkrementen und Verwesung lag in der Luft. „Aber was machen wir jetzt hier unten? Ich habe dir doch erzählt, dass Pompom und ich die unheimliche Gestalt *oben* gesehen haben, in einer Seitengasse." Jorge grübelte kurz.

„Das muss gewesen sein, als sich das Biest gerade auf den Weg zum Heerlager gemacht hat!"

„Quintessenziell. Du scheinst unseren Mörder just bei seinem erneuten Aufbruch in die Ebene von Torr beobachtet zu haben."

Jorges Gesicht verfinsterte sich. „Das Vieh soll mir bloß noch mal begegnen! Dann lasse ich es meine Erwischerfäuste schmecken.“ Er setzte eine entschuldigende Miene auf. „Weißt du, M. H., es war bloß die Müdigkeit! Wären Pompom und ich nicht so kaputt gewesen nach einem harten Tag auf den Aschehalden und so weiter, wir hätten natürlich sofort die Verfolgung aufgenommen. Dann wäre dieser elende Fall vielleicht schon …“

Hippolit winkte ab. „Niemand macht dir einen Vorwurf. Und wenn du meinem Bericht vorhin etwas aufmerksamer gelauscht hättest, anstatt dich um das fleischige Ungeziefer in deiner Jacke zu kümmern, wüsstest du, weshalb ich unseren unbekannten Orkräuber ausgerechnet hier unten vermute.“

„Pompom ist kein Ungeziefer“, sagte Jorge in pikiertem Ton und tätschelte seine Brust. „Du verletzt ihre Gefühle, wenn du so redest.“

Unvermittelt blieb Hippolit stehen. Der Tunnel, dem sie gefolgt waren, gabelte sich. Der Abwasserstrom floss zäh nach links davon, während eine schmalere gemauerte Röhre ohne Fließrinne nach rechts weiterführte. Hippolit winkte den Glutglobulus näher und vertiefte sich in seinen Plan.

„Warum suchen wir den Unbekannten also noch mal gleich hier unten?“, wiederholte Jorge und versuchte mit gerunzelter Stirn, sich an Hippolits Bericht über dessen Recherchen im Archiv zu erinnern. Plötzlich hellte sich seine Miene auf. „Hat es zufällig etwas damit zu tun, dass ein gewisser Troll mit einer gewissen Vermutung gar nicht so falsch lag, wie ein gewisser M. H. mit der ihm eigenen Überheblichkeit angenommen hat?“

Hippolit ließ die Karte sinken, sah ihn ausdruckslos an und deutete auf die rechte Gangöffnung. „Dort entlang.“

Kichernd folgte ihm Jorge in die schmale Passage. „Hast du gehört, Pompom?“, wollte er von seiner Bauchregion wissen. „Jorge der Erwischer hatte mal wieder recht, als er vermutete, ein Ghoul könnte …“

„Noch wissen wir überhaupt nichts“, wandte Hippolit ein. „Ich bin lediglich der Ansicht, dass wir uns diese alten Leichensilos mal genauer ansehen sollten, in deren Geschichte es offenbar die eine oder andere Ungereimtheit gibt. Darüber hinaus böten sie ein treffliches Versteck für eine Kreatur, wie wir sie suchen."

„Schon klar." Jorge grinste breit und flüsterte seiner Jacke gut hörbar zu: „Und es ist *doch* ein Ghoul. Immerhin haben Pompom und ich das affenartige Ding und seinen schaukelnden Gang mit eigenen Augen gesehen. Ich weiß zwar nicht, wie so ein Ghoul aussieht, aber ein altes Trollsprichwort weiß: Wenn er irgendwie aussieht, dann so!"

„Nach meinen Aufzeichnungen müssten wir gleich eine Art Treppenhaus erreichen, das die einzelnen Stockwerke des Silos miteinander verbindet", ließ sich Hippolit vernehmen. „Wir sollten im ersten, spätestens im zweiten Untergeschoss darauf stoßen, viel tiefer reichen die Abwasserkanäle nicht hinab. Ich schlage vor, wir steigen den Treppenschacht dann direkt bis ganz nach unten und arbeiten uns von dort Etage um Etage nach oben."

„Klasse Idee", murmelte Jorge ohne jede Begeisterung. „Wenn ich dich richtig verstanden habe, ist jede dieser Lagerhallen so groß wie das ganze Fassviertel in Nophelet. Multipliziert mit acht, und alles stockfinster. In einer solchen Umgebung könnte sich eine ausgewachsene Equuphantenherde vor uns verstecken, bis der Tag der Frühlingsverspottung auf den Tag des Winteranfangs fällt. Also ewig."

Hippolit erwiderte nichts. Er trat durch einen fünfeckigen Torbogen und machte auf einem schmalen Treppenabsatz halt. Vor ihm, auf der anderen Seite eines aus Stein gemeißelten Geländers, tat sich ein senkrechter nach unten führender Schacht von unüberschaubaren Ausmaßen auf. Er ließ den Glutglobulus in die Höhe steigen und verstärkte seine Intensität, worauf sich die Ausmaße des Treppenhauses langsam aus der Finsternis schälten.

„Bei Batardos!" Mit großen Augen trat Jorge hinter Hippolit auf die Empore. „Sieh dir das an, Pompom! So was hat es in deinem Vulvattenuniversum bisher nicht gegeben, da gehe ich jede Wette ein."

Der Hohlraum vor ihnen war gewaltiger als der Turm der Stadtverwaltung Torrlems. An der Außenwand führte eine schmale Stiege spiralförmig abwärts, in der Mitte klaffte eine nachtschwarze Öffnung mit einem Durchmesser von mehreren Wagenlängen. Schwarzrostige Ketten mit armdicken Gliedern baumelten von oben herab, um in lichtlosen Tiefen zu verschwinden.

Zwei Stockwerke über ihren Köpfen kam der Glutglobulus an einer gewölbten Decke zum Stehen. Mit einer knappen Silbe steuerte Hippolit die Lichtkugel in die entgegengesetzte Richtung. Der leuchtende Ball sank tiefer, erhellte im Vorübergleiten unzählige Treppenstufen und immer neue Absätze, von denen fünfeckige Torbögen abgingen.

„Ein altes Trollsprichwort sagt: *Das* ist mal ein Treppenhaus", murmelte Jorge. Pompom, die einen raschen Blick aus seiner Jacke wagte, fiepte beeindruckt.

„Die Ketten müssen Teil eines riesigen Flaschenzugsystems sein", bemerkte Hippolit, der konzentriert den Sinkflug des Glutglobulus verfolgte. „Ich nehme an, sie dienten zur Steuerung von thaumaturgisch levitierten Verladeplattformen, mit denen die Leichname in die verschiedenen Stockwerke transportiert wurden." Er deutete auf die gegenüberliegende Seite des Schachtes. „Siehst du die Rampen an jedem Absatz vor den Torbögen? Dort wurden die Plattformen angedockt und ihre Fracht in das dahinterliegende Magazin befördert. Faszinierend."

„Äh, M. H.? Ich unterbreche dich ungern, aber …" Jorge hob zaghaft einen Finger. „Könntest du vielleicht noch so ein leuchtendes Kugelding heraufbeschwören? Weil, also … mir macht Dunkelheit ja bekanntlich nichts aus, aber Pompom hier …"

Irritiert sah Hippolit auf. Je tiefer der Glutglobulus gesunken war, desto finsterer war es in Ermangelung einer anderen Lichtquelle auf dem Treppenabsatz geworden, auf dem sie standen.

Rasch schuf Hippolit eine weitere Leuchtkugel, etwas kleiner als die erste.

„Ich glaube, der erste Globulus hat jetzt die unterste Ebene erreicht“, verkündete er mit einem Blick in die Tiefe, wo das thaumaturgische Gebilde nur mehr als winziger glühender Punkt zu erahnen war. „Ich werde ihn als Orientierungshilfe dort belassen. Komm jetzt!“

Sie folgten der gewundenen Treppenflucht abwärts. Aufgrund des immensen Umfangs des Schachts dauerte es eine ganze Weile, bis sie die erste Umrundung vollendet hatten und am Tor zur nächsttieferen Silokammer ankamen. Hippolit steuerte den Glutglobulus durch die Öffnung in den dahinterliegenden Raum. Dort ließ er ihn ein Dutzend Schritte in die Höhe steigen und verstärkte das Licht.

Wände und Decke eines weitläufigen Saals wurden sichtbar, der vollständig mit hohen Eisenregalen gefüllt war. Zwischen ihnen erstreckte sich ein labyrinthisches Netz schnurgerader Gänge, jeder breit genug, um mit einem dampfgetriebenen Hebegabler darin manövrieren zu können.

„Die Lagerhallen“, bemerkte Hippolit. „Ein erhebender Anblick. Wie mögen sie ausgesehen haben, als sie noch in Benutzung waren?“

Obwohl er nicht laut gesprochen hatte, hallten seine Worte in der Tiefe des gigantischen Saales geisterhaft wider. Jorge, unter dessen Jacke es ängstlich zappelte, zog sich in Richtung des steinernen Treppengeländers zurück.

„Pompom gefällt es hier nicht“, sagte er. „Und ein gewisser Troll fände es nicht übel, wenn du die verdammte Feuerkugel allmählich …“

„Schon gut.“ Hippolit holte den Globulus zurück auf den Treppenabsatz, der von Neuem in orangefarbenem Licht erstrahlte. „Ich wollte mir nur einen Eindruck von der Anlage der Räume verschaffen. Hast du die Torbögen am entgegengesetzten Ende gesehen?“

„Nein."

„Dort scheinen sich weitere Lagerräume anzuschließen."

„Ah."

„Lass uns jetzt weiter hinuntersteigen. Ich habe das unbestimmte Gefühl, dass dort unten etwas Interessantes auf uns wartet."

„Hab ich dir schon mal gesagt, dass wir in letzter Zeit auffallend oft verschiedener Meinung sind, M. H.?"

Im Verlauf der nächsten halben Stunde arbeiteten sie sich drei Etagen tiefer. Dass sie nicht schneller vorankamen, lag neben ihrem vorsichtigen Tempo vor allem an den gewaltigen Abmessungen der Wendeltreppe, die über Abertausende Stufen zu verfügen schien. Der größere der beiden Glutglobuli war am Grund des Schachtes mittlerweile deutlicher zu erkennen, jedoch noch immer sehr weit entfernt.

„Sind wir bald da?" Jorge lauschte mit übertriebener Sorgfalt in die Falten seiner Ledermontur. „Pompom sagt, von den dauernden Kreisbahnen wird sie seekrank. Wir könnten mal eine Pause …"

Ein helles, metallisches Geräusch ließ ihn verstummen. Bange Augenblicke verstrichen. Nacheinander wanderte erst Hippolits Blick, dann auch Jorges zu den langen Ketten hinüber, die in der Mitte des Schachtes herabhingen.

Eine davon bewegte sich kaum merklich.

„Bei Batardos, was …"

„Am Grund des Schachtes ist jemand!" Hippolit hatte sich bereits in Bewegung gesetzt und eilte mit fliegenden Schritten die Treppe hinunter. „Er muss auf der untersten Verladeplattform gestanden und uns zugehört haben – wer weiß, wie lange schon? Dabei ist er unbeabsichtigt gegen eine der Ketten gestoßen."

„Du meinst …" Keuchend eilte Jorge hinter ihm her. Trotz seiner längeren Beine fiel es ihm schwer, mit seinem Vorgesetzten Schritt zu halten. „Du meinst, dieses Vieh stand die ganze

Zeit da unten, direkt neben deinem Leuchtball, und hat zu uns raufgestarrt?"

„Ich habe keine Ahnung, wer oder was da unten herumschleicht", gab Hippolit über die Schulter zurück. „Aber wenn du dich ein bisschen beeilst, werden wir es möglicherweise bald wissen."

Trotz des gesteigerten Tempos dehnte sich die Zeitspanne, bis sie den Grund des Treppenschachtes erreichten, ins Unerträgliche. Unten angekommen, erkannten sie im Licht des wartenden Leuchtglobulus eine riesige, teilweise vermoderte Plattform aus Holz und Stahlstreben. Wie in jedem Stockwerk zweigte auch hier ein fünfeckiger Torbogen ins unterste der acht Lagergeschosse ab.

Keine Menschenseele war zu sehen.

„Wohin ist er gelaufen?" Jorge deutete mit einem Arm auf den Durchgang zur Lagerhalle, mit dem anderen auf einen unregelmäßig geformten Durchbruch auf der gegenüberliegenden Schachtseite. Im Licht der Glutglobuli waren dahinter die Wände eines aus dem nackten Stein gehauenen Stollens zu erahnen.

Verwirrt zog Hippolit den Lageplan zurate. „Seltsam. Den Tunnel dort dürfte es laut meiner Karte gar nicht geben. Er muss erst nach der Fertigstellung des Silos angelegt worden sein." Er runzelte die Stirn. „Wenn ich mich recht an das erinnere, was ich über den Bau der Katakomben gelesen habe, besteht der Boden in dieser Tiefe aus extrem hartem Vulkangestein. Niemand hätte ohne guten Grund die Mühe auf sich genommen, hier einen zusätzlichen …"

In diesem Augenblick kam Bewegung in ein Stück der unregelmäßig geformten Wand des Tunnels. Ein grauer Schemen löste sich aus den Schatten zwischen den Riefen und Vertiefungen und verschwand geduckt in die Schwärze des Stollens.

„Bei Ubalthes, was …?"

„Der Drecksack hat uns schon wieder belauscht!" Jorge stürmte auf den Durchgang zu. „Na warte, Freundchen! Beim letzten Mal hab ich dich davonkommen lassen, was selbstredend Absicht war. Aber jetzt gibt's Erwischerfäuste ins Zentralmassiv, das schwöre ich bei Batardos!"

Geröll, das auf dem Boden vor dem Tunneleingang verstreut lag, knirschte unter Jorges Stiefeln. Dann hatte er die Öffnung erreicht und verschwand darin.

„Jorge! *Jorge!*" An Hippolits Schläfe begann es hektisch zu pochen. „Solange wir nicht wissen, womit wir es zu tun haben, müssen wir zusammenbleiben! JORGE!"

Doch der Troll reagierte nicht. Hippolit hörte, wie sich seine stampfenden Schritte durch den Korridor entfernten, und dann – nichts mehr.

„Blaak!" Wütend schleuderte er den nutzlosen Lageplan auf den Boden. „Warum war mir von Anfang an klar, dass das passieren würde?"

Mit einem raschen Wink rief er den kleineren der beiden Glutglobuli herbei, während er den anderen mit wenigen Silben dort verankerte, wo er war. Falls er Jorge nicht einholte, hatte dieser so wenigstens Licht, um zum Schacht zurückzufinden. Er fischte ein fingerlanges Messerchen aus seinem Gewand und belegte es mit einem sechsfachen Schmerzverstärker. Die Klinge erstrahlte in unirdisch blauem Feuer und wuchs um ein Vielfaches ihrer Größe, bis Hippolit ein veritables Kurzschwert in der Hand hielt.

Noch einmal atmete er tief durch, dann folgte er Jorge in den Tunnel, den es eigentlich nicht geben durfte.

26

Die Wände des Stollens erweckten den Eindruck, als habe bei dessen Errichtung jemand versucht, mangelnde Bergbaukenntnisse durch den Einsatz roher Gewalt auszugleichen. Salpeterkristalle wuchsen auf dem schartigen Fels, in der Luft lag ein säuerlicher Modergeruch.

Nach wenigen Schritten verblasste der Schein des großen Glutglobulus im Treppenhaus. Nur die kleinere Leuchtkugel über Hippolits Schulter sowie ein dumpfer phosphoreszierender Schimmer, der von den Kristallen an Wänden und Decke ausging, erhellten jetzt den Tunnel.

Verwundert hob Hippolit eine Braue. Er hatte erwartet, dass Jorge stoppen und auf ihn warten würde, sobald die Lichtverhältnisse im Gang zu schlecht für eine Verfolgung würden. Doch offenbar hatte sein Jagdinstinkt alle Bedenken beiseitegewischt, angespornt noch durch die erste Begegnung mit dem Fremden, bei der Jorge sich, zumindest für Trollverhältnisse, nicht mit Ruhm bekleckert hatte.

Hippolit packte seine Waffe fester und eilte weiter.

Wenige Augenblicke später erreichte er eine Kreuzung. Er blieb stehen, lauschte angestrengt in der Hoffnung, aus einer Richtung wenigstens den fernen Nachhall von Jorges stampfenden Schritten zu vernehmen.

Vergebens. Es herrschte Totenstille.

Fatalerweise gab es keine thaumaturgische Praktik, die ihn befähigt hätte, den von Jorge eingeschlagenen Weg irgendwie sichtbar zu machen. Und für eine erneute Durchführung der Fraderuk'schen Variante einer Signaturprüfung, die ihm zumindest die thaumaturgischen Fußabdrücke ihres geheimnisvollen Widersachers hätte anzeigen können, fehlte ihm neben den notwendigen Hilfsmitteln vor allem eines: Zeit.

Zähneknirschend ließ Hippolit seine Intuition entscheiden. Er wandte sich nach links und rannte los.

Bereits wenige Dutzend Schritte weiter stellte sich heraus, dass er die falsche Wahl getroffen hatte. Was er am Ende der kurzen Passage vorfand, war dennoch verblüffend.

Der Stollen weitete sich zu einem kleinen, unregelmäßig geformten Gewölbe. Wie der Gang schien auch dieser Hohlraum einst mit roher Gewalt aus dem Fels gebrochen worden zu sein. Hippolit ließ den Glutglobulus zur Decke steigen, die kaum höher war als die eines normalen Zimmers, und sah sich um.

Im Zentrum des Raumes stand etwas, das wie ein länglicher Kasten aus massivem Stein aussah. Ringsherum waren mehrere kleinere Gegenstände angeordnet, ungefähr zehn oder zwölf, in einem exakten Kreis. Auf der gegenüberliegenden Seite führte ein zweiter Tunnel tiefer ins Gestein.

Aufgrund seiner langjährigen Erfahrung war Hippolit sofort klar, dass es mit diesen Aufbauten eine thaumaturgische Bewandtnis haben musste. Instinktiv reihte er einige kehlige Silben aneinander, die Befehlszeile einer simplen Signaturprüfung. Sollte jemand diesen Raum in jüngerer Vergangenheit mit einer unsichtbaren Schutzvorrichtung belegt haben, beispielsweise einer selbstauslösenden Partiellen Nacht oder einem durch Druck auf eine bestimmte Stelle des Bodens aktivierten Messerregen, würde ihm die damit einhergegangene Freisetzung thaumaturgischer Energie binnen weniger Augenblicke angezeigt werden.

Nichts geschah.

Erleichtert trat Hippolit aus der Mündung des Tunnels. Niemand hatte in diesem Raum Thaumaturgie gewirkt, zumindest nicht in den letzten Tagen, so viel war jetzt klar. Umso rätselhafter schienen die kreisförmig angeordneten Gegenstände, die eindeutig auf einen rituellen Verwendungszweck hinzudeuten schienen.

Als er das Rund kleiner Gegenstände erreichte, ging er in die Hocke. Er zählte zwölf identische, urnenartige Gefäße, jedes ungefähr so groß wie der Schädel eines Trolls und oben offen. Sie schienen aus Ton oder Keramik zu bestehen und wiesen an der Außenseite filigrane Gravuren auf, umlaufende Muster, die in verschiedenen Farben bemalt oder lasiert waren und sich auf keinem der Gefäße zu wiederholen schienen.

Hippolit kniff die Augen zusammen und untersuchte die Details. Es handelte sich nicht um Schriftzeichen aus der Alten Sprache, in der sämtliche bekannten thaumaturgischen Formeln formuliert wurden. Auch erkannte er keines der übrigen Runenalphabete, derer er mächtig war. Dennoch berührten die Muster vage etwas in ihm – etwas, das tief in seiner Erinnerung vergraben lag. Hatte er diese geometrisch anmutenden Gebilde schon einmal gesehen? Und wenn ja, wozu dienten sie? Wer hatte die Urnen hier aufgestellt und wozu?

Verwirrt erhob er sich und ging auf den Kasten in der Mitte des Runds zu. Als er sich dem Gebilde auf wenige Schritte genähert hatte, traf ihn die Erkenntnis mit plötzlicher Klarheit: Es handelte sich um einen Sarkophag! Schmucklos und krude, ohne jegliches künstlerisches Verständnis aus einem massiven Block grauen Vulkangesteins gehauen, aber eindeutig eine Totenkiste mit einer Steinplatte als Deckel, der die Öffnung exakt, fast fugenlos verschloss.

Probehalber berührte Hippolit die oberarmdicke Platte. Sie lag plan auf, rauer Stein auf rauem Stein, und wie er erwartet hatte, war sie viel zu schwer, um sich nur einen Fingerbreit bewegen zu lassen. Was immer sich im Innern befand, er würde mit Jorge wiederkommen müssen, um den Deckel zu entfernen und einen Blick hineinzuwerfen.

Jorge! Beim Gedanken an seinen Freund richteten sich die Härchen in seinem Nacken auf. Wie kam er dazu, hier sinnlos Zeit zu verschwenden? Der Unbekannte und Jorge waren nicht durch diese Kammer gekommen, das lag auf der Hand. Andernfalls hätte zumindest Jorge mehrere der Gefäße über den Haufen gerannt, und sie lägen nun zerschmettert am Boden.

Er musste zurück zur Kreuzung und einen der anderen Wege einschlagen, und zwar rasch. Jorge mochte ein Koloss sein und hart im Nehmen, doch der Gedanke an das, was er möglicherweise in diesem Augenblick verfolgte, ließ Hippolit kalten Schweiß auf die Stirn treten.

Er fuhr herum und hetzte zum Tunneleingang zurück, dicht gefolgt von seinem Glutglobulus. Als er die Reihe steinerner Urnen erreichte, setzte er zu einem halbhohen Hopser an, um keine davon umzuwerfen.

Mitten im Sprung, mit dem leuchtenden Ball über seiner Schulter, gewahrte er plötzlich ein verhaltenes Glitzern im Innern einer Vase. Offenbar war ihr Boden von einer Flüssigkeit bedeckt, nicht sehr hoch, sonst wäre es ihm vorher schon aufgefallen, schlechte Beleuchtung hin oder her.

Unelegant landete er wieder auf dem Boden und eilte weiter.

Er hatte die Tunnelmündung gerade erreicht, als ihm klar wurde, dass er noch etwas im Innern der Urne gesehen hatte. Etwas Festes, Rundes, das ebenfalls feucht geglitzert hatte …

Egal, er musste weiter!

Während er die Passage entlanghetzte, spürte er, wie etwas in seinem Gedächtnis darum rang, an die Oberfläche steigen zu dürfen. Ein Sarkophag, wie man ihn zur Bestattung von Toten verwendete … ein Kreis von exakt zwölf irdenen Krügen, alle mit flüssigem und feststofflichem Inhalt … Symbolketten aus arkanen Schriftzeichen, die er nicht kannte … oder doch?

Schwer atmend erreichte er die Kreuzung. Von rechts war er gekommen, dort lag das Treppenhaus. Blieben die Wege geradeaus und links.

Ratlos blieb er stehen.

Behemâl, wisperte unvermittelt eine Stimme hinter seiner Stirn. Hippolit erkannte sie sofort, hatte sie ihm doch erst kürzlich etwas zugeflüstert, gegen Ende seines Beisammenseins mit der hübschen Lith. Sie gehörte seinem alten Mentor, Meister Merthin. Doch Hippolit kam nicht dazu, darüber nachzudenken, worauf ihn sein lange verstorbener Lehrer wohl aufmerksam machen wollte.

Denn in diesem Augenblick ging die Welt unter.

Aus der Tunnelöffnung zu seiner Linken drang ein dumpfer, urtümlicher Laut, als würde sich die Erde auftun, um Unmassen glutheißer Lava auszuspeien. Es folgte ein Stakkato wie von Abertausenden kleiner Hämmer, die in rasendem Takt auf eine unnachgiebige Oberfläche prallten, ein Gewitter harter, klappernder Schläge.

Als das Getöse seinen Höhepunkt erreichte, ertönte der grässlichste Laut von allen: ein gedämpfter Schrei, bebend und von einer einzigen, alles dominierenden Emotion gespeist: Todesangst.

Jorge!

Ohne zu zögern, sprintete Hippolit durch die linke Tunnelöffnung.

27

Jorge rannte geduckt, um nicht ständig mit dem Scheitel gegen die niedrige, gewölbte Steindecke zu prallen. In seinem Mund schmeckte es nach Eisen und Staub. Er gab sich alle Mühe, kein Geräusch zu machen, aber das war auf dem geröllübersäten Untergrund ein Ding der Unmöglichkeit. Alle paar Schritte rutschte er aus, krachte mit den Ellenbogen gegen schartige Wände oder schabte mit seiner Lederkluft über spitzes, vorstehendes Gestein.

Der Stollen schien sich endlos hinzuziehen. Noch konnte Jorge im diesigen Schimmer der Kristalle an den Wänden genug erkennen, aber er wollte lieber nicht daran denken, was passieren würde, wenn der sonderbare Bewuchs spärlicher wurde oder gar ganz verschwand. In der undurchdringlichen Dunkelheit mochte es Wesen geben, die mit der Finsternis lebten, Wesen mit riesigen Augen, die ohne Licht sehen konnten, wohin ein schwerfälliger Troll blindlings stolperte.

Jorge folgte dem Tunnel um eine scharfe Kurve. Unmittelbar dahinter wurde die Decke nochmals niedriger, der Gang schmaler, bis er kaum mehr die Ausmaße eines von Zwergen angelegten Bergwerksstollens aufwies. Jorge konnte sich nur noch tief gebückt vorwärtsbewegen. Von der Decke tröpfelte Feuchtigkeit. Die Luft war dick wie Schlamm, sonderbare, giftig riechende Dämpfe stiegen Jorge in die Nase. Seine Augen tränten. Er spuckte aus.

Er musste an den Schatten denken, dem er früher in der Nacht begegnet war, dieses riesenhafte, unförmige Wesen, das so schnell über die dämmrige Kreuzung gehetzt war, dass er es kaum hatte erkennen können.

Ein fleischgewordener Schatten, das war sein Gedanke gewesen.

Der Schatten, dem er jetzt folgte, war deutlich kleiner. Er bewegte sich flink, sicher, aber nicht mit derart übernatürlicher Geschwindigkeit. Vielmehr schien er etwas beinahe Graziles an sich zu haben, als er sich aus dem Zwielicht der Tunnelmündung gelöst hatte und davongelaufen war. Das war zumindest Jorges Eindruck gewesen.

Er umrundete eine weitere Biegung – und blieb überrascht stehen.

Gut drei Dutzend Schritte vor ihm endete der Stollen an einem Spalt, einer Engstelle im Fels, höchstens breit genug für einen Halbwüchsigen. Ein eigenartiger grünlicher Schimmer drang durch die Öffnung.

Und in dem grünen Schimmer bewegte sich etwas! Jorge kniff die Augen zusammen und erkannte ein schlankes, dunkel gekleidetes Bein, das soeben in der Öffnung verschwand. Dann war da nichts mehr, nur ungesundes Dämmerlicht.

„Blaak!" Wieder spuckte er aus, dann setzte er sich in Bewegung, auf den Durchgang zu. „Das darf doch nicht wahr sein. Da passt ein Troll im Leben nicht durch!"

Pompom streckte die Schnauze aus seiner Brusttasche und quiekte fragend.

„Du bleibst am besten, wo du bist. Hier draußen willst du im Augenblick nicht sein, glaub mir. Außerdem fürchte ich, dass wir dieses grüne Leuchten erkunden müssen … woher auch immer es rührt."

Weisungsgemäß zog sich Pompom in die Tiefen von Jorges Kleidung zurück.

Der Spalt war in der Tat sehr schmal. Da ihm nichts anderes übrig blieb, quetschte sich Jorge hinein. Mit Rücken und Bauch schabte er über von glitschigen Kristallen und Flechten überzogenen Stein. Etwas Weiches geriet ihm in den Mund. Erst als er es angewidert herunterschluckte, spürte er, dass sich das Etwas in seiner Kehle bewegte.

„Pass bloß auf, dass ich dich nicht zerquetsche, Pompom!"

Die Passage wurde enger. Jorge hielt inne, um Atem zu schöpfen. „Bei Batardos", flüsterte er. „Freundchen, hast du dir wirklich genau überlegt, was du hier gerade machst?" Er neigte zu Selbstgesprächen, wenn er sich unwohl fühlte.

Was würde passieren, wenn er in einen Hinterhalt geriet? M. H. würde ihn hier nie finden, er wüsste ja nicht einmal, in welche Richtung er sich an der letzten Kreuzung gewandt hatte. Wie lange rannte er jetzt schon durch diese unterirdische Albtraumanlage? Eine halbe Ewigkeit. Bestimmt hatte er sich längst meilenweit von seinem Ausgangspunkt entfernt.

Es gab ein altes Trollsprichwort, und das ging so: Auf einfachem Wege schickt man nur die Schwachen. In seiner jetzigen Situation fand Jorge das nicht sonderlich tröstend.

Er schob sich weiter. Nach einigen Schritten erweiterte sich der Durchgang endlich, die Wände wichen zurück. Vorsichtig trat er hinaus in das grüne Leuchten.

„Bei Batardos!", hauchte er und stützte sich an der glitschigen Wand in seinem Rücken ab.

In seinem ganzen Leben hatte Jorge noch nie eine vergleichbare Grotte gesehen. Die Decke des Hohlraums war höher als die des Thronsaals von Königin Lislott II., den er einst hatte besuchen dürfen. Höher als die höchsten Gebäude Nophelets, ja: höher als die östlichen Ausläufer des nesnilinischen Gebirges. Zumindest schien es ihm so.

Jorge musste den Kopf in den Nacken legen, um bis ganz nach oben zu spähen. Schwindelerregend weit über ihm wuchsen Tropfsteine aus der Decke wie Zähne eines gigantischen

Ungeheuers. Manche davon reichten bis dicht an den Höhlenboden heran. Das allgegenwärtige giftgrüne Leuchten ging von einem schmierigen Belag an der Decke aus, wahrscheinlich einer Art Moos.

Doch es war nicht allein die Größe des Gewölbes, die Jorge verstörte.

„Bei Batardos", wiederholte er und krallte sich an einen porösen Felsbrocken, der auf einem kleinen Vorsprung zu seiner Linken lag. Seine Finger verschwanden in runden Vertiefungen.

In der Mitte der Höhle hatte jemand einen unvorstellbaren Berg aufgetürmt. Im ersten Moment glaubte Jorge, es handele sich um einen gigantischen Haufen Holz – Äste, Stöcke, Kanthölzer unterschiedlicher Länge und Dicke. Der Haufen reichte an der höchsten Stelle beinahe bis zur Decke empor, seine Grundfläche nahm gewiss mehr als einen Häuserblock ein. Es musste Jahrzehnte gedauert haben, ihn so hoch aufzustapeln.

Jorge begann zu schwitzen, als ihm sein Irrtum bewusst wurde.

Der Hügel bestand nicht aus Holz.

Er bestand aus menschlichen Knochen.

„Pompom? Kannst du mir mal erklären, was hier gespielt wird?"

Jorge spürte Pompoms zitternden Körper unter seiner Kluft. Behutsam tätschelte er die Vulvatte durch das dicke schwarze Leder.

Myriaden von Knochen glommen im giftigen Schimmer des leuchtenden Mooses. Jorge sah gebrochene Bein- und Hüftknochen. Unzählige Rippenbögen, zum Teil noch zusammenhängend, Hunderte spinnenartiger Brustkörbe bildend. Und Schädel! Abertausende von Schädeln, mit aufgerissenen Mündern, manche zahnlos, andere noch völlig intakt.

Erschrocken zog Jorge die Hand von dem porösen Stein zu seiner Linken fort. Denn es war kein Stein.

Der Stein hatte Augenhöhlen. Und Zähne.

„Blaak“, flüsterte er und taumelte vorwärts.

Ein knirschendes Geräusch unter seinen Füßen. Als er hinabsah, erkannte er, dass der gesamte Boden der Höhle mit Bruchstücken von Knochen übersät war. Bei jedem Schritt gaben weiße Splitter unter seinem Gewicht nach, brachen mit nervenzerreißendem Knacken.

Beinahe ehrfürchtig näherte sich Jorge dem Knochenberg. Kurz überlegte er, ob er sich nicht zurück durch den schmalen Gang quetschen und Hippolit verständigen sollte. Dies hier würde ihn sicherlich interessieren. So etwas hatte selbst der weitgereiste M. H. noch nicht gesehen.

„Bei Batardos“, flüsterte Jorge zum dritten Mal. „Das …“

Wieder musste er schlucken. Wieder streckte Pompom ihr rosafarbenes Faltengesicht ins Freie.

„Ich hab’s dir schon mal gesagt, Kleines: Bleib, wo du bist!“ Sanft schob Jorge die Vulvatte unter seine Kleidung zurück. „Das hier ist nichts für kleine Nacktärsche.“

Jorge hätte gern ein Trollsprichwort zum Besten gegeben, um Pompom und sich selbst zu beruhigen. Aber bei diesem verstörenden Anblick fiel ihm keines ein.

Ein Friedhof *unter* der Friedhofsstadt. Damit hatte er fürwahr nicht gerechnet.

Vorsichtig setzte er einen Schritt vor den anderen. Das Knirschen unter seinen Sohlen hallte vielfach unter der hohen Decke wider. Wäre Hippolit hier gewesen, er hätte Jorge vielleicht mit einem thaumaturgischen Trick schweben lassen können. Aber Hippolit war nicht hier. Wie immer, wenn man ihn brauchte.

Am Fuß des Berges hielt Jorge an.

Aus der Nähe wirkte das Gebilde noch monumentaler. Jorge vermochte den Gipfel von hier aus nicht mehr zu erkennen. Die ineinander verkeilten Knochen erinnerten an eine undurchdringbar verwachsene Dornenhecke. Moos und Flechten wucherten über allem, überzogen die Gerippe, machten sie porös und morsch. Jorge argwöhnte, dass sie bei der geringsten Berührung zu Staub zerfallen könnten.

„Wo kommen die nur alle her?", flüsterte er. „Ich meine, die Toten von Torrlem wurden doch seit jeher verbrannt, bei Batardos. Ob man die hier irgendwann in dieser Höhle vergessen hat?"

Ein einzelner Totenschädel löste sich, rollte klackernd die steile Anhöhe herab und prallte dicht neben Jorge auf den Boden, wo er zu weißem Pulver zerbarst.

Ein Knirschen drang aus der knöchernen Wand. Es war, als säße etwas Lebendiges irgendwo unter all den Gebeinen, das nun versuchte, sich nach draußen vorzuarbeiten. Jorge machte instinktiv einen Schritt rückwärts. Doch es war bereits zu spät.

Er hatte den dunkel gekleideten Schatten vergessen!

Der Anblick Abertausender Gerippe hatte ihn derart in seinen Bann geschlagen, dass dem Kerl, den er hierher verfolgt hatte, Zeit geblieben war, sich um die gigantische Ansammlung menschlicher Überreste herumzuschleichen und sie irgendwie in Bewegung zu versetzen. Innerhalb eines Sekundenbruchteils geriet der Hang ins Rutschen und donnerte auf Jorge zu wie eine Schneelawine. Nur bestand dieser Schnee aus Knochen, Schädeln und Teilen menschlicher Gerippe.

„BLAAK!"

Jorge wirbelte herum, stolperte über seine eigenen Füße, verlor das Gleichgewicht und schlug der Länge nach hin. Knochensplitter bohrten sich in seine Handflächen, in seine Wangen, gerieten ihm in den Mund. Er versuchte zu kriechen, doch seine Finger fanden nichts, woran sie sich festhalten konnten. Ein Schädel, nach dem er griff, brach in der Mitte entzwei. Von Karies zerfressene Zähne bissen ihm in die Handfläche.

Über ihm ertönte ein Geräusch wie von nahendem Donner. Jorges letzter klarer Gedanke war: *M. H. wird meine Leiche nie und nimmer finden. Nicht unter all diesen Toten!*

Jorge fand das weniger erschreckend, eher bedauerlich. Instinktiv fuhr er mit einer Hand unter seine Jacke, wo sich Pompom ängstlich an seine Brust drückte. Auch sie würde sterben. Das ärgerte Jorge. Pompom hatte es nicht verdient, auf diese Weise aus dem Leben zu scheiden. Sie gehörte ja nicht einmal wirklich zum IAIT. Im Grunde hatte sie hier, tief unter der Erde, nicht das Geringste verloren. Warum, bei Batardos, hatte er sie mitgeschleppt?

Das Donnern war jetzt über ihm. Ein unfassbar großer Schatten verdunkelte das grüne Glimmen von der Decke. Rechts und links von Jorge schlugen Knochen ein wie Speere, spitz und tödlich.

Der ganze Berg neigte sich, das Donnern wurde zu einem Brüllen. Jorge gab seinen Versuch auf, über die Knochensplitter davonzurobben. Er schloss die Augen.

Und dann schwappte das Totengebirge wie eine gigantische Welle über ihn hinweg. Abertausende Zentner Knochen brachen über Jorge zusammen, Gebeine regneten auf seinen Leib herab, trotz ihres Alters und ihrer Zerbrechlichkeit scharfkantig und schwer. Knochenmehl geriet ihm in den Mund und in die Luftröhre, Arm- und Beinknochen prasselten auf seine Arme und Beine, Schädel explodierten auf seinem eigenen zu weißem Staub. Er wurde lebendig begraben, Schicht um Schicht, während die gigantische Halle in dichten Nebel getaucht wurde.

Die Toten waren ein letztes Mal erwacht, für einen kurzen Augenblick, und sie verursachten einen Höllenlärm, während sie ihr Opfer verschlangen. Aber davon bekam Jorge längst nichts mehr mit.

28

Und wann genau hatten Sie vor, uns von den denkwürdigen Vorgängen in der Unterwelt Torrlems in Kenntnis zu setzen, Meister Wylfgung? Morgen? Nächsten Zenit? Oder erst nach unserer Abreise gen Nophelet, in Form eines höflichen Wortwurfs? Was bilden Sie sich eigentlich ein, weswegen wir hier sind? Ich komme hierher, in Ihren verdammten Turm, und erkläre Ihnen, dass wir auf der Suche nach einer mörderischen Kreatur sind, die sich möglicherweise in den Katakomben unter der Stadt versteckt hält. Und anstatt mich sofort auf das rätselhafte Verschwinden einer halben Million Toter just aus diesen Katakomben hinzuweisen, schicken Sie mich seelenruhig mit Ihrer Sekretärin in Ihr verstaubtes Archiv! Sind Sie eigentlich noch bei Trost, Mann?"

Hippolit hasste seinen unreifen Körper dafür, dass er selbst in Situationen wie dieser, wenn er innerlich kochte und seiner Wut verbal Ausdruck zu verleihen suchte, kaum mehr als ein dünnes Nörgeln zustandebrachte. Schlimmer noch: In Zuständen großer Erregung tendierte sein kippeliges Falsett zu einem armseligen Kieksen. Immer wieder musste er kurze Sprechpausen einlegen, um zu verhindern, dass er zu krächzen begann wie eine waidwunde Krähe.

Nichtsdestotrotz schien Meister Wylfgung, dem Obersten Verwalter Torrlems, die bedrohliche Gemütsverfassung seines Besuchers nicht entgangen zu sein. Der ziegenbärtige Mann hockte zusammengesunken hinter seinem Schreibtisch, den Blick seiner aufgerissenen Augen auf den tobenden Vierzehnjährigen gerichtet, der Augenblicke zuvor ohne anzuklopfen in sein Büro gestürmt war.

„Ich gebe zu … es war vielleicht ein wenig nachlässig von mir“, stotterte Wylfgung händeringend. „Aber ich flehe Sie an, Meister Hippolit: Mäßigen Sie Ihre Lautstärke!“ Er erhob sich, huschte zur Vorzimmertür hinüber, die nach Hippolits unerwartetem Eindringen noch offen stand, und schloss sie sorgfältig. Als er zum Schreibtisch zurückkehrte, vollführte er mit der Rechten eine winkende Geste. Das altgediente Tablett mit Portwein schwebte herbei. „Lassen Sie uns wie erwachsene Menschen über die Sache reden“, schlug er mit versöhnlichem Nicken vor. „Gewiss werden Sie dann rasch einsehen, dass ich …“

„Halten Sie die Luft an!“ Hippolit, der das Angebot, wie *erwachsene* Menschen über die Sache zu reden, als plumpe und beleidigende Anspielung auf sein Äußeres empfand, machte eine unwirsche Handbewegung, verbunden mit einem gemurmelten thaumaturgischen Befehl. Der Beschleuniger erfasste die Portweinkaraffe und schleuderte sie gegen die rückwärtige Wand des Büros. Sie zischte haarscharf an Wylfgungs Kopf vorbei und explodierte in einer Wolke aus rotem Wein und silbrigen Glassplittern.

„Mein Assistent liegt wegen Ihrer ‚Nachlässigkeit‘ im Klinikum, ich selbst habe mich in Unkenntnis der Sachlage in Lebensgefahr begeben“, blaffte Hippolit. „Wir könnten beide tot sein. Niemand anders als Sie hätte dann zwei hochrangige IAIT-Beamte auf dem Gewissen gehabt, Meister Wylfgung!“

Der Verwalter umrundete gesenkten Hauptes den Schreibtisch. Glas knirschte unter seinen Schuhsohlen, bevor er sich schwer in seinen Lehnstuhl fallen ließ. „Sie haben ja recht.

Ich habe einen Fehler gemacht." Er starrte seine ineinander verkrampften Finger an, als könnten sie ihm einen Ausweg aus dem Dilemma weisen. „Ich weiß selbst nicht, was ich mir gedacht habe. Sehen Sie, ich erhalte hier, am Ende der Welt, nicht allzu oft Besuch von Staatsbeamten in dienstlicher Mission. Als Sie dann vor mir standen, ein berühmter Meisterermittler des IAIT … Ich glaube, ich wollte Ihnen nicht gleich das schmutzigste Geheimnis dieser Stadt auf die Nase binden, die ich seit nunmehr fast zwanzig Jahren verwalte. Wenn Sie verstehen, was ich meine?"

Hippolit spürte, wie seine Wut etwas nachließ. Vielleicht würde ihm wenigstens jetzt reiner Wein eingeschenkt werden, und er würde endlich Informationen erhalten, die halfen, den Fall zu einem positiven Abschluss zu bringen. Darüber hinaus schmeichelte ihm die Bezeichnung „Meisterermittler", auch wenn er das nie offen eingestanden hätte.

Gemessen nahm er in einem der Besucherstühle Platz. „An meiner schlechten Meinung von Torrlem, allem voran seiner Verwaltung, können Sie ohnehin nichts mehr ändern. Also, heraus mit der Sprache! Was hat sich damals in den Katakomben unter der Stadt zugetragen? Und, was mich noch weitaus mehr interessieren würde: Was trägt sich dort *heute* zu?"

Meister Wylfgung schob sich unter Zuhilfenahme beider Hände in eine aufrechtere Sitzposition, seine Brauen rückten fragend zusammen. „Wie konnten Sie eigentlich auf diese unselige Sache stoßen? Ich dachte, Sie seien nur an Lageplänen der Kanäle und Katakomben interessiert gewesen?"

Hippolit stieß ein höhnisches Schnauben aus. „In einer Dokumentation eines Stasis-Verhängers aus dem Jahre 2217 stieß ich auf eine Differenz im Bestand der Toten. Das erschien mir merkwürdig angesichts der ansonsten hier praktizierten Exaktheit. Also forschte ich weiter."

„Nun gut." Die Stimme des Verwalters war plötzlich bar jeder Emotion. „Alles nahm seinen Anfang im Jahre 2202.

Zuerst fehlten nur wenige Leichname, hier ein paar, dann dort ein paar mehr. Irgendwann wurden die Verluste dreistellig, und einer meiner Vorgänger, Meister Amielus, entsandte ein Untersuchungskomitee in die Katakomben, um den Grund des Schwunds herauszufinden."

„Und?"

„Von zehn Männern kehrte nur einer zurück, ein pensionierter Beseitiger namens Pyr. Er berichtete Amielus von einer Rotte monströser Kreaturen, die sich in selbst gegrabenen Stollen unterhalb des Silos angesiedelt habe, hundert oder zweihundert grob menschenähnliche Geschöpfe. Tief in der Nacht, wenn niemand mehr in den Katakomben zugange war, stahlen sie Leichen, die sie in eigens dafür angelegte Gewölbe schleppten. Dort warteten sie, bis die Wirkung der rein örtlich, über dem Silo gewirkten Stasis abklang und die Körper verrotteten. Dann fraßen sie sie."

Hippolit runzelte die Stirn. „‚Monströse, grob menschenähnliche Geschöpfe', die sich von Leichen ernährten? Sind Sie sicher? Soweit ich weiß, starb der letzte Ghoul anno 1899. Seitdem hat man nirgends mehr eine solche Kreatur gesehen, weder in Sdoom noch einem anderen Königreich."

„Dieser Ansicht war auch Meister Amielus. Bis zu jenem Tag, da Pyr in seinem Büro auftauchte und ihm Bericht erstattete."

„Und Sie sind sicher, dass dieser Beseitiger verlässlich war? Ich meine, könnten er und seine Kollegen nicht einer Gruppe gewöhnlicher Leichendiebe begegnet sein, die in schauerlicher Verkleidung …"

Meister Wylfgung schüttelte traurig den Kopf. „Ihre Skepsis ist verständlich, Meister Hippolit. Und gewiss teilte Amielus sie ebenfalls. Dann allerdings geschah etwas, das die Frage nach dem Wahrheitsgehalt von Pyrs Worten nachhaltig beantwortete."

„Nämlich?"

„Der arme Pyr war just am Ende seines Berichts angelangt, da stürzte er plötzlich zu Boden. Furchtbare Krämpfe und Zuckungen durchliefen seinen Leib. Schreiend und sabbernd wand er sich vor Meister Amielus, der besorgt nach seinen Heilern rief. Bevor diese jedoch herbeieilen konnten, vollzog sich eine unvorstellbare Verwandlung mit dem Körper des Beseitigers: Seine Glieder wuchsen in die Länge, die Haut platzte auf, seine Gesichtszüge stülpten sich nach außen, bis sie eine vorspringende, hyänenartige Fratze bildeten. Brüllend kam die Kreatur auf die Beine und schleuderte den vor Schreck erstarrten Amielus mit einem einzigen Zucken ihrer riesigen Pranke gegen die nächste Wand. Dann floh sie mit affenartigen Sätzen aus dem Turm und verschwand in einem der zahlreichen Zugänge zur Kanalisation."

Hippolit sah den Verwalter ungläubig an. „Sie wollen sagen, bei dem, was da aus den Katakomben zurückgekehrt war, handelte es sich gar nicht um Pyr, den Beseitiger … sondern um einen Ghoul?"

„Einen Ghoul in Menschengestalt, ja." Meister Wylfgung nickte betroffen. „Die Kreatur muss tief unter der Erde das Hirn des frisch Getöteten gefressen und sich daraufhin für einige Stunden in Pyr verwandelt haben."

Hippolit sank in seinen Stuhl zurück. Schon oft hatte er über die angebliche Fähigkeit der Ghoule zur Impersonifikation gelesen, kürzlich sogar Jorge davon berichtet. Doch noch nie hatte er mit jemandem gesprochen, der ihm hätte bestätigen können, dass es sich bei der gestaltwandlerischen Eigenschaft der Aasfresser um mehr als ein im Lauf der Geschichte aufgeblähtes Hirngespinst handelte.

„Ghoule. Also doch", stöhnte er. „In einer entlegenen Gegend muss eine kleine Population bis ins Jahr 2202 überlebt haben. Angelockt von der Aussicht auf ein sich ständig erneuerndes Buffet an Leichen müssen sie irgendwie ihren Weg über die Ebene von Torr gefunden haben."

„Das Tragische an der Episode, von der ich gerade berichtet habe“, fuhr Wylfgung fort, „bestand darin, dass Pyr während seiner mehrstündigen Rückkehr gänzlich wie er selbst dachte und handelte. In treuer Erfüllung seiner Pflicht kehrte er zur Oberfläche zurück, um Meister Amielus von dem Hinterhalt der Ghoule zu berichten, dem seine Kollegen zum Opfer gefallen waren. Er wusste selbst kaum, wie ihm geschah, als der Ghoul plötzlich wieder nach außen brach … wenn Sie verstehen, was ich meine?“

„Was geschah als nächstes?“, wollte Hippolit wissen. „Wie reagierte der damalige Verwalter auf die neue Sachlage?“

„Amielus gründete sogleich eine Spezialabteilung von Beseitigern, die den Leichendiebstählen ein Ende setzen sollten.“

„Das Exterminationskommando G“, warf Hippolit ein. „G stand also tatsächlich für Ghoul. Aber dieser Maßnahme war kein Erfolg beschieden?“

„Mitnichten. So viele Männer Amielus auch in die Tiefe schickte, so gut er sie ausrüstete – in dem Labyrinth neuer Gänge, das die Ghoule binnen kürzester Zeit geschaffen hatten und immer weiter ausbauten, hatten die Beseitiger keine Chance gegen die Kreaturen. Hinzu kam, dass die Ghoule sich dank der stetigen Zufuhr von Nahrung explosionsartig vermehrten. Und je mehr sie wurden, desto mehr Leichen raubten sie.“

„Ein teuflischer Kreislauf. Aber wieso gab Meister Amielus den Krieg gegen die Ghoule so rasch wieder auf? Laut den Unterlagen endeten die Einsätze des Kommandos G im Jahre 2209, gerade mal sieben Jahre nach Beginn der Plage.“

„Nun, es war so: Die Ghoule blieben stets unter der Erde, sie ließen sich niemals in den Straßen sehen. Die Bürger Torrlems ahnten nichts von der grässlichen Brut, die unter ihren Füßen hauste. Die Zahl der geraubten Toten war indes so stark angewachsen, dass sie Einfluss auf die oberirdischen Arbeitsabläufe nahm. Wie Sie wissen, Meister Hippolit, trug sich all dies vor der letzten Revision der Ewigen Flamme zu. Die Beseitigung der Toten war damals noch mit erheblich mehr Mühen verbunden als heute. Da kam eine sporadische Reduzierung des Arbeitspensums nicht ungelegen. Amielus, der das Ghoulproblem bisher niemandem gemeldet hatte, war darüber hinaus klar, dass er augenblicklich abgesetzt, vermutlich sogar in den Kerker geworfen würde, wenn er jetzt, in diesem vorangeschrittenen Stadium einen Bericht nach Nophelet gesandt hätte. Folgerichtig …"

„Sie wollen andeuten, er *arrangierte* sich mit der Situation?" Es fiel Hippolit schwer, seine Bestürzung im Zaum zu halten. „Er ließ die Ghoule Tausende Tote im Jahr fressen und hatte sogar noch ein gutes Gewissen dabei, weil er auf diese Weise dem oberirdischen Personal Arbeit ersparte?"

Wylfgung nickte schwach. Hinter ihm an der Wand trocknete der herabgelaufene Portwein allmählich zu senkrechten roten Strichen. „Es blieb eine Geheimsache. Außer dem jeweils amtierenden Obersten Verwalter und seinen engsten Vertrauten wusste niemand von den Dingen, die unter der Stadt vor sich gingen."

„Unvorstellbar!"

„Erst Jahrzehnte später – 2297, während der Amtsperiode eines Verwalters namens Lemkin – nahmen die Verluste dann Dimensionen an, die sich nicht länger verbergen ließen. Zu diesem Zeitpunkt lebten geschätzte dreitausend Ghoule unterhalb der Stadt."

Hippolit verengte die Augen, als er sich an die Notiz erinnerte, auf die er im Archiv gestoßen war. „Meister Lemkin plante, ein Treffen einzuberufen, in dem über die Beilegung der ‚Ungezieferplage' gesprochen werden sollte?"

„Das war die offizielle Bezeichnung dafür, ja."

„Aber diese Besprechung fand nie statt. Jedenfalls habe ich keinerlei Unterlagen darüber finden können."

Wylfgung schüttelte den Kopf. „Das Schicksal kam Lemkin zu Hilfe: Ende 2297 brach unter der Erde eine unbekannte

Seuche aus, die binnen weniger Zenite sämtliche Angehörige der Ghoulpopulation dahinraffte."

„Eine Seuche?", wiederholte Hippolit. „Und sie tötete sämtliche Ghoule? Ist das verbrieft?"

„Zunächst verschwanden immer weniger Tote aus den Silos, bis eines Nachts gar keine mehr fehlten. Da schickte Meister Lemkin erneut ein Untersuchungskommando unter Tage. Sie fanden die verwesenden Leichen Tausender Ghoule, verstreut über meilenlange Stollen und Tunnel. Der Gestank muss unvorstellbar gewesen sein, schlimmer als im siebten Pfuhl von Blaaks infernalischer Unterwelt. Viele der Männer verloren das Bewusstsein, mussten von ihren Kollegen an die Oberfläche zurückgeschleppt werden. Noch etliche Zenite später drang aus den Zugängen der Silos ein betäubender Gestank, den Meister Lemkin den Bürgern geistesgegenwärtig als Folge einer Verstopfung des Abwassersystems verkaufte. Als die Gebeine der Ghoule endlich aus den Gängen entfernt waren, versiegelte man die Zugänge zu ihrem Labyrinth, und die Sache war Geschichte."

„Es verschwanden keine Toten mehr?"

„Nie wieder, bis heute. Sie können die betreffenden Unterlagen einsehen, wenn Sie wollen."

Hippolit winkte ab. „Eine Seuche also. Interessant. Weiß man näheres über diese Krankheit?"

„Unter Lemkins Heilern war ein berühmter medizinisch-thaumaturgischer Heiler namens Hedon. Er untersuchte mehrere der geborgenen Ghoulkörper."

Hippolit nickte wieder. „Ich kenne Meister Hedon. Er hat ein Standardwerk über die Verbreitungsfaktoren von Epidemien verfasst und maßgeblich dazu beigetragen, ein Heilmittel gegen die Bengguela sowie verschiedene andere Zivilisationskrankheiten zu entwickeln."

„Möglicherweise stützte er sich dabei auf Kenntnisse, die er bei der Untersuchung der toten Ghoule gewann", vermutete

Meister Wylfgung. „Wie dem auch sei, wenn ich mich recht erinnere, kam er zu dem Schluss, dass es sich im Grunde um eine recht simple Infektionskrankheit gehandelt haben musste, vergleichbar etwa mit unserem Schnupfen.“ Er verzog das Gesicht zu einem schiefen Grinsen. „Absurd, dass eine solche Bagatelle imstande war, ein Volk von aasfressenden Monstern auszurotten, das gegen nahezu alle Keime und Gifte immun war, die man sich nur vorstellen kann.“

„Quintessenziell. Aber die Natur hält sich gerne ein Hintertürchen offen für den Fall, dass Bedarf nach etwas natürlicher Selektion aufkommt.“ Hippolit verstummte und grübelte eine Weile vor sich hin.

„Sie erwähnten vorhin, es habe einen Unfall mit Ihrem Assistenten gegeben?“, erkundigte sich Meister Wylfgung, als ihm die Länge der Gesprächspause unangenehm zu werden begann. „Was ist geschehen? Falls ich irgendwie helfen kann …“

Hippolit schüttelte geistesabwesend den Kopf. „Ich habe mich bereits um alles gekümmert. Agent Jorge verfolgte eine verdächtige Person in einem Abschnitt des Tunnelsystems, der einst zum Hort der Ghoule gehört haben muss.“

„Aber alle Zugänge wurden vor über tausend Jahren versiegelt!“

„Dann hat sie offenbar kürzlich jemand wieder geöffnet. Agent Jorge stieß in Ausübung seiner Pflicht auf eine gewaltige unterirdische Kaverne, die mit den Gebeinen Abertausender Toter angefüllt war.“

Meister Wylfgung schluckte hörbar. „Die Überbleibsel all der geraubten Leichen“, stöhnte er. „Sie wurden 2299, bei der Schließung der Stollen, der Einfachheit halber dort unten belassen. Alles andere hätte die Gefahr öffentlicher Entlarvung mit sich gebracht.“

„Der Unbekannte stellte Agent Jorge eine Falle, worauf unzählige Tonnen menschlicher Knochen auf ihn herabstürzten. Glücklicherweise kam ich gerade noch rechtzeitig, um ihn mit einem sogenannten Rettungskokon zu umgeben, bevor die Knochen ihn zu Brei zerquetschen konnten."

Meister Wylfgung sah ihn verwirrt an.

„Eine thaumaturgische Technik, die ihren Ursprung im Hochgebirge von Gengostok hat, wo häufig Menschen von Lawinen verschüttet werden", erläuterte Hippolit. „Sie erzeugt eine Art energetische Blase rund um die Zielperson, die von keinem materiellen Objekt durchdrungen werden kann. Jorge erlitt zwar diverse Prellungen und Abschürfungen, bevor ich den Schutzschild stabilisieren konnte, und verlor bedauerlicherweise das Bewusstsein. Letztendlich konnte ich ihn jedoch ohne große Mühen mitsamt seinem Kokon aus dem Knochenberg bergen."

„Lorgon sei Dank! Wie geht es ihm?"

„Als ich ihn heute früh in St. Ruktem zurückließ, war er noch nicht wieder ansprechbar, machte aber einen stabilen Eindruck."

Erneut hüllte sich Hippolit in Schweigen, während die Ader an seiner Schläfe langsam und gleichmäßig vor sich hin pochte. „Ghoule also", murmelte er kaum hörbar vor sich hin. „Auch wenn es mir nicht schmeckt, dass Jorge in diesem Punkt recht behalten soll … allmählich fügen sich die Teile des Mosaiks doch zusammen. Ein paar davon wenigstens."

Meister Wylfgung schüttelte matt den Kopf. „Ich sagte Ihnen doch schon, die Seuche löschte anno 2299 die gesamte Ghoulpopulation aus. Wenn es unterhalb meiner Stadt noch welche gäbe, bräuchten sie Leichen zum Überleben. In den letzten Jahren ist jedoch kein einziger Toter auf ungeklärte Weise abhanden gekommen. Andernfalls hätte ich sofort davon erfahren, das müssen Sie mir glauben!"

„Oh, ich glaube Ihnen lieber Wylfgung. Ich glaube, dass Sie Ihre Aufgaben als Verwalter mit einem Höchstmaß an Korrektheit und Pflichtgefühl angehen. Mit *so viel* Pflichtgefühl, dass Sie einem staatlichen Ermittlungsbeamten gegenüber die sachdienlichsten Informationen über die Geschichte Ihrer schönen Stadt kurzerhand verschweigen." Hippolit bedachte sein Gegenüber mit einem stechenden Blick. „Und ich glaube Ihnen auch, wenn Sie sagen, dass zur Zeit keine neue Ghoulpopulation unter der Stadt ihr Unwesen treibt."

Er erhob sich von seinem Stuhl, trat ans Fenster und ließ den Blick über die aschebedeckten Straßen Torrlems schweifen, die sich grau und trostlos im Licht der vormittäglichen Sonne unter ihm ausbreiteten. „Dennoch glaube ich, dass wir unseren Orkmörder gefunden haben."

29

Als Jorge erwachte, hatte er keine Ahnung, wo er sich befand. Er schien in einem Bett zu liegen, und das war zunächst mal gut. Dann geriet er in Panik – als er nämlich feststellte, dass man ihn entkleidet hatte. Kein Wesen in Lorgons großem Reich entkleidete ungestraft einen Troll, mochte er noch so oft das Bewusstsein verloren haben!

Sein Leib schmerzte an unzähligen Stellen, und er fürchtete sich davor, die Bettdecke zurückzuschlagen. Was, wenn sein Trollkörper einfach von der Hüfte abwärts aufhörte? Nicht auszudenken! Es gab ein altes Trollsprichwort, und das ging so: Wenn ein Troll von der Hüfte abwärts aufhört, ist er überhaupt kein Troll mehr.

Sonnenstrahlen, milchig und trostlos, fielen durch mehrere große Fenster in den Raum. Er war quadratisch, Wände, Boden und Decke in Weiß gehalten. Erst jetzt stellte Jorge fest, dass er nicht direkt auf der Matratze lag. Das Bett verfügte vielmehr über eine thaumaturgische Levitationsfunktion, die seinen Körper in einem dauerhaften Zustand der Schwerelosigkeit eine gute Handbreit über der Matratze schweben ließ, vermutlich, um die Heilung seiner Schürfwunden und Prellungen zu beschleunigen.

Ihm war völlig schleierhaft, was geschehen war. Das Letzte, woran er sich erinnerte, war, dass er sich in einer gigantischen Höhle tief unter der Erde befunden hatte. Und er war verschüttet worden.

Aber was dann?

Als er einigermaßen bei sich war, wälzte er sich seitlich von dem thaumaturgischen Schwebekissen herunter und landete auf ungewohnt wackligen Beinen. Zum Glück war von der Hüfte abwärts noch alles an ihm dran, aber es war beunruhigend, an wie vielen Stellen sein Körper mit Bandagen und Verbänden umwickelt war.

Er machte einen Abort ausfindig, eine winzige Kammer mit einem Loch im Boden. Grübelnd, sich mit den Händen an der Wand abstützend, stand er volle zwei Minuten da und urinierte in das dunkle Loch. Dann wankte er zurück in sein Schlafgemach, legte sich wieder hin und schlief fast augenblicklich ein.

Er träumte. Von der immensen Höhle. Von der Knochenlawine.

Jorge träumte von seinem Tod.

Er war gestorben. Seltsamerweise konnte er trotzdem noch Schmerzen empfinden. Dann: Hippolits kieksige Stimme, just in der Sekunde, als um ihn herum das Licht ausging: ein erregtes Gebrabbel unverständlicher Silben.

Jorge war klar, dass es sich um eine thaumaturgische Formel handeln musste, aber was, bei Batardos, sollte sie bewirken? Nicht einmal Hippolit vermochte Hunderte Zentner in Bewegung geratener Gerippe zu stoppen, jedenfalls nicht rasch genug, um einen bereits halb darunter begrabenen Troll zu retten.

In seinem Traum gab es verschwommene Eindrücke, von denen er sich nicht erinnern konnte, sie in der Realität erlebt zu haben: die erdrückende Enge unter all den Gerippen; der wachsende Druck der Knochenlast, schwerer und immer schwerer; dann ein plötzliches Nachlassen des zermalmenden Gewichts; das unerklärliche Gefühl, gezogen zu werden, langsam, stückchenweise, über rauen, von Knochenstaub und Geröll bedeckten Boden …

Er erwachte abermals und stolperte zu einem der großen Fenster. Erneut blickte er hinaus in die ascheneblige Luft Torrlems.

„Blaak“, murmelte er. Der Traum saß ihm im Nacken. Seine schmerzenden Glieder verursachten ihm Übelkeit.

Er dachte an Pompom. Die Vulvatte konnte den Knochenhagel unmöglich überlebt haben. Das stimmte Jorge traurig. Er hatte Pompom gern gehabt. Pompom redete nicht dumm daher. Sie war in Ordnung gewesen. Jetzt war sie hinüber.

Er seufzte tief. „Was für eine verfluchte Stadt“, murmelte er. „Hier ist alles grau …“

In diesem Augenblick öffnete sich die Zimmertür, und Meister Kotkopp kam herein. Einen Moment lang war Jorge verlegen, weil er so völlig entblößt im Raum stand, doch als er genauer darüber nachdachte, kam er zu dem Entschluss, dass es ihm scheißegal war.

„Agent Jorge“, rief Meister Kotkopp (*Kojomias*, erinnerte sich Jorge, *sein richtiger Name lautet Kojomias*). „Wie schön, Sie schon wieder auf den Beinen zu sehen. Wie geht es Ihnen? Erinnern Sie sich, was geschehen ist?“

Jorge nickte und sagte: „Nein. Ich meine, ein bisschen.“ Er kehrte zum Bett zurück, kroch unter die Decke und zog sie bis unters Kinn hoch. „Wo ist Pompom?“

Meister Kojomias trat neben ihn. Er lächelte noch immer. „Wie meinen?“

„Pompom. Ist sie … ist sie tot?“

„Ich habe keine Ahnung, von wem Sie reden, Agent Jorge, tut mir leid. Wer ist Pompom?“

„Eine Vulvatte. Treues, possierliches Tier. Ich wollte ihr Kunststücke beibringen. Pompom hatte einen guten Charakter. Anders als viele, die ich getroffen habe.“

Meister Kojomias zog ein langes Gesicht. „Von einer zahmen Vulvatte ist mir nichts bekannt. Da müssen Sie schon Ihren Kollegen fragen. Er hat sie eingeliefert. Sie wissen doch, wo Sie sind, Agent Jorge?"

Jorge nickte. „Im Klinikum zum Heiligen St. Irgendwas. Bin offenbar verschüttet worden. M. H. hat mich da rausgeholt?"

„So scheint es. Er hat Ihnen das Leben gerettet. Aber Sie werden noch ein Weilchen brauchen, bis Sie wieder voll einsatzfähig sind."

„Wann kommt M. H. zurück? Ich will wissen, was mit Pompom passiert ist!"

„Bald", sagte Meister Kojomias und tätschelte Jorges Hand, die in der seinen groß wie ein Schinken wirkte.

Er musste erneut eingeschlafen sein. Als er die Augen wieder öffnete, beugte sich eine Frau über Jorges Gesicht und schüttelte sein Kissen auf. Er blinzelte. Ihr Gesicht hatte er schon einmal gesehen … Es gehörte der medizinisch-thaumaturgischen Assistentin mit dem Dutt, die ihm an der Rezeption des Klinikums begegnet war, als er den Verrückten – wie war noch gleich sein Name gewesen? –, richtig, als er Agdeman, das Arschloch, verkohlt und halb tot hierhergebracht hatte.

„Und, wie geht es uns mittlerweile?" Ein fürsorgliches Lächeln lag auf ihrem Gesicht. Sie war ganz in Weiß gekleidet. Ihr Busen, in frisch gestärktes weißes Leinen verpackt, schwebte wenige Fingerbreit vor seiner Nasenspitze.

„Verdammt schönes Kind", murmelte Jorge. „Bringst du mir Neuigkeiten von Pompom, meiner kleinen Freundin?"

Die Frau legte die Stirn in Falten. „Nein. Ich bringe Ihnen Ihre Kleidung. Wir haben sie so weit wieder hergerichtet, dass Sie sich anziehen können. Ich bin Schwester Ishvu."

„Ishvu", wiederholte Jorge und musterte die Frau von oben bis unten. Obwohl ihr Körper nicht überdurchschnittlich gut proportioniert und darüber hinaus in eine hochgeschlossene weiße Klinikkluft gehüllt war, spürte er, wie ihm das Blut in die Leistengegend schoss. Er hatte davon gehört, dass sich bei Männern, die nur knapp dem Tod entronnen waren, umgehend der Drang meldete, sich zu paaren und so den Fortbestand der eigenen Rasse sicherzustellen. Nun, wie die Dinge standen (und sie standen mit Verlaub, man konnte es problemlos durch die weiße Bettdecke hindurch erkennen), *war* er ein Mann.

„Sag mal, Ishvu, du gewitztes medizinisch-thaumaturgisches Luder … trägst du unter deinem weißen Röckchen eigentlich ein Höschen?"

Das fürsorgliche Lächeln auf Schwester Ishvus Zügen erstarb. Jorge konnte förmlich zusehen, wie es von ihren Zügen rutschte und auf dem makellos sauberen Boden zerschellte.

„Ihrer dämlichen Vulvatte geht es gut", stieß sie angewidert hervor, während sie einen Schritt zurückwich. „Das soll ich Ihnen von Herrn Hippolit bestellen. Wörtlich sagte er: ‚Richten Sie dem alten Rattenfänger bitte aus, dass seinem Ungeziefer nichts geschehen ist. Es wartet im Gästehaus auf ihn.' So, das hätte ich hiermit ausgerichtet – und jetzt können Sie mich mal, bei allem Respekt!"

Jorge atmete aus, lehnte den Kopf zurück und brüllte zur Decke hinauf: „LORGON, DEM SCHÖPFER DES UNIVERSUMS SEI DANK!" Er klatschte entzückt in die Hände, aber seine Schultern schmerzten dabei so höllisch, dass er zusammenzuckte und sich auf die Zungenspitze biss. Er wandte sich wieder an die brünette Schwester namens Ishvu.

„Tut mir leid, verdammt schönes Kind, ich wollte dich mit meinen schalkhaften Worten nicht verletzen. Ich war in Sorge wegen Pompom. Bist du gekommen, um meinen stattlichen Trollkörper mit deinen zarten Händen zu waschen?"

„Mitnichten." Ishvus Gesicht war ausdruckslos. „Ich bin hier, um Ihnen Ihre Kleidung zu bringen und um Ihnen mitzuteilen, dass Ihr sympathischer Kollege – er ist so ganz anders als Sie – dass Ihr Kollege, Herr Hippolit, Sie am Nachmittag von hier abzuholen gedenkt. Er hat uns vor wenigen Minuten einen diesbezüglichen Wortwurf zukommen lassen. Sie können sich in der Zwischenzeit ankleiden. Meister Kotkopp wird nachher noch einmal nach Ihnen sehen, dann werden Sie uns für immer verlassen."

Jorge machte ein übertrieben betrübtes Gesicht. Es fiel ihm nicht leicht. Noch immer dominierte die Freude darüber, dass Pompom nichts geschehen war, wahrscheinlich ebenfalls ein Verdienst Hippolits. Er nahm sich vor, dem Kleinen bei Gelegenheit ein paar Bier und einen Knosper zu spendieren. Es gab ein altes Trollsprichwort, und das ging so: Trolle sind keine undankbaren Wesen nicht.

Er erhob sich vom Bett. Es interessierte ihn einen Dreck, ob ihn die reizende Ishvu nackt sah. Ihn oder seine noch immer voll ausgefahrene Erektion, die als Resultat eines evolutionären Triebs, für den er absolut nichts konnte, starr wie ein Fahnenmast in die Luft ragte.

Schwester Ishvu errötete und blickte zur Seite. *Immer diese verklemmten Weiber*, dachte Jorge und griff nach seiner Hose.

„Sag mal, Ishvu, Mädchen, kennst du zufällig eine gewisse Lith? Sie arbeitet als Sekretärin bei eurem Oberchef, Meister Wylfgung, wenn ich M. H. neulich richtig verstanden habe. Ich will nicht zu viel verraten, aber der gute alte M. H. scheint seit einiger Zeit ein bisschen in der Pubertät zu stecken. Und hier gibt es mit Verlaub nicht allzu viele Weibsbilder, für die sich ein pubertierender Bursche interessieren könnte. Ihr Weibsbilder kennt euch doch gewiss untereinander, oder?"

Jorge versuchte, mit beiden Beinen gleichzeitig in die Hose zu schlüpfen. Er stolperte, fiel auf den Rücken und strampelte wie ein aufgespießter Käfer in der Luft.

Schwester Ishvu beobachtete ihn mit einer Mischung aus Ekel und Verachtung. „Wenn Sie kein Patient wären, Herr Jorge …"

„Schon gut, schon gut. Ich weiß, ich sehe gerade recht wenig heldenhaft aus. Hilfst du mir mal bitte in mein Beinkleid, verdammt schönes Kind?“

Schwester Ishvu machte einen weiteren Schritt in Richtung Tür. „Ich denke gar nicht dran. Ich bin schließlich nur ein *Weibsbild*, nicht wahr? Und Sie werden sich ja wohl kaum von einem *Weibsbild* in Ihre heldenhaften Agentenhosen helfen lassen wollen, oder?“

„Was soll das, Kind? Warum erniedrigst du mich? Weil ich dich und deine Geschlechtsgenossinnen ‚Weibsbilder‘ genannt habe? Herrje, entschuldige bitte, ich bin nun mal ein Troll, und Trolle haben keine Manieren, das weiß man doch.“

Die Entschuldigung schien Schwester Ishvu zu besänftigen. Ihr Rückzug in Richtung Ausgang stockte. „Warum fragen Sie nach Lith?“, wollte sie wissen.

Endlich waren Jorges Beine dort, wo sie hingehörten. Er setzte sich auf und begann, die Hose im Schritt zuzuknöpfen.

„Wie gesagt, ich glaube, der gute alte M. H. – ich meine natürlich, der sympathische Herr Hippolit – hat mehr als nur ein halbes Auge auf sie geworfen. Und er hat was gut bei mir! Schließlich hat er mein herrliches Leben gerettet. Und das Leben der einzigartigen Pompom! Meister Hippolit braucht dringend mal wieder etwas … äh, Abwechslung in seinem tristen, von Büchern und langweiligen Studien beherrschten Leben. Es gibt da ein altes Trollsprichwort, und das geht so: Ab und zu musst du andauernd regelmäßigen Beischlaf haben, sonst krepierst du an unerfüllter Lüsternheit. Ein Scheißsprichwort, nicht wahr? Aber so lautet es nun mal, ich kann auch nichts daran ändern, also schau mich nicht so an.“

Schwester Ishvu zog entgeistert die Augenbrauen hoch. „Das ist nicht Ihr Ernst, oder?“, stieß sie hervor. „Sie wollen doch nicht, dass ich Lith und Ihren Kollegen miteinander *verkupple?*“

„Na ja, so hätte ich mich jetzt nicht unbedingt ausgedrückt. Aber ich würde lügen, wenn ich behauptete, du hättest den Nagel nicht volle Kanne in die Fresse getroffen."

Schwester Ishvu schüttelte den Kopf. „Unglaublich. Herr Jorge, ich muss mich wirklich schwer über Sie wundern. Sie sind doch ein Beamter des IAIT!"

„Ich weiß, und es tut mir leid. Dass ich Beamter bin, meine ich. Der Rest tut mir überhaupt nicht leid. Es gibt da ein altes Trollsprichwort, und das geht so: Ich bin, wie ich bin, wie ich bin, wie ich bin."

„Selbst wenn ich auf den abwegigen Gedanken kommen sollte, den reizenden, im Gegensatz zu seinem tumben Kollegen mit vorzüglichen Manieren gesegneten Herrn Hippolit mit Lith zu verkuppeln, um bei diesem Ausdruck zu bleiben, so wäre das doch ein von vornherein sinnloses Unterfangen."

Jorge, der gerade dabei gewesen war, sich in sein Unterhemd zu zwängen, sah auf. „Wieso dieses?"

„Ich wüsste zwar nicht, was Sie das angeht, aber Lith befindet sich noch in Trauer. Und ich verrate Ihnen das nur, damit Sie ungehobelter Klotz nicht auch bei ihr von einem Fettnäpfchen ins nächste trampeln, wie es Ihre Art zu sein scheint."

„In Trauer? Was meinst du damit, in Trauer?"

Schwester Ishvu seufzte. „Wegen Flarian, ihrem Verlobten. Er war die Liebe ihres Lebens. Die beiden waren Seelenpartner, eins im Körper wie im Geiste … Aber das können Sie sicher nicht verstehen, Herr Jorge!"

„Was du nicht sagst, Ishvulein. Wir Trolle haben da ein Sprichwort, und es geht so: Körperliche Vereinigung ist was Großartiges!"

„Pfffft. *Das* habe ich gemeint!" Mit gerümpfter Nase machte Schwester Ishvu Anstalten, den Raum zu verlassen.

„Immer mit der Ruhe, Mädchen", rief Jorge und schlüpfte in seine lederne Jacke. „Nun verrat mir halt endlich, was es mit ihrem Süßen, diesem Flarian, auf sich hatte."

Ishvu zögerte. „Er … er kam ums Leben, vor gut sechs Zeniten. Nur einen Tag, bevor die beiden sich trauen lassen wollten. Ein Unfall am Verladebahnhof, eine Unachtsamkeit eines Vulwoogfahrers, der betrunken zur Schicht erschienen war …" Ihr Blick trübte sich, schweifte in eine Ferne, in die Jorge ihr nicht folgen konnte. „Die beiden waren füreinander bestimmt", erklärte sie leise. „Sie passten zueinander wie Topf und Deckel. Sogar körperlich war es nicht zu übersehen. Beide waren von geradezu elbischer Schönheit, schlank und grazil in jeder noch so beiläufigen Bewegung. Und das lange goldblonde Haar, mit dem Lorgon Lith wie Flarian gesegnet hatte … Man hätte sie für Geschwister halten können, wenn man es nicht besser wusste."

„Bei Batardos! So 'ne Schwester hätte ich auch gern", murmelte Jorge leise. Etwas lauter sagte er: „Und weiter?"

„Es war einfach zu tragisch! Mit Flarians Tod verlor die arme Lith jeglichen Lebenswillen. Sie verließ für Monate kaum noch das Haus. Meister Kotkopp attestierte ihr eine mittelschwere Depression, Meister Wylfgung musste für sein Büro eine Aushilfe einstellen. Man sah sie so gut wie gar nicht mehr. Erst seit einem oder zwei Zeniten scheint sie sich ein wenig gefangen zu haben. Mittlerweile arbeitet sie wieder, und kürzlich habe ich sie sogar einmal lachen sehen." Das Gesicht der Schwester verhärtete sich, sie fixierte Jorge mit entschiedenem Blick. „Verstehen Sie jetzt, warum der Umgang mit Lith ein gerüttelt Maß an Sensibilität erfordert, Herr Jorge? Wissen Sie überhaupt, was das ist?"

„Sensibilität?" Jorge schloss den letzten Knopf seiner Joppe, reckte sich und rülpste markerschütternd. „Schon. Das ist nämlich mein zweiter Vorname, weißt du? Jorge ‚Sensibilität' der Erwischer. Ein altes Trollsprichwort belehrt uns darüber hinaus: Ein unsensibler Troll, das gibt es gar nicht, bei Batardos!" Er lachte.

Schwester Ishvu lachte nicht. Sie drehte sich um und verließ kopfschüttelnd das Krankenzimmer.

30

Zum schätzungsweise zehnten Mal, seit er sich auf den Weg in das karge Arbeiterviertel gemacht hatte, warf Hippolit einen skeptischen Blick auf das Pergamentstück in seiner Hand. Er war sich nicht sicher, ob er das Richtige tat, schließlich gab es etliche Dinge zu organisieren, bevor er und Jorge sich ein weiteres Mal in die Tunnel tief unter der Stadt hinabwagen durften. Andererseits musste er jede Chance wahrnehmen, an Informationen zu kommen, die zur Lösung des Falles beitragen konnten.

Erneut las er die Zeilen, die ihm Lith, die Sekretärin des Obersten Verwalters, zugesteckt hatte, als er nach seiner Unterredung mit Wylfgung dessen Büro verließ:

Wir müssen uns sehen, unbedingt.
Zur achten Abendstunde bei mir.
Es geht um Leben und Tod!

Die Botschaft klang beunruhigend, wenngleich man nicht ausschließen konnte, dass ein gewisses Quantum typisch weiblichen Pathos' für die dramatische Formulierung mitverantwortlich war. Leider hatte er Lith nicht darauf ansprechen können, denn ihr Vorgesetzter war mit ins Vorzimmer gekommen, um seinen Gast zu verabschieden, und ihr verschwörerischer Blick, als sie das Papier in einer Tasche von Hippolits Gewand verschwinden ließ, machte unmissverständlich klar, dass sie ein Gespräch unter vier Augen wünschte.

Hippolit war bereit, ihr diesen Gefallen zu tun. Nicht allein, weil Lith eine solche Augenweide war. Seit seinem vormittäglichen Besuch bei ihrem pflichtvergessenen Brötchengeber hatte er berechtigten Grund zu der Annahme, dass das Mädchen weit besser über seine und Jorges Ermittlungen Bescheid wusste, als es einer gewöhnlichen Sekretärin zustand.

Während seines Gesprächs mit Meister Wylfgung war ihm eine kaum merkliche thaumaturgische Energieentfaltung im Büro des Verwalters aufgefallen. In einer längeren Phase scheinbaren Grübelns hatte er nahezu lautlos die Worte einer Signaturprüfung niedrigster Stufe gemurmelt, dazu mit den Händen außerhalb von Wylfgungs Sichtfeld einige unterstützende Gesten vollführt.

Das Resultat war überraschend.

Von einem Punkt unmittelbar vor Wylfgungs Gesicht verlief ein unsichtbarer Trichter thaumaturgischer Energie an Hippolit vorbei, durch die geschlossene Tür ins Vorzimmer hinüber. Ihm war sofort klar, was das zu bedeuten hatte: Wylfgungs thaumaturgisch höchst begabte Sekretärin hatte einen stationären Wortwurf auf dem Schreibtisch platziert, der alles, was im Büro gesprochen wurde, zu ihr nach draußen transportierte. Gerissenes Biest!

Was das Mädchen damit bezweckte, ihren Chef zu belauschen, war Hippolit allerdings völlig unklar. Es mochte schlichte Neugier sein. Möglicherweise steckte jedoch auch etwas anderes dahinter.

Um dies zu ergründen, hatte er beschlossen, eine halbe Stunde zu investieren. Die wichtigsten Vorbereitungen waren ohnehin getroffen. Er hatte Jorge aus dem Klinikum abgeholt und in ihre Unterkunft gebracht. Sobald er sich angehört hatte, was das Mädchen zu sagen hatte, würde er zum Gästehaus zurückkehren, um ein zweites Mal mit Jorge in die Katakomben aufzubrechen. Und vielleicht – so Vamba, die Göttin des Glücks, es gut mit ihnen meinte – wäre der Fall „Orksammler" ein paar Stunden später Geschichte und könnte als gelöst zu den Akten gelegt werden.

Ohne Mühe fand Hippolit das dreistöckige Wohnhaus am Ende der schmalen Kopfsteinstraße wieder. Die Eingangstür war nur angelehnt. Er stieg die Treppe hinauf und klopfte dreimal laut vernehmlich an die Tür zu Liths Bleibe.

Für einige Momente geschah nichts. Dann flog die Tür auf, und ein hellblauer, wallender Schemen glitt durch die Öffnung auf Hippolit zu. Einen Augenblick später spürte er, wie sich ein weicher, warmer Körper an ihn presste. Geschmeidige Arme umklammerten seine Schultern.

„Meister H., endlich. Und Sie leben – was für ein Glück!"

„Ich … also, nun ja. Quintessenziell, das tue ich wohl." Trotz seiner Verwunderung nahm Hippolit zur Kenntnis, dass es sich bei dem wallenden Schemen um ein einteiliges Nachtgewand aus hellblauem Schleierstoff handelte, weit geschnitten und erstaunlich transparent. Zwar konnte er aufgrund von Liths Umarmung den Kopf kaum drehen, doch soweit er erkennen konnte, trug das Mädchen nichts darunter.

„Ich bin ja so froh", hauchte die Sekretärin dicht an seinem Ohr. „Ich hatte diesen Traum, wissen Sie, einen schrecklich intensiven Traum. Und darin wurden Sie … oh, ich mag gar nicht daran denken!"

„Ruhig, mein Kind, ruhig." Hippolit ertappte sich dabei, wie er mit der linken Hand ihren schlanken Rücken tätschelte. „Lassen Sie uns nach drinnen gehen. Ich würde mich gerne mit Ihnen über die Notiz unterhalten, die Sie mir heute Vormittag zugesteckt haben. Und über ein paar andere Dinge."

Lith nickte, ließ von ihm ab und schwebte durch die Tür. Hippolit erhaschte einen kurzen Blick auf zwei wohlproportionierte

Hinterbacken, die sich unter dem dünnen Stoff abzeichneten. Er riss seinen Blick los und trat ebenfalls über die Schwelle.

Im Innern der Wohnung schien sich seit seinem letzten Besuch nichts verändert zu haben. Überall brannten Kerzen, und jenseits des Dachfensters war der schmutzig-braune Abendhimmel Torrlems zu erkennen.

Als sich Hippolit wieder dem Mädchen zuwenden wollte, stand Lith plötzlich unmittelbar vor ihm, zwei mit gelblicher Flüssigkeit gefüllte Kelchgläser in Händen.

„Honigwein aus Enopacla", verriet sie und fügte augenzwinkernd hinzu: „Aus Meister Wylfgungs privatem Fundus."

„Ich … eigentlich ist es ja so, dass ich … Ach, zum Henker!" Achselzuckend nahm Hippolit das angebotene Glas entgegen.

Sie stießen an, tranken. Die riesigen Augen des Mädchens waren starr auf ihn gerichtet.

„Meine liebe Lith", hob Hippolit an und vergrößerte vorsichtshalber den Abstand zwischen ihr und sich um einige Schritte. Das Glas mit dem starken Likörwein stellte er unauffällig auf den Tisch. „Mir will scheinen, Sie haben es faustdick hinter den Ohren."

Sie hob scheinheilig die Brauen, eine bezaubernde Geste gespielter Unschuld, und nippte an ihrem Wein.

„Ihren Vorgesetzten zu bestehlen, dürfte wohl kaum Bestandteil Ihres Arbeitsvertrages sein, oder? Ebenso wenig der permanente Wortwurf ins Vorzimmer." Hippolit beobachtete das Mädchen eingehend, während er sprach. Doch welche Reaktion er auch erwartet hatte, sie blieb aus.

„Der alte Ziegenbart hat mehr als genug zu saufen", bemerkte Lith respektlos und stellte ihr Glas ebenfalls zur Seite. „Und den kleinen Lauscher habe ich nur auf seinem Schreibtisch platziert, weil ich mir Sorgen um Sie gemacht habe. Das ist alles."

Langsam kam sie wieder auf Hippolit zu, der angestrengt versuchte, seinen Blick nicht von den verlockenden Einblicken ablenken zu lassen, die das Schleiergewand eine Etage unterhalb ihres Gesichts bot.

„Ich musste es tun. Sie sind in Gefahr!"

„Etwas Ähnliches stand in Ihrer Notiz", versetzte Hippolit. Er verspürte den Drang, erneut zurückzuweichen, ignorierte ihn jedoch. „‚Es geht um Leben und Tod' – was hat es mit dieser kryptischen Äußerung auf sich?"

„Ich habe geträumt", wiederholte Lith und blieb dicht vor ihm stehen. „Ich träume oft, wissen Sie? Und mit meinen Träumen ist es ähnlich wie mit meinen thaumaturgischen Spielereien: Was ich träume, geschieht."

„Sie sind also nicht nur *versiert*, sondern auch hellsichtig. Schön und gut." Soweit Hippolit wusste, war diese Kombination besonderer Fähigkeiten nicht selten. *Versierte* verfügten wesentlich öfter als thaumaturgisch Unbegabte über die Gabe, einschneidende Ereignisse in der Zukunft vorauszuahnen, sei es in Träumen, in Form von Visionen im Wachzustand oder indem sie Stimmen hörten, die ihnen etwas einflüsterten.

„Sie haben also geträumt. Von mir?"

Lith nickte erregt. „Es war stockdunkel, ein Ort, auf dem ein immenses Gewicht lastete. Eine Höhle unter der Erde möglicherweise. Sie rannten durch undurchdringliche Finsternis, atemlos, gehetzt. Und in der Schwärze lauerte etwas ... etwas, das Sie beobachtete! Ich konnte es nicht erkennen, nur seine Präsenz in den Schatten spüren." Der Atem des Mädchens ging schneller, während sie die Erinnerung an das nächtliche Erlebnis vor ihr geistiges Auge zurückholte. „Sie erreichten einen gewaltigen Raum. Ich spürte den Tod Abertausender Menschen in der Luft, unzählige Seelen, auf ewig in den dunklen, stillen Mauern gefangen." Sie stöhnte auf. „Und Knochen! Überall waren Knochen!"

Interessant, dachte Hippolit. *Sie hat von der Gebeinkaverne geträumt.* Er ignorierte Liths tastende Hände, von denen eine seinen rechten Oberarm ergriff, und hörte weiter zu.

„Und dann kam etwas zwischen den Knochen hervor! Etwas Riesiges, Unmenschliches. Schattengleich näherte es sich durch die Finsternis, seine Klauen griffen nach Ihrem Kopf und … Oh, Meister H., es war so grauenhaft!“ In einer schlangengleichen Bewegung warf sie sich von Neuem an Hippolits Hals.

„Während Sie mit der Kreatur rangen, konnte ich Ihren Lebensfunken erkennen, eine zitternde grellblaue Flamme, die über Ihrem Kopf zu schweben schien. Dann gewann das Unwesen die Oberhand. Seine Pranken schlossen sich um Ihre Kehle, und die Flamme – sie erlosch! Ich erwachte schreiend, unter Tränen. Es war, als wäre ein Teil von mir selbst gestorben in jener Sekunde, in jenem grässlichen Raum tief unter der Erde.“

Sie begann zu schluchzen, bettete ihr Gesicht an Hippolits Hals, wozu sie sich ein wenig nach unten beugen musste. „Oh, Meister H., ich flehe Sie an: Gehen Sie nicht mehr nach dort unten! Jemand wie Sie darf nicht … Bitte, Sie müssen es mir versprechen: Steigen Sie nie wieder in die lauernde Finsternis hinab!“

Hippolit, verwirrt über den Gefühlsausbruch des Mädchens, das er noch am Vortag, bei ihrem Zusammentreffen mit dem Schlägertrio, denkbar anders erlebt hatte, legte aus Reflex die Arme um ihre Schultern. Sofort schmiegte sie sich enger an ihn, feste, runde Brüste drückten gegen seine Rippen. Hippolit spürte, wie sich eine seit Langem nicht mehr gekannte Hitze in seinen Lenden zu konzentrieren begann.

„Hören Sie, mein Kind …“ Er musste sich zweimal räuspern, ehe er fortfahren konnte. „Sie wissen sicher, dass die Trefferquote bei Hellsichtigen nur bei geschätzten fünfzig Prozent liegt. Es muss also keineswegs eintreten, was Sie im Traum gesehen haben.“

Sie schluchzte noch immer. Hippolit tätschelte ihren Hinterkopf, eine Geste, die ihm plump und kindisch vorkam. Bei Lorgon, hatte er denn wirklich alles verlernt, was er vor

Jahrzehnten einmal über den Umgang mit dem anderen Geschlecht gewusst hatte?

„Abgesehen davon muss ich leider noch einmal in die Katakomben hinab", fuhr er fort. „Da Sie meine Unterredung mit Meister Wylfgung belauscht haben, wissen Sie, dass wir endlich einen konkreten Verdacht haben, um wen – oder besser: was – es sich bei dem gesuchten Orkmörder handeln könnte. Und wenn sich dort unten tatsächlich ein Ghoul versteckt hält, müssen wir ..."

Sie packte ihn an den Schultern und zog sein Gesicht ruckartig so dicht an sich heran, dass ihre Nasenspitzen sich fast berührten. „Verstehst du nicht? Du *darfst* nicht mehr hinunter!" Ihr Blick wurde eindringlicher, geradezu hypnotisch. „Du wirst sterben."

Hippolit wusste nicht, wann ihm zum letzten Mal die Worte gefehlt hatten, doch jetzt fiel ihm nichts mehr ein, was er hätte erwidern können. Dieses Mädchen schien in ihm weit mehr zu sehen als nur einen Vertreter einer staatlichen Ermittlungsbehörde. Mehr als einen wortgewandten Adepten, der vor einigen Stunden ihren ziegenbärtigen Vorgesetzten zur Schnecke gemacht hatte. Mehr als einen widerlich blassen Vierzehnjährigen.

Dieses Mädchen sah einen Mann in ihm, einen heldenhaften und begehrenswerten Meisterermittler, dessen Tod sie im Traum gesehen hatte und in der Realität nicht verwinden zu können glaubte.

Ihn schwindelte ob der Intensität der Gefühle, die ihm unvermutet entgegenschlugen. Wie lange war es her, dass jemand ...

„Gibt es denn nichts, was ich tun kann, damit du dir die Sache noch einmal überlegst?", unterbrach Lith seine Gedanken.

Wie auf Kommando meldete sich die versoffene Stimme Jorges hinter Hippolits Stirn: *Da würde dem Onkel schon was einfallen, Schätzchen*, grölte sie. *Ein altes Trollsprichwort empfiehlt: Bück dich, den Rest übernehme ich!*

„Aber ich kann nicht …“, stammelte Hippolit. „Mein Ermittlungsauftrag verlangt …“ Mit einem Mal war ihm erstaunlich heiß, Schweißperlen traten auf seine Stirn.

Einen Augenblick noch verharrte Liths Gesicht vor seinem, starrten ihre großen Augen ihn durchdringend an. Dann, wie auf einen unhörbaren Befehl, ließ sie sich plötzlich auf die Knie nieder.

Hippolit war so überrascht, dass er erst realisierte, was das Mädchen vorhatte, als sie sein Gewand bereits geöffnet und seine schmerzhaft pochende Erektion hervorgeholt hatte.

Zuneigung hin, weibliche Fürsorge her – das ging entschieden zu weit, fand Hippolit. Er war ein führender Kopf des IAIT, man konnte ihm nicht einfach …

Bei Lorgon, war ihr Mund *warm!*

Binnen Sekunden verwandelte sich der Inhalt seines Kopfes in einen trägen Brei, während die Sekretärin Meister Wylfgungs sein Geschlecht mit Zunge und Lippen zu bearbeiten begann. Die delikate Wechselwirkung von Sog und Druck machte ihn zittern, bis sein ganzer Körper bebte wie ein welkes Blatt im Herbstwind.

Verdammt, er hatte tatsächlich vergessen, wie gut es sich anfühlte. Seit mindestens dreißig Jahren, einfach vergessen!

Lith bearbeitete seine Hoden, drückte und zog mit geschmeidigen Bewegungen. Hippolit spürte, wie sich in seinem Unterleib ein Druck aufbaute, von dem er sich nicht erinnern konnte, dass er je zuvor ähnlich gewaltig gewesen wäre. Kein Wunder – nach Jahrzehnten der Abstinenz!

Er versuchte, sich abzulenken, das Unvermeidliche hinauszuzögern. Suchend glitt sein Blick durch das karg eingerichtete Zimmer, über den Tisch, auf dem in einer einsamen Vase eine welkte Blume verstaubte; zum Bett, in dem er nur einen Tag zuvor aus der Bewusstlosigkeit erwacht war; weiter zum Nachttisch mit der gerahmten Fothaum-Aufnahme des blonden, langhaarigen Jünglings; hinauf zum Dachfenster, über dem …

Es war zwecklos. Seine Erregung machte keinerlei Anstalten nachzulassen, im Gegenteil: Der Druck in seinen Lenden nahm immer weiter zu.

Bei Lorgon, was geschieht mit mir?, schoss es ihm durch den Kopf.

Wie aus einem Reflex streckte er die Hände nach Liths Hinterkopf aus, der rhythmisch vor seinem Becken auf- und niederfuhr. Dicht über ihrem seidigen Haar hielt er zitternd inne. Verkrampfte Finger malten wirre, zuckende Zeichen in die Luft, unverständliche Worte mischten sich zwischen seine hechelnden Atemzüge.

Bei Lorgon – was tue ich hier nur? In seinem Unterleib stieg etwas auf, und es war ganz gewiss keine Entladung thaumaturgischer Energie. Farben begannen vor Hippolits Augen zu tanzen, als ein viel zu lange vergessener Taumel sich ankündigte, ein verschollen geglaubter Freund, der endlich heimkehrte.

Und plötzlich kannte er die Antwort auf seine letzte Frage.

Ich lebe!

Dann brachen die Dämme, und Hippolit wusste nichts mehr.

•31•

Ein altes Trollsprichwort wirft die berechtigte Frage auf: Wieso haben wir beim letzten Mal, als wir hier runtergeklettert sind, eigentlich so einen barbarischen Umweg genommen?"

Hippolit, der vor Jorge die gewaltige Wendeltreppe hinabstieg, stieß ein unwilliges Grunzen aus. „Manchmal glaube ich, du hörst mir aus Prinzip nicht zu, wenn ich dir etwas erkläre. Noch einmal für die begriffsstutzigen Trolle unter uns: Gestern Nacht wusste ich noch nicht, wo sich der Direkteinstieg zum Treppenhaus befindet. Deswegen mussten wir uns durch die Kanalisation unterirdisch hierher vorarbeiten. Klar?"

Jorge rückte sich seinen leicht angeschmutzten Stirnverband gerade und sah sich übertrieben auffällig um, vermutlich auf der Suche nach den erwähnten begriffsstutzigen Trollen. „Und woher weißt du's heute?"

Hippolit stöhnte leise, seine Finger umklammerten den Hexalyt in seiner Tasche. „Du bist ein hoffnungsloser Fall, Jorge. Meister Wylfgung hat mir den Weg heute Vormittag beschrieben."

„Meister wer?"

Hippolit winkte ab. Sie hatten Wichtigeres zu tun als zu streiten, und unterschwellig schien dies sogar Jorge klar zu sein. Hippolit kannte seinen Assistenten lange genug, um zu wissen, wann er aus reiner Nervosität Konversation zu machen versuchte.

In Anbetracht dessen, was sie möglicherweise in der Tiefe erwarten würde, hatten sie guten Grund, nervös zu sein.

Nach Hippolits Rückkehr zum Gästehaus hatten sie gemeinsam die letzten Vorbereitungen getroffen und waren aufgebrochen – in jene finsteren Tiefen, die nie mehr aufzusuchen er Lith nicht einmal eine Stunde zuvor versprochen hatte.

Bei der Erinnerung an seinen Besuch bei Wylfgungs Sekretärin befiel Hippolit erneut Verwirrung. Er wurde aus dem Mädchen nicht schlau, und er bezweifelte, dass dies allein von seinem über Dekaden eingerosteten Umgang mit dem weiblichen Geschlecht herrührte. Wer hätte ahnen können, dass es in der Realität – also außerhalb solcher minderwertiger pornografischer Schriften, wie Jorge sie mit Vorliebe konsumierte – Frauen gab, die sogar einem durch ein fehlgeschlagenes Verjüngungsritual entstellten Lichtadepten zum Beweis ihrer Liebe ohne Zögern an die Wäsche gingen? Und doch war genau das geschehen.

Auf dem Rückweg zur Pension hatte Hippolit beschlossen, den Zwischenfall als das zu sehen, was er war: ein pikantes Interludium, das ihn zwar konsterniert, zugleich aber seine dröge pseudo-jugendliche Existenz erheblich bereichert hatte. Nicht mehr und nicht weniger. Darüber hinaus hatte er, geleitet von seinem niemals ruhenden sechsten Sinn, die Gelegenheit genutzt, eine Vorsichtsmaßnahme zu ergreifen, die sich möglicherweise noch als nützlich erweisen mochte … oder auch nicht, das musste sich zeigen.

„Hab ich dir eigentlich erzählt, woher ich dieses Schätzchen hier habe?“, wollte Jorge aus dem Hintergrund wissen.

„Die widerliche Vulvatte, die du entgegen meiner ausdrücklichen Anordnung noch immer mit dir herumschleppst? Ich dachte, sie stamme von den Aschehalden?“

„Nein, nein. Doch nicht Pompom. *Dieses* Schätzchen hier!" Ein metallisches Pochen erklang. Hippolit drehte den Kopf. Im Licht des riesigen Glutglobulus, der in der Mitte des Schachts parallel zu ihnen in die Tiefe sank, erkannte er auf Jorges Rücken einen klobigen grünen Kanister mit glänzender Oberfläche. Irgendwo aus einem Gewirr von Ventilen und Hebeln entsprang ein Schlauch. Er lief in einer armlangen Metallröhre aus, vor deren Mündung eine winzige Flamme flackerte. Stolz hielt Jorge das Rohr in die Höhe.

„Du meinst, woher du den Zerstörer hast?" Hippolit verdrehte die Augen und konzentrierte sich wieder auf die Stufen vor seinen Füßen. „Ja, das hast du mir erzählt ... genau dreimal, seit wir losgegangen sind, danke."

Jorge stieß ein beleidigtes Schnauben aus. „Erzähl ich's eben dir, Pompom, mein Augenstern. *Du* interessierst dich wenigstens dafür, was ein lebensgefährlich verletzter, gerade aus dem Klinikum entlassener Troll zur Lösung eines gefährlichen IAIT-Falles beizutragen hat. Stimmt's?"

Das begeisterte Quieken, das hinter seinem Rücken ertönte, jagte Hippolit eine Gänsehaut des Ekels über den Rücken.

„So lausche denn auf, Pompom!" Jorge räusperte sich umständlich. „Während M. H. unterwegs war, um dieser Vorzimmerschnecke seine Aufwartung zu machen, habe ich mir von dem Relikt am Empfangstresen des Gästehauses die Adresse von Agdemans Einsatzzentrale besorgt. Du erinnerst dich doch an Agdeman, oder?" Bestätigendes Zwitschern. „Sie lag nicht allzu weit entfernt, also bin ich trotz meiner immensen gesundheitlichen Beeinträchtigungen hingelatscht und hab dem leitenden Schichtführer meinen Siegelring unter die Nase gehalten. ‚Barwin', hab ich gesagt – so hieß der Kerl nämlich –, ‚Barwin, alte Krankheit! Im Namen des IAIT konfatzioniere ich diesen schönen Zerstörer für wichtige Ermittlungsarbeiten!' Tja, und wenige Augenblicke später stiefelte ich mit einem Stück modernster sdoomischer Technik auf dem Rücken wieder hinaus."

Pompom quietschte beeindruckt.

„Hast du wirklich ‚konfatzionieren' gesagt?", erkundigte sich Hippolit müde.

„Du wunderst dich, dass ich auch Fremdwörter draufhabe, was? Es gibt da ein altes Trollsprichwort, und das geht so: Unterschätze keinen Troll, er könnte rasend intelligent sein!"

„Wäre mir nicht im Traum eingefallen." Hippolit nahm einige weitere Stufen. „Und dieser Barwin hat dir die Maschine einfach so gegeben? Widerspruchslos?"

Jorge nickte emsig. „Klar. Nachdem ich meine Faust in seinem Gesicht vergraben hatte, hatte er nicht mehr das Geringste dagegen."

Hippolit stieß ein erneutes Seufzen aus. „Erinnere mich daran, dass ich ein Entschuldigungsschreiben an die Beseitiger-Innung aufsetze, wenn wir wieder nach oben kommen. *Falls* wir wieder nach oben kommen …", fügte er etwas leiser hinzu, nachdem er für einen Moment dem gespenstischen Widerhall ihrer Schritte in den Weiten des Treppenschachts gelauscht hatte.

„Gutes Stichwort", fand Jorge und schloss zu ihm auf. „Was genau haben wir eigentlich vor? Deine diesbezüglichen Anmerkungen waren eher das, was gewisse alte Trollsprichwörter als ‚unverständliches Gebrabbel' bezeichnen."

„Ach? Ist das so?"

„Bei Batardos, wenn ich's sage! Ich meine, dass ein gewisser IAIT-Erwischer von Anfang an recht hatte und wir uns auf der Jagd nach einem leibhaftigen Ghoul befinden – hörst du, Pompom? Nach einem *Ghoul!* –, darüber dürfte mittlerweile Einigkeit im Treppenschacht bestehen. Und das ist, im Vertrauen gesagt, auch der Grund dafür, dass ich mich mit diesem technologischen Wunderwerk ausgerüstet habe. Erwischerfäuste sind gut, alles verzehrende, unfassbar schmerzhafte Feuerlanzen sind besser. Auch ein altes Trollsprich…"

„Ich dachte, die Gestalt, die dir gestern Nacht tonnenweise Knochen auf den Schädel gekippt hat, sei zu klein für einen Ghoul gewesen? Deine eigenen Worte, Jorge!"

„Wenn ich das gesagt habe, dann war es so, bei Batardos.", erwiderte Jorge, ohne zu zögern. „Aber ich habe gerade von unserem Mörder gesprochen, M. H.. Von dem monströsen Ding, das mit schöner Regelmäßigkeit den Orkbestand der lyktischen Armee verringert. Jenem monströsen Ding, das Pompom und mir letzte Nacht oben in der Stadt beinahe einen Herzanfall beschert hat."

Hippolit machte eine beschwichtigende Handbewegung. „Ich widerspreche dir doch überhaupt nicht mehr. Nicht nach allem, was wir mittlerweile über die Vorgeschichte der Katakomben und ihre zeitweiligen Untermieter wissen. Aber was ist mit diesem zweiten, kleineren Schatten, der uns gestern begegnet ist?" Er wies hinab in den Abgrund, dessen Boden Schritt für Schritt näher kam. „Glaubst du, unser Ghoul hat einen menschlichen Komplizen?"

„Nun, ich hatte in der letzten Zeit eher wenig mit Ghoulen zu tun", gab Jorge weltmännisch zurück. „Ich bin mir daher nicht ganz sicher, wie sie so drauf sind. Aber ich würde mal sagen …"

„Schon gut, vergiss es."

Schweigend nahmen sie Treppenwindung um Treppenwindung. Hippolit spürte, wie die Anspannung in seinem Innern mit jeder Stufe wuchs. Er hasste es, nicht zu wissen, was vor ihm lag. Instinktiv suchten seine Hände nach den thaumaturgischen Hilfsmitteln, die strategisch geschickt im Innern seines Gewandes deponiert waren: dem Hexalyt, der nahezu jedes Ritual verstärken würde; dem Dutzend Silberkugeln, die er in der Pension mit einem Beschleuniger höchster Stufe belegt hatte und die sich mittels einer einzigen Silbe in tödliche Geschosse verwandeln ließen; einem Amulett, über das er eine Besinnung mittlerer Stärke gewirkt hatte, für den Fall, dass Jorge oder er selbst im Kampf das Bewusstsein verlören; und nicht zuletzt nach seiner bewährten, schmerzverstärkten Klinge, deren Intensität er auf ein Höchstmaß gesteigert und die er zusätzlich mit einem Effektverzögerer versehen hatte. Jede Wunde, die er nun mit der bläulich glimmenden Klinge schlug, würde sich über einen langen Zeitraum nicht schließen und dem Opfer dauerhaft Schmerzen verursachen, als stecke die Waffe noch in seinem Fleisch.

Im Grunde war er bestens gerüstet. Hinzu kamen Jorges Fäuste und der geborgte Zerstörer. Kein Grund also, sich Sorgen zu machen.

Ein schrilles Fiepen riss Hippolit aus seinen Gedanken. Er schrak zusammen und wühlte instinktiv in seinen Taschen nach Silberkugeln und Klinge. Erst als er Jorges Stimme dicht hinter sich vernahm, dämmerte ihm, woher das Geräusch gekommen war, und er entspannte sich wieder.

„Pompom wüsste gern, was du vorhin über den Sarg vor dich hingenuschelt hast, den du gestern da unten entdeckt hast."

„Wie bitte?"

„Hast du nicht gesagt, dir wäre zwischenzeitlich der Zweck all dieses thaumaturgischen Gerümpels klar geworden?"

„Ach, das." Mit einer gewissen Erleichterung erreichte Hippolit das Ende der Treppe und betrat den Grund des Treppenschachtes. Gleichzeitig ließ er den Glutglobulus so grell aufflammen, dass die Stollenmündung auf der gegenüberliegenden Seite, die in den von Ghoulen angelegten Teil des Stollenlabyrinthes führte, weithin ausgeleuchtet wurde.

Niemand versteckte sich diesmal dort.

„Ich denke tatsächlich, dass ich weiß, zu welchem Zweck Sarkophag und Urnen in der Kammer aufgebaut wurden."

Die Eingebung war Hippolit um die Mittagszeit herum gekommen, als er sich für wenige Stunden hingelegt hatte, um etwas Schlaf nachzuholen. Beim Eindösen war ihm endlich klar geworden, was der gedankliche Ratschlag seines alten Mentors, Meister Merthin, zu bedeuten hatte.

„Gegen Ende des Ersten Zyklus lebte in Pemil, einer kleinen Stadt nordwestlich von Nophelet, ein Thaumaturg von immensem Wissen und Talent“, hob Hippolit an, während er den Glutglobulus einige Armlängen über ihren Köpfen im Schacht fixierte. „Meister Behemâl, so sein Name, hatte es sich in den Kopf gesetzt, die nekromantischen Forschungen Pogorschals fortzuführen, eines Thaumaturgen, der sich gut zweitausend Jahre zuvor an der Wiedererweckung toten Lebens versucht hatte.“

„Der Name klingt irgendwie vertraut“, verkündete Jorge, der ebenfalls den Boden des Schachts erreichte und mit konzentriertem Blick am Rohr des Zerstörers herumfummelte.

„Dass du dich daran erinnerst!“ Hippolit warf seinem Assistenten einen überraschten Blick zu. „Meister Pogorschal gilt als Erfinder des Rituals der Finalen Stunde, das die Erinnerungen eines Toten an die letzten Augenblicke seiner Existenz in das Hirn eines Lebenden zu übertragen vermag ...“

Jorge verzog das Gesicht. „Kein Wort mehr darüber, bei Batardos! Ich bin während unseres letzten Falles direkter mit dieser perversen Erfindung in Berührung gekommen, als mir lieb war. Das reicht für den Rest meines Erwischerlebens.“

„Jener Meister Behemâl wollte sich jedenfalls nicht mit der Unmöglichkeit abfinden, ein menschliches Wesen – die Gesamtheit seiner Erinnerungen, seiner Körperlichkeit und seines freien Willens – nach dessen Ableben zurückzuholen, wie sie als Resultat von Pogorschals jahrzehntelangen Experimenten in den alten Schriften dokumentiert war. Er verschrieb sein Lebenswerk der Erforschung dessen, was der Tod eigentlich ist. Was geschieht, wenn ein Sterblicher die Grenzen zu K’talmars Reich überschreitet.“

„Wenn ich bloß wüsste, wo man hier ...“ Jorge war nach wie vor in die Untersuchung seiner Waffe vertieft. „Lässt sich die Geschichte vielleicht abkürzen, M. H.? Weißt du, es gibt da ein altes Trollsprichwort, und das geht so: In der Kürze liegt die Macht, Schädel zu spalten! Also, ja oder nein: Hat dein Kollege Behemâl es geschafft, die Kaputten zu wecken?"

„Offiziell nicht", gab Hippolit pikiert zurück. „Er experimentierte mit allerlei unappetitlichen Versuchsanordnungen, viele Jahrzehnte lang. In nicht wenigen davon spielten Körperteile und Organe frisch Verstorbener eine Rolle."

Jorge sah von seinem Zerstörerrohr auf. „Sagtest du eben zufällig ‚Organe', M. H.?"

„Ich stelle mit Befriedigung fest, dass du mir hin und wieder zuhörst."

„Damit wir uns richtig verstehen: Organe, wie … nun, sagen wir: wie auch beispielsweise *Orkherzen* Organe sind?"

„Quintessenziell."

Jorges Interesse war geweckt. „Mein Erwischerinstinkt klingelt, M. H. Erzähl weiter: Was meinst du mit ‚nicht offiziell'? Standen die Verrotteten nun auf oder nicht?"

„Laut Behemâls geheimen Aufzeichnungen, die Jahrhunderte später von einem reisenden Geschichtsschreiber namens Dutfir entdeckt und aus der geheimen Kurzschrift des Thaumaturgen ins Sdoomische übertragen wurden, soll es Behemâl ein einziges Mal, kurz vor seinem Tod, gelungen sein, einen Verstorbenen wiederzubeleben – einen verunglückten Küfer namens Unas, wenngleich nur für wenige Minuten."

„Bei Batardos! Dieser Unas war zuerst wirklich und wahrhaft tot und dann wieder richtig munter?"

Hippolit nickte. „Wach, ansprechbar und im Vollbesitz seiner geistigen und körperlichen Kräfte. Aber eben nur für wenige Minuten."

Jorge runzelte die Stirn. „Es wird dich vielleicht überraschen, M. H., aber ich erinnere mich an noch etwas anderes, das du mal in einem ähnlichen Zusammenhang geäußert hast. Du sagtest, in der Geschichte der Thaumaturgie sei es *niemals* jemandem gelungen, einen Toten zurück ins Leben zu holen."

Hippolit zuckte die Schultern. „Es gab keinerlei Zeugen, die Behemâls Erfolg hätten bestätigen können. Und da es in den folgenden dreitausend Jahren nie wieder einem Thaumaturgen gelang, das Ritual mit Erfolg zu wiederholen, lautet die gängige Lehrmeinung, Behemâl habe in seinen Aufzeichnungen gelogen, das Ritual sei unwirksam. Du darfst mir glauben: Den Versuch unternahmen viele! Immerhin ging es um die Entmystifizierung des letzten großen Geheimnisses unserer Existenz."

„Verstehe." Jorge widmete sich wieder seiner Waffe. „Und wie bist du darauf gekommen, dass es sich bei dem Kram, den wer-auch-immer in der unterirdischen Kammer aufgebaut hat, ausgerechnet um die Vorbereitungen für diesen berühmtberüchtigten, vielleicht wirksamen, vielleicht völlig nutzlosen Trick handelte?"

„Nun …" Hippolit reckte das Kinn. „Wie du weißt, kenne ich recht viele thaumaturgische Praktiken … Ich bin versucht, ‚alle' zu sagen. Unter jenen gibt es nur ein einziges Ritual, in dem *zwölf akkurat im Kreis angeordnete Herzen von Angehörigen derselben Rasse* eine Rolle spielen."

Er hatte den Satz kaum beendet, da schoss plötzlich eine röhrende Feuerlanze aus dem Rohr in Jorges Hand. Senkrecht leckte der schenkeldicke Strahl in die Höhe, züngelte über das steinerne Geländer und die Stufen über ihren Köpfen, bevor er ebenso abrupt, wie er entstanden war, wieder in sich zusammenfiel.

Jorge nahm den Finger vom Abzug und nickte. „*So* funktioniert der verdammte Sicherungshebel."

Hippolit, dem bei dem unvermuteten Ausbruch von Lärm und Helligkeit beinahe das Herz stehen geblieben wäre, bedachte Jorge mit einem wütenden Blick. „War das notwendig? Sieh nur, was du gemacht hast: Teile des Treppenhauses stehen in Flammen!"

Jorge winkte lässig ab. „Das hört gleich wieder auf. Ist nur ein bisschen Brennflüssigkeit, die an den Steinen kleben geblieben ist. Das habe ich bei meinem Probeschuss selbstredend bedacht."

„Bedacht hast du das? Wie schön." Hippolit wich Tropfen brennenden Vitrioleums aus, die aus der Höhe herabregneten, und bedeutete Jorge ungeduldig, ihm zum Eingang des Ghoulstollens zu folgen. Im Licht eines neuen Glutglobulus betraten sie den Tunnel und erreichten rasch die Kreuzung, an der sich ihre Wege beim letzten Besuch unbeabsichtigt getrennt hatten.

Ohne zu zögern, wandte sich Hippolit nach links.

„Noch mal kurz zurück zu diesem Ritual", übertönte Jorge von hinten das Scheppern, mit dem der sperrige Kanister des Zerstörers bei jedem seiner Schritte gegen die raue Steindecke stieß. „Wenn das in den zwölf Eimern tatsächlich die Herzen der ermordeten Orks waren, müsste es doch unser ghoulartiger Mörder gewesen sein, der den ganzen Kram dort aufgebaut hat, oder?"

„Das ist der einzige Punkt, der mir noch nicht ganz klar ist", gab Hippolit zu. „Soviel ich weiß, sind Ghoule grundsätzlich nicht *versiert*. Ihre bemerkenswerte Fähigkeit zur Impersonifikation von Toten wird gemeinhin biologischen Prozessen zugeschrieben, nicht thaumaturgischen. Darüber hinaus soll ihr Verstand kaum weiter entwickelt gewesen sein als der großer Affen, wie sie im Dschungel von Tribeka existieren. Ich glaube nicht, dass ein Ghoul in der Lage wäre, einen komplexen Versuchsaufbau zu rekonstruieren, geschweige denn, das zugehörige Ritual abzuhalten."

Ein leises Quieken, gedämpft durch eine dicke Schicht lederner Kleidung, erfüllte den Tunnel.

„Pompom sagt, sie kennt da ein altes Trollsprichwort", verkündete Jorge. „Es geht so: Wer sich einmal täuscht, was Ghoule angeht, der kann sich auch ein zweites Mal täuschen."

Hippolit erwiderte nichts, beschleunigte lediglich seine Schritte.

Wenige Augenblicke später tauchte der Eingang des kleinen Gewölbes vor ihnen auf. Auf der Schwelle blieb Hippolit so ruckartig stehen, dass Jorge von hinten gegen ihn prallte.

„Was ist los, M. H.?", flüsterte er. „Soll ich meinen Zerstörer entsichern?"

Hippolit bedeutete ihm mit einer Handbewegung zu schweigen.

In der Luft hingen thaumaturgische Energien, wie sie nur bei einem kürzlich durchgeführten Ritual freigesetzt worden sein konnten – in so großen Mengen, dass Hippolit sie ohne Signaturprüfung körperlich spüren konnte.

Ganz langsam machte er einen Schritt in den Raum hinein. Sofort erkannte er, dass hier seit seinem letzten Besuch einiges geschehen war. Auf dem Boden vor dem Sarkophag stand ein Sammelsurium aus Schüsseln und Behältern, manche auf Dreifüßen über Kohlebecken, andere in drehbaren Gestellen, die mit wenigen Handgriffen das Vermischen der darin enthaltenen Flüssigkeiten ermöglichten.

Aus den Öffnungen der zwölf Urnengefäße, die nach wie vor in einem exakten Kreis standen, stiegen schwärzliche Rauchspiralen auf. In der Luft lag ein beißender Geruch nach Exkrementen, verbranntem Fleisch und fauligen Blumen.

Die Steinplatte schließlich, die beim letzten Mal noch den Sarkophag verschlossen hatte, lag seitlich davon auf dem Boden. Eine Ecke war gesplittert, als wäre der Deckel in großer Hast und mit enormer Kraft beiseitegestoßen worden.

„Blaak!", stieß Hippolit hervor. „Wir kommen zu spät."

„Kannst du mir mal erklären, was das alles soll, M. H.?", erkundigte sich Jorge und ging in die Hocke, um eine der Urnen zu untersuchen.

Hippolit wollte etwas erwidern, als er plötzlich ein leises, rhythmisches Geräusch vernahm, entfernt und verzerrt durch das Echo gewundener Stollengänge, dennoch unverkennbar.

„Schritte“, zischte er und deutete auf die Öffnung in der gegenüberliegenden Mauer. „Jemand flieht durch den Gang dort!“

Mit raschen Sätzen durchquerte er den Raum.

Jorge sprang auf und hetzte hinter Hippolit und dem voranschwebenden Glutglobulus her. „Deine Theorie war übrigens richtig, M. H.“, verkündete er, als sie die Tunnelmündung erreichten. „In der Vase war so ein faustgroßes, verschrumpeltes Ding. Sah aus wie ein zu lang geschmortes Stück Braten.“ Donnernd krachte der Kanister auf seinem Rücken gegen eine der eng stehenden Wände. „Ich habe oft genug Innereien gegessen, um mit ziemlicher Bestimmtheit sagen zu können, dass es sich um ein Herz gehandelt hat. Und es schwamm in so einer schlierigen grünen Pampe …“

„Vermutlich eine thaumaturgisch behandelte Nährflüssigkeit, um es zu konservieren“, stieß Hippolit zwischen hektischen Atemzügen hervor. „Immerhin hat unser Orksammler mehr als eineinhalb Zenite gebraucht, bis er das benötigte Dutzend beisammen hatte.“

Er bremste abrupt, als vor ihnen eine T-Kreuzung aus dem Dunkel auftauchte. Jorge schloss auf und starrte keuchend von einem der Gänge zum anderen. „Hörst du noch was?“, flüsterte er.

Hippolit schüttelte den Kopf, schloss die Augen und konzentrierte sich. „Dort entlang!“, befahl er und deutete auf den rechten der beiden Gänge. „Die Luft ist in dieser Richtung gesättigt von frischen thaumaturgischen Entladungen.“ Er setzte sich wieder in Bewegung. „Wer immer sie verströmt, er kann nicht weit vor uns sein.“

„Aber unser Mörder ist es nicht“, stellte Jorge fest. Er rannte gebückt, eine Hand auf die Brusttasche mit Pompom gedrückt, die andere zum Schutz seines Schädels zwischen Kopf und Tunneldecke. „Dessen Ausdünstungen konntest du ja nur mit diesem komischen Spezialtrick sichtbar machen, weil sie so dürftig waren. Wem also sind wir auf den Fersen?“

„Wenn ich das wüsste!"

Neue Abzweigungen und Kreuzungen taten sich auf, doch mit jedem Mal fiel es Hippolit leichter, die Richtung anhand der thaumaturgischen Spur zu bestimmen. Ein eindeutiges Indiz, dass sich die Distanz zu dem Verfolgten stetig verringerte.

Schließlich stolperten sie durch eine letzte, unregelmäßig geformte Tunnelmündung und fanden sich unvermittelt in einem breiten, gemauerten Korridor wieder. Er führte in einer weitläufigen Kurve von rechts nach links, wobei er steil anstieg. Wände und Boden waren säuberlich mit weißen und blauen Steinfliesen verkleidet, unter der Decke verlief eine armdicke gläserne Röhre, gefüllt mit einem leuchtenden Gas. Ein gleichmäßiges, dumpfes Dröhnen lag in der Luft, die nach Ozon und verschmorten Haaren roch.

„Bei Batardos! Wo sind wir denn jetzt gelandet?" Stöhnend richtete sich Jorge zu seiner vollen Größe auf. „Das sieht mir aber nicht mehr nach Ghoulstollen aus."

Auch Hippolit blickte sich für einen Augenblick verwirrt um, während er mit einer knappen Handbewegung den unnötig gewordenen Glutglobulus verschwinden ließ. „Hmm. Ich kenne das Innenleben des Hauses der Ewigen Flamme zwar nur von Skizzen her, aber dies scheint einer der umlaufenden Korridore zu sein, die spiralförmig im Innern der Kegelwandung verlaufen. Wie es aussieht, haben die Leichenfresser vor Jahrhunderten eine Verbindung zwischen ihrem Nest und dem Krematorium angelegt. Wozu, wissen nur die Götter."

„Du meinst …" Jorge deutete auf die kurveninnere Wand des Flurs. „Hinter dieser Mauer köchelt die heißeste Flamme, die je in Sdoom geköchelt hat?"

Hippolit kam nicht dazu, etwas zu antworten, denn plötzlich ertönten wieder tappende Geräusche, diesmal ganz in der Nähe. Das Geräusch kam von links, und wie es sich anhörte, handelte es sich um die Schritte von mindestens zwei Personen!

Gleichzeitig rannten sie los.

In dem geräumigen Korridor kamen sie bedeutend schneller voran als bisher. Binnen Minuten gewannen sie auf dem ansteigenden Korridor merklich an Höhe. Der Radius der Kurve wurde enger, was belegte, dass sie in die obere Hälfte des kegelförmigen Bauwerks vordrangen. Noch immer vibrierte die Luft unter einem dumpfen, subfrequenten Dröhnen.

„Sag mal, M. H.", keuchte Jorge und wischte sich den Schweiß aus den Augen. „Kommt es mir nur so vor, oder wird es immer wärmer?" Er überlegte kurz und schluckte dann hörbar. „Wenn dieser Brennofen so heiß ist, wie du gesagt hast – müssten wir dann nicht schon längst gegrillt sein?"

Hippolit fegte sich im Laufen eine Tolle seines schweißgetränkten Haars aus der Stirn. „Im Normalbetrieb wäre es in diesen Wartungsstollen tatsächlich zu heiß für jedes normale Lebewesen. Zum Glück läuft die Ewige Flamme bei Nacht mit verminderter Leistung, um Störungen der Anwohner durch Lärm und Qualm gering zu halten. Du weißt ja: Die Krone tut alles, um die Bürger Torrlems hier zu halten. Nur rund ein Viertel der Förderbänder sind nach Einbruch der Dunkelheit noch aktiv und transportieren …"

Mitten im Satz hielt Hippolit inne.

Gut drei Dutzend Schritte vor ihnen befand sich ein zweiflügeliges Portal in der Innenwandung der Kurve. Die massiven eisernen Tore standen offen. Ein steter, unnatürlich gelber Lichtschein drang heraus.

Doch nicht das Tor war es, was Hippolit anstarrte. Halb verdeckt vom vorderen der beiden Türflügel stand eine schlanke Gestalt mit halblangem blondem Haar, offenbar ein junger Mann, wenngleich sich das aufgrund des seltsam formlosen weißen Gewandes, das er trug, nicht eindeutig beurteilen ließ. Die Arme hatte er gegen den Türstock gelehnt, den Kopf darauf gebettet. Seine Brust hob und senkte sich hektisch. Wer immer er war, er schien am Ende seiner Kräfte.

„Bei Batardos, was …?"

Hippolit reagierte geistesgegenwärtig: „Sie da! Bleiben Sie, wo Sie sind! Wir sind Beamte des IAIT und befugt, Sie beim geringsten Anzeichen von …"

Weiter kam er nicht, denn in diesem Augenblick erschien eine blasse Hand in der Türöffnung, packte den Fremden an der Schulter und zog ihn hindurch.

„Blaak!" Ein letztes Mal versuchte Hippolit, sein Tempo zu steigern, doch die Leistungsgrenze seines jugendlichen Körpers war erreicht. Taumelnd, schwer atmend, erreichte er die Toröffnung und stolperte hindurch.

Schlagartig wurde das Dröhnen lauter. Hitze brandete Hippolit ins Gesicht wie ein Schwall kochender Lava. Er blieb stehen wie vor eine Mauer gelaufen.

Der Brennraum der Ewigen Flamme war gigantisch. Obwohl sich der stählerne Wandelgang, auf den das Portal hinausführte, im oberen Drittel befand, ragte der verbleibende Rest des Kegels über seinem Kopf noch höher auf als ein Kirchturm. Unzählige Stockwerke tiefer, durch flimmernde Luftschichten und thaumaturgisch bedingte Lichtbrechungsphänomene nur als riesige, ungesund glühende Halbkugel zu erkennen, brannte die Ewige Flamme von Torrlem in einem unvorstellbaren Rund aus haushohen, künstlich gehärteten Granitblöcken.

Hippolit musste die Augen schließen. Die trockene Hitze schmerzte auf der Netzhaut. Seine Gesichtshaut prickelte wie von einem heftigen Sonnenbrand. *Und das ist nur die heruntergefahrene Nachtleistung der Anlage*, rief er sich ehrfürchtig ins Gedächtnis.

Als er die Augen wieder öffnete, hatten sich seine Sehnerven einigermaßen an die unnatürlichen Lichtverhältnisse gewöhnt. Jetzt konnte er einen dünnen, gleichmäßigen Strom schwarzer Schatten erkennen, die in der Mitte des unermesslichen Hohlraums hinabstürzten, aus großer Höhe, lautlos und geisterhaft. Weit über seinem Kopf erahnte er eine runde Öffnung, über deren Rand im Sekundentakt aus verschiedenen Richtungen winzige dunkle Schemen kippten, um irreal langsam in die Tiefe zu segeln.

Obwohl Hippolit klar war, worum es sich bei den Objekten handelte, konnte er ein Schaudern nicht unterdrücken, als der blasse, in ein flatterndes Leichenhemd gewickelte Leib eines Toten an ihm vorüberschoss, aus der Nähe alles andere als langsam. Durch die Luftturbulenzen sah es aus, als schlüge der Leichnam in den letzten Sekunden seines physischen Daseins panisch mit den Armen.

„Bei Batardos!“

Hinter Hippolit war auch Jorge auf die stählerne Galerie hinausgetreten, die entlang der gesamten Innenwandung des Kegels verlief. Starr vor Ehrfurcht glotzte er die unvorstellbare Kulisse an – oder zumindest glaubte Hippolit das. Erst als er Jorges Blickrichtung folgte, stellte er fest, dass es nicht die absurden Dimensionen des Bauwerkes waren, die der Troll entgeistert anstarrte, nicht die Ewige Flamme und nicht der endlose Sturzbach von Leibern. Stattdessen starrte Jorge zu einem Punkt auf der gegenüberliegenden Seite des Kegels.

Dort, auf dem stählernen Gitterwerk des Wandelgangs, standen zwei Personen.

Hippolit musste seine Augen erneut für Sekunden vor der Hitze abschirmen, bevor er versuchen konnte, die Fremden zu identifizieren. Dann jedoch schien sein Herz für einen bangen Moment auszusetzen.

Er kannte eine der Gestalten! Eine schlanke Frau, gekleidet in eine eng anliegende Montur aus schwarzem Leder, die blonde Haarmähne flatternd in den hitzebedingten Aufwinden.

„Lith“, brachte er krächzend hervor.

Neben dem Mädchen stand ein Jüngling mit fein geschnittenen Gesichtszügen. Er überragte die Sekretärin um gut einen Kopf. Wie sie hatte er blondes Haar, das bis über den Kragen eines vergilbten Leichenhemdes hing, des einzigen Kleidungsstücks, das er trug.

Ein verwirrter Laut bildete sich in Hippolits Kehle, als ihm klar wurde, dass er auch diese Person kannte. Er hatte den jungen Mann bereits zweimal gesehen, auf der fothaumatographischen Aufnahme auf Liths Nachttisch.

„Was bei Lorgons Güte …?"

Eine schwere Hand legte sich von hinten eine auf seine Schulter.

„Ich sag's dir nicht gern, M. H.", ertönte Jorges Stimme dicht neben seinem Ohr. „Aber ich fürchte, deine Chancen bei der süßen Vorzimmermaus sind eben um etliche Zähler gefallen." Er schob sich neben Hippolit an das eiserne Geländer. „Ich habe da einen Verdacht, um wen es sich bei dem Bürschchen handeln könnte. Und wenn der zutrifft, hat sie sich gerade ihren ehemaligen Liebhaber aus dem Reich der Verrottenden zurückgeholt. Dann ist die halbe Portion dort nämlich ein gewisser Flarian!"

32

Lith und ihr Partner schienen Jorge und Hippolit noch nicht bemerkt zu haben, und falls doch, schien ihnen die Anwesenheit der beiden auf dem gegenüberliegenden Wandelgang gänzlich egal zu sein. Versunken in etwas, das wie eine innige Umarmung anmutete, standen sie hinter emporwabernden Luftschichten und regentropfengleich in die Tiefe stürzenden menschlichen Körpern und rührten sich nicht.

Unsicher griff Hippolit nach dem Geländer und zog sich daran Schritt für Schritt vorwärts, auf die beiden zu. Wie durch einen Schleier nahm er wahr, dass das Metall glühend heiß war und ihm die Handinnenflächen versengte.

„Ihr Liebhaber“, wiederholte er, kaum verständlich vor dem anhaltenden Rumoren aus der Tiefe. „Sie hat ihn mithilfe von Behemâls thaumaturgischer Technik vom Tode zurückgeholt. Unglaublich! Das Mädchen muss weitaus größere Kräfte besitzen, als ich oder Meister Kojomias ahnten! Ich frage mich nur … wozu das alles?“

„Das liegt doch auf der Hand, M. H.“, bemerkte Jorge, der ihm dichtauf folgte. „Sie will es sich eben mal wieder richtig besorgen lassen. Nichts gegen dich, alter Freund“, fügte er mit einem raschen Seitenblick hinzu, „aber nach allem, was ich gehört habe, bestand zwischen dem Mädchen und diesem Kerl eine exquisite fleischliche …"

„Wozu?", wiederholte Hippolit, als hätte er Jorge nicht gehört. „In den alten Aufzeichnungen heißt es, die Wirkung habe selbst bei Meister Behemâl nur minutenlang angehalten. Was gewinnt sie, wenn sie ihn für kurze Zeit zurückholt?"

„Ein paar Minuten sind besser als nichts", fand Jorge. „Vielleicht wollte sie ihm nur noch mal rasch sagen, was er für schöne Augen hat?" Er zuckte die Achseln. „Was mich viel mehr interessiert: Wie hat es dieses hübsche, zerbrechliche Ding fertiggebracht, zwölf ausgewachsenen Orkkriegern – plus einem normalen Mann – den Hals umzudrehen und das Herz rauszureißen?"

Sie hatten jetzt ein Viertel der umlaufenden Galerie hinter sich gebracht. Lith und ihr Geliebter waren höchstens noch zwei Dutzend Schritte entfernt.

Aus der Nähe wurde deutlich, dass es keineswegs eine normale Umarmung war, die die beiden vereinte: Flarian klammerte sich wankend an Liths Schulter, schwach und verletzlich wie ein Neugeborenes. Seine Knie zitterten, als sei er kurz davor zusammenzubrechen. Als er den Kopf hob und herübersah, erkannte Hippolit Schmerz in seinen edlen, leichenblassen Zügen – Schmerz und eine grenzenlose, nicht in Worte zu fassende Verwirrung.

Lith hatte die beiden Neuankömmlinge nun ebenfalls bemerkt. Ohne ihren Geliebten loszulassen, richtete sie sich zu ihrer ganzen Größe auf und reckte den Kopf in die Höhe, eine Geste voll Stolz und unbeugsamer Entschlossenheit. Ihre riesigen blauen Augen fixierten Hippolit, ihr Mund schien lautlos seinen Namen zu formen. Und dann, ohne ersichtlichen Grund, begann sie plötzlich zu lächeln.

Hippolit runzelte verwirrt die Stirn. Mehrere Augenblicke vergingen, bevor er realisierte, dass das Mädchen nicht ihn anlächelte, sondern etwas, das sich *hinter* ihm befand!

Im nächsten Augenblick passierten mehrere Dinge so rasch aufeinander, dass ein normales Gehirn wahrscheinlich dem Eindruck erlegen wäre, sie geschähen gleichzeitig. Allein Hippolits thaumaturgisch geschulter, hellwacher Verstand ermöglichte es ihm, das rasende Gefüge von Ursache und Wirkung zu erahnen, das sich binnen Sekundenbruchteilen um ihn herum abspielte.

Ein ohrenbetäubendes Röhren erfüllte die riesige Halle. Hitze, direkter und lodernder als die ferne Glut der Ewigen Flamme, leckte von der Seite gegen Hippolits Gesicht.

Er wirbelte herum – und starrte in eine Wand aus Feuer! Aus dem Augenwinkel erkannte er Jorge, der das Verderben spuckende Rohr des Zerstörers mit beiden Händen umklammert hielt, um dem Rückstoß des Flammenstrahls standzuhalten. Er zielte auf einen Bereich der stählernen Balustrade, der zwischen ihnen und dem Portal lag, durch das sie vor wenigen Minuten eingetreten waren. Für Bruchteile von Sekunden fragte sich Hippolit, wieso Jorge ausgerechnet jetzt einen weiteren Probeschuss abgab.

Da erhob sich ein weitaus schrilleres Geräusch über das Fauchen der Feuerschleuder, ein urtümliches, hasserfülltes Gurgeln. Inmitten der Flammen zeichnete sich ein riesiger Schemen ab, höher als Jorge, dabei hager und drahtig wie eine überdimensionale Spinne. Eine hündische Fratze schoss aus dem züngelnden Wall hervor, flankiert von zwei mächtigen Pranken, deren klauenbewehrte Finger so lang waren wie Hippolits Unterarme.

Scheinbar unbehelligt von der Feuersbrunst sprang der Ghoul mit einem mächtigen Satz aus den Flammen. Hippolit sah einen aufgerissenen Rachen voller unzähliger schiefer Reißzähne, als die Kreatur auf Jorge zuschoss. Eine von schwärenden Beulen und eitriger Haut bedeckte Klaue holte aus, und bevor er reagieren konnte, schlug sie zu.

Ein Ruck, zu abrupt für das menschliche Auge. Die Flamme aus dem Eisenrohr verlosch. Gurte rissen, klappernd landete der Zerstörer auf dem Gitterboden des Wandelganges. Ihm folgten der Schlauch, das daran hängende Rohr – und etwas Kompaktes, Weiches, das beim Aufprall keinerlei Geräusch verursachte.

In der nächsten Sekunde war die Luft erfüllt von einem Sprühnebel aus dunkler, warmer Flüssigkeit. Ganz in der Nähe heulte jemand schmerzgepeinigt auf.

Heftig schüttelte Hippolit den Kopf, versuchte, den Schreck zu überwinden, der ihm in sämtliche Glieder gefahren war. Als er erkannte, was wenige Schritte entfernt auf dem Eisengitter gelandet war, spürte er, wie ihn Schwindel ergriff.

Es war eine große, behaarte Trollhand.

Hippolit fuhr herum. Der Ghoul war durch die Wucht seines eigenen Ansturms an Jorge vorbeigestolpert und kam jetzt an der Außenwand der Brennkammer zum Stehen, ein knurrender Koloss aus Muskeln, Sehnen und verwachsenem Fleisch. Hippolit riss die schmerzverstärkte Klinge aus dem Gewand, seine Lippen artikulierten ohne sein bewusstes Zutun die Silben, die die Waffe in ein blau leuchtendes Schwert transformieren würden.

Neben ihm sank Jorge auf die Knie und starrte mit ungläubigem Blick den Stumpf seines linken Unterarms an. So schnell er konnte, ging Hippolit im Kopf die Liste der ihm geläufigen Heilsprüche durch.

Doch er kam nicht dazu, einen davon anzuwenden.

Nicht einmal drei Herzschläge nachdem Jorge den Abzug des Zerstörers betätigt hatte, erhob sich von der anderen Seite der Galerie her eine helle, weibliche Stimme. Und noch während Hippolit ihre gutturalen Worte als das erkannte, was sie waren – Bestandteil einer uralten thaumaturgischen Beeinflussungstechnik –, spürte er, wie sich eine kalte, körperlose Macht auf ihn herabsenkte und ihn unnachgiebig zu Boden drückte …

33

Jorge hätte Schmerzen wie diese nie für möglich gehalten. Wie etwas Lebendiges schossen sie durch seinen Arm und weiter durch seinen restlichen Körper, fraßen sich durch jede Zelle, zerfetzten sein von den Eindrücken überfordertes Gehirn.

Ihm wurde übel, er krümmte sich nach vorne, stürzte zu Boden.

Er konnte sich nicht richtig abfangen und schlug wie ein gefällter Baum auf das Eisengitter des Wandelganges. Neue Schmerzen explodierten, diesmal in seinem Schädel. Mit einer Mischung aus Entsetzen und Faszination starrte er auf den Stumpf, wo noch vor wenigen Sekunden seine Hand gewesen war.

Das offene Fleisch schabte über den harten Boden und hinterließ auf den Metallstreben eine unnatürlich rote Spur.

Blut sprudelte wie ein Geysir. Etwas davon spritzte ihm ins Gesicht. Jorge rollte sich auf die Seite. Er überlegte, wie lange es dauern würde, bis der Blutverlust seinem Leben ein Ende setzen würde. Wahrscheinlich nicht sehr lange.

Die Übelkeit ließ etwas nach, nicht jedoch der ungeheure Schmerz. Jorge wusste, dass er den Verstand verlieren würde, wenn dieser Schmerz nicht bald aufhören würde … er musste *aufhören!*

„Blaak …"

Der verdammte Zerstörer hatte gegen den Ghoul überhaupt nichts ausgerichtet! Jorge, vor dessen Augen rote und schwarze Flecken tanzten, verspürte darüber merkwürdigerweise lediglich Enttäuschung, so als hätte er gerade festgestellt, dass seine Lieblingskneipe im Fassviertel von Nophelet für immer geschlossen worden war.

Es hätte *klappen* müssen, verflucht!

Ihm fiel ein altes Trollsprichwort ein: Überleben heißt, schuldig zu sein. Sterben heißt, noch schuldiger zu werden. Oder so ähnlich.

„Blaak", murmelte er erneut und versuchte, sich in die Höhe zu wuchten. Vergeblich. Er rollte sich auf den Rücken. Mit seiner verbliebenen Hand tastete er nach Pompom, die nach wie vor in seiner Brusttasche steckte. Gut möglich, dass er sie bei seinem Sturz zu Brei zerquetscht hatte. Das würde ihm ähnlich sehen!

„Pompom?", murmelte Jorge. „Existierst du noch?"

Sein Atem ging mit jedem Luftholen schwerer. Etwas Warmes, Klebriges überzog sein Gesicht.

Aus dem Augenwinkel erkannte er, wie Hippolit auf die Knie sank. Es sah aus, als würde er von einem unsichtbaren Gewicht zu Boden gezwungen. Einen Moment lang wehrte er sich dagegen, fuchtelte mit den Armen, fluchte, dann schien sein Widerstand gebrochen. Wie eine Marionette mit gekappten Fäden sackte er in sich zusammen. Das blonde Mädchen musste irgendetwas Thaumaturgisches mit ihm angestellt haben! Mit gesenktem Kopf kniete Hippolit am Boden, die Arme baumelten nutzlos an den Seiten seines Körpers herab.

„Das ist das Ende", flüsterte Jorge in Richtung seiner Brusttasche. „Tut mir leid, Kleines … dass es … so kommen musste."

Überleben heißt, schuldig zu sein.

Sterben heißt, noch schuldiger zu werden.

Ein letztes Mal nahm er all seine Kraft zusammen, ignorierte die aufbrüllenden Schmerzen und stemmte sich mit der verbliebenen Hand in eine halb aufrechte Position hoch.

Die junge Frau starrte ihn mit großen Augen an.

„Was … was hast du mit … mit M.H. gemacht, du verdammtes Biest?“

Jorge erwartete, dass das Mädchen anfangen würde zu lachen. Aber das geschah nicht. Fast traurig sah sie auf ihn hinab.

„Was ich mit ihm gemacht habe? Wie naiv! Aber was soll man schon erwarten, du bist schließlich nur ein Troll. Bisher habe ich nur mit ihm gespielt. Bisher!“ Ein Lächeln, kurz und hässlich, huschte über ihre Züge. „Aber keine Angst: Ihr kommt noch an die Reihe, beide! Vorher allerdings gibt es für mich etwas Wichtigeres zu erledigen …“

34

Hippolit spürte, wie das heiße Bodengitter in seine Handflächen schnitt. Tief unter dem stählernen Geflecht erahnte er die unheilvolle Glut der Ewigen Flamme, wie sie unbeteiligt Körper um Körper verschlang. Mühsam hob er den Kopf.

Lith stand noch an derselben Stelle, von der sie die Jenseitige Zwinge über ihn gewirkt hatte. Auf ihrem Gesicht, das mittlerweile weder bezaubernd noch naiv wirkte, lag ein triumphales Lächeln.

An ihrer Seite hatte Flarian es mittlerweile Hippolit gleichgetan und war auf die Knie gesunken. Mit krallenartig gespreizten Fingern klammerte er sich an den Hüften seiner Geliebten fest, während seine blassen Lippen unverständliche Worte formten, mit denen er offenbar zu ergründen hoffte, was mit ihm geschehen war. Nach Hippolits Schätzung musste die Wirkung von Behemâls Ritual jeden Augenblick nachlassen.

Interessanterweise schien Lith der erbarmungswürdige Zustand ihres Geliebten nicht sonderlich nahezugehen. Unbeteiligt drehte sie den Kopf in Richtung des Ghouls, jener grotesken Bestie, deren Existenz Hippolit bis vor Kurzem so hartnäckig angezweifelt hatte. Die Kreatur stand einige Schritte entfernt, wie ein Hund, der darauf wartet, dass man ihm ein Stöckchen zum Apportieren hinwirft. Seine Beine, die über ein zusätzliches Gelenk dicht über den Fußknöcheln verfügten, wiegten den riesigen, albtraumhaften Leib rhythmisch auf und ab, knotige Muskeln zeichneten sich unter der schwärenden Haut ab. Geifer troff von hyänenartigen Lefzen.

Noch widerlicher als die Physis der Kreatur war nur noch der Anblick ihrer schwarzen, tief in den Höhlen liegenden Augen. Als Lith den Ghoul ansprach, zu leise, als dass Hippolit die Worte über dem allgegenwärtigen Dröhnen hätte verstehen können, glomm es in ihnen auf. Das unheilvolle Funkeln ließ sklavische Verehrung erahnen – und eine Intelligenz, die über die eines Tiers weit hinausging. Ein absurder Gedanke machte sich hinter Hippolits Stirn breit, eine vage Ahnung, was all dies möglicherweise zu bedeuten hatte. Doch ein dumpfes Stöhnen lenkte seine Aufmerksamkeit ab.

Jorge lag sechs Schritte entfernt auf dem Stahlgitter. Er war absurd blass, die Stoppeln in seinem grau verfärbten Gesicht zeichneten sich mit ungewohnter Deutlichkeit ab. Der pulsierende Blutstrom, der aus seinem Armstumpf floss, wurde zwar allmählich schwächer, doch er musste mindestens zwei Krug Blut verloren haben. Wie viel genau, ließ sich nicht beurteilen, da alles sofort durch das Gitter rann und in der heißen Luft unterhalb der Balustrade verdampfte.

Jorges Lider flackerten. Hippolit durchforstete sein Hirn nach einem probaten thaumaturgischen Hilfsmittel.

Ein schwacher Schrei, gefolgt von einem dumpfen Aufschlag, ließ ihn aufblicken.

Der blonde Jüngling, eben erst ins Leben zurückgekehrt, war an der Seite seiner Geliebten zusammengebrochen. Er stieß einen zweiten kehligen Laut aus, der rasch in ein Röcheln überging und schließlich verebbte. Sein Blick brach.

Flarian war tot, dorthin zurückgekehrt, von wo perverse, lange vergessene Thaumaturgie ihn kurz entführt hatte.

Lith schien nichts davon mitbekommen zu haben, sie hatte ungerührt ihre Unterweisung des Ghouls fortgesetzt. Mit großen Schritten kam das Monstrum jetzt auf sie zu. Als es den am Boden liegenden Mann erreichte, streckte es einen Arm aus.

Obwohl Hippolit das Folgende vorausgeahnt hatte, sollte er die nächsten Sekunden für den Rest seines Lebens nicht vergessen.

Der Ghoul hob Flarians schlaffen Körper an, bis dessen Kopf dicht vor seinen mächtigen Kiefern schwebte. Er öffnete den Rachen, riss ihn auf, schob sich den Schädel des Toten seitlich zwischen die stabilsten seiner fürchterlichen Zähne – und biss zu.

Ein dumpfes, widerwärtiges Knacken, wie vom Bersten einer großen Nuss. Blut rann über Flarians weißes Gesicht. Der Ghoul spuckte etwas aus, das auf halbem Weg zwischen ihm und Hippolit auf dem Gitter landete: ein Stück Schädeldecke, an dem noch Reste des speichelfeuchten Skalps hingen. Rasch sah Hippolit weg.

Geifernd fuhr die Kreatur eine spitze Zunge aus, dicker als Hippolits Handgelenk. Wie die übrige Haut der Bestie war auch sie von eitrigen Pusteln und Furunkeln überzogen. Mit einem lustvollen Gurgeln versenkte der Ghoul das Organ in der geöffneten Schädelhöhle und begann Flarians noch warmes Gehirn herauszulutschen.

Hippolit musste sich abwenden. Dabei streifte sein Blick Lith, die zurückgetreten war und die Aktivitäten ihres monströsen Dieners mit euphorischem Gesichtsausdruck verfolgte.

Schlagartig kam ihm die Erkenntnis: Die Morde an den Orksoldaten, der Raub ihrer Herzen, das Ritual des Behemâl, die Opferung Flarians, damit der Ghoul sein Hirn fressen konnte … all das hatte nur einem einzigen Zweck gedient!

„Sie sind wahnsinnig!“ Hippolit spuckte die Worte aus wie ein Stück ranziges Fleisch. „Der Verlust Ihres Geliebten hat Sie jeglicher Vorstellung dessen beraubt, was richtig und was falsch ist!“

Lith machte zwei gemächliche Schritte auf ihn zu, während der Ghoul hinter ihr sabbernd und stöhnend sein grausiges Mahl fortsetzte.

„Sie haben meine Absicht demnach erkannt, o Meisterermittler?“ Ihre Stimme troff vor Hohn. „Alles andere wäre Ihrem phänomenalen Ruf auch nicht gerecht geworden.“ Sie lachte, ein plätscherndes, herablassendes Geräusch. „Doch was Sie als Wahnsinn bezeichnen, nenne ich Genialität! Ich habe den einen, den einzig möglichen Weg gefunden, meinen Geliebten an meine Seite zurückzuholen – auf ewig! Was frühere Generationen für unmöglich hielten, werde ich vollbringen.“

Hippolit vergewisserte sich mit einem raschen Seitenblick, dass das Monstrum noch immer mit seiner Mahlzeit beschäftigt war, und versuchte, sich taumelnd aufzurichten. Das Mädchen machte eine beiläufige Handbewegung, worauf sich der eisige Druck der Jenseitigen Zwinge in seinem Nacken verstärkte. Sofort ließ er sich auf die Knie zurücksinken.

„Behemâls Ritual “, stieß er keuchend hervor. „Als das lyktische Heer vor den Toren Torrlems sein Lager aufschlug, erkannten sie Ihre Chance, an ein Dutzend frische Herzen zu kommen, ohne hier in Torrlem Aufsehen zu erregen. Sie ließen Ihren hässlichen Schoßhund zwölf Orks entführen …“ Er stutzte. „Aber es wurden dreizehn Soldaten umgebracht, darunter auch ein Mensch. Warum?“

Lith legte den Kopf schief und beobachtete den Ghoul, der mit schlangenartigen Verrenkungen seiner Zunge die letzten grauen Zellen aus Flarians Hirnschale leckte. „Mein Fehler“, bekannte sie. „Als ich Vomikron zum ersten Mal aussandte, lautete sein Befehl schlicht, mir das Herz eines starken, gesunden Kriegers zu bringen. Das Heerlager kam mir wie gerufen. In der Stadt hätte das Verschwinden so vieler Männer für Unruhe und eine unbequeme Verschärfung der Sicherheitsbestimmungen gesorgt.“ Sie zuckte die Achseln. „Anschließend versäumte ich es jedoch, die Prämisse für seine folgenden Aufträge zu präzisieren. Beim zweiten Mal brachte er noch zufällig ein identisches Herz – das eines weiteren Orks. Beim dritten Mal jedoch erwischte er einen Menschen ..."

In Hippolits Kopf begannen die einzelnen Steine des Mosaiks, sich zu einem Gesamtbild zusammenzufügen. „Da Sie für das Ritual Behemâls aber zwölf gleichartige Herzen benötigten, schickten Sie das Monster erneut aus, um ein anderes zu holen."

Lith nickte gelangweilt. „Ich tadelte Vomikron und erteilte ihm den klaren Befehl, mir ab jetzt nur noch Orkherzen zu besorgen. Das Organ des menschlichen Soldaten nahm er mit und entsorgte es irgendwo in der Ebene."

Hinter ihr ertönte ein hallender Schlag, als der Ghoul Flarians schlaffen Leib achtlos zurück auf den Gitterboden fallen ließ.

„Sie glauben wirklich, der Ghoul wird Flarian nachbilden, weil er sein Gehirn gefressen hat?", wollte Hippolit ungläubig wissen.

Lith packte den leblosen Körper ihres Geliebten unter den Achseln, zerrte ihn zum inneren Rand des Wandelganges und schob ihn unter dem Geländer hindurch. Ein letzter, gezielter Tritt, und der Leichnam kippte über den Rand, um sich im Sturz mit unzähligen anderen auf ihrem Weg in die Ewige Flamme zu vereinen.

„Es funktioniert nur mit frischen Leichen", erklärte sie sachlich. „Wir haben es oft genug ausprobiert, mit Toten jedes erdenklichen Erhaltungszustandes. Der Körper muss Minuten zuvor noch geatmet haben, sonst ist das Gehirn nicht mehr als ein Ghoulhappen ohne jeden Nutzen."

„Sie haben die Bestie demnach regelmäßig mit Leichen versorgt?" Hippolit kniff die Augen zusammen. „Natürlich: Wenn irgendjemand in der Lage war, das regelmäßige Verschwinden einzelner Körper zu vertuschen, dann die buchführende Sekretärin des Obersten Verwalters!"

Mit einer Mischung aus Faszination und Widerwillen beobachtete er, wie das Monstrum sich mit obszön gespreizten Beinen auf sein Hinterteil fallen ließ. Unter dem Wanst, den es sich zufrieden hielt, war in einem Dickicht aus schütterem graubraunem Pelz ein keulenförmiger, von Narben überzogener Penis zu erkennen.

„Woher kommt diese Kreatur? Ghoule gelten als ausgestorben, die letzten Nachzügler wurden 2299 von einer Seuche dahingerafft."

Lith bedachte ihn mit einem mokanten Grinsen. „Sie wissen außerordentlich gut Bescheid, Meister H. Den Ruf des Meisterermittlers tragen Sie offenbar nicht zu Unrecht. Um ein Haar wären Sie sogar mir im letzten Moment empfindlich in die Quere gekommen … gestern, als Sie und dieser plumpe Trottel", sie deutete auf Jorge, der nach wie vor zitternd am Boden lag, „mich bei den Vorbereitungen für das heutige Ritual überraschten. Da erst wurde mir klar, dass es besser gewesen wäre, ich hätte Sie schon gestern Mittag draufgehen lassen, als sich auf dem Weg zum Archiv unerwartet die Gelegenheit dazu ergab."

Hippolit stutzte. „Stattdessen haben Sie mich vor Bearth und seinen rachsüchtigen Kumpanen gerettet. Wieso, wenn Sie doch fürchteten, ich könnte Ihrem mörderischen Treiben auf die Spur kommen?"

„Ich ging davon aus, das IAIT werde neue Beamte schicken, falls Sie eines gewaltsamen Todes stürben. Deshalb hielt ich es für besser, Sie mit anderen Mitteln aus Torrlem fortzulotsen … oder Sie mir zumindest willfährig zu machen." Sie seufzte. „Leider erwiesen Sie sich als resistenter als erwartet – wie Ihre Anwesenheit hier beweist."

Hippolit schüttelte angewidert den Kopf. Wenn es etwas gab, woran er im Augenblick nicht denken wollte, dann daran, dass sich sein Glied vor Kurzem noch im Mund einer geisteskranken Mörderin befunden hatte. „Das war keine Antwort auf meine Frage", stieß er hervor. „Wie kann es dieses Monstrum überhaupt geben?"

Das Mädchen machte einen Schritt auf die Kreatur zu und tätschelte ihr wohlwollend den schweren Schädel. Der Ghoul schloss die Augen und stieß ein grollendes Geräusch aus, das an eine große Raubkatze erinnerte.

„Als die Ghoule von Torrlem vor knapp tausend Jahren realisierten, dass sie die Epidemie nicht stoppen konnten, die sie dahinraffte, versetzten sie Dutzende ihrer Sippe in einen komatösen Tiefschlaf, vergleichbar dem Winterschlaf eines Bären. Sie legten sie in Wandnischen und versiegelten diese mit dem Ziel, die unaufhaltsamen biologischen Vorgänge in ihren Körpern um Jahrzehnte, vielleicht Jahrhunderte hinauszuzögern."

„Wozu? Sie waren dem Tod geweiht." Hippolit warf unauffällig einen Seitenblick zu Jorge hinüber. Der Troll lag jetzt bewegungslos, die Augen geschlossen. Sein Armstumpf blutete kaum noch, er hatte mit letzter Kraft eines der ledernen Bänder, die er zur Zierde um die Unterarme trug, straff um den Rest seines Handgelenks gezogen und festgezurrt.

„Die Ghoule waren primitive Wesen", ließ sich Lith wieder vernehmen. „Ihnen war nicht klar, dass sie die Letzten ihrer Art waren, und sie hofften, dass andere ihrer Rasse in den folgenden Jahrzehnten ein Heilmittel gegen die Krankheit finden würden. Doch es gab keine weiteren Ghoule in Lorgons Reich, und auch die Schlafenden starben, der eine früher, der andere später, als die Zeit ihre Körper einholte. Alle kamen um – bis auf Vomikron." Mit in die Hüften gestemmten Fäusten baute sie sich vor dem Ghoul auf. „Ich fand ihn, kaum zwei Zenite nach Flarians Tod, auf einer meiner rastlosen Wanderungen durch die Unterwelt Torrlems. Er war mehr tot als lebendig, K'talmar schien ihn schon fest in seinen Klauen zu halten. Mithilfe meiner thaumaturgischen Fähigkeiten gelang es mir jedoch, seine Erkrankung zu kurieren."

Eine Gänsehaut rann Hippolits Rücken hinab, als er sich an die merkwürdig indifferenten Resultate der Signaturprüfungen erinnerte, die er an den getöteten Orksoldaten vorgenommen hatte … eine durch massiven Einsatz von Thaumaturgie geheilte Kreatur. Jetzt ergab alles einen Sinn!

„Mit Leichen, die mir ein Mittelsmann vom Verladebahnhof regelmäßig beschaffte, päppelte ich ihn wieder auf." Liths Lächeln wirkte stolz.

„Aber selbst wenn es diesem Geschöpf gelingen sollte, sich in jenen Flarian zu verwandeln, den Sie einst kannten und liebten", hob Hippolit von Neuem an. „Nach ein paar Stunden wäre es auch damit vorbei! Der Ghoul wird wieder aus ihm hervorbrechen und …"

Lith begann zu lachen, hell und voll kindlicher Freude. „Ich sehe, Sie haben meinen Plan doch nicht zur Gänze durchschaut, Meister! Das spricht für meine Genialität, finden Sie nicht?"

„Was zum …?"

„Ich nenne es ‚Bewahrer'. Wie Ihre gelehrten Bücher es bezeichnen, weiß ich nicht. Es bringt lebende Dinge dazu, unverändert in einem Zustand zu verharren: eine Blume blüht ewig, ein Fohlen bleibt endlos jung. Anders als die Stasis, die nur Totes zu konservieren vermag, wird der Bewahrer meinen treuen Diener konservieren, sein Erscheinungsbild mitsamt der zurückgekehrten Seele fixieren, sobald er seine Gestalt verändert hat. Für immer!"

Wie aufs Stichwort stieß die Kreatur hinter ihr ein anhaltendes gurgelndes Geräusch aus. Der Leib des Ghouls begann zu zucken und zu beben. Wankend kam er auf die Beine.

„Eine Variante des Kinetischen Erhaltungsbannes", murmelte Hippolit. Lauter sagte er: „Konsequent gedacht. Aber Ihnen dürfte bekannt sein, dass es bislang niemandem gelungen ist, mithilfe dieser Technik den Alterungsprozess eines lebenden Wesens für mehr als ein paar Tage zu verzögern.

Abgesehen davon: Woher wollen Sie die Kraft nehmen, einen derart aufwendigen Spruch zu wirken, nachdem Sie gerade erst das Ritual Behemâls durchgeführt und anschließend noch eine Jenseitige Zwinge über mich gewirkt haben? Kein Thaumaturg auf Lorgons weiter Flur könnte nach derartigen Anstrengungen genügend Energie dafür aufbringen."

Wieder lachte das Mädchen, diesmal jedoch klang es böse und hinterhältig. Hinter ihr rülpste der Ghoul, feucht und widerlich.

„All das habe ich selbstredend bedacht. Was glauben Sie, warum ich mit Flarian ausgerechnet *hierher* gekommen bin? Zur größten Ballung thaumaturgischer Energie, die es in diesem Land gibt?"

Zum ersten Mal, seit er Lith mit ihrem Geliebten auf dem Wandelgang erblickt hatte, fehlten Hippolit die Worte. „Sie wollen … das können Sie nicht! Wenn Sie versuchen, die Energien anzuzapfen, die die Ewige Flamme speisen, gerät das Gleichgewicht der Kräfte durcheinander." Er verspürte den Impuls, auf die Füße zu springen, unterdrückte ihn aber. „Eine thaumaturgische Entladung wäre die unausweichliche Folge, eine unfassbare Detonation, die halb Sdoom von der Landkarte tilgen würde."

Lith lächelte, ein unpassend wirkender Ausbruch echten, tief empfundenen Glücks vor einer Kulisse aus Tod und Perversion. „Das denken Sie, Meister H. Doch selbst wenn Sie recht hätten, wäre es ein Risiko, das ich ohne Zögern eingehen würde. Welchen Sinn hat ein Leben ohne Flarian für mich?"

„Sie sind noch wahnsinniger, als ich dachte." Hippolit schüttelte fassungslos den Kopf.

Aus dem Hintergrund ertönte ein gurgelnder Schrei.

Der Ghoul war auf die Knie gesunken und hielt mit beiden Pranken seinen hundeartigen Kopf umklammert. Knurrende, beinahe menschlich klingende Laute drangen aus seiner Kehle, während konvulsivische Zuckungen seinen Oberkörper hin- und herwarfen.

Und dann wurde Hippolit Zeuge eines unglaublichen Schauspiels: Die Konturen des grobknochigen Geschöpfs begannen zu verschwimmen, als hätten sie sich von einem Moment auf den anderen in eine halbflüssige Masse verwandelt. Fleisch dehnte sich, Muskeln veränderten Lage und Position, Haut riss, um an anderen Stellen neu zu verwachsen. Der riesenhafte Leib schrumpfte, die breiten Schultern wurden schmaler, blondes Haar spross aberwitzig schnell aus sich straffender Kopfhaut. Das Heulen der Kreatur schraubte sich in neue, schmerzhafte Höhen, als sich auch der monströse Penis mit den schweren Hoden zusammenzog, bis er ansatzweise menschliche Dimensionen aufwies. Ein letztes krampfhaftes Zucken, ein finales Schütteln eines Hauptes, das jetzt von langem Goldhaar umrahmt wurde, und der Ghoul war verschwunden.

Vor Hippolit auf dem stählernen Gitterboden kniete, nackt und blass, aber allem Anschein nach quicklebendig – Flarian.

Verständnislos starrte der junge Mann auf seine bebenden Hände, an seinem blassen, makellosen Körper hinab. Er hob den Kopf, blinzelte irritiert in die Runde. Als sein suchender Blick auf Lith fiel, hellten sich seine Züge auf, ein Lächeln trat auf sein Gesicht.

„Lith?“ Eine dünne Stimme, unsicher im Gebrauch von Worten nach einer langen Phase des Schweigens.

Doch das Mädchen hatte bereits die Arme hoch in die Luft erhoben und begonnen, mit lauter Stimme komplizierte thaumaturgische Sentenzen hervorzustoßen. Überrascht stellte Hippolit fest, dass ihm die Formeln, die sie benutzte, gänzlich unbekannt waren.

„Lith?“, wiederholte Flarian und richtete sich auf.

Weit unter ihnen schien das Licht der Ewigen Flamme für den Bruchteil eines Augenblicks zu flackern.

„Sie wissen nicht, was Sie tun!“, hörte Hippolit sich rufen. „Sie *dürfen* diese Energien nicht anzapfen!“

„Lith“, murmelte Flarian ein drittes Mal und machte einen Schritt vorwärts, um seine Liebste in die Arme zu schließen.

In diesem Moment schoss ein Feuerstrahl an Hippolit vorbei auf das Mädchen zu. Doch statt ihr traf er den jungen Mann, der genau in diesem Moment vor sie trat. Binnen eines Wimpernschlags hüllte das Feuer Flarian ein wie eine Zündholzflamme den Docht einer überdimensionalen Kerze.

Jorge!, schoss es Hippolit durch den Kopf. Er wirbelte herum.

Unbemerkt von ihm, Lith und dem Ghoul war Jorge unter Aufbietung seiner letzten Kräfte zu jener Stelle hinübergekrochen, wo der Zerstörer nach dem Angriff durch das Monstrum liegen geblieben war. Mit der gesunden Hand hielt er das zitternde Feuerrohr umklammert, das den Diener des Mädchens soeben mit einer Ladung brennenden Vitrioleums überzogen hatte.

Im Gegensatz zu seinem ersten Kontakt mit der Waffe schien dem Ghoul das Feuer jetzt, in seiner menschlichen Form, durchaus etwas auszumachen: Ein schrilles Kreischen ertönte, als brennende Säure frisch geformtes weißes Fleisch zerfraß bis auf die Knochen. Groteske Wellenbewegungen durchliefen den Körper des jungen Mannes. In einem amorphen Pulsieren verwandelte sich zuerst seine rechte Hand in eine immense Ghoulklaue zurück, dann der linke Fuß und einer der Hoden.

Die Flammen loderten heftiger, halbflüssige Haut kräuselte sich, Fett troff blasenwerfend aus wellenschlagendem Fleisch.

Mit einem Schrei gab Jorge einen zweiten Schuss ab. Als die Flammen auf den lichterloh brennenden Körper trafen, spaltete sich Flarians Gesicht in zwei Hälften, und eine hündische Schnauze kam zum Vorschein. Halb besinnungslos taumelte die unförmige Kreatur seitwärts, bis sie gegen das Geländer des Wandelgangs stieß.

In diesem Augenblick beulte sich der Brustkorb des Jünglings unter einem explosionsartigen Pulsieren von Körpermasse nach außen. Er schwankte für einige Augenblicke hin und her, dann machte sich der plötzliche hohe Schwerpunkt des brennenden Leibs bemerkbar: Der Ghoul verlor das Gleichgewicht und kippte über die Brüstung. Ein letzter Aufschrei – diesmal synchron aus zwei Kehlen, wie es schien –, und das unheimliche Zwitterwesen stürzte lodernd in eine Tiefe, aus der es keine Rückkehr gab.

Im selben Augenblick setzte das Heulen ein.

35

Etwas war schiefgelaufen!

Während er unter Aufbietung seiner letzten Kraftreserven Stück für Stück auf den Zerstörer zugekrochen war, hatte der bescheidene Rest von Jorges Verstand ihn damit gelockt, dass all seine Probleme mit einem einzigen, gut gezielten Schuss aus dem Rohr ausgestanden sein würden: Wenn er einen Treffer landete, würde Lith als verkohltes Stück Fleisch eine Reise in die Tiefe antreten. M. H. würde sich aus seiner thaumaturgischen Starre befreien und augenblicklich einen Entquäler höchster Stufe über seinen verstümmelten Arm wirken. Mit vereinten Kräften würden sie sich den Ghoul vornehmen, der im schwächlichen Körper des jungen Flarian gewiss kein ernst zu nehmender Gegner mehr war.

Wie ein dumpfes, ewig gleiches Mantra hatte Jorge sich diese Ereigniskette im Kopf vorgebetet, bei jedem robbenden Zug über den Boden, bei jedem brennenden Pfeil des Schmerzes, der von seinem verletzten Arm durch seinen Körper jagte. In seinen Ohren rauschte es. Von dem Gespräch zwischen M. H. und der Wahnsinnigen konnte er nur einzelne, unzusammenhängende Wortfetzen verstehen.

Kaum noch Herr seiner Sinne, hatte er den Zerstörer schließlich erreicht. Seine gesunde Hand schloss sich um das glatte Metall des Feuerrohrs. Sich aufrichten, zielen und abdrücken war eins.

Und doch war etwas schiefgelaufen.

Flarian, dieser Idiot (*der idiotische Ghoul*, korrigierte sich Jorge), war mitten in die Schusslinie gestolpert und hatte die schöne, alles verzehrende Feuersbrunst mit seinem neu geschaffenen Leib abgefangen! Zwar hatte sich Jorges Hoffnung bewahrheitet – die Kreatur war tatsächlich verwundbar, jetzt, da sie in einem menschlichen Körper steckte –, und die Ewige Flamme würde die in den Abgrund gekippte Bestie binnen eines Wimpernschlages zu feinem grauem Pulver verbrennen. Aber das größere, das eigentliche Problem war nicht aus der Welt geschafft.

Ein Heulen schraubte sich in die Luft, übertönte mühelos das dumpfe Dröhnen ringsum.

Jorges Lider sanken nach unten. Er ahnte, dass ihm der Blutverlust jetzt schon die Kraft nahm, die Augen offen zu halten. Mühsam zwang er sie wieder auseinander. Er wusste, er musste einen weiteren Schuss abgeben oder alle Mühe wäre umsonst gewesen.

Sterben heißt, noch schuldiger zu werden.

Lith stand an der Brüstung des Wandelgangs und starrte in die Tiefe, wo der mühsam rekonstruierte Leib ihres Geliebten in der Unendlichkeit verschwunden war. Ihre ohnehin großen Augen waren absurd weit aufgerissen, aus ihrem Mund drang der hohe, kaum noch menschlich zu nennende Klagelaut, der Jorges Gehörgänge zum Vibrieren brachte.

Seine Lider flackerten erneut.

Als er wieder etwas sehen konnte, hatte sich Lith umgedreht und starrte in seine Richtung. Ihr hübsches Gesicht war eine bis zur Unkenntlichkeit verzerrte Maske grenzenlosen Hasses, in ihren Augen irrlichterte es.

Jorge musste wieder blinzeln. Bei Batardos, das war lästig … lästig und lebensgefährlich!

Plötzlich hielt Lith die Arme hoch über den Kopf. Ihre Lippen bewegten sich, schnell und ohne jedes Zögern.

Allmählich wurde es eng. Jorge suchte nach dem Rohr des Zerstörers. Der Rückstoß seines zweiten Schusses hatte ihm die Waffe aus der Hand gefegt. Zwei Fuß weiter links war sie liegen geblieben. Instinktiv streckte er einen Arm danach aus.

Den falschen!

Der Schmerz, als das offene Fleisch des Armstumpfs über das schartige Metallgitter fuhr, raubte ihm für Sekunden den Atem. Blutrote Nebel wallten in sein Gesichtsfeld, und für einen kurzen Moment vergaß er, wer er war, was er vorhatte, dass er als Haufen lebloses Trollfleisch enden würde, wenn er versagte …

Als die Nebel sich wieder lichteten, wurde ihm klar, dass es aus war: Der Zerstörer war zu weit entfernt, als dass er ihn mit der rechten, gesunden Hand erreichen konnte, und um hinzukriechen, blieben ihm weder genug Kraft noch genug Zeit. Die geisteskranke Hexe würde ihn mit einem Explosivglobulus oder etwas Schlimmerem in Fetzen sprengen, um sich anschließend den armen, gelähmten Hippolit vorzunehmen, der …

… der in diesem Moment aufsprang und Lith mit hoch erhobenen Armen entgegentrat?

Jorge blinzelte hektisch, versuchte, die roten Schlieren vor seinen Augen loszuwerden. Was war da los? Hatte er, ohne es zu merken, das Bewusstsein verloren und träumte jetzt unsinniges Zeug? Hippolit konnte nicht … er war doch …

„Du bist frei? Wieso?“ Auch Lith schien kurz aus dem Konzept gebracht. Sie vergaß ihren thaumaturgischen Angriff auf Jorge und starrte den blassen Jüngling vor sich mit einer Mischung aus Unglaube und Wut an. „Das ist unmöglich!“

„Wenn du das nächste Mal einen Adepten der neunten Stufe die Vorzüge deiner Zunge kosten lässt, solltest du darauf achten, was seine Hände in der Zwischenzeit tun.“ Mit vor Ekel verzerrtem Gesicht riss Hippolit einen grünen, leuchtenden

Stein aus seinem Gewand hervor. „Ich habe bei unserem letzten Zusammensein einen dauerhaften Personalisierten Schild zwischen uns gewirkt, als Vorsichtsmaßnahme. Er schützt mich vor den Auswirkungen jeglicher thaumaturgischen Praktik, die du gegen mich anwendest."

„Du hast ... während ich dir ..." Liths Augen sprühten vor blankem Hass. „Dann hast du die ganze Zeit nur so getan, als wärst du gelähmt? Während dein Freund am Verbluten war? Du elender, weißhäutiger ..."

„Mir war klar, dass für Jorge keine akute Lebensgefahr bestand. Außerdem wollte ich diese Farce schon viel früher beenden." Mit der zweiten Hand zog Hippolit ein kleines Messer aus der Tasche. „Mir waren leider noch nicht alle Aspekte des Falles hinreichend klar." Er knurrte eine einzelne Silbe, und die Klinge in seiner Hand schoss gleißend blau in die Höhe, bis sie groß wie ein Schwert war. „Damit ist es jetzt vorbei. Es ist aus, kleine Zauberin! Weder dein Wahnsinn noch deine thaumaturgischen Fähigkeiten werden dich davor bewahren, in einer mit Bannsprüchen gesicherten Zelle im Gefängnis von Pottz zu enden."

Die letzten Worte seines Freundes konnte Jorge kaum noch verstehen, denn alles um ihn herum schien plötzlich leiser und leiser zu werden. Heftig schüttelte er den Kopf. *Mach jetzt bloß nicht schlapp!*, flehte er seinen Körper an. *Überleben heißt schuldig zu sein. Im falschen Augenblick einfach bewusstlos zu werden heißt ... es ist ... Blaak, es ist scheiße!* Er wollte, er musste miterleben, wie Hippolit über ihrer beider Gegnerin triumphierte!

Aber etwas stimmte nicht.

Eigentlich hätte die Verwirrung auf Liths Gesicht anhalten sollen, Hass, vielleicht auch Angst hätten an ihre Stelle treten müssen – die echte, unverfälschte Angst eines Kindes, das bei etwas Unrechtmäßigem erwischt wird und nun seiner gerechten Strafe ins Auge blicken muss.

Stattdessen wirkte ihre Miene mit einem Mal völlig friedlich. Ein Lächeln, seliger als alles, was Jorge je bei ihr gesehen hatte, machte sich auf ihren Zügen breit. Zwischen zwei Lidschlägen sah er, dass sich ihre Lippen erneut zu bewegen begonnen hatten, unmerklich, lautlos.

Schlagartig wusste er, was sie vorhatte.

Die Energien der Ewigen Flamme, von denen sie gesprochen hatte! Hippolit hatte gesagt, bereits die kleinste Unregelmäßigkeit im Gleichgewicht der Kräfte konnte dazu führen, dass …

Jorge wollte aufspringen, seinem Freund eine Warnung zubrüllen. Aber er konnte nicht. Sein Körper, nahezu ausgeblutet, seiner letzten Reserven beraubt, war nicht mehr als ein träger Sack, ein Anhängsel unterhalb seines Schädels, das seinen Befehlen nicht länger gehorchte.

Tränen schossen ihm in die Augen. Ein hilfloser Troll, das war, verdammt noch mal, ein Unding, bei Batardos!

Unausgesetzt bewegten sich Liths Lippen. Ihr entrückter Blick war der einer Frau, die nichts mehr zu verlieren hat.

Jetzt schien auch Hippolit begriffen zu haben, was vor sich ging. Nacktes Entsetzen zeichnete sich in seinem Gesicht ab. Er sprang vorwärts, das leuchtende Schwert zum Schlag erhoben, während ein Sturzbach hektischer, unverständlicher Silben aus seinem Mund drang.

Aber er war zu weit entfernt, die Befehlszeile des Abwehrspruchs, den er gewählt hatte, zu lang. Lith war mit ihrem eigenen bereits zu weit fortgeschritten.

Jorge nahm ein ungesundes Flackern wahr. Die Welt um ihn herum schien mit einem Mal zu zucken – *hell, dunkel, hell, dunkel* –, und für einen kurzen Moment dachte er, seine müden Augen wollten ihm endgültig den Blick auf die Geschehnisse verwehren. Doch sie waren weit offen.

Da begriff er, dass das Flackern aus der Tiefe kam, dass es zwischen dem metallenen Gitter des Wandelganges heraufblitzte – und dass es immer hektischer wurde.

„NEIIIIN!“ Eine gellende Stimme. Hippolits? Sie klang so hoch und dünn …

Die Farbe des unirdischen Glühens tief drunten schlug von schmutzigem Gelb zu einem giftigen Grün um. Das allgegenwärtige Dröhnen wurde lauter, schwoll zu einem betäubenden Rauschen an, wie von einer Brandungswelle, die mit hohem Tempo auf die Küste zurast.

Und dann, während der letzten beiden Herzschläge seines Lebens, nahm Jorge mehrere Dinge gleichzeitig wahr:

Ein schrilles, weibliches Lachen, das sich schmerzhaft in seine Gehörgänge bohrte.

Eine titanische, grün leuchtende Faust, die aus der Tiefe emporfuhr, eine Woge unglaublich heißer Luft vor sich herschiebend, die Liths Haar entzündete, ihre Kleidung, ihre Haut, bis das Mädchen lichterloh brannte wie eine thaumaturgische Fackel. Und noch immer lachte sie …

Ein Zappeln an Jorges Brust.

„Pompom“, stöhnte er mit seinem letzten Atemzug. „Du lebst noch! Wie schön. Ein altes Trollsprichwort sagt: Gemeinsam sterben heißt, vielleicht doch nicht ganz schuldig zu sein …“

In diesem Augenblick ging die Welt unter in einer röhrenden, alles verzehrenden grünen Flamme.

Epilog

Erbarmungslos brannte die Sonne auf die Terrasse der ehrwürdigen Pension Nalpanters Stolz in Orshlach hinab. Aufgrund der großen Hitze hatten sich an diesem Nachmittag nur wenige Gäste um das mit thaumaturgisch gekühltem Wasser gefüllte Schwimmbassin versammelt, wo sie sich von dienstbeflissen umhereilenden, livrierten Echsenmenschen geeiste Getränke und kleine Köstlichkeiten servieren ließen.

Am eifrigsten machte eine Gestalt von den Dienstleistungen Gebrauch, die, nur mit einem Lendenschurz angetan, auf einem klappbaren Diwan in der Nähe des Wassers lag. Sie war deutlich größer und massiger als jeder Mensch, die Haut ihres gänzlich unbehaarten Körpers knallrot.

Neben der Liege steckte ein kleiner, aus Vogelfedern gefertigter Schirm zwischen den Steinplatten und spendete einer kaum katzengroßen Kreatur Schatten, die ihrem Herrn auffallend ähnelte – zumindest, was die rosige Farbe ihrer lappigen, in Schichten übereinanderliegenden Haut anging.

„Kellner! Noch eine Schale Bier für Pompom, bei Batardos!", brüllte Jorge. Er leerte den Humpen, den ihm einer der Reptilier vor nicht einmal einer Minute gebracht hatte, und schleuderte ihn achtlos in die glitzernden Fluten des Bassins. „Weißt du, Pompom“, wandte er sich an die Vulvatte, die träge, nach dem Genuss mehrerer Schalen Bier nahezu bewegungslos neben seinem Lager kauerte. „Das ist das wahre Leben, findest du nicht auch? Sonne, Bier und eine Horde Lakaien, die nur dazu da sind, dir jeden Wunsch von den kleinen Knopfaugen abzulesen.“

Wie aufs Stichwort wieselte ein schlanker Echsenmensch heran, verbeugte sich tief und sagte: „Noch ein Getränk, Herr Jorge?“

„Eine Zigarre für den Mann!“, brüllte Jorge übermütig. „Du kannst Gedanken lesen, mein Bester. Sag, ist es nicht schön, dass ich meinen wohlverdienten Urlaub hier nun doch noch fortsetzen kann? Zwei Tage Torrlem, drei Tage thaumaturgisches Klinikum – und schon sind wir wieder da!“

„Mit Verlaub, das ist wunderbar, Herr Jorge“, entgegnete der Diener mit unbewegtem Gesicht und entfernte sich, um den leeren Bierkrug aus dem Becken zu fischen.

„Und sogar das elende Rasieren kann ich mir für eine Weile sparen.“ Jorge langte neben sich und hob die schwach protestierende Vulvatte auf seinen riesigen, glatten Bauch. „Wir könnten jetzt fast Zwillinge sein, Pompom“, erklärte er. „Ich stimme dir zu: Nackt wie eine Muschel ohne Schale lebt sich's auch ganz gut … Lediglich auf dem Kopf hätte ich gern ein paar Härchen zurückbehalten. Ich fürchte, diese Platte beeinträchtigt meine weltmännisch-intelligente Ausstrahlung. Aber wie bemerkt ein altes Trollsprichwort nicht ganz falsch: Bring *du* mal einer turmhohen thaumaturgischen Flamme bei, wo sie dir den Pelz absengen soll und wo nicht!“

Das Bier wurde gebracht. Jorge trank. Er stellte den Krug neben sich, hob behutsam Pompom, die auf seinem schweißnassen Wanst eingeschlafen war, zurück in den Schatten ihres Schirms und drehte den Kopf, um einen Blick zum überdachten Teil der Terrasse hinüberzuwerfen. Dort hockte, gut geschützt vor jeglicher Sonneneinstrahlung, eine schmächtige

Gestalt mit blassem Gesicht und riesigen, dunkel getönten Augengläsern und starrte griesgrämig in ein fast volles Glas Mineralwasser.

„War doch eine Superidee, mit mir und Pompom hierherzukommen und ein bisschen zu entspannen, nicht wahr, M. H.?"

Hippolit sah herüber, sagte nichts.

„Das waren wir dir schuldig. Ich meine, immerhin hast du uns in den miefigen Tiefen der Torrlem-Kloake vor all diesen herabstürzenden Knochen gerettet. Und nur eine Nacht später vor dieser verfluchten Riesenflamme." Er rülpste verhalten und vertrieb die entstandenen Dünste mit einer wedelnden Handbewegung. „Mal im Ernst: Diese Überlebensblasen solltest du dir patentieren lassen. Die sind klasse, bei Batardos!"

Hippolit seufzte und nahm einen winzigen Schluck Wasser. „Die Schutzblase, die ich im letzten Augenblick errichten konnte, vermochte uns nur zu retten, weil die Ewige Flamme aufgrund der späten Stunde lediglich mit einem Bruchteil der üblichen thaumaturgischen Energie gespeist wurde", erklärte er. „Durch die von Lith verursachte Störung wuchs sie zwar kurz auf ein Vielfaches ihrer normalen Größe an, die verheerende Explosion blieb jedoch aus. Hätte allerdings der Rat der Achtzig die Störung nicht so rasch bemerkt und das Kräftegleichgewicht wiederhergestellt … ich weiß nicht, wie lange ich den energetischen Kokon um uns hätte aufrechterhalten können. Hinzu kommt, dass ich ihn gern einen klitzekleinen Augenblick früher aktiviert hätte!" Mit einem unzufriedenen Schnauben rückte er die weiße Kappe zurecht, die seine haarlose, noch immer stark gerötete Kopfhaut vor der Sonne schützte.

„Weißt du, was dein Problem ist, M. H.? Du bist zu bescheiden." Jorge griff nach seinem Krug und prostete so heftig einem imaginären Trinkpartner zu, dass Bierschaum auf seine nackte Brust spritzte. „Wie ich dich kenne, wäre es dir am liebsten gewesen, du hättest auch noch Lith mit in unsere Blase genommen, um sie später für hunderttausend Jahre in einer Gefängniszelle einzubuchten. Hab ich recht?"

Hippolit erwiderte nichts, starrte weiter in sein Wasserglas.

„Glücklicherweise wurde sie vor unseren Augen geröstet, bevor du auf eine derart dumme Idee kommen konntest." Jorge rülpste bestätigend. „Sie hat dreizehn Soldaten getötet und um ein Haar die beiden besten Männer des IAIT. Und Pompom nicht zu vergessen! In einer gerechten Welt enden solche Leute als Asche, und das ist gut so." Er lachte kehlig. „Sieh es mal so: Der Fall ist gelöst, und wir sind im Paradies. Das ist, was zählt!"

„Vielleicht hast du recht. Wahrscheinlich habe ich es verdient, mich nach den Härten der zurückliegenden Ermittlungen ebenfalls zu belohnen." Hippolit erhob sich umständlich. „Deswegen werde ich noch heute mit dem nächsten Cymwoog abreisen. Gen Lešuk."

„In die langweiligste Stadt der Welt?" Jorge verzog ungläubig das Gesicht. „Gefällt's dir hier etwa nicht? Ich dachte, als Wiedergutmachung für das, was du für Pompom und mich …"

„Schon gut." Hippolit winkte ab und machte Anstalten, sich nach drinnen zu begeben. „Wir sehen uns spätestens in zwei Zeniten in Nophelet."

„Wie du willst." Jorge leerte den Bierkrug und versenkte ihn im Schwimmbecken. „Ach, M. H.? Eins noch …"

„Was?" Hippolit öffnete die Terrassentür.

„Danke auch *hierfür!*"

„Ja, ja." Ohne sich noch einmal umzudrehen, verschwand Hippolit im Innern der Pension.

Er bekam nicht mehr mit, wie Jorge ihm mit seiner linken Hand – einem aus Messing und Eleutery-Stahl gefertigten Meisterstück medizinisch-thaumaturgischen Präzisionshandwerks – voller Rührung nachwinkte.

Vielleicht winkte er auch nur nach einem neuen Bier.

Jens Lossau und **Jens Schumacher**, beide geboren 1974, veröffentlichen seit Mitte der 90er Jahre zusammen und solo in unterschiedlichen Genres. Lossau legte in den vergangenen Jahren vornehmlich Thriller vor, Schumacher hat sich u.a. als Verfasser von Jugendbüchern und Spielen einen Namen gemacht, die in zahlreiche Sprachen übersetzt wurden. Als Duo schrieben sie Krimis und Kurzgeschichtensammlungen. *Der Orksammler* ist der chronologisch zweite Roman ihrer Reihe um die mysteriösen Fälle des IAIT.

Weitere Informationen:
www.jenslossau.de
www.jensschumacher.eu

Anton Weste
NACHT ÜBER HERATHIS
Der erste Roman zur Rollenspielwelt SPLITTERMOND ab sofort überall erhältlich!
SPLITTERMOND